（典藏版）

百部国学传世经典

中华国学经典盛宴／获取先贤核心智慧

千家诗

【宋】谢枋得／选编
林少华／主编

漓江出版社

图书在版编目（CIP）数据

千家诗 / (宋)谢枋得选编；林少华主编．--桂林：
漓江出版社，2017.7
(百部国学传世经典)
ISBN 978-7-5407-8186-6
Ⅰ．①千… Ⅱ．①谢… ②林… Ⅲ．①古典诗歌-诗集-中国
Ⅳ．①I222.72
中国版本图书馆 CIP 数据核字(2017)第 180421 号

千家诗 QIANJIASHI

作　　者 【宋】谢枋得　选编
主　　编 林少华

策划统筹 陈植武　林晓鸿
责任编辑 李淑娟

出 版 人 刘迪才
出版发行 漓江出版社
社　　址 广西桂林市南环路 22 号
邮　　编 541002
网　　址 www.lijiangbooks.com
印　　制 北京飞达印刷有限责任公司
开　　本 710 mm×1000 mm　1/16
印　　张 30
字　　数 537 千字
版　　次 2017 年 7 月第 1 版
印　　次 2023 年 8 月第 3 次印刷
书　　号 ISBN 978-7-5407-8186-6
定　　价 45.00 元

前言

中华民族有着数千年的文明历史，创造了光辉灿烂的古代文化，其中中国传统国学是我国辉煌灿烂的文化典籍的核心部分，它博大精深、源远流长，显示出中华文化的深厚根基，给人类留下了丰富的精神财富。它是我们炎黄子孙的文化精髓，它塑造了我们中华民族的民族精神，是培育民族精神的重要资源。它开启心智，滋润生命，陶冶人格，塑造灵魂。

开卷有益，忙碌的人们闲暇之时，应该用传统国学来陶冶自己的情操，开阔自己的心胸，提高自己的人文修养，用先人的哲思来涤荡自己忙碌的心灵。我们应该坚持阅读的爱好，在潮流文化的强大攻势下，让传统文化永驻我们的心田。“复兴国学，从根本上讲，是复兴中华民族的自尊心、自信心。”我们要甄选传世经典著作中最经典的部分来读，要以开放的胸襟和燃烧的激情去承接古人的经典大论与哲思华章，以自豪而不狂妄、执着而不僵化的精神风貌来直面当今社会的竞争与挑战。

为了弘扬中国传统文化，帮助读者深刻了解我们的历史与文化，用经典历史文学知识陶冶情操、提高文化修养，同时使国学得到承传，得以弘扬光大，我们精心编排了本书。为了便于读者理解和领会古代先贤的思想与精神，我们在文章中选取了与正文相契合的插画，将插画与正文有机地结合在一起，可大大增加读者的阅读趣味。

本书选取了国学经典著作中很多优秀的作品及资料，博采各类经典作品的长处，并有所创新，以使得本书风格迥异、卓然超群，相信会给读者带来全新感受。

由于时间仓促，书中难免有不尽之处，恳请读者朋友们提出宝贵意见，在此深表谢意。

目录

卷一 七绝

卷二　七律

卷三　五绝

卷四　五律

卷一　七绝

春日偶成①

✻程　颢②

云淡风轻近午天③，傍花随柳过前川④。
时人不识余心乐⑤，将谓偷闲学少年⑥。

注释

①诗题一作《偶成》，作于1058—1062年春程颢任陕西鄠县主簿时。

②程颢(hào,1032—1085)，字伯淳，号明道，北宋理学家、教育家，洛阳(今属河南)人，学者称明道先生。与其弟程颐奠定了北宋理学基础，世称“二程”。他和程颐的学说为朱熹所继承和发展，世称“程朱学派”。他提出“天者，理也”和“只心便是天，尽之便知性”的命题，认为知识、真理内在于人的心中，为学当以“识仁”为主，“仁者浑然与物同体，义、礼、知、信皆仁也”。著作收入《二程全书》中。

③云淡：云层淡薄，指明朗的天气。午天：指中午。

④傍花随柳：穿行于花柳之间。傍，一作“望”，依靠。川：平原或河畔。

⑤时人：一作“旁人”。识：知道。余：一作“予”。

⑥将谓：就要说。将，乃，于是，就。偷闲：忙中抽出空闲的时间。

译文

正午时分，天上飘着淡淡的白云，刮来一阵清风，我穿行于花柳之间，不知不觉间到了前面的河边。人们不知道我现在的快乐，说我是在学着少年那样偷闲玩乐！

点评

这是一首即景写成的抒情诗，所以说是“偶成”。作者描绘了一幅清新亮丽的春景图。诗的前两句写景，从天上到地上，一一描绘了白云、春风、煦日和鲜花、碧柳、清泉，给人生机勃勃的感觉。作者在欣赏春景的时候，感受到了一种怡然自乐的情趣，而这种悠闲的情趣正是作者可遇而不可求的，因此就算是被人误会，作者仍旧是满心欢喜。整首诗感情真挚，浅显易懂，尤其是最后一句至今广为流传。

春　日①

✽朱　熹②

胜日③寻芳④泗水滨⑤，无边光景⑥一时新。
等闲识得东风⑦面，万紫千红⑧总是春。

注释

①这是一首哲理诗，而一般被认为是游赏之作。诗通篇用比体，用诗人探寻春天以及对春天的勃勃生机的感受来讲明一个道理：只要进了孔圣之门，懂得了儒家真谛，就能领略到无边生机。

②朱熹(1130—1200)，字元晦，一字仲晦，号晦庵、晦翁、考亭先生、云谷老人、沧州病叟、逆翁，别称紫阳。宋代著名理学家、教育家，中国思想史上最有影响力的哲学家之一。祖籍徽州婺源(今属江西)，生于南剑州尤溪(今属福建)。宋高宗绍兴十八年(1148)进士。生平主要从事著述和讲学，是宋代理学集大成者。有《四书集注》《楚辞集注》八卷、《诗集传》二十卷等。有《晦庵先生文集》一百卷。

③胜日：原指节日或亲朋相聚的日子，这里指美好的日子，天气晴朗的日子。

④寻芳：游春，踏青。

⑤滨：水边，河边。

⑥光景：风光，风景。

⑦等闲识得：容易识别的意思。等闲，寻常，随便，到处。东风：春风，此指

春天。

⑧万紫千红:形容色彩缤纷。

译文

春光明媚,我去泗水郊外游玩,这里的景色一望无边,让人觉得清新爽朗。到处都能感觉到春风拂面,春天把大地装点得万紫千红。

点评

一般人们认为这是一首游春诗。从诗中所写的景物来看,也很像是这样。

第一句“胜日寻芳泗水滨”,点明了主题。下面三句都是写所见所闻。第二句“无边光景一时新”,写初步见到的景象。用“无边”形容景物的宽广。“一时新”,既写出了景物焕然一新,也写出了作者郊游时耳目一新的喜悦之情。第三句“等闲识得东风面”中“等闲识得”是说春天的到来很容易让人看到。“东风面”借指春天。第四句“万紫千红总是春”,是说这万紫千红的景象全是由春光点染而成的,人们从这万紫千红中认识了春天。

如果按以上的解析看,这首诗确实是写春游的感受,但如果仔细研究就会发现,泗水之滨在宋南渡时早被金人侵占。朱熹没有去过北方,当然不可能在泗水之滨游春赏玩。其实诗中的“泗水”是暗指孔门,因为春秋时孔子曾在洙、泗之间讲学授道,因此所谓“寻芳”其实是指求圣人之道。“万紫千红”比喻孔子的学问广博。诗人将圣人之道比作催发生机、点染万物的春风,这其实是一首寓理趣于形象之中的哲理诗。

春宵①

✻苏轼②

春宵一刻值千金③，花有清香④月有阴⑤。
歌管⑥楼台声细细，秋千院落夜沉沉⑦。

注释

①诗题一作《春夜》。

②苏轼(1037—1101)，字子瞻，一字和仲，号东坡居士，眉山(今属四川)人。与父苏洵、弟苏辙为北宋散文名家，同列唐宋八大家，被称为“三苏”。宋仁宗嘉祐二年(1057)进士。生平坎坷，屡遭贬谪。苏轼的诗歌现存二千七百余首，诗歌境界开阔，气势磅礴，感情奔放，想象丰富，奇趣横生，笔力雄健，纵横驰骋。擅长词，是宋代豪放词的开山人物，同时风格多样，发展了婉约词，扩大了婉约词的题材，提高了婉约词的格调。工书画。有《苏轼文集》《苏轼诗集》和《东坡乐府》，诗文合集有《苏东坡集》。

③春宵一刻值千金：用夸张的手法写出惜春之意。春宵，春夜。一刻，古代计时单位，一昼夜为一百刻。

④花有清香：花朵散发出清香。

⑤月有阴：指月光在花下投射出朦胧的阴影。

⑥歌管：歌唱的声音和乐器的演奏声。管，管乐器，如笛、笙、箫之类。

⑦院落：庭院。沉沉：形容夜很深了。

译文

春夜的一刻价值千金，花儿散发出阵阵清香，明亮的月光洒向黑夜。楼台中传出悠扬的乐曲声，深夜的庭院里，秋千在悠悠飘荡。

点评

这首诗用的叙述手法是先总后分。首先写出结论:春宵一刻值千金。下面三句具体说春宵的美好珍贵:既有清香阵阵,又有月影横斜;既有悠扬的歌乐,又有悠悠飘荡的秋千,再现了一个诗意盎然的春夜,令人心旷神怡,沉醉其中。而欢乐的时光就在这良宵美景中游移,被人追逐,以至夜深了还有人在春宵中流连忘返,这正呼应了首句,点明了题旨。

城东早春

✲ 杨巨源①

诗家清景②在新春，绿柳才黄半未匀③。
若待上林④花似锦，出门俱⑤是看花人。

注释

①杨巨源(755—832)，唐代诗人，字景山，后改名巨济，河中(今山西永济)人。唐德宗贞元五年(789)进士，授秘书郎，后以国子祭酒致仕。其诗著称于元和长庆间，为同时诗家所推重。杨巨源才雄学富，用意声律，格调虽高，而神情稍减，然其平远深细处，堪称高手。有《杨少尹诗集》，《全唐诗》存诗一卷，《全唐诗续拾》补诗三首，断句五句。

②诗家：诗人。清景：清新的景色。

③绿柳才黄半未匀：此句写柳树刚显现出鹅黄色，色泽还不鲜艳。匀，均匀。

④上林：古代皇家园林上林苑，故址在今陕西省西安市。

⑤俱：都。

译文

早春清新的景色最能激发诗人的灵感，柳树才刚刚吐露出新芽，泛着微黄。要是等到长安街繁花似锦的时候，出门就能看到满街都是看花的人。

点评

这首诗写诗人对早春景色的热爱，从诗的第三句中可以看出，题中的“城”指的是唐朝的长安城。首句是诗人对早春美景的赞叹，“新春”就是早春，“诗家”是诗人的统称。一个“清”字既指早春景色本身的清新可喜，也兼指这种景色刚刚开始显露出来，人们还没有注意到，所以环境也很清幽。

第二句紧接第一句，具体描绘了早春景色。早春时节，天气还未转暖，花儿还没有开放，只有柳树吐出新芽，最富有生机，最早为人们带来春天的消息。写新柳，正是抓住了早春景色的特征。

接着下联用“若待”两字一转，用芳春的秾丽景色，来反衬早春的“清景”。诗中用“上林”代指京城。繁花似锦，写景色的浓艳之极。但此时的景色人尽皆知，已经没有新鲜感，这与上联正好形成鲜明的对照，反衬出作者对早春清新景色的喜爱。

春 夜[1]

✲ 王安石[2]

金炉香尽漏声残[3],剪剪[4]轻风阵阵寒。
春色恼人[5]眠不得,月移花影上栏杆。

注释

①诗题一作《夜值》。宋代制度,翰林学士每夜轮流一人在学士院里值班留宿。王安石于英宗治平四年(1067)九月为翰林学士,宋神宗熙宁元年(1068)四月到京师。此诗写于熙宁二年(1069)初春。作者一般认为是王安石,周紫芝《竹坡诗话》则认为是王安石弟王安国。

②王安石(1021—1086),北宋著名政治家、文学家。字介甫,晚号半山。抚州临川(今属江西)人。诗多直陈现实,有感而发,如《河北民》。咏史之作,往往寓意深刻,如《商鞅》《贾生》等。《明妃曲》二首,立意新颖,尤负盛名。退隐后,诗歌转为描写水光山色。他的雄直峭劲、壮丽超逸而又深婉不迫的独特诗风,为推动宋诗革新起了积极作用。王安石为唐宋八大家之一,文存千余篇,词格调高峻,最为绝唱。有《临川集》一百卷传世。

③炉:香炉。漏声残:天将亮。漏为古代计时工具,以铜壶等容器盛水,使之滴入有刻度的器具中,看器具中盛水的情况来计时。

④剪剪:形容春风轻微。

⑤春色恼人:春色撩人。欧阳修《少年游》:"拈花嗅蕊,恼烟撩雾,拼醉倚西风。"

译文

铜炉里的香已经燃尽,天已经快要亮了,阵阵微风吹来,感到一丝寒意。春色撩人,使人无心睡眠,只好看着月光下的花影斜照在栏杆上。

点评

这首诗又题作《夜值》，是诗人在春天夜不能寐有感而作。诗篇用灰烬、漏声和寒风营造了一种清冷、凄苦的氛围，而这种凄清的景色和诗人在政治失意后的心情是极其相似的，更加衬托出诗人内心的愁苦、彷徨与凄凉。因为夜不能寐，只好看着月色和花影，无助之感油然而生。诗的最后两句与“忧愁不能寐，揽衣起徘徊”有异曲同工之妙。

初春小雨[1]

✲韩 愈[2]

天街小雨润如酥[3],草色遥看近却无。
最是一年春好处[4],绝胜烟柳满皇都[5]。

注释

①诗题一作《早春呈水部张十八员外》,张十八员外指任水部员外郎的张籍。这首诗写于唐穆宗长庆三年(823)初春的长安,当时韩愈任吏部侍郎。

②韩愈(768—824),唐代著名文学家、哲学家,字退之,河南河阳(今属河南)人。晚年任吏部侍郎,称韩吏部。死后谥"文",又称韩文公。因他的先世曾居昌黎(今辽宁义县),故韩愈也自称昌黎人,世称"韩昌黎"。韩愈三岁丧父,由兄嫂抚养成人。德宗贞元八年(792)登进士第,历官国子祭酒、吏部侍郎等显职。有《昌黎先生集》传世,今通行本是钱仲联的《韩昌黎诗系年集释》。

③天街:御街,帝都街道。酥:奶酪,这里比喻春雨的滋润。

④处:时,在诗词中多作时间用,不作地点解。

⑤绝胜:绝对超过。皇都:京城。

译文

纷纷细雨滋润了长安的街道,到处都是清新一片,远远望去绿草如茵,走近了看却是若有若无。这是一年春光中最美好的时候,远远超过了京城繁花似锦的时候。

点评

这首小诗是写给水部员外郎张籍的。张籍在兄弟辈中排行十八,故称"张十八"。诗的风格清新自然,简直是口语化的。看似平淡,实则是绝不平淡的。

韩愈自己说:“艰穷怪变得,往往造平淡。”(《送无本师归范阳》)。原来他的“平淡”是来之不易的。

全篇中绝妙佳句便是那“草色遥看近却无”了。试想:早春二月,在北方,当树梢上、屋檐下都还挂着冰凌的时候,春在何处?连影儿也不见。但若是下过一番小雨后,第二天,你瞧吧,春来了。雨脚儿轻轻地走过大地,留下了春的印迹,那就是最初的春草芽儿冒出来了,远远望去,朦朦胧胧,仿佛有一片极淡极淡的青青之色,这是早春的草色。看着它,人们心里顿时充满欣欣然的生意。可是当你带着无限喜悦之情走近去看个仔细,地上是稀稀朗朗的极为纤细的芽,却反而看不清什么颜色了。诗人像一位高明的水墨画家,挥洒着他饱蘸水分的妙笔,隐隐泛出了那一抹青青之痕,便是早春的草色。远远望去,绿草茵茵,可走近了,反倒看不出。这句“草色遥看近却无”,真可谓兼摄远近,空处传神。

这无色的背景,是那落在天街(皇城中的街道)上的纤细小雨。透过雨丝遥望草色,更给早春草色增添了一层朦胧美。而小雨又滋润如酥。酥就是奶油。受了这样的滋润,那草色还能不新吗?又有这样的背景来衬托,那草色还能不美吗?

临了,诗人还来个对比“绝胜烟柳满皇都”。诗人认为初春草色比那满城处处烟柳的景色不知要胜过多少倍。因为,“遥看近却无”的草色,是早春时节特有的,它柔嫩饱含水分,象征着大地春回、万象更新的欣欣生意。而烟柳呢?已经是“杨柳堆烟”时候,何况“满”城皆是,不稀罕了。到了暮春三月,色彩浓重,反倒不那么惹人喜爱了。像这样运用对比手法,与一般不同,这是一种加倍写法,为了突出春色的特征。

“物以稀为贵”,早春时节的春草之色也是很娇贵的。“新年都未有芳华,二月初惊见草芽”(韩愈《春雪》),这是一种心理状态。严冬方尽,余寒犹厉,突然看到这美妙的草色,心头不由得又惊又喜。这一些些轻淡的绿,是当时大地唯一的装饰;可是到了晚春则“草树知春不久归”(韩愈《晚春》),这时哪怕柳条儿绿得再好,人们也无心看,因为已缺乏那一种新鲜感。

所以,诗人就在第三句转折时提醒说:“最是一年春好处。”是呀,一年之计在于春,而春天的最好处却又在早春。

这首诗咏早春,能摄早春之魂,给读者以无穷的美感趣味,甚至是绘画所不能及的。诗人没有彩笔,但他用诗的语言描绘出极难描摹的色彩——一种淡素的、似有却无的色彩。如果没有锐利深细的观察力和高超的诗笔,便不可能把早春的自然美提炼为艺术美。

元　日①

✻ 王安石

爆竹声中一岁除②,春风送暖入屠苏③。
千门万户④曈曈⑤日,总把新桃⑥换旧符。

注释

①元日:元旦,农历正月初一,是我国最为隆重的传统节日,象征着旧年的结束,新年的开始。旧俗家家放爆竹,换桃符,饮屠苏。

②除:过去。

③屠苏:一种美酒,古人在酒里泡屠苏草、肉桂、山椒等,故有此名。唐宋有正月初一饮屠苏酒的习俗,据说可以除灾避邪。

④千门万户:形容房屋广大或住户极多。

⑤曈曈:形容太阳初升的样子。

⑥桃:桃符,用桃木做的木匾,上画神像,如钟馗、秦琼等,古代元旦更换,用来驱邪。桃符后来演化为春联。

译文

在阵阵爆竹声中送走了旧年,迎来了新年,人们饮着美味的屠苏酒,感受到和暖的春风迎面扑来。太阳初升放出的光芒照亮了千家万户,家家都换上了新的桃符。

点评

此诗描写春节除旧迎新的景象。一片爆竹声送走了旧的一年,饮着醇美的屠苏酒感受到了春天的气息。初升的太阳照耀着千家万户,家家门上的桃符都换成了新的。

“元日”是阴历正月初一。这是一首写古代迎接新年的即景之作，取材于民间习俗，敏感地摄取老百姓过春节时的典型素材，抓住有代表性的生活细节：点燃爆竹，饮屠苏酒，换新桃符，充分表现出春节的欢乐气氛，富有浓厚的生活气息。

“爆竹声中一岁除，春风送暖入屠苏。”逢年遇节燃放爆竹，这种习俗古已有之，一直延续到今天。屠苏，指古代春节时喝的用屠苏草或几种草药泡的酒。古代风俗，每年正月初一，全家老小喝屠苏酒，然后用红布把渣滓包起来，挂在门框上，用来“驱邪”和躲避瘟疫。这两句是说：在爆竹的响声中，旧的一年过去了，人们喝着过节的屠苏酒，感到暖洋洋的春天已经来临。

第三句“千门万户曈曈日”，承接前面诗意，是说家家户户都沐浴在初春朝阳的光照之中。“曈曈日”，指由暗转明的朝阳。结尾一句描述转发议论。桃符：指画有神荼、郁垒两个神像或写有这两个神像名字的桃木板，正月初一清晨挂在门上，以求“避邪”。这也是古代民间的一种习俗。“总把新桃换旧符”，是个压缩省略的句式，“新桃”省略了“符”字，“旧符”省略了“桃”字，交替运用，这是因为七绝每句字数限制的缘故。意思是：都是用新桃符替换了旧桃符。以桃符的更换揭示出“除旧布新”的主题。

其实，这首诗表现的意境和现实，还自有它的比喻象征意义，它是以除旧迎新来比喻和歌颂新法的胜利推行。这首诗正是赞美新事物的诞生如同“春风送暖”那样充满生机。其中含有深刻哲理，指出新生事物总是要取代没落事物的这一规律。

上元侍宴[①]

✻苏　轼

淡月疏星绕建章[②]，仙风吹下御炉[③]香。
侍臣鹄立通明殿[④]，一朵红云捧玉皇[⑤]。

注释

①这首诗是苏轼《上元侍饮楼上呈同列》三首的第一首，是首应制诗。上元：节日，农历正月十五。

②建章：汉宫名，故址在今西安市西，此指北宋皇宫（在汴梁，今属河南开封）。

③御炉：皇帝用的香炉。

④鹄立：像天鹅一样立着，形容肃立的样子。鹄，天鹅，因其站立时总是伸直脖子，故用来形容站立时的端正恭敬。通明殿：传说中玉皇大帝的宫殿，此指皇帝临朝大殿。元好问《记梦》诗："梦中望拜通明殿，曾见金书两字来。"

⑤玉皇：天帝，此指皇帝。

译文

淡淡的月光和稀疏的星光照耀着建章宫，阵阵微风吹过宫中的香炉。百官立在通明殿待命，他们穿着红袍，就像红云簇拥着天帝一样。

点评

这首诗写的是正月十五元宵节皇帝举办宫宴宴请臣子的场景，意在歌颂一种举世太平的景象。第一句写"淡月疏星"，说明了皇帝接待臣子非常早。第二句"风吹御香"是说场面的安静，似乎连香灰飘落在地的声音也能听到。前面写景的两句是为了衬托第三句中臣子们屏息静气等待，肃穆庄严的气氛，反映了皇帝高高在上的威严。最后一句把皇帝临朝时的庄重严肃气派写到了极致。

立春偶成①

✻张　栻②

律回③岁晚冰霜少，春到人间草木知。
便觉眼前生意满，东风吹水绿参差④。

注释

①诗题一作《立春日禊厅偶成》。立春：二十四节气之一，一般在阳历二月三、四或五日。《逸周书·时训》："立春之日，东风解冻；又五日，蛰虫始振；又五日，鱼上冰。"

②张栻(1133-1180)，字敬夫，又字钦夫，号南轩，祖籍汉州绵竹(今属四川)，寓居衡阳(今属湖南)，为南宋中兴贤相张浚之子。与朱熹、吕祖谦为友，史称"东南三贤"，以祖荫入仕。乾道初，主讲岳麓书院。著有《南轩易说》《孟子说》《论语解》《南轩文集》等。

③律回：节令回转，又指新春伊始。律，律历，古代以十二乐律配十二月令。相传黄帝命"伶伦"(古乐官名，世掌乐官)断竹为筒(后人多用金属管)，以定音和候十二月之气。阳六为律，即黄钟、太簇、姑洗、蕤宾、夷则、无射；阴六为吕，即大吕、夹钟、仲吕、林钟、南吕、应钟。农历十二月属吕，正月属律，立春往往在十二月与一月之交，所以曰"律回"。

④参差：不平衡或不整齐的样子，此指风吹绿水所产生的水纹相接之状。

译文

立春时节，冰雪渐渐融化了，草木最先感到了春天到来的气息，渐渐苏醒过来。突然发觉眼前一片生机勃勃的景象，春风吹过水面，湖里的碧波随之荡漾。

点评

立春是一年之始。诗人紧紧把握住这一感受，真实地描绘了立春时节万物复苏的生动景象。冰雪消融，草木生发，碧波荡漾，处处洋溢着春天独有的气息。于是，眼前的景象顿时变得生机盎然，那碧波荡漾的春水，也充满着无限的活力。从"草木知"到"生意满"，诗人在作品中富有层次地再现了大自然的这一变化过程，充满了生活的激情。

打球图①

✻ 晁说之②

阊阖千门万户③开，三郎④沉醉打球回。
九龄已老韩休⑤死，无复明朝谏疏来⑥。

注释

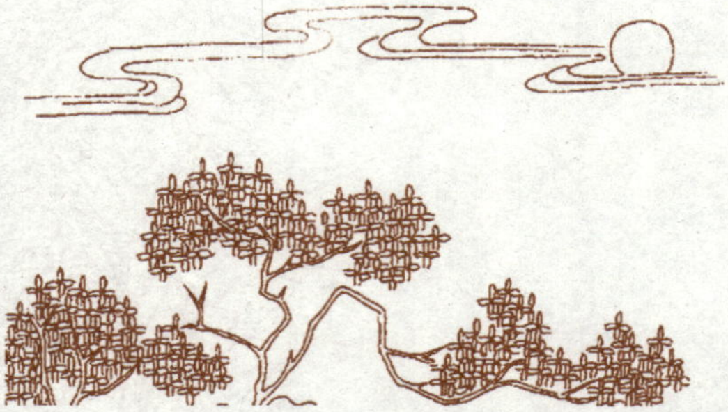

①诗题一作《题明王打球图》，又作《明皇打球图》。马球又称婆罗球，由西域传入，为帝王权贵所喜爱，唐代文献中有多处玄宗打马球的记载。打球图：一幅描绘唐玄宗打马球的图画。

②晁说之（1059—1129），字以道，一字伯以，济州钜野（今山东巨野）人，因慕司马光为人，自号景迂生。神宗元丰五年（1082）进士。后入党籍。高宗立，召为侍读，后提举杭州洞霄宫。有《嵩山集》（又名《景迂生集》）二十卷。

③阊阖（chāng hé）：传说中的天门，此指宫门。屈原《楚辞·离骚》：“吾令帝阍开关兮，倚阊阖而望予。”王逸注：“阊阖，天门也。”千门万户：描写帝都的常用词，如林宽《终南山》：“标奇耸峻壮长安，影入千门万户寒。”范灯《忆长安·九月》：“更想千门万户，月明砧杵参差。”

④三郎：唐玄宗小字。因其排行第三，故称。唐郑嵎《津阳门》诗：“三郎紫笛弄烟月，怨如别鹤呼羁雌。”原注：“内中皆以上为三郎。”宋马永卿《懒真子》卷一：“三郎谓明皇也。”明屠隆《彩毫记·为国荐贤》：“一自三郎度曲后，许多天乐在人间。”

⑤九龄：张九龄（673—740），唐开元名相、诗人。字子寿，又名博物，韶州曲江（今广东曲江）人。张九龄为相贤明，刚直不阿，敢于直谏，主张用人不循资

格，又置十五道采访使以察州县。开元二十四年(736)，为李林甫所排挤，罢知政事。后又贬为荆州大都督府长史。从此以后，李林甫执政，朝廷大臣，皆尸禄保位，言事者少。今传其著作《曲江张先生文集》。韩休：也是玄宗前期忠直敢谏的名相，京兆长安(今陕西西安)人，性耿直，敢进谏，宋璟誉为“仁者之勇”，累官礼部侍郎。开元二十一年(733)，萧嵩推荐韩休为宰相，十个月后即罢相，官工部尚书、太子少师，封宜阳子。终太子少师，谥文忠。唐玄宗曾言：“吾虽瘠，天下肥矣。且萧嵩每启事，必顺旨，我退而思天下，不安寝。韩休敷陈治道，多讦直，我退而思天下，寝必安。吾用休，社稷计耳。”

⑥无复：不再有。谏疏：谏书，条陈得失的奏章。唐韩愈《游青龙寺赠崔大补阙》诗：“年少得途未要忙，时清谏疏尤宜罕。”

译文

成千上万的宫门陆陆续续被打开，喝得醉醺醺的唐王打球归来。宰相张九龄已经因老退位，宰相韩休也已经死去了，第二天再也不会有人上书指责唐王了。

点评

这是一首政治讽喻诗，是作者看了《唐明皇打球图》之后所作的。诗人直呼皇帝的小名，把唐明皇醉心于打球的昏庸暗昧的形象刻画得入木三分，把矛头直指封建最高统治者。唐明皇在位初期精心治理国家，任人唯贤，后来却沉醉于女色之中，宠幸奸佞，导致了“安史之乱”，唐朝从此走向衰落。诗人意在借古讽今，劝谏统治者要任人唯贤，纳谏如流，不要重蹈前朝覆辙。

宫　词①

✲王　建②

金殿当头紫阁③重，仙人④掌上玉芙蓉。
太平天子朝元日⑤，五色云车驾六龙⑥。

注释

①这是首应制诗。宫词是唐代诗歌中常用的诗题，描写宫中生活，内容大多描写深宫中宫女的忧愁和哀怨，形式一般为五言或七言绝句。其中以王建的《宫词百首》最为出名。

②王建（约767—831）字仲初，颍川（今河南许昌）人。出身寒微。大历十年（775）进士。居乡则“终日忧衣食”，四十岁以后，“白发初为吏”，沉沦于下僚，任县丞、司马之类，世称“王司马”。他写了大量的乐府，其以田家、蚕妇、织女、水夫等为题材的诗篇，语言也较朴实。与张籍齐名，称“张王乐府”。又写过宫词百首，在传统的宫怨之外，还广泛地描绘宫中风物，是研究唐代宫廷生活的重要材料。他还写过一些小词，别具一格。

③紫阁：华丽的楼阁，帝王居所，这里指朝元阁，是唐朝天子朝拜天帝的地方，位于华清宫老君殿北。

④仙人：朝元阁铜铸仙人。汉武帝迷信神仙，于建章宫筑神明台，立铜仙人舒掌捧铜盘承接甘露，冀饮以延年。后三国魏明帝也在芳林园置承露盘。自从汉武帝建金铜仙人承露盘后，仙人掌、玉芙蓉便成为宫禁的标志之一，同时也就成为描写宫中生活的常用词，如窦年《晚过敷水驿却寄华州使院张郑二侍御》：“仙人掌上芙蓉沼，柱史关西松柏祠。”张炎《水龙吟·白莲》：“仙人掌上芙蓉，涓涓犹滴金盘露。”

⑤太平天子：指带来太平的皇帝。元日：农历正月初一。古代帝王依例于此日朝拜天帝。

⑥五色云车：传说中仙人的车乘。仙人以云为车，故称。《淮南子·原道

训》:“昔者冯夷、大丙之御也,乘云车入云蜺,游微雾。”唐李白《寄王屋山人孟大融》诗:“所期就金液,飞步登云车。”此处指帝王銮舆。六龙:神话传说日神乘车,驾以六龙,羲和为御者。古代天子的车驾为六马,马八尺称龙,因此为天子车驾的代称。唐李白《上皇西巡南京歌》之四:“谁道君王行路难,六龙西幸万人欢。”

译文

雄伟的金殿矗立在眼前,层层叠叠的楼阁非常壮观。金殿上那两根高大的柱子顶端雕刻着手捧芙蓉玉盘的金仙人。正月初一是皇帝朝拜上天的日子。皇帝出行时,车马辚辚,看上去好像是驾着六条龙在空中腾云驾雾。

点评

唐人王建曾作《宫词一百首》,传诵一时,后人颇多仿作。宋人林洪也模拟写作了《宫词百首》。这一首是拟元旦宫词的。该诗描写了古代皇帝在农历正月初一朝拜天帝的场面。诗的前两句先写皇家宫殿的壮观气魄:金銮殿庄严巍峨,朝元阁重重叠叠,承露盘高耸入云。后两句写天子出行的不凡气派:御车雕饰精细,色彩斑斓,六匹骏马,高大雄壮,气宇轩昂。“太平”二字,写出了对帝王的阿谀颂扬。全诗通过描绘宫殿楼阁的雄伟壮丽和皇帝銮驾的肃穆气派,表达了诗人对太平盛世及带来太平盛世的天子的歌颂。该诗笔法细腻,形象生动,把一幅栩栩如生的天子朝拜图展现在读者眼前。

咏华清宫①

✻杜　常②

行尽江南数十程，晓风残月入华清③。
朝元阁④上西风急，都入长杨⑤作雨声。

注释

①这是首咏史诗。

②杜常，宋朝诗人，字正甫，卫州（今河南卫辉）人，昭宪皇后族孙，英宗治平二年（1065）进士。徽宗崇宁中拜工部尚书，后以龙图阁学士知河阳军。卒年七十九。

③“行尽”以下两句：首句写自己急匆匆地从江南一路赶来，急于观赏华清宫的美景；次句用白描的手法写出华清宫一片凄凉冷清的景象，句意陡转急下，形成巨大反差。华清，即华清宫，唐代离宫，以温泉汤池著称，在今陕西省临潼骊山北麓。据文献记载，秦始皇曾在此“砌石起宇”，西汉、北魏、北周、隋诸多朝代曾在此处建汤池。唐贞观十八年（644）太宗皇帝诏令在此造殿，赐名汤泉宫。天宝六载（747）改名华清宫。当时这里台殿环列，盛况空前，但安史之乱后皇帝很少游幸。至唐末废圮，五代成为道观。

④朝元阁：宫殿名，在华清宫内。

⑤长杨：秦汉离宫。初建于秦昭王时，因宫中有垂杨数亩而得名。长杨宫位于今周至城东三十里的终南镇竹园头村。长杨宫为皇帝游猎场所，秦亡后保存相对完整，到了西汉帝王们也常去游幸。汉成帝时，扬雄为谏讽游猎，以长杨宫为名，写有《长杨赋》。东汉后，长杨宫逐渐衰落。

译文

结束了江南的漫长旅程，在将要天亮的时候，来到了华清宫。这时候，朝元阁上刮起了西风，大风卷着雨滴落入了长杨宫中，远远的可以听到凄清的雨声。

点评

作者通过对前代故宫的凭吊，抒发了古今兴亡，世事沧桑的感慨。诗人用晓风残月顿作疾风骤雨不仅渲染出一种凄凉、冷漠的气氛，而且还具体形象地传递出了世事难料、变幻无常的伤感情怀。

清平调词[1]

✻李　白[2]

云想衣裳花想容[3]，春风拂槛露华浓[4]。
若非群玉山头见[5]，会向瑶台[6]月下逢。

注释

①诗作于唐玄宗天宝二年(743)，李白待诏翰林，时唐玄宗与杨贵妃于兴庆宫沉香亭前赏牡丹，命李白赋诗咏之，李白援笔而就，立进《清平调》三章。玄宗令梨园弟子"抚丝竹以促歌"，"帝自调玉笛以倚曲"。《清平调》诗原三首，此选其一。清平调：唐大曲中调名，后为词牌名。

②李白(701—762)，字太白，号青莲居士。祖籍陇西成纪(今甘肃静宁西南)，隋末其先人流寓碎叶(今吉尔吉斯斯坦北部托克马克附近)。幼时随父迁居绵州昌隆县(今四川江油)青莲乡，二十五岁起"辞亲远游"，仗剑出蜀。李白少有逸才，志气宏放，飘然有超世之心。天宝初，至长安，拜见贺知章。知章见其文，叹道："子谪仙人也。"并在唐玄宗面前赞不绝口，唐玄宗在金銮殿召见，李白当场写赋一篇。唐玄宗赐膳，亲自为他调羹，诏供奉翰林。后李白恳求还山，玄宗赐金放还。乃浪迹江湖，终日沉饮。永王璘都督江陵，辟为僚佐。璘谋乱，兵败，李白坐放夜郎，后遇赦得还。文宗时，诏以白歌诗、裴旻剑舞、张旭草书为"三绝"。有《李太白集》三十卷行世。

③云想衣裳花想容：此句以明喻的手法写出杨玉环的美貌。想，像，似。

④拂：抚摸，拟人手法。槛：栏杆。露华浓：带露水的牡丹更鲜艳。华，同"花"，此指牡丹。

⑤若非：如果不是。群玉：山名，神话传说中西王母居住的地方，因山中多玉故有此称号。

⑥会：必然，一定是。瑶台：西王母居住的宫殿。

译文

云霞是她的衣裳，花儿是她的颜容。春风吹拂栏杆，露珠润泽花色更浓。如此天姿国色，若不见于群玉山头，那一定只有在瑶台月下，才能相逢！

点评

首句的“云想衣裳花想容，”把杨贵妃的衣服，写成真如霓裳羽衣一般，簇拥着她那丰满的玉容。“想”字有正反两面的理解，可以说是见云而想到衣裳，见花而想到容貌，也可以说把衣裳想象为云，把容貌想象为花，这样交互参差，七字之中就给人以花团锦簇之感。接下去“春风拂槛露华浓”，进一步以“露华浓”来点染花容，美丽的牡丹花在晶莹的露水中显得更加艳冶，这就使上句更为酣满，同时也以风露暗喻君王的恩泽，使花容人面倍见精神。下面，诗人的想象忽又升腾到天堂西王母所居的群玉山、瑶台。“若非”“会向”，诗人故作选择，意实肯定：这样超绝人寰的花容，恐怕只有在上天仙境才能见到！玉山、瑶台、月色，一色素淡的字眼，映衬花容人面，使人自然联想到白玉般的人儿，又像一朵温馨的白牡丹花。与此同时，诗人又不露痕迹，把杨贵妃比作天女下凡，真是精妙至极。

题邸间壁①

✻郑　会②

茶蘼③香梦怯春寒，翠掩重门燕子闲。
敲断玉钗④红烛冷，计程应说到常山⑤。

注释

①这是一首题壁诗，是作者于旅行途中，题于他所住的旅馆房间墙壁上。邸：旅舍。

②郑会，南宋人，字文谦，一字有极，号亦山，贵溪（今属江西）人。少游朱熹、陆九渊之门。宁宗嘉定四年（1212）进士。十年，擢礼部侍郎。卒年八十二。谥文庄。有《亦山集》，已佚。郑会诗，据《全芳备祖》等书所录，编为一卷。

③茶蘼：一作"酴醾"，花名，又叫木香、佛见笑。蔷薇科，春末夏初开放，一叶三花，白色，有清香。

④玉钗：玉簪。

⑤计程：计算行程。常山：地名，今河北正定县，一作今浙江省。

译文

初春的深夜，酴醾的芬芳不时飘入梦中。醒来时，只见翠绿花木掩映着一道道的院门，燕子也安闲地歇息了。烛光渐渐地黯淡下来，房中更显得清冷，计算着出门人的行程，按说他们该到常山地界了吧。

点评

这是一首旅途思乡之作，诗用凄清的景物描写渲染内心的寂寞，通过设想妻子深夜惦念羁旅行人表达客居他乡的游子思念妻子之心。诗人旅游至常山时，写了这首怀念家人的诗，题在旅舍的墙壁上。作者不是直接抒发自己的思乡之情，而是想象家人在怎样思念着自己，感情就更为深沉。一、二两句写春夜的清冷孤寂，绮丽而有诗意；三、四两句，描写妻子深夜醒来，在幽暗的烛光下，屈指计算行程的情景，真实而感人。

绝　句①

✻杜　甫②

两个黄鹂③鸣翠柳，一行白鹭④上青天。
窗含西岭千秋雪⑤，门泊东吴万里船⑥。

注释

①这首诗写于唐代宗广德二年(764)暮春，安史之乱后杜甫重返成都浣花溪草堂，写了《绝句四首》，这是第三首。

②杜甫(712—770)，字子美，其祖先为襄阳人，是杜审言嫡长孙，曾祖杜依艺为巩令，因居巩。安禄山陷京师，肃宗即位灵武，杜甫自贼中遁赴行在，拜左拾遗。严武与杜甫为世交，严武镇成都，奏为参谋、检校工部员外郎，赐绯。杜甫在成都浣花里种竹植树，靠江结庐，纵酒啸歌其中。晚年漂泊鄂、湘一带，贫病而卒。元和年间，归葬偃师首阳山，元稹为他写墓志。在天宝年间，杜甫与李白齐名，时称"李杜"。杜甫诗歌以忠君忧国、伤时念乱为本旨，用沉痛之笔记录"安史之乱"前后这段历史，读其诗可以知其世，故当时谓之"诗史"。

③黄鹂：黄莺。

④白鹭：鹭鸶，羽毛纯白。

⑤窗含：窗户对着雪山，好像口含一样。西岭：泛指岷山，在成都西。岷山雪岭，积雪终年不化，故称"千秋雪"。

⑥东吴：今江浙一带，古称东吴。万里船：来去江南的船只。万里，虚指行程，非实际数字。

译文

两个黄鹂在空中鸣叫，一行白鹭在天空中飞翔。窗口可以看见西岭千年不化的积雪，门口停泊着从东吴开来的万里船只。

点评

公元762年，成都尹严武入朝，蜀中发生动乱，杜甫一度避往梓州，翌年安史之乱平定，再过一年，严武还镇成都。杜甫得知这位故人的消息，也跟着回到成都草堂。这时他的心情特别好，面对这生气勃勃的景象，情不自禁，写下了这一组即景小诗。兴到笔随，事先既未拟题，诗成后也不打算拟题，干脆以“绝句”为题。

诗的上联是一组对仗句。草堂周围多柳，新绿的柳枝上有成对黄鹂在欢唱，一派愉悦景象，有声有色，构成了新鲜而优美的意境。“翠”是新绿，“翠柳”是初春物候，柳枝刚抽嫩芽。“两个黄鹂鸣翠柳”，鸟儿成双成对，呈现一片生机，具有喜庆的意味。次句写蓝天上的白鹭在自由飞翔。这种长腿鸟飞起来姿态优美，自然成行。晴空万里，一碧如洗，白鹭在“青天”映衬下，色彩极其鲜明。两句中一连用了“黄”“翠”“白”“青”四种鲜明的颜色，织成一幅绚丽的图景；首句还有声音的描写，传达出无比欢快的感情。

诗的下联也由对仗句构成。上句写凭窗远眺西山雪岭。岭上积雪终年不化，所以积聚了“千秋雪”。而雪山在天气不好时见不到，只有在空气清澄的晴日，它才清晰可见。用一“含”字，此景仿佛是嵌在窗框中的一幅图画，近在眼前。观赏到如此难得见到的美景，诗人心情的舒畅不言而喻。下句再写向门外一瞥，可以见到停泊在江岸边的船只。江船本是常见的，但“万里船”三字却意味深长。因为它们来自“东吴”。

当人们想到这些船只行将开行，沿岷江、穿三峡，直达长江下游时，就会觉得很不平常。因为多年战乱，水陆交通为兵戈阻绝，船只是不能畅行万里的。而战乱平定，交通恢复，才看到来自东吴的船只，诗人也可“青春做伴好还乡”了，怎不叫人喜上心头呢？“万里船”与“千秋雪”相对，一言空间之广，一言时间之久。诗人身在草堂，思接千载，视通万里，胸次何等开阔！

全诗看起来是一句一景，是四幅独立的图景。而一以贯之，使其构成一个统一意境的，正是诗人的内在情感。一开始表现出草堂的春色，诗人的情绪是陶然的，而随着视线的游移，景物的转换，江船的出现，便触动了他的乡情。四句景语就完整表现了诗人这种复杂细致的内心思想活动。

海 棠①

✻苏 轼

东风袅袅泛崇光②,香雾空蒙月转廊③。
只恐夜深花睡去,故烧高烛照红妆④。

注释

①诗作于宋神宗元丰三年(1080)至元丰七年(1084)之间,苏轼因乌台诗案被贬黄州,任团练副使。一说作于元丰三年(1080),苏轼贬黄州,寓居定慧院时。

②东风:春风。袅袅:形容微风吹拂的样子。泛:浮动。崇光:春光。

③空蒙:一作"空濛",雾气迷蒙。廊:回廊、走廊。

④"只恐"以下两句:写人与花对话,怕花睡去;燃亮烛火,近赏红妆。这种痴语与顽行写出了苏轼对这株无人观赏的海棠的痴情。只恐,只怕,只是担心。故,因此。红妆,女子盛装,此处喻指海棠。据《明皇杂录》载,唐玄宗在沉香亭,要召见杨贵妃,而她酒醉未醒。等到高力士和侍女将她搀扶来后,仍然是醉眼蒙眬,鬓乱钗横,衣冠不整。见此情景,玄宗笑道:"岂是妃子醉耶?真海棠睡未足耳。"唐玄宗是以花喻人,苏轼这里以人喻花。李商隐《花下醉》中有诗句:"客散酒醒深夜后,更持红烛赏残花。"苏轼的诗句可以说是点石成金。

译文

袅袅的东风吹动了淡淡的云彩,露出了月亮,月光也是淡淡的。花朵的香气融在朦胧的雾里,而月亮已经移过了院中的回廊。由于只是害怕在这深夜时分,花儿就会凋谢,因此燃着高高的蜡烛,不肯错过欣赏这海棠盛开的时机。

点评

这首绝句写于宋元丰三年(1080),苏轼被贬黄州(今湖北黄冈)期间。前两句写环境,后两句写爱花心事,题为“海棠”,选自《集注分类东坡先生》。

全诗语言浅近而情意隽永。清代诗人查慎行说:“此诗极为俗口所赏,然非先生老境。”写此诗时,诗人虽已过不惑之年,但此诗却没有给人以颓唐之气,从“东风”“崇光”“香雾”“高烛”“红妆”这些明丽的意象中我们分明可以感触到诗人达观、潇洒的胸襟。

清　明

✲杜　牧[1]

清明时节雨纷纷，路上行人欲断魂[2]。
借问[3]酒家何处有，牧童遥指杏花村[4]。

注释

①杜牧(803—852)，字牧之，京兆万年人，唐朝著名诗人。太和二年(828)擢进士第，复举贤良方正。累迁左补阙、史馆修撰。大中五年(851)，拜考功郎中、知制诰，迁中书舍人卒。杜牧刚直有奇节，不为龌龊小谨，敢论列大事，指陈病利尤切至。其诗情致豪迈，人号为“小杜”(“老杜”为杜甫)。有《樊川文集》，《全唐诗》存其诗八卷。

②断魂：销魂，愁苦伤心到极点。

③借问：请问，向人问路。

④遥指：指着远处。杏花村：杏花深处的村庄。

译文

清明时节，细雨纷纷落下，路上的行人愁苦不堪。询问过路的人哪里有喝酒的地方，牧童指着远处的杏花村。

点评

这一天正是清明佳节。清明，虽然是柳绿花红、春光明媚的时节，可也是气候容易发生变化的期间，甚至时有“疾风甚雨”。

但这日的细雨纷纷，是那种"天街小雨润如酥"样的雨，这也正是春雨的特色。这"雨纷纷"，传达了那种"做冷欺花，将烟困柳"的凄迷而又美丽的境界。

这"纷纷"在此自然毫无疑问是形容那春雨的意境的，可是它又不只是如此而已，它还有一层特殊的作用，那就是，它实际上还在形容着那位雨中行路者的心情。

且看下面一句："路上行人欲断魂"。"行人"，是出门在外的行旅之人。那么什么是"断魂"呢？在诗歌里，"魂"指的多半是精神、情绪方面的事情。"断魂"，是竭力形容那种十分强烈，可是又并非明白表现在外面的很深隐的感情。在古代风俗中，清明节是个色彩情调都很浓郁的大节日，本该是家人团聚，或游玩观赏，或上坟扫墓；而今行人孤身赶路，触景伤怀，心头的滋味是复杂的。偏偏又赶上细雨纷纷，春衫尽湿，这又平添了一层愁绪。因而诗人用了"断魂"二字；否则，下了一点小雨，就值得"断魂"，那不是太没来由了吗？这样，我们就又可回到"纷纷"二字上来了。

本来，佳节行路之人，已经有不少心事，再加上身在雨丝风片之中，纷纷洒洒，冒雨趱行，那心境更是加倍的凄迷纷乱了。所以说，纷纷是形容春雨，可也形容情绪，甚至不妨说，形容春雨，也就是为了形容情绪。这正是我国古典诗歌里情在景中、景即是情的一种绝艺，一种胜境。

前两句交代了情景，接着写行人这时涌上心头的一个想法：往哪里找个小酒店才好。事情很明白：寻到一个小酒店，一来歇歇脚，避避雨，二来小饮三杯，解解料峭中人的春寒，暖暖被雨淋湿的衣服，最要紧的是，借此也就能散散心头的愁绪。于是，向人问路了。是向谁问路的呢？诗人在第三句里并没有告诉我们，妙莫妙于第四句："牧童遥指杏花村。"在语法上讲，"牧童"是这一句的主语，可它实在又是上句"借问"的宾词，它补足了上句宾主问答的双方。牧童答话了吗？我们不得而知，但是以"行动"为答复，比答话还要鲜明有力。

"遥"，字面意义是远。然而这里不可拘守此义。这一指，已经使我们如同看到，隐约红杏梢头，分明挑出一个酒帘——"酒望子"来了。若真的距离遥远，就难以发生艺术联系，若真的就在眼前，那又失去了含蓄无尽的兴味：妙就妙在不远不近之间。

《红楼梦》里大观园中有一处景题作“杏帘在望”，那“在望”的神情，正是由这里体会脱化而来，正好为杜郎此句作注脚。“杏花村”不一定是真村名，也不一定即指酒家。这只需要说明指往这个美丽的杏花深处的村庄就够了，不言而喻，那里是有一家小小的酒店在等候接待雨中行路的客人的。

诗只写到“遥指杏花村”就戛然而止，再不多费一句话。剩下的，行人怎样的闻讯而喜，怎样的加把劲儿趱上前去，怎样的兴奋地找着了酒店，怎样的欣慰地获得了避雨、消愁两方面的满足和快意……这些，诗人就能“不管”了。他把这些都付与读者的想象，为读者开拓了一处远比诗篇语文字句所显示的更为广阔得多的想象余地。这就是艺术的“有余不尽”。

这首小诗，一个难字也没有，一个典故也不用，整篇是十分通俗的语言，写得自如之极，毫无经营造作之痕。音节十分和谐圆满，景象非常清新、生动，而又境界优美、兴味隐跃。诗由篇法讲也很自然，是顺序的写法。第一句交代情景、环境、气氛，是“起”；第二句是“承”，写出了人物，显示了人物的凄迷纷乱的心境；第三句是“转”，然而也就提出了如何摆脱这种心境的办法；而这就直接逼出了第四句，成为整篇的精彩所在——“合”。在艺术上，这是由低而高、逐步上升、高潮顶点放在最后的手法。所谓高潮顶点，却又不是一览无余，索然兴尽，而是余韵邈远，耐人寻味。这些，都是诗人的高明之处，也就是值得我们学习继承的地方吧！

清　明①

✽ 王禹偁②

无花无酒过清明，兴味萧然似野僧③。
昨日邻家乞新火④，晓窗分与读书灯。

注释

①宋谢维新《古今合璧事类备要》卷十六认为作者是魏野，《宋诗纪事》卷十从之。

②王禹偁（954—1001），字元之，济州钜野（今山东巨野）人。太宗太平兴国八年（983）进士，授成武县主簿。真宗即位，知制诰。咸平元年（998）预修《太祖实录》，直笔犯讳，降知黄州。有《小畜集》三十卷、《小畜外集》二十卷（今残存卷六至卷十三等八卷）。

作者一作魏野。魏野（960—1019），字仲先，陕州陕（今河南陕县）人，北宋诗人。不求闻达，曾隐于陕州东郊，手植竹木，凿土为洞，称“乐天洞”，洞前自筑草堂，终日弹琴赋诗，号草堂居士。宋真宗闻其名，遣使往召之，他抱琴越墙而逃。后无疾而卒，诏赠秘书省著作郎。他善于作诗，内容多反映山中隐居生活的情趣，其诗据事直书，平易质朴，多警策句。有《草堂集》十卷，后其子魏闲重编为《巨鹿东观集》七卷。

③萧然：索然寡味，兴致极低。野僧：长期漂流在外的和尚。

④乞：讨，求取火种。新火：清明节前一日寒食，据传春秋时介之推随晋公子重耳出亡十九年，后重耳回国为君，介之推不求官俸，母子隐居绵山（今山西

介休市)。重耳求之不得,焚山逼之,介之推拒不出山,被烧死。后人为了纪念他,冬至后一百零五日禁烟冷食,寒食节后新生的火种称为新火。

译文

没有花和酒的陪伴,一个人过清明节,索然无味,好像苦行的僧人。昨天邻居向我借火种,通过窗户把读书用的灯给了他。

点评

清明是我国古代的传统佳节,这一天本是上坟祭祖、野外踏青、聚亲会戚、饮酒作乐之时,可是,由于诗人出身贫寒,无酒无菜,无意外出踏青寻芳,只能像"野僧"一样孤独自在,兴味索然。然而,诗人并不甘于寂寞,尽管穷困潦倒,但是仍要闻鸡起舞、晓窗苦读,表现出积极向上的精神。此诗不仅语言晓畅,风格质朴,而且感情真实,催人奋进。

社　日①

王　驾②

鹅湖山③下稻粱肥，豚栅④鸡栖⑤半掩扉⑥。
桑柘影斜⑦春社⑧散，家家扶得醉人归。

注释

①古时春秋两季都有祭祀土神的日子，一般在立春、立秋后的第五个戊日，分别叫春社和秋社。届时，左邻右舍聚在一起，先祭神，进行各种竞技表演，随后欢庆饮酒。

②王驾(851—?)，字大用，自号守素先生，河中(今山西永济)人，晚唐诗人。昭宗大顺元年(890)考中进士，曾任校书郎、礼部员外郎。与司空图、郑谷为诗友，诗风也相近。其绝句构思巧妙，自然流畅，为司空图所推崇。集六卷，诗仅存六首。

③鹅湖山：山名，江西省铅山县北，原名荷湖山，有湖，多生荷。晋末有龚氏，畜鹅于此，因名鹅湖山。宋淳熙二年(1175)朱熹与吕祖谦、陆九渊兄弟讲学鹅湖寺，后人立为四贤堂。

④豚栅：猪栅栏，猪圈。

⑤鸡栖：鸡窝。

⑥扉：门。

⑦桑柘影斜：日过午后，树影越来越斜，此指天色已晚。柘，树。

⑧春社：古代祭祀土神、五谷神，按其季节称为春社与秋社。《荆楚岁时记》载："四邻并结宗会社，宰牲牢，为屋于树下，先祭祀，然后享其胙。"旧时二十五家合为一社，聚土为坛，上面种树，作为向神祭祀祈祷的地方。春季祭祀祈求五谷丰登，其时间周代用甲日，汉以后，一般用戊日，以立春后第五个戊日，又称作中和节。春社有饮中和酒、宜春酒的习俗，说是可以医治耳疾，因而人们又称之

为“治聋酒”。秋天则是报答神的恩典,由于神的赏赐,人们获得丰收。春秋二社又简称“春祈秋报”。

译文

鹅湖山下,庄稼长势喜人,家家户户猪满圈、鸡成群,柴门半掩。天色已晚,桑树柘树的影子越来越长,春社的欢宴才渐渐散去,喝得醉醺醺的人在家人的搀扶下高高兴兴地回家。

点评

古时的春秋季节有两次例行的祭祀土神的日子,分别叫作春社和秋社。古代劳动人民不但通过这种方式表达他们对减少自然灾害、获得丰收的良好祝愿,同时也借这样的节日开展对他们来说十分难得的娱乐活动。在社日到来时,民众集会竞技,进行各种类型的作社表演,并集体欢宴,非常热闹。宋代诗人杨万里《观社》有生动描写:“作社朝祠有足观,山农祈福更迎年。忽然箫鼓来何处?走煞儿童最可怜!虎头豹面时自顾,野讴市舞各争妍。王侯将相饶尊贵,不博渠侬一晌癫!”王驾这首《社日》写法却完全不同,它没有一字正面写作社的情景,却也写出了这个节日的欢乐。

诗一开始不写“社日”的题面,却从村居风光写起。鹅湖山,在今江西铅山县境内,这地名本身十分诱人。湖的得名使人想到鹅鸭成群,鱼虾满塘,一派山清水秀的南方农村风光。春社时属仲春,“稻粱肥”,是指田里庄稼长得很好,丰收在望。村外风光是这样迷人,那么村内呢?到处是一片富庶的景象,猪满圈,鸡栖埘,联系第一句描写,真可以说是五谷丰登、六畜兴旺。所以一、二句虽只字未提作社的事,先就写出了节日的喜庆气氛。这两句也没有写到村居的人,“半掩扉”三字告诉读者,村民都不在家,门儿都半掩着。“半掩”而不上锁,可见民风淳厚,丰年富足。古人常用“夜不闭户”表示环境的太平安宁,“半掩扉”这个细节描写是很有表现力的。同时,它又暗示出村民家家都参加社日去了,巧妙地将诗意向后联过渡。

后两句写“社日”正题。值得注意的是诗人没有就作社表演场面热闹着笔，却写社散后的景象。“桑柘影斜”，夕阳西下，树影在地越来越长，说明天色向晚。同时，村里植有“桑柘”，可见养蚕也搞得不错。遣词用语体现出诗人的艺术匠心。春社散后，人声渐稀，到处都可以看到一种情景，即一些为庆祝社日而喝得醉醺醺的村民，被家人邻里搀扶着回家。“家家”是夸张说法，说明这种情形之普遍。不正面写社日的热闹与欢乐场面，却选取高潮之后渐归宁静的这样一个尾声来表现它，是颇为别致的。它的暗示性很强，读者通过这个尾声，会自然联想到作社、观社的全过程。“醉人”这个细节可以使人联想到村民观社的兴高采烈，正因为心里高兴，才不觉贪杯，而这种高兴又是与丰收的喜悦分不开的。

此诗不写正面写侧面，通过富有典型意义和形象暗示作用的生活细节写社日景象，笔墨极省，反映的内容却极为丰富。这种含蓄的表现手法，与绝句短小的体裁极为适宜，使人读后不觉其短，回味深长。当然，在封建社会，农民的生活一般不可能像此诗所写的那样好，诗人显然把田家生活作了“桃花源”式的美化。但也应看到，在自然灾害减少、农业丰收的情况下，农民过节时显得快活，也是很自然的。

寒食①

✻韩翃②

春城无处不飞花，寒食东风御柳③斜。

日暮汉宫传蜡烛④，轻烟散入五侯⑤家。

注释

①这首诗是一幅京城寒食风俗图。也有人认为诗人是借寒食内庭赐火讽刺当时宦官专权。

②韩翃，字君平，南阳（属今河南省）人，唐代诗人，是“大历十才子”之一。天宝十三载(754)考中进士，宝应年间在淄青节度使侯希逸幕府中任从事。建中年间，因作《寒食》诗被唐德宗所赏识，除驾部郎中、知制诰，擢中书舍人。韩翃诗笔法轻巧，写景别致，在当时传诵很广。在“大历十才子”中，韩翃的创作成就最大，高仲武《中兴间气集》云：“韩员外诗，匠意近于史，兴致繁富，一篇一咏，朝士珍之。”

③御柳：御苑中的柳树。

④传蜡烛：寒食夜，朝廷特赐火侯家，以示恩宠。

⑤五侯：汉成帝、桓帝都曾封勋戚功臣五人为侯，世称五侯，后泛指权贵。

译文

暮春的长安城里漫天飞絮扬花，寒食节东风吹斜了宫中的柳树。黄昏，宫里开始赏赐新蜡烛，轻烟先升起在皇帝贵戚家。

点评

寒食是我国古代一个传统节日，一般在冬至后一百零五天，清明前两天。古人很重视这个节日，按风俗家家禁火，只吃现成食物，故名寒食。由于节当暮春，景物宜人，自唐至宋，寒食便成为游玩的好日子，宋人就说过："人间佳节唯寒食。"（邵雍）唐代制度，到清明这天，皇帝宣旨取榆柳之火赏赐近臣，以示皇恩。唐代诗人窦叔向有《寒食日恩赐火》诗纪其实："恩光及小臣，华烛忽惊春。电影随中使，星辉拂路人。幸因榆柳暖，一照草茅贫。"正可与韩翃这一首诗参照。

此诗只注重寒食景象的描绘，并无一字涉及评议。第一句就展示出寒食节长安的迷人风光。把春日的长安称为"春城"，不但造语新颖，富于美感，而且两字有阴平阳平的音调变化，谐和悦耳。处处"飞花"，不但写出春天的万紫千红、五彩缤纷，而且确切地表现出寒食的暮春景象。暮春时节，袅袅东风中柳絮飞舞，落红无数。不说"处处"而说"无处不"，以双重否定构成肯定，形成强调的语气，表达效果更强烈。"春城无处不飞花"写的是整个长安，下一句则专写皇城风光。既然整个长安充满春意，热闹繁华，皇宫的情景也就可以想见了。与第一句一样，这里并未直接写到游春盛况，而剪取无限风光中风拂"御柳"一个镜头。当时的风俗，寒食日折柳插门，所以特别写到柳。同时也关照下文"以榆柳之火赐近臣"的意思。

如果说一、二句是对长安寒食风光一般性的描写，那么，三、四句就是这一般景象中的特殊情景了。两联情景有一个时间推移，一、二写白昼，三、四写夜晚，"日暮"则是转折。寒食节普天之下一律禁火，唯有得到皇帝许可，"特敕街中许燃烛"（元稹《连昌宫词》），才是例外。除了皇宫，贵近宠臣也可以得到这份恩典。"日暮"两句正是写这种情事，仍然是形象的画面。写赐火用一"传"字，不但状出动态，而且意味着挨个赐予，可见封建等级次第之森严。"轻烟散入"四字，生动描绘出一幅中官走马传烛图，虽然既未写马也未写人，但那袅袅飘散的轻烟，告诉着这一切消息，使人嗅到了那烛烟的气味，听到了那嘚嘚的马蹄声，恍如身历其境。同时，自然而然会给人产生一种联想，体会到更多的言外之意。首先，风光无处不同，家家禁火而汉宫传烛独异，这本身已包含着特权的意味。进而，优先享受到这种特权的，则是"五侯"之家。它使人联想到中唐以后宦官专权的政治弊端。中唐以来，宦官专擅朝政，政治日趋腐败，有如汉末之世。诗中以"汉"代唐，显然暗寓讽喻之情。无怪乎吴乔说："唐之亡国，由于宦官握兵，实代宗授之以柄。此诗在德宗建中初，只'五侯'二字见意，唐诗之通于

春秋也。”(《围炉诗话》)

据孟棨《本事诗》,唐德宗曾十分赏识韩翃此诗,为此特赐多年失意的诗人以“驾部郎中知制诰”的显职。由于当时江淮刺史也叫韩翃,德宗特御笔亲书此诗,并批道:“与此韩翃”,成为一时流传的佳话。优秀的文学作品往往“形象大于思想”(高尔基),此诗虽然止于描绘,作者本意也未必在于讥刺,但他抓住的形象本身很典型,因而使读者意会到比作品更多的东西。由于作者未曾刻意求深,只是沉浸在打动了自己的形象与情感之中,发而为诗,反而使诗更含蓄,更富于情韵,比许多刻意讽刺之作更高一筹。

江南春①

✽杜　牧

千里莺啼绿映红②，水村山郭酒旗③风。
南朝四百八十寺④，多少楼台烟雨中⑤。

注释

①这首诗表现了对江南美景的赞美与热爱。也有人认为此诗借楼台虽在而南朝已亡讽刺唐代佞佛政策。

②绿映红：绿叶映衬着红花。

③水村：水乡。山郭：依山建的外城，古代内城为城，外城称郭。酒旗：悬挂于酒店门口，招揽酒客的招牌，又称酒望子、酒帘、青旗、锦旆等。

④南朝：公元420—589年先后建都建康（今江苏南京）的宋、齐、梁、陈四个封建王朝的总称。南朝君臣好佛，广置寺院，据说有五百余所，此处四百八十举其约数，并非实指。

⑤楼台：寺院佛殿建筑。烟雨：蒙蒙细雨。

译文

千里江南，到处莺歌燕舞，桃红柳绿，一派春意盎然的景象，在临水的村庄，依山的城郭，到处都有迎风招展的酒旗。到处是香烟缭绕的寺庙，亭台楼阁矗立在朦胧的烟雨之中。

点评

这首《江南春》，千百年来素负盛誉。四句诗，既写出了江南春景的丰富多彩，也写出了它的广阔、深邃和迷离。

“千里莺啼绿映红，水村山郭酒旗风。”诗一开头，就像迅速移动的电影镜头，掠过南国大地：辽阔的千里江南，黄莺在欢乐地歌唱，丛丛绿树映着簇簇红花；傍水的村庄、依山的城郭、迎风招展的酒旗，一一在望。迷人的江南，经过诗人生花妙笔的点染，显得更加令人心旌摇荡了。摇荡的原因，除了景物的繁丽外，恐怕还由于这种繁丽，不同于某处园林名胜，仅仅局限于一个角落，而是由于这种繁丽是铺展在大块土地上的。因此，开头如果没有“千里”二字，这两句就要减色了。但是，明代杨慎在《升庵诗话》中说：“千里莺啼，谁人听得？千里绿映红，谁人见得？若作十里，则莺啼绿红之景，村郭、楼台、僧寺、酒旗，皆在其中矣。”对于这种意见，何文焕在《历代诗话考索》中曾驳斥道：“即作十里，亦未必尽听得着，看得见。题云《江南春》，江南方广千里，千里之中，莺啼而绿映焉，水村山郭无处无酒旗，四百八十寺楼台多在烟雨中也。此诗之意既广，不得专指一处，故总而命曰《江南春》……”何文焕的说法是对的，这是出于文学艺术典型概括的需要。同样的道理也适用于后两句。“南朝四百八十寺，多少楼台烟雨中。”从前两句看，莺鸟啼鸣，红绿相映，酒旗招展，应该是晴天的景象，但这两句明明写到烟雨，是怎么回事呢？这是因为千里范围内，各处阴晴不同，也是完全可以理解的。不过，还需要看到的是，诗人运用了典型化的手法，把握住了江南景物的特征。江南特点是山重水复，柳暗花明，色调错综，层次丰富而有立体感。诗人在缩千里于尺幅的同时，着重表现了江南春天掩映相衬、丰富多彩的美丽景色。诗的前两句，有红绿色彩的映衬，有山水的映衬，村庄和城郭的映衬，有动静的映衬，有声色的映衬。但光是这些，似乎还不够丰富，还只描绘出江南春景明朗的一面。所以诗人又加上精彩的一笔：“南朝四百八十寺，多少楼台烟雨中。”金碧辉煌、屋宇重重的佛寺，本来就给人一种深邃的感觉，现在诗人又特意让它出没掩映于迷蒙的烟雨之中，这就更增加了一种朦胧迷离的色彩。这样的画面和色调，与“千里莺啼绿映红，水村山郭酒旗风”的明朗绚丽相映，就使得这幅“江南春”的图画变得更加丰富多彩。“南朝”二字更给这幅画面增添悠远的历史色彩。“四百八十”是唐人强调数量之多的一种说法。诗人先强调建筑宏丽的佛寺非止一处，然后再接以“多少楼台烟雨中”这样的唱叹，就特别引人遐想。

这首诗表现了诗人对江南景物的赞美与神往。但有的研究者提出了“讽刺说”，认为南朝皇帝在中国历史上是以佞佛著名的，杜牧的时代佛教也是恶性发展，而杜牧又有反佛思想，因之末二句是讽刺。其实，解诗首先应该从艺术形象出发，而不应该作抽象的推论。杜牧反对佛教，并不等于对历史上遗留下来的佛寺建筑也一定讨厌。他在宣州，常常去开元寺等处游玩。在池州也到过一些寺庙，还和僧人交过朋友。著名的诗句，像“九华山路云遮寺，青弋江边柳拂桥”，“秋山春雨闲吟处，倚遍江南寺寺楼”，都说明他对佛寺楼台还是欣赏流连的。当然，在欣赏的同时，偶尔浮起那么一点历史感慨也是可能的。

上高侍郎①

✻高　蟾②

天上碧桃③和露种，日边红杏倚云栽。
芙蓉④生在秋江上，不向东风怨未开。

注释

①诗作于唐僖宗乾符二年(875)，此篇题目一作《下第后上永崇高侍郎》，次年诗人中第。高侍郎：此处指高骈。侍郎，官名，汉代本为宫廷近侍，东汉以后为尚书属官。自唐以后，与尚书同为各部堂官。

②高蟾，河朔(今河北省)人，出身贫寒，乾符三年(876)登进士第。乾宁间，为御史中丞。工诗，《唐才子传》说他"诗体则气势雄伟，态度谐远，如狂风暴雨之来，物物竦动，深造理窟"。《全唐诗》存其诗一卷，《全唐诗续拾》补诗二首。

③碧桃：传说中的仙桃。此诗的碧桃与红杏都比喻借皇家威势而显贵的小人。

④芙蓉：荷花，此处为诗人自比，流露出不依权贵的志向。

译文

天上的碧桃和着甘露种植，日边的红杏依着彩云栽培。她们都在春天及时开放，唯有芙蓉寂寞地生长在秋天的江畔，傲霜怒放，从不抱怨东风不让她及时开放。

点评

关于此诗有一段本事，见《唐才子传》："（高蟾）初累举不上，题诗省墙间曰：'冰柱数条搘白日，天门几扇锁明时。阳春发处无根蒂，凭仗东风次第吹。'怨而切。是年人论不公，又下第。上马侍郎云（诗从略）。"晚唐科举场上弊端极多，诗歌中有大量反映，此诗就是其中著名的一首。

唐代科举尤重进士，因而新进士的待遇极优渥，每年曲江会，观者如云，极为荣耀。此诗一开始就用"天上碧桃""日边红杏"来作比拟。"天上""日边"，象征着得第者"一登龙门则身价十倍"，地位不寻常；"和露种""倚云栽"比喻他们有所凭恃，特承恩宠；"碧桃""红杏"，鲜花盛开，意味着他们春风得意、前程似锦。这两句不但用词富丽堂皇，而且对仗整饬精工，正与所描摹的得第者平步青云的非凡气象悉称。

《镜花缘》第八十回写打灯谜，有一条花名谜的谜面就借用了这一联现成诗句。谜底是"凌霄花"，非常贴切。"天上碧桃""日边红杏"所以非凡，不就在于其所处地势"凌霄"吗？这里可以体会到诗句暗含的另一重意味。唐代科举惯例，举子考试之前，先得自投门路，向达官贵人"投卷"（呈献诗文）以求荐举，否则没有被录取的希望。这种所谓推荐、选拔相结合的办法后来弊端大启，晚唐尤甚。高蟾下第，自慨"阳春发处无根蒂"，可见当时靠人事"关系"成名者大有人在。这正是"碧桃"在天，"红杏"近日，方得"和露""倚云"之势，又岂是僻居于秋江之上无依无靠的"芙蓉"所能比拟的呢？

第三句中的秋江芙蓉显然是作者自比。作为取譬的意象，芙蓉是由桃杏的比喻连类生发出来的。虽然彼此同属名花，但"天上""日边"与"秋江"之上，所处地位极为悬殊。这种对照，与左思《咏史》名句"郁郁涧底松，离离山上苗"类似，寄托贵贱之不同乃是"地势使之然"。这里还有一层寓意，秋江芙蓉美在风神标格，与春风桃杏美在颜色妖艳不同。《唐才子传》称"蟾本寒士，……性倜傥离群，稍尚气节。人与千金无故，即身死不受"，又说"其胸次磊块"等等。秋江芙蓉孤高的格调与作者的人品是统一的。末句"不向东风怨未开"，话里带刺。表面只怪芙蓉生得不是地方（生在秋江上）、不是时候（正值东风），却暗寓自己生不逢辰的悲慨。与"阳春发处无根蒂，凭仗东风次第吹"同样"怨而切"，只不过此诗全用比体，寄兴深微。诗人向"大人物"上书，不卑不亢，毫无胁肩谄笑的媚态，这在封建时代，是较为难得的。说"未开"而非"不开"，这是因为芙蓉开花要等到秋高气爽的时候。这里似乎表现出作者对自己才具的自信。高蟾在作诗后的第二年终于蟾宫折桂，如愿以偿了。

绝　句

✽ 僧志南①

古木阴中系短篷②，杖藜扶我③过桥东。
沾衣欲湿杏花雨，吹面不寒杨柳风④。

注释

①志南，南宋诗僧，志南是他的法号，生平事迹不详。《娱书堂诗话》卷上载："僧志南能诗，朱文公（朱熹）尝跋其卷云：南诗清丽有余，格力闲暇，无蔬笋气。如云：'沾衣欲湿杏花雨，吹面不寒杨柳风。'予深爱之。"

②短篷：小船。小船上有短篷，所以称小船为短篷，是借代的修辞方法。

③杖藜扶我：即"我扶杖藜"。杖藜，藜杖。藜，一种藤类植物。扶，助。

④"沾衣"以下两句：为倒装句式，即杏花雨沾衣欲湿，杨柳风吹面不寒。杏花雨，杏花开放时节下的雨，即春雨。杨柳风，杨柳发芽时吹的风，即春风。

译文

在参天古树的浓荫下，系了小船，拄着藜杖，慢慢走过桥，向东而去。阳春三月，杏花开放，绵绵细雨像故意要沾湿我的衣裳似的，下个不停。轻轻吹拂人面的，带着杨柳清新气息的暖风令人陶醉。

点评

这首小诗，写诗人在微风细雨中拄杖春游的乐趣。诗人拄杖春游，却说"杖藜扶我"，是将藜杖人格化了，仿佛它是一位可以依赖的游伴，默默无言地扶人前行，给人以亲切感，安全感，使这位老和尚游兴大增，欣欣然通过小桥，一路向东。桥东和桥西，风景未必有很大差别，但对春游的诗人来说，向东向西，意境

和情趣却颇不相同。“东”，有些时候便是“春”的同义词，譬如春神称作东君，东风专指春风。诗人过桥东行，正好有东风迎面吹来，无论西行、北行、南行，都没有这样的诗意。诗的后两句尤为精彩：“杏花雨”，早春的雨，“杨柳风”，早春的风。这样说比“细雨”“和风”更有美感，更富于画意。杨柳枝随风荡漾，给人以春风生自杨柳的印象。称早春时的雨为“杏花雨”，与称夏初的雨为“黄梅雨”，道理正好相同。“小楼一夜听春雨，深巷明朝卖杏花”，南宋初年，大诗人陆游已将杏花和春雨联系起来。“沾衣欲湿”，用衣裳似湿未湿来形容初春细雨似有若无，更见得体察之精微，描摹之细腻。试想诗人扶杖东行，一路红杏灼灼，绿柳翩翩，细雨沾衣，似湿而不见湿，和风迎面吹来，不觉有一丝儿寒意，这是怎样温馨惬意的春日远足啊！有人不免要想，老和尚这样兴致勃勃地走下去，游赏下去，到他想起应该归去的时候，怕要体力不支，连藜杖也扶他不动了吧？不必多虑。诗的首句说“古木阴中系短篷”，短篷不就是小船吗？老和尚原是乘小船沿溪水而来，那小船就系在溪水边老树下，正待他解缆回寺呢。

游园不值[1]

✻ 叶绍翁[2]

应怜屐齿印苍苔[3]，小扣柴扉[4]久不开。
春色满园关不住[5]，一枝红杏出墙来[6]。

注释

①诗题一作《游小园不值》。不值：没有遇见人，这里指没有进入花园。值，面对、遇到。

②叶绍翁，南宋中期诗人。字嗣宗，号靖逸，祖籍建安（今福建建瓯），据《四朝闻见录》曾自署龙泉（今属浙江）人，本姓李，祖父李颖士于宋政和五年（1115）中进士，曾任处州刑曹，后知余姚。建炎三年（1129），颖士抗金有功，升为大理寺丞、刑部郎中，后因赵鼎党事，被贬。叶绍翁因祖父关系受累，家业中衰，少时即给龙泉叶姓为子。从叶适学，与真德秀、葛天民交甚密。光宗至宁宗期间，叶绍翁曾在朝廷做过小官，后弃官居西湖。工诗，尤擅七言绝句，属江湖派，但意境高远，用语新警，非一般江湖派诗人之作可比。有《四朝闻见录》五卷，杂叙南渡以后宋高宗、孝宗、光宗、宁宗四朝朝野轶事，可补史传之不足，颇有价值。诗多散佚，有《靖逸小集》。

③怜：爱惜、怜惜。屐：一种底下有齿的木鞋，此处借代指鞋。谢灵运喜著木屐登山，上山去屐前齿，下山去后齿，称谢公屐。苍苔：青苔。

④小扣：轻轻地敲。扣，敲。柴扉：柴门。

⑤春色满园关不住：即"满园春色关不住"，是为了押韵的需要。

⑥一枝红杏出墙来：唐吴融《途中见杏花》："一枝红杏出墙头，墙外行人正独愁。"《杏花》："独照影时临水畔，最含情处出墙头。"叶绍翁就是化用前人诗句，同时赋予"春色满园关不住"的含义，意象也就更为醒豁，含义更加丰富。

译文

园主人该是怕木屐齿踩坏了青苔，为什么客人轻敲柴门久久不开。那满园的美丽春色怎能关闭得住，一枝红色杏花已经早早探出墙来。

点评

诗以“游园不值”为题，本是说自己游园的目的没有达到，可是诗人却由此生发感想。他想，这可能是因为主人怕踩坏园中的青苔，怕破坏了园中的美景，因此才不让自己进来的缘故罢。短短两句，写出了诗人的善解人意，也写出了他那一片怜春惜春的情怀！但这首诗更为脍炙人口的还是后两句。柴门虽然不开，满园春色却难以关住，你看一枝红杏探出墙头，不正在向人们炫耀着春天的美丽吗？“关不住”“出墙来”，简单的几个字，写出的并不仅仅是园中美丽的春色，还写出了春天的勃勃生机，写出了一片春意盎然。尽管主人没有访到，但作者的心灵已经被这动人的早春景色完全占满了！

客中行①

*李　白

兰陵美酒郁金香②，玉碗盛来琥珀③光。
但④使主人能醉客，不知何处是他乡⑤。

注释

①诗题一作《客中作》。诗作于唐玄宗开元二十八年(740)，李白移家东鲁，初游鲁地。客中行：旅居他乡所作的诗歌。

②兰陵：地名，今山东枣庄，据传因附近土陵兰草繁茂、兰花芳香而得名。战国时，楚国始设立兰陵县，唐代以产酒闻名。郁金香：一种珍贵的植物，古人用以泡酒，泡后酒带金黄色。

③琥珀：一种树脂化石，黄色或深褐色，晶莹透明，富有光彩，这里用来形容酒色色泽鲜亮。

④但：只要。

⑤他乡：异乡，外乡。

译文

兰陵出产的美酒，透着醇浓的郁金香的芬芳，盛在玉碗里看上去犹如琥珀般晶莹。只要主人同我一道尽兴畅饮，一醉方休，我管它这里是故乡还是异乡呢！

点评

“兰陵美酒郁金香，玉碗盛来琥珀光。”郁金香，是一种香草，有浓烈的香味，古时用来浸酒，用郁金香浸过的酒，呈金黄色，芳香扑鼻。琥珀，松柏树脂化石，呈黄色或赤褐色,此处形容美酒的色泽晶莹可爱。谁都知道,李白一生对美酒是情有独钟的,只要有美酒,李白便可以忘乎所以,美酒对李白的神奇效力由此可见一斑。眼前又是同样的场合,只不过“金樽”换上了“玉碗”,人也不是在长安天子脚下,身处民间的李白更可以放浪形骸,尽情享受了。地方上的佳酿,也许更加别有风味,就是因为这首流传千古的饮酒歌,到现在才会出现许多冠以“兰陵”字样的酒品。这时摆在面前的兰陵佳酿,色泽清冽,酒香扑鼻,李白看在眼里,美在心间,恨不得马上就喝他个一醉方休。不过,李白一生面对的美酒盛筵,何止千万?李白可能因为饮酒而更加豪放,也可能因为痛饮而愈发感伤。也正因为如此,李白才不是一个只知道饮酒寻欢的粗俗酒鬼。那么这一次使得李白忘记了乡愁的到底是什么呢?其实并不是美酒,而是多情的主人,“但使主人能醉客,不知何处是他乡!”“但使”,是只要的意思。所以从字面上来分析,是一种虚拟语气,可是我们读来,却明明白白地感受到,李白此时是非常肯定地将时时萦绕心头的思乡之情抛到九霄云外去了。

题屏①

✻ 刘季孙②

呢喃③燕子语梁间，底事④来惊梦里闲。
说与旁人浑⑤不解，杖藜携酒看芝山⑥。

注释

①诗题一作《题饶州酒务厅屏》，是作者在饶州监督酒务时在官厅屏风上题写的。饶州：今江西波阳。据叶梦得《石林诗话》卷三载，刘季孙当时以右班殿置监管饶州酒务，王安石从宪江到饶州视察，在官厅墙上看到这首《题屏》诗，大为称赏，立刻召见刘季孙。两人聊了好久，最后王安石登车而去，竟然忘了问酒务事。

②刘季孙(1033—1092)，字景文，祥符(今河南开封)人。《石林诗话》云："刘季孙，平之子，能作七字偶句，家藏书数千卷，善用事，《送孔宗翰知扬州》有两偶句云：'诗书鲁国真男子，鼓吹扬州作贵人。'多称其精当。孔每以此十四字悬诸楹。为杭州钤辖，子瞻作守，深知之，尝以诗寄子瞻云：'四海共知霜雾满，重阳曾插菊花无。'子瞻大喜。《在颍州和季孙》诗所谓：'一篇向人露肝胆，四海知我雪鬓须。'盖记此也。此二偶亦堪作巧对，'露、雪'二字尤妙。"哲宗元祐中以左藏库副使为两浙兵马都监。因苏轼荐知隰州，仕至文思副使。博通史传，性好异书古文石刻，精于鉴赏。

③呢喃：燕子低鸣声。

④底事：何事，为什么。

⑤浑：全然。

⑥芝山：在今江西波阳北，初名土素山，据传唐代刺史薛振曾在山上拾得灵芝仙草，因而改名芝山。

译文

燕子在房梁呢喃低语，不知是什么事打扰了我梦里的悠闲。想说给别人听，别人却全然不解，只有拄着藜杖，拿着酒去芝山欣赏风景。

点评

诗里营造了一种幽静闲适的意境，连梦境也是悠闲自在的。作者并不希望世人了解和分享自己的这种生活情趣，而是独往独来，与世无争，表达了作者热爱山水、追求闲适生活的情怀。

漫　兴①

✻杜　甫

肠断②春江欲尽头，杖藜徐步立芳洲③。
颠狂柳絮随风舞，轻薄桃花逐水流④。

注释

①杜甫有《绝句漫兴九首》，这是其中的第五首。作于唐肃宗上元二年(761)，当时杜甫正寓居成都草堂。漫兴：即兴而作，兴之所至随意写成。

②肠断：形容极度伤心。据传王导伐蜀，军士取一猿，母猿随之沿江而啼。导不忍，欲还幼猿，军士不肯，母猿声竭力尽而死，取而剖之，其肠寸断。后人便形容悲伤过度为肠断或断肠。

③藜：藜杖。徐步：缓行，漫步。芳洲：长满花草的水中陆地。

④"颠狂"以下两句：用拟人的修辞手法描绘柳絮、桃花的动态。颠狂，放荡不羁，指柳絮上下翻飞。轻薄，轻浮。

译文

都说春江景物芳妍，而三春欲尽，怎么会不感到伤感呢？拄着拐杖漫步江头，站在芳洲上。只看见柳絮如癫似狂，肆无忌惮地随风飞舞，轻薄不自重的桃花追逐流水而去。

点评

漫兴九首，写于杜甫寓居成都草堂的第二年，即唐肃宗上元二年（761）。杜甫草堂坐落在成都市西门外的浣花溪畔，景色秀美，诗人本应在这安定的环境里修身养性。然而饱尝乱离之苦的诗人，却忧国忧民，以天下为己任，尽管眼前繁花似锦，家国的愁思依然在心头萦绕。这是其中的第一首，寄托了诗人对当时社会现实的深刻不满及自己政治抱负不能实现的苦闷。

庆全庵桃花①

✲ 谢枋得②

寻得桃源③好避秦，桃红又是一年春。
花飞莫遣④随流水，怕有渔郎来问津⑤。

注释

①宋亡后诗人隐居福建建阳，给自己住所起名庆全庵。

②谢枋得（1226—1289），字君直，号叠山，信州弋阳（今江西弋阳）人。自幼博闻强记，目观五行俱下，过目不忘。宝祐四年（1256），与文天祥同科中进士，五年，任建康（今江苏南京）考官。他对当时宋理宗赵昀的宠妃贾妃之弟、奸臣贾似道极为不满，曾指责贾似道，被贬至兴国军（今湖北阳新），直到咸淳三年（1267）才获赦而归。德祐二年（1276）知信州。正月，信州失守后，他改名换姓，隐遁于福建建宁唐石山，身穿素服以志国耻之哀。南宋覆亡后，谢枋得一直流寓建阳，以卖卜教书度日，他以孤芳自赏的梅花自勉，直至北上绝食而死。

③桃源：桃花源的简称。陶渊明《桃花源记》塑造了一个没有剥削、没有压迫的理想世界桃花源。据说晋代渔人王道真，沿溪捕鱼，忽逢桃花林，其源头得一洞口，入洞见一世外天堂，居民们说他们祖先避秦时战乱，来到这里，遂与外界隔绝，不知道汉魏朝代，并嘱托不要告诉他人。王道真归后告诉太守，太守使人原路寻找，竟然找不到了。

④莫遣：莫使，不要让。

⑤问津：询问路口，寻访。津，本指渡口，此指道路。

译文

（我）找到了一处世外桃源可以躲避像秦朝那样的暴政，红艳艳的桃花又是一年春天。花儿凋谢，花瓣千万不要随着流水漂去，恐怕有渔郎看见了也会到这里来问路。

点评

作者没有直接描绘庵中桃花盛开的景色，而是借景抒情，把这所幽静的小庙，比作逃避秦王朝暴政的世外桃源，希望在这里隐居避难，从此不与世人交往。作者身处乱世，眼见山河破碎，国土沦丧，忧心如焚，这首诗字里行间流露了作者的这种忧愤心情。但诗人也是天真的，在家种植桃树，营构自己的“桃花源”，但这毕竟是一厢情愿的事，所以才有“花飞莫遣随流水，怕有渔郎来问津”这样的诗句。

玄都观桃花[1]

✻ 刘禹锡[2]

紫陌红尘[3]拂面来，无人不道[4]看花回。
玄都观里桃千树，尽是刘郎去后栽[5]。

注释

①原题作《元和十年自朗州召至京戏赠看花诸君子》，作于元和十年(815)春，柳宗元、刘禹锡、韩泰等一起被召回京师。玄都观：唐代一道观，在今西安南门外。

②刘禹锡(772—842)，唐代文学家、哲学家，字梦得。洛阳(今属河南)人，自称为汉代中山王刘胜后人。贞元九年(793)登进士第，接着又登宏词科。贞元二十一年(805)一月，顺宗即位，任用王伾、王叔文等人推行一系列改革弊政的措施。刘禹锡与王叔文、柳宗元同为政治革新的核心人物，称为"二王刘柳"。九月，革新失败，王叔文被赐死。刘禹锡初贬为连州(今广东连州市)刺史，行至江陵，再贬朗州(今湖南常德)司马。同时被贬的有韦执谊、韩泰、陈谏、柳宗元、刘禹锡、韩晔、凌准、程异，史称"八司马"。刘禹锡的诗高亢激昂，意气纵横，语言刚健，笔锋犀利。晚年与白居易酬唱颇多。善于学习民歌，含思婉转，语调清新，有浓郁的生活气息。有《刘宾客文集》，又称《刘中山集》《刘梦得集》。

③紫陌：长安街道。红尘：街道上人行马驰扬起的尘土。

④道：说。

⑤尽是刘郎去后栽：暗指新贵们都是在王叔文变法失败后攀附当权者而得势的。刘郎，诗人自称。

译文

京城的大街上无数行人扬起的尘埃迎面扑来，个个都说是看花归来。玄都观有道士种了千株桃树，满城的人都去观赏，而这些桃树都是我贬官离开长安后栽种的。

点评

这是一首政治讽刺诗。诗人在作品里把玄都观的千株桃树比作朝廷中的新贵，因此作品一起笔便暗示了新贵声势显赫、满朝趋奉的情景。后面两句则讽刺他们是作者离开朝廷后才爬上高位的政治暴发户，表示了极大的鄙视。

"紫陌红尘拂面来，无人不道看花回"，作品名曰《玄都观桃花》，可诗人开篇却并未写桃花，而是极力渲染京城大街小巷喧闹的场面，写观花归来的人，用意何在？"紫陌红尘拂面来"，京城里大街小巷到处喧闹不堪，尘土飞扬，这是去玄都观看花的人闹的吗？不是，那又是谁呢？作品要的就是这种效果，让读者去想，想其中暗喻的那些依靠阿谀奉承起家的新权贵们，是那些人把京城搞得乌烟瘴气，烟尘扑面。再看看"无人不道看花回"，在这里，诗人写"看花"，没有去，只写了回，并且是"无人不道"，这四个字巧妙地再现了人们看花以后归途中的满足心情和愉快神态。这流露于外的心情、神态，有看花的真实感受，更应该有攀附权贵的奸佞小人的洋洋自得。

"玄都观里桃千树，尽是刘郎去后栽"，意为玄都观里的上千棵桃树都是我离开京城后才栽种的。但是，这只是表面，不是诗人要表露的本质所在。诗句蕴含的深刻意义在于告诉人们：那些新贵们都是"我"被贬离开京城之后靠阿谀献媚攀爬上高位来的，根本不值得一观。借题发挥，讽刺那些政治暴发户，表达了诗人内心极大的鄙视和无情的讽刺。

再游玄都观①

✻ 刘禹锡

百亩庭中半是苔②，桃花净尽菜花开。
种桃道士③归何处，前度刘郎④今又来。

注释

①诗作于唐文宗太和二年(828)三月。刘禹锡《游玄都观诗序》曰："予贞元二十一年为尚书屯田员外郎，时此观中未有花木。是岁出牧连州，寻贬朗州司马。居十年，召还京师，人人皆言有道士手植红桃满观，如烁晨霞，遂有诗以志一时之事。旋又出牧，于今十有四年，得为主客郎中。重游兹观，荡然无复一树，唯兔葵燕麦动摇于春风，因再题二十八字，以俟后游。"

②庭中：《刘禹锡集》卷二四作"中庭"。庭，庭院。苔：苔藓。

③种桃道士：喻当年竭力培植党羽而打击王叔文变法的执政者。

④前度刘郎：自指。度，次。

译文

玄都观偌大庭院中有一半长满了青苔，原先盛开的桃花已经荡然无存，只有菜花在开放。先前那些辛勤种桃的道士们如今哪里去了呢？前次题诗的我——刘禹锡又回来了啊！

点评

和上一首一样，此诗仍用比体。从表面上看，它只是写玄都观中桃花之盛衰存亡。道观中非常宽阔的广场已经一半长满了青苔。经常有人迹的地方，青苔是长不起来的。百亩广场，半是青苔，说明其地已无人来游赏了。“如红霞”的满观桃花，“荡然无复一树”，而代替了它的，乃是不足以供观览的菜花。这两句写出一片荒凉的景色，并且是经过繁盛以后的荒凉，与前首之“玄都观里桃千树”“无人不道看花回”形成强烈的对照。下两句由花事之变迁，联系到自己之升迁进退，因此连着想到：不仅桃花无存，游人绝迹，就是那一位辛勤种桃的道士也不知所终，可是，上次看花题诗，因而被贬的刘禹锡现在倒又回到长安，并且重游旧地了。这一切，哪能料得定呢？言下有无穷的感慨。

再就其所寄托的意思看，则以桃花比新贵，与前诗相同。种桃道士则指打击当时革新运动的当权者。这些人，经过二十多年，有的死了，有的失势了，因而被他们提拔起来的新贵也就跟着改变了他们原有的煊赫声势，而让位于另外一些人，正如“桃花净尽菜花开”一样。而桃花之所以净尽，则正是“种桃道士归何处”的结果，而这时，我这个被排挤的人，却又回来了，难道是那些人所能预料到的吗？对于扼杀那次政治革新的政敌，诗人在这里投以轻蔑的嘲笑，从而显示了自己的不屈和他将继续战斗下去的乐观。

刘禹锡玄都观两诗，都是以比拟的方法，对当时的人物和事件加以讽刺，除了寄托的意思之外，仍然体现了一个独立而完整的意象。这种艺术手法是高妙的。

滁州西涧[1]

✲ 韦应物[2]

独怜幽草涧边生[3],上有黄鹂深树[4]鸣。
春潮带雨晚来急,野渡[5]无人舟自横。

注释

①诗作于唐德宗建中、兴元年间(782—785)。唐德宗建中三年(782)韦应物出为滁州刺史。兴元元年(784)冬罢滁州刺史,寓居滁州西涧。贞元元年(785)春夏闲居滁州,秋改官为江州刺史。滁州:地名,今安徽滁县。西涧:在滁州城西,俗名上马河。

②韦应物(737—792或793),唐代诗人,京兆长安(今陕西西安)人。出身关中望族,自天宝十载(751)至天宝末,以三卫郎为玄宗近侍,常出入宫闱,扈从游幸。安史乱起,玄宗奔蜀,他流落失职,始立志读书。建中二年(781)擢比部员外郎,在长安与畅当、刘太真、李儋、吉中孚等相交游,次年出为滁州刺史。贞元元年(785),为江州刺史。贞元四年,入朝为左司郎中,次年出为苏州刺史,与顾况、秦系、孟郊、丘丹、皎然等均有唱酬往来。贞元七年退职,寄居苏州永定寺。世称“韦江州”、“韦左司”或“韦苏州”。有《韦苏州集》《韦江州集》,《全唐诗》存诗十卷。

③怜:爱。幽草:生长在暗处的草。幽,一作“芳”。生:一作“行”。

④深树:树丛深处。树,一作“处”。

⑤野渡:偏僻无人管理的渡口。

译文

我独爱生长在涧边的幽草，涧上有黄鹂在深林中啼叫。春潮伴着夜雨急急地涌来，渡口无人船只自在地浮泊。

点评

这是一首山水诗的名篇，也是韦应物的代表作之一。诗写于唐德宗建中二年（781）诗人出任滁州刺史期间。唐滁州治所即今安徽滁县，西涧在滁州城西郊野。这诗写春游西涧赏景和晚雨野渡所见。诗人以情写景，借景述意，写自己喜爱与不喜爱的景物，说自己合意与不合意的情事，而其胸襟恬淡，情怀忧伤，便自然流露出来。但是诗中有无寄托，寄托何意，历来争论不休。有人认为它通首比兴，是刺"君子在下，小人在上"；有人认为"此偶赋西涧之景，不必有所托意"。实则各有偏颇。

诗的前两句，在春天繁荣景物中，诗人独爱自甘寂寞的涧边幽草，而对深树上鸣声诱人的黄莺儿却表示无意，置之陪衬，以相比照。幽草安贫守节，黄鹂居高媚时，其喻仕宦世态，寓意显然，清楚表露出诗人恬淡的胸襟。后两句，晚潮加上春雨，水势更急。而郊野渡口，本来行人无多，此刻更其无人。因此，连船夫也不在了，只见空空的渡船自在浮泊，悠然漠然。水急舟横，由于渡口在郊野，无人问津。倘使在要津，则傍晚雨中潮涨，正是渡船大用之时，不能悠然空泊了。因此，在这水急舟横的悠闲景象里，蕴含着一种不在其位、不得其用的无奈而忧伤的情怀。在前后两句中，诗人都用了对比手法，并用"独怜""急""横"这样醒目的字眼加以强调，应当说是有引人思索的用意。

由此看来，这诗是有寄托的。但是，诗人为什么有这样的寄托呢？

在中唐前期，韦应物是个洁身自好的诗人，也是个关心民生疾苦的好官。在仕宦生涯中，他"身多疾病思田里，邑有流亡愧俸钱"（《寄李儋元锡》），常处于进仕退隐的矛盾之中。他为中唐政治弊败而忧虑,为百姓生活贫困而内疚,有志改革而无力,思欲归隐而不能,进退两为难,只好不进不退,任其自然。庄子说:“巧者劳而知者忧;无能者无所求,饱食而遨游。泛若不系之舟,虚而遨游者也。”(《庄子·列御寇》)韦应物对此深有体会,曾明确说自己是“扁舟不系与心同”(《自巩洛舟行入黄河即事寄府县僚友》),表示自己虽怀知者之忧,但自愧无能,因而仕宦如同遨游,悠然无所作为。其实,《滁州西涧》就是抒发这样矛盾无奈的处境和心情。思欲归隐,故独怜幽草;无所作为,恰同水急舟横。所以诗中表露着恬淡的胸襟和忧伤的情怀。

花 影

✻苏 轼

重重叠叠上瑶台①，几度呼童扫不开②。
刚被太阳收拾去，却教明月送将来。

注释

①瑶台：神话传说中的仙家住地，晋王嘉《拾遗记·昆仑山》："傍有瑶台十二，各广千步，皆五色玉为台基。"这里指院落中清幽的亭台。

②几度：几次。扫不开：扫不去，扫不掉。

译文

亭台上的花影一层又一层，几次叫童儿去打扫，可是花影怎么扫走呢？傍晚太阳下山时，花影刚刚隐退，可是月亮又升起来了，花影又重重叠叠出现了。

点评

初读这首诗，会感觉这是一首咏物诗，明白通俗；细细琢磨，才知是一首政治抒情诗，含蓄隐晦。原来是苏轼在慨叹他的政敌即那些所谓"熙丰小人"，他们在宋神宗死去、哲宗即位、高太后临朝时，全被贬谪(刚被太阳收拾去)；而到高太后死去、哲宗亲政时，又全被起用了(却教明月送将来)。这是苏轼一首用以抒发政敌被起用的愤懑诗。

北山①

✲ 王安石

北山输绿涨横陂②,直堑回塘滟滟③时。
细数落花因④坐久,缓寻芳草得归迟。

注释

①诗作于宋神宗熙宁十一年(1078)至元丰七年(1084)间,王安石晚年隐居金陵钟山时。

②北山:钟山,又名蒋山,即今南京紫金山。王安石晚年筑室于山腰,号半山。输:输送,这里是蔓延的意思,拟人手法。陂:池塘,水边。

③堑:壕沟。回塘:曲折的池塘。滟滟:波光动荡的样子。

④数:查点。因:因为,这里作"于是"解。

译文

北山绿色的山泉涨满山塘,笔直的沟渠和曲折回环的池塘里的水在阳光下闪闪发光。因陶醉于春天美丽的景色,静静地细数落花久坐;因慢慢地寻找碧绿的芳草而回家晚了。

点评

本诗后两句对得很工整,读起来也很自然,作者通过细腻的观察,捕捉生动的意象,以平易的语言表现自己内心的情绪,感受。"细数""缓寻"既烘托了萧散旷逸、从容不迫的神态,又暗含了一种百无聊赖的闲愁。

湖 上①

✻ 徐元杰②

花开红树乱莺啼③，草长平湖④白鹭飞。
风日晴和人意⑤好，夕阳箫鼓⑥几船归。

注释

①湖：这里指西湖。

②徐元杰(1196—1246)，字伯仁，号梅野，信州上饶(今江西上饶)八都黄塘人，学者称天庸先生。南宋理宗绍定五年(1232)状元，签书镇东军节度判官厅公事。淳祐元年(1241)，差知南剑州(今福建南平)。在任期间，重视教育，亲到延平书院为诸生演讲。累官至大堂寺少卿，兼给事中国子祭酒，擢中书舍人。淳祐五年六月徐元杰指爪忽裂，暴疾而亡。赠工部侍郎，谥忠愍。三学诸生，伏阙请愿，指系奸人毒害，御旨交大理寺审理，事竟不白。著有《梅野集》十二卷。

③红树：红花满树。乱莺啼：嘈杂的莺啼声，西湖十景有“柳浪闻莺”一景。

④平湖：平静的湖面。

⑤风日晴和：风和日丽。风日，一作“风物”。人意：心情。

⑥箫鼓：都是乐器，这里借指管弦之乐。

译文

在那开满了红花的树上，欢跃的群莺在不停地鸣叫；西湖岸边已长满了青草，成群白鹭在平静的湖面上翻飞。风和日丽，人的心情愉快；夕阳西下，人们伴着箫鼓划着几只船归来。

点评

这是一首春游西湖的诗。开头两句着力写出了湖上的风光，乱莺红树，白鹭青草，相映成趣，生意盎然。在风和日丽的艳阳天里，人们欣赏湖上风光，心情该是多么舒畅。趁着夕阳余晖，伴着阵阵的鼓声箫韵，人们划着一只只船儿尽兴而归，这气氛又是多么热烈。全诗语言清新流利，景物绚烂多姿，用音响和色彩绘出了一幅欢乐的湖上春游图。

“乱”字不仅形象地描绘出红林深处传出的此起彼伏的鸟鸣声，还表现出黄莺上下飞舞，穿梭于林间枝头的动感。

漫　兴①

✻杜　甫

糁径②杨花铺白毡，点溪荷叶叠青钱③。
笋根雉子④无人见，沙上凫雏⑤傍母眠。

注释

①作于唐肃宗上元二年(761)初夏成都草堂，是杜甫《绝句漫兴九首》的第七首。

②糁(sǎn)径：散乱地落满细碎杨花的小路；糁，原意为饭粒，这里引申为散落、散布。

③青钱：古代的一种青铜钱，这里比喻出生的荷叶点缀在小溪上，像重叠的青钱。

④雉子：小野鸡。一作“稚子”，指嫩笋芽。

⑤凫雏：小野鸭。

译文

飘落在小路上的杨花碎片，就像铺开的白毛子，点缀在溪上的嫩荷，像青铜钱似地一个叠着一个。竹林里笋根旁的小野鸡，还没有人注意它们，刚刚孵出的小水鸭子，在沙滩上依偎着母鸭甜甜地睡着。

点评

这一首《漫兴》是写初夏的景色。前两句写景，后两句景中状物，而景物相间相融，各得其妙。

诗中展现了一幅美丽的初夏风景图：漫天飞舞的杨花撒落在小径上，好像铺上了一层白毡；而溪水中片片青绿的荷叶点染其间，又好像层叠在水面上的圆圆青钱。诗人掉转目光，忽然发现：那一只只幼雉隐伏在竹丛笋根旁边，真不易为人所见。那岸边沙滩上，小凫雏们亲昵地偎依在母凫身边安然入睡。首句中的“糁径”，是形容杨花纷散落于路面，词语精炼而富有形象感。第二句中的“点”“叠”二词，把荷叶在溪水中的状态写得十分生动传神，使全句活了起来。后两句浦起龙在《读杜心解》中说它“微寓萧寂怜儿之感”，我们从全诗看，“微寓萧寂”或许有之，“怜儿”之感，则未免过于深求。

这四句诗，一句一景，字面看似乎是各自独立的，一句诗一幅画面；而联系在一起，就构成了初夏郊野的自然景观。细致的观察描绘，透露出作者漫步林溪间对初夏美妙自然景物的流连欣赏的心情，闲静之中，微寓客居异地的萧寂之感。这四句如截取七律中间二联，双双皆对，又能针脚细密，前后照应。起两句明写杨花、青荷，已寓林间溪边之意，后两句则摹写雉子、凫雏，但也俱在林中沙上。前后关照，互相映衬，于散漫中浑成一体。这首诗刻画细腻逼真，语言通俗生动，意境清新隽永，而又充满深挚淳厚的生活情趣。

春　晴①

✻王　驾

雨前初见花间蕊②，雨后全无叶底花。
蜂蝶纷纷过墙去，却疑③春色在邻家。

注释

①诗题一作《晴景》，又作《雨晴》。

②蕊：花苞，花心。

③疑：疑心。

译文

下雨之前鲜花初开可以看到花蕊，下雨之后绿叶中间再也不见鲜花。蜜蜂蝴蝶都纷纷飞到墙的那边去了，我真怀疑春色在隔壁人家的院子里。

点评

这首即兴小诗，写雨后漫步小园所见的残春之景。诗中摄取的景物很简单，也很平常，但平中见奇，饶有诗趣。

诗的前两句扣住象征春色的“花”字，以“雨前”所见和“雨后”情景相对比、映衬，吐露出一片惜春之情。雨前，春天刚刚降临，花才吐出花骨朵儿，尚未开放；而雨后，花事已了，只剩下满树绿叶了，说明这场雨下得多么久，好端端的春色，被这一场春雨给扫了兴。诗人望着花落春残的小园之景，是多么扫兴而生感触啊!

扫兴的不光是诗人,还有那蜜蜂和蝴蝶。诗的下两句由花写到蜂蝶,被苦雨久困的蜂蝶,好不容易盼到大好的春晴天气,它们怀着和诗人同样高兴的心情,翩翩飞到小园中来,满以为可以在花丛中饱餐春色,不料扑了空,小园无花空有叶;它们也像诗人一样大失所望,懊丧地纷纷飞过院墙而去。花落了,蜂蝶也纷纷离开了,小园岂不显得更加冷落,诗人的心岂不更加怅惘!望着"纷纷过墙去"的蜂蝶,满怀着惜春之情的诗人,刹那间产生出一种奇妙的联想:"却疑春色在邻家。"院墙那边是邻家,诗人想得似乎真实有据;但一墙之隔的邻家小园,自然不会得天独厚,诗人想得又是多么天真烂漫;毕竟墙高遮住视线,不能十分肯定,故诗人只说"疑","疑"字极有分寸,格外增加了真实感。这两句诗,不仅把蜜蜂、蝴蝶追逐春色的神态,写得活灵活现,更把"春色"写活了,似乎"阳春"真的"有脚",她不住自家小园,偏偏跑到邻家,她是多么调皮、多么会捉弄人啊!

"却疑春色在邻家",可谓"神来之笔",造语奇峰突起,令人顿时耳目一新。这一句乃是全篇精髓,起了点铁成金的作用,经它点化,小园、蜂蝶、春色一齐焕发出异样神采,妙趣横生。古人所谓"诗贵活句"(吴乔《围炉诗话》),就是指这种最能表达诗人独特感受的新鲜生动的诗句吧。

春　暮

✻曹　豳[1]

门外无人问落花，绿阴冉冉遍天涯[2]。
林莺啼到无声处[3]，青草池塘独[4]听蛙。

注释

①曹豳（1170—1250），字西士，一字潜夫，号东畎，瑞安（今属浙江）人。宋宁宗嘉泰二年（1202）进士，调靖安簿。累迁秘书丞兼仓部郎官、浙东提刑、知福州府兼福建安抚使。有《玉泉集》，已佚。

②绿阴：绿树浓荫。冉冉：通“苒苒”，草木茂盛的样子。天涯：天边，指广阔大地。

③处：时候。

④独：只。

译文

门外的落花没有人问，大地上到处都是绿树的浓荫。树林中的黄莺不再啼叫，只有青草池塘里不断传出声声蛙鸣。

点评

这是一首描写暮春景物的诗。花儿落了，大地上已万木葱茏；莺歌歇了，青草池塘处处有蛙声。两两相对，把暮春时节的那种繁盛和热闹的景象生动地表现了出来。

景象是暮春还是初夏，当然无关紧要。这首诗所蕴含的，是一种春天花事消歇后的感慨，在孤寂中，一种因时序更替引起的淡淡哀愁，这是此诗最值得一读的地方。

落　花[1]

✽ 朱淑贞[2]

连理枝[3]头花正开，妒花风雨便相催[4]。
愿教青帝常为主[5]，莫遣纷纷点翠苔[6]。

注释

①诗题一作《惜春》。

②朱淑贞，又作朱淑真，宋代女作家，号幽栖居士，钱塘（今浙江杭州）人。明田汝成《西湖游览志》云："淑真钱塘人，幼警惠，善读书，工诗，风流蕴藉。早年，父母无识，嫁市井民家。淑真抑郁不得志，抱恚而死。父母复以佛法并其平生著作荼毗之。临安王唐佐为之立传。宛陵魏端礼辑其诗词，名曰《断肠集》。"魏端礼序朱署淳熙九年（1182），称朱淑贞词"清新婉丽，蓄思含情，能道人意中事"。诗集《断肠集》，词有《断肠词》。

③连理枝：两棵树枝条连在一起生长，常用来比喻恩爱夫妻。

④妒：嫉妒。催：催促，这里指风雨催促花儿凋谢。

⑤青帝：我国古代神话中的五天帝之一，是位于东方的司春之神，又称苍帝、木帝。《史记·封禅书》："秦宣公作密畤于渭南，祭青帝。"唐黄巢《题菊花》诗："他年我若为青帝，报与桃花一处开。"常为主：《断肠诗词集》作"长为主"。

⑥莫遣：不要让。点：点缀。翠苔：绿色的苔藓。

译文

连理枝头上的花朵开得正艳丽，惹来狂风暴雨的妒忌，竞相摧残。但愿自然四季都由春神掌管，才不会使花朵被纷纷吹落在青苔上了。

点评

这首诗在小说《红楼梦》中为香菱所作的一篇酒令。

小说中，作者采用隐前歇后的手法，把对掣签人物命运的暗示巧寓于明提的那一句诗的前后诗句之中，而达到雅俗共赏的目的。这种“诗谶式”的表现方法，其缺点是给读者一种神秘主义的感觉，这多少反映了作者有些许宿命论的思想。但从小说的情节结构的完整性和严密性来说，却体现出曹雪芹每写一人一事都是胸中有全局，目光贯始终。这是有价值的艺术经验。

香菱得到并蒂花签和一句喜庆的话，这和小说上一回中她斗草时用“夫妻蕙”去对人家“姊妹花”的情节差不多，从表面上看她将来可能真有什么喜事。其实，这是作者的“狡狯”。花签诗句只起着歇后语的作用，真意全在后一句——“妒花风雨便相催”。向花“催”命的“风雨”是用来比喻有“妒病”的悍妇夏金桂的。作者很喜欢暗中透露人物的命运，但常不让人一眼看穿。比如“斗草”一节，香菱解释“夫妻蕙”说：“并头结花的为‘夫妻蕙’。”别人就反问她：“若是两枝背面开的，就是‘仇人蕙’了？”这表面上是随口带出的，读者如果没有预先知道香菱的结局，就不会想到作者是在说“夫妻”将成为“仇人”。《红楼梦》不宜草草读过，作者常用这种写法也是一个原因。

此诗亦是表达了对封建礼教的控诉。表面惋惜落花实则借催落花的无情风雨象征摧残爱情的封建恶势力，表达了争取爱情、婚姻自由，反封建的愿望。

春暮游小园

✽王　淇①

一从梅粉褪残妆②，涂抹新红③上海棠。
开到荼蘼花事了④，丝丝天棘出莓墙⑤。

注释

①王淇，字菉猗，与谢枋得有交，谢尝代其女作《荐父青词》（《叠山集》卷一二），生平事迹不详。

②一从：自从。褪残妆：拟人手法，指梅花凋谢。

③涂抹新红：拟人手法，指海棠盛开。

④花事了：春天的花都开完了。

⑤天棘：即天门冬，百合科草本植物。莓墙：有苔藓生长的墙，或可解作旁边种有木莓的墙。

译文

自从梅花红消瓣落，粉褪残妆后，海棠花就涂抹着这鲜红的颜色隆重登场了。等到荼蘼花开时，整个百花争艳的春天就要过去了，唯有酸枣树的丝丝荆蔓爬出了长满苔藓的墙垣。

点评

这首诗写诗人暮春游园时感受到的春夏之交的景物变换。诗的一、三句写“梅褪残妆”“荼蘼花开”，展现的是暮春的景色，尤其是一个“残”字更是营造出百花凋零、春意阑珊的氛围。二、四句写“海棠涂红”“天棘出墙”描写的是初夏景象。全诗用四种植物的花开花落和交相更替构成了色彩上的由浅入深，给人一种妙趣横生的感觉。

莺　梭①

✽ 刘克庄②

掷柳迁乔③太有情，交交时作弄机④声。
洛阳三月花如锦⑤，多少工夫织得成。

注释

①莺梭：黄莺往来如穿梭，形容其轻巧敏捷。

②刘克庄（1187—1269），南宋诗人、词人、诗论家。字潜夫，号后村，莆田（今属福建）人。初名灼，师事真德秀。宁宗嘉定二年（1209）补将仕郎，调靖安簿，始改今名。理宗端平六年（1246），赐同进士出身，秘书少监，兼国史院编修、实录院检讨官。景定三年（1262）授权工部尚书，升兼侍读。五年（1264）因眼疾离职。度宗咸淳四年（1268）特授龙图阁学士。晚年趋奉贾似道。刘克庄是江湖派中最出色的诗人之一，宋末刘辰翁和方回对他的批评最中肯。刘辰翁说："刘后村仿《初学记》，骈俪为书，左旋右抽，用之不尽，至五七言名对亦出于此，然终身不敢离尺寸，欲古诗少许自献，如不可得。"刘克庄现存诗四千余首，著作有《后村先生大全集》，词集有《后村别调》及《后村长短句》传世。

③掷柳：抛柳，指黄莺从柳树上飞下。迁乔：迁居，这里是说黄莺飞行，未必是迁居。《诗经·小雅·伐木》："出自幽谷，迁于乔木。"后称人移居说乔迁。

④交交：鸟鸣声。弄机：织布。

⑤锦：有彩色花纹的丝织品。

译文

冬眠过后的黄莺在柳树和乔木上快乐地飞来飞去，它们的嘤嘤鸣叫好像拨弄机杼时发出的“交交”声音。洛阳的三月繁花似锦，不知黄莺抛梭树林中，花费了多少工夫才织成这大好春光。

点评

诗题“莺梭”的意思是指黄莺飞来飞去，像织布机上的梭子一样来往不停。全诗展开了丰富的想象，把黄莺的动作比作织布梭子，把黄莺的鸣叫比作机杼声，生动地刻画出黄莺活灵活现的神态。三、四两句情景交融，既描绘了美丽迷人的春光景色，又抒发了诗人对春景的由衷赞叹以及对点染春光的自然万物的感激之情。

暮春即事

叶　采[1]

双双瓦雀行书案[2]，点点杨花入砚池[3]。
闲坐小窗读周易[4]，不知春去几多时。

注释

①叶采，字仲圭，号平岩，建阳(今属福建)人。理宗淳祐元年(1241)进士。累官翰林学士兼侍讲。景定初卒。

②瓦雀：屋顶瓦上的麻雀，这里指麻雀的影子。书案：书桌。

③砚池：砚台。

④周易：即《易经》，是我国古代的儒家经典著作之一。

译文

成双结对的麻雀在屋瓦上跳动，影子映照在书桌上。点点柳絮随风飘扬，散落在砚台中。悠闲地坐在小窗前捧读《周易》，忽惊瓦雀之影，又见杨花飘落，不知多少春光又已经过去了。

点评

诗人向我们描绘了一幅古代封建知识分子春日潜心求学的画面。全诗采用动静结合的手法，一、二句对仗工整，写“瓦雀慢行”“杨花飘落”，正是这些轻盈的小动作惊扰了临窗苦读的诗人，打破了他内心的平静，不觉发出春光易逝的感叹。这首诗风格平易，刻画生动，给人一种舒心之感。

登　山①

✻李　涉②

终日昏昏醉梦间，忽闻春尽强③登山。
因过竹院逢僧话，又得浮生④半日闲。

注释

①诗题一作《题鹤林寺僧院》，鹤林寺，故址在今江苏省镇江市。前两句写整日醉生梦死，毫无乐趣，只是听说春天快要结束了才想起登山；后两句写与僧人聊天，才得到半日闲适，表现了诗人不得志情况下的无奈与烦闷。

②李涉，自号清谿子，洛阳（今河南洛阳）人。他曾和弟弟李渤隐居庐山，后应辟做幕僚。唐文宗大和中，因宰相推荐，任太学博士，因故流放康州（治所在今广东德庆）。李涉现存诗一百余首，大多数是七言绝句。他关心国事，写诗抨击权贵说："但将钟鼓悦私爱，肯以犬戎为国忧？"（《六叹》）由于一再遭受贬谪，常有不平之鸣。集二卷，《全唐诗》录存其诗一卷。《全唐诗外编》及《全唐诗续拾》补诗四首、断句二。

③强：勉强。

④浮生：《庄子·刻意》："其生若浮，其死若休。"以人生在世，虚浮不定，因称人生为"浮生"。南朝宋鲍照《答客》："浮生急驰电，物道险弦丝。"

译文

整天昏昏沉沉，处于半醉半梦的状态中。忽然有一天惊闻春天即将过去，于是强打起精神去登山。经过竹院时碰到一位山僧，在与他闲聊的过程中忘却了尘世的烦恼，得到了半日的清闲。

点评

这首诗是封建士大夫因不满现实而虚度人生的心理写照。诗的首句描写了诗人的生存状态，接着用一个“强”字更加突出了这种浑浑噩噩的精神面貌。末句抒发了诗人于无可奈何之中寻求到的一种心理慰藉——“闲”，只有避开尘世，遁入山林才是诗人的唯一出路，流露出诗人内心的苦闷。

晚　春①

✻韩　愈

草木知春不久归②,百般红紫斗芳菲③。
杨花榆荚无才思④,惟解漫天作雪飞⑤。

注释

①诗约作于唐宪宗元和十一年(816)前后,是《游城南》十六首之三。

②归:回归,春色将尽。

③百般:各种各样或千方百计。斗芳菲:竞艳吐芳,争相开放。

④榆荚:榆钱,老呈白色,状如古钱。

⑤惟解:只知道。

译文

春天即将过去,花草和树木得知消息都想留住春天的脚步,竞相吐艳争芳,霎时万紫千红,繁花似锦。就连那没有美丽颜色的杨花和榆钱也不甘寂寞,随风起舞,化作漫天飞雪。

点评

这是一首描绘暮春景色的七绝。乍看来,只是写百卉千花争妍斗奇的常景,但进一步品味便不难发现,诗写得工巧奇特,别开生面。诗人不写百花稀落、暮春凋零,却写草木留春而呈万紫千红的动人情景:花草树木探得春将归去的消息,便各自施展出浑身解数,吐艳争芳,色彩缤纷,繁花似锦,就连那本来乏色少香的杨花、榆荚也不甘示弱，而化作雪花随风飞舞，加入了留春的行列。诗人体物入微，发前人未得之秘，反一般诗人晚春迟暮之感，摹花草灿烂之情状，展晚春满目之风采。寥寥几笔，便给人以满眼风光、耳目一新的印象。

说这首诗平中翻新，颇富奇趣，还在于诗中拟人化手法的奇妙运用，糅人与花于一体。“草树”本属无情物，竟然不仅能“知”能“解”还能“斗”，而且还有“才思”高下有无之分。想象之奇，实为诗中所罕见。末两句尤其耐人咀嚼，读者大可根据自己的生活体验进行毫无羁绊的大胆想象，使人思之无穷，味之不尽。

再细加揣摩，此诗融景与理于一炉，可以透过景物描写领悟出其中的人生哲理：诗人通过“草树”有“知”、惜春争艳的场景描写，反映的其实是自己对春天大好风光的珍惜之情。面对晚春景象，诗人一反常见的惜春伤感之情，变被动感受为主观参与，情绪乐观向上，很有新意。你看，“杨花榆荚”不因“无才思”而藏拙，不畏“班门弄斧”之讥，为“晚春”添色。这就给人以启示：一个人“无才思”并不可怕，要紧的是珍惜光阴，不失时机，“春光”是不负“杨花榆荚”这样的有心人的。

钱钟联《集释》系此诗于元和十一年。注引朱彝尊《批韩诗》云：“此意作何解？然情景却是如此。”的确，仅就描写暮春景色而言，此诗可谓有情有趣，亦不落俗套。诗题又作《游城南晚春》，可知所写乃春游郊外所见。诗人全用拟人手法，不说人之惜春，而说草树亦知春将不久，因而百花争艳，各呈芳菲。凑热闹的还有朴素无华的杨花榆荚，像飞雪一般漫天遍野地飘舞。人言草木无情，诗偏说它们有知，或“斗”或“解”，活泼有趣。这是此诗明白有趣之处。

然而“无才思”三字颇怪异，遂引起后人诸多猜测。或谓劝人勤学，不要像杨花那样白首无成；或谓隐喻人之无才，作不出好文章；或言有所讽喻；或言赞赏杨花虽无芳华，却有情趣和勇气。细审诗意，诗人当是赞赏杨花的。“无才思”应是故作顿挫的谐谑之笔。

此诗之寓意，见仁见智，不同的人生阅历和心绪会有不同的领悟。

蚕妇吟①

✲ 谢枋得

子规啼彻四更②时,起③视蚕稠怕叶稀。
不信楼头杨柳月④,玉人⑤歌舞未曾归。

注释

①吟:古代诗歌体裁的一种。

②子规:即杜鹃,又称杜宇、望帝。啼彻:不断地啼叫。四更:古时一夜分为五更,四更时天尚未明。

③起:起床。

④杨柳月:月亮西沉至杨柳树梢。

⑤玉人:容貌美丽的人,后多用以称美丽的女子。唐元稹《莺莺传》:"隔墙花影动,疑是玉人来。"这里指歌女舞伎。

译文

四更天时,杜鹃还在夜里啼叫。养蚕的妇女起床来察看桑蚕,唯恐蚕多而叶少。此时,月已西沉,斜挂在楼头的杨柳树梢。蚕妇不敢相信那些轻歌曼舞的卖唱女子还未归家休息。

点评

这首诗绘制了两幅深夜图景:一幅是蚕妇半夜起床察视桑蚕,另一幅是歌舞管弦的声色场景。诗人采用由此及彼的写法,由眼前辛勤劳作的蚕妇联想到通宵未归的歌女,而写歌女意在讽刺那些荒淫无度、贪图享乐的达官贵人。虽然蚕妇和歌女的生活方式不同,但她们都是旧社会被压迫的妇女生活的写照。

伤 春①

✲ 杨万里②

准拟今春乐事浓③，依然枉却一东风④。
年年不带看花眼，不是愁中即⑤病中。

注释

①诗题一作《晓登万花川谷看海棠》，原诗二首，此为第二首。伤春：为春天将逝而伤感。

②杨万里（1127—1206），字廷秀，号诚斋。吉州吉水（今属江西）人。南宋杰出的诗人。绍兴二十四年（1154）中进士。授赣州司户，历任太常丞、广东提点刑狱、枢密院检详官兼太子侍读，官终宝谟阁文士，谥“文节”。以诗著名，与尤袤、范成大、陆游并称“中兴四大诗人”，当时被奉为诗坛宗主。其诗生动活泼、幽默诙谐，被称为“诚斋体”。有《诚斋集》一百三十三卷。

③准拟：料想，本以为。浓：多，深。

④枉却：白白地辜负。东风：春风。

⑤即：就是。

译文

原本以为今年春天会有许多赏心乐事，谁知仍然辜负了大好春光。多年来不曾有过赏花的眼福，不是因为愁闷无法赏花，就是因为被病魔缠身而无法看花。

点评

诗人不仅有感于春光流逝,更主要的是为自己而感慨。诗人非愁即病的生存境况虽令人伤感,但“准拟”二字却流露出一丝希望之光。紧接着锋芒一转,“依然枉却”渗透着一股绝望的情绪。

送　春

✽王　令[①]

三月残花落更[②]开，小檐[③]日日燕飞来。
子规夜半犹啼血[④]，不信东风[⑤]唤不回。

注释

①王令（1032—1059），江都人，初字钟美，后改字逢源，原籍元城（今河北大名），一生孤愤。西昆体浮靡之音盛行诗坛之时，其以造语精辟、笔意纵横、气格雄壮的特色为扫荡西昆陋习做出了贡献。有《广陵先生文集》。

②更：又。

③檐：屋檐。

④子规：杜鹃，相传古蜀国国王杜宇亡国，化为杜鹃，自春至夏啼叫不已，声音凄苦，以至于口中泣血，所以说啼血。

⑤不信：不相信。东风：春风，春光。

译文

暮春三月，残花落尽又重开。屋檐底下天天都有燕子飞来飞去筑巢。那留恋春光的杜鹃半夜三更还在悲啼泣血，它不相信东风是唤不回的。

点评

这是一首写景的七言诗，表现了暮春时节的景象和诗人的感受。诗的前两句以写景为主，后两句由景生情，抒发了自己的生活态度和追求。

花落了还会重开，燕子离去了还会回来，然而那眷恋春光的杜鹃，却半夜三更还在悲啼，不相信东风是唤不回来的。

诗中的“落更开”描述了三月的花谢了又开，表现了春光未逝；“燕飞来”描述了低矮的屋檐下有燕子飞来飞去，表现了春光生机犹在。写出了暮春景象春光未逝，生机犹存的特点。

后两句以拟人的手法来写杜鹃鸟，塑造了一个执着的形象，借此表现自己留恋春天的情怀，字里行间充满凄凉的美感。

东风就是指春风，子规，杜鹃鸟经常在暮春啼叫。

诗人用子规夜半犹啼血，不信东风唤不回来表达竭尽全力留住美好时光的意思，既表达珍惜的心情，又显示了自信和努力的态度。表现了自己顽强进取，执着追求美好未来的坚定的信念和乐观的精神。这首诗的子规（杜鹃）与以往大部分诗里借喻哀伤、凄切的含义较不相同，带有比较积极的意义。

三月晦日送春[①]

✻贾　岛[②]

三月正当[③]三十日，风光别我苦吟[④]身。
共君[⑤]今夜不须睡，未到晓钟[⑥]犹是春。

注释

①诗题一作《三月晦日赠刘评事》。三月晦日：就是农历三月三十日。晦日，农历每月的最后一天。

②贾岛(779—843)，唐代诗人，字浪仙。范阳(今北京附近)人。早年出家为僧，号无本。元和五年(810)冬，至长安。次年春，至洛阳，始谒韩愈，以诗深得赏识。文宗时，贬长江(今四川蓬溪)主簿。开成五年(840)，迁普州司仓参军。武宗会昌三年(843)，在普州去世。贾岛在韩门，常从张籍、孟郊游。又与马戴、姚合为诗友，往来酬唱甚密。

他擅长五律，苦吟成癖，自谓“一日不作诗，心源如废井”(《戏赠友人》)。元辛文房《唐才子传》卷五载贾岛：“每至除夕，必取一岁所作置几上，焚香再拜，酹酒祝曰：‘此吾终年苦心也。’”其诗造语奇特，常写荒寒冷落之景，表现愁苦幽独之情。有《长江集》十卷。

③正当：正值。

④风光：春光。别：远离。苦吟：作诗竭尽全力，贾岛为苦吟的诗人，有诗句“二句三年得，一吟双泪流”为证。唐代苦吟的诗人很多，据说王维苦吟到走入醋瓮中，卢延让有“吟安一个字，拈断数茎须”的诗句。

⑤共君：同您，与春天一起，拟人的手法。

⑥晓钟：报晓的钟声，古代以敲钟报时。

译文

三月三十日是春季的最后一天，春光即将从我的身边流走。我打算今晚通宵不睡觉，与春做伴，只要晨钟未鸣，就还算是春天的日子。

点评

诗人贾岛被誉为“苦吟诗人”，他的作品大多写幽居情景，独树“清景僻苦”的诗风。诗题“晦日”是指阴历每月的最后一天。诗人因苦吟作诗而忽略了大好春光，只好抓住这最后的春夜与之做伴，以为只要晨钟未鸣就还是春天。诗人一改以往其诗作中的悲凉景象，用积极乐观的心态表达爱惜光阴之情。

客中初夏①

✽ 司马光②

四月清和雨乍③晴，南山当户转分明④。
更无柳絮因风起，惟有葵花向日倾⑤。

注释

①诗题一作《居洛初夏作》。诗作于宋神宗熙宁四年(1071)四月，当时司马光客居洛阳，编撰《资治通鉴》。客中：做客他乡。

②司马光(1019—1086)，北宋杰出的史学家和散文家，字君实，陕州夏县涑水乡(今山西运城安邑镇东北)人，世称“涑水先生”。学识渊博，音乐、律历、天文、术数皆极其妙。仁宗宝元初二十岁中进士，曾任谏议大夫、神宗熙宁初拜翰林学士、御史中丞。宋神宗熙宁二年(1069)，王安石实行变法，司马光竭力反对。熙宁四年(1071)退居洛阳，元丰五年(1082)，曾任宰相的文彦博(潞国公)、富弼(韩国公)等人也因反对王安石新法居住洛阳。他们组织了一个“耆英会”，经常宴饮聚会。司马光退居洛阳十五年，专门从事《资治通鉴》的编撰。直到元丰八年(1085)宋哲宗即位，受召到京城任尚书左仆射，上任后立即废除新法，数月后，卒。追赠太师，温国公，谥文正。著作收在《司马文正公集》中。

③清和：天气晴朗暖和。乍：初。

④当户：对着门户。转分明：雨中南山模糊不清，天气转晴则清晰可见。

⑤倾：倾斜。

译文

四月风清日暖时节，雨后初晴，正对门的南山也清晰可见了。再也看不到柳絮随风飘舞的景象了，只有向日葵在阳光的沐浴下尽情绽放。

点评

这是一首政治讽喻诗。诗人反对王安石变法，却未被宋神宗采纳，于是退居洛阳。宋哲宗嗣位后，诗人被召回开封主持国政，随即废除新法。诗人用雨过天晴的明媚景象比喻朝廷的人事更新，流露出自己重新执政的喜悦之情。三、四两句将“柳絮”和“向日葵”作对比，表明了诗人革除新法，恢复旧政的决心与得意之情。

有　约①

✽ 赵师秀②

黄梅时节家家雨③，青草池塘处处蛙。
有约不来过夜半，闲敲棋子落灯花④。

注释

①诗题一作《约客》。

②赵师秀(1170—1220)，字紫芝，又字灵秀，亦称灵芝，号天乐，永嘉人，宋太祖八世孙。绍熙元年(1190)进士及第，曾做过上元(今江苏江宁)主簿、筠州(今江西高安)推官，并不得志，晚年寓居钱塘。赵师秀与翁卷、徐照、徐玑号为"永嘉四灵"。诗风清瘦野逸，有《清苑斋诗集》。

③黄梅时节：春末夏初梅子成熟时节。家家雨：天天下雨，人们多闭门不出。

④"有约"以下两句：友人因风雨所阻未能赴约，诗人毫无情绪地闷坐在灯下，无聊地敲着棋子，把灯花也震落了。

译文

黄梅时节，家家都听到屋外的雨水潇潇。长满青草的池塘里到处都蛙声阵阵。因天雨夜黑，朋友不能前来赴约，只好无聊地敲着棋子，把灯花也震落了。

点评

前两句交代了当时的环境和时令。“黄梅”“雨”“池塘”“蛙声”，写出了江南梅雨季节的夏夜之景：雨声不断，蛙声一片。读来使人如身临其境，仿佛细雨就在身边飘，蛙声就在身边叫。这看似表现得很“热闹”的环境，实际上诗人要反衬出它的“寂静”。

后两句点出了人物和事情。主人耐心而又有几分焦急地等着，没事可干，“闲敲”棋子，静静地看着闪闪的灯花。第三句“有约不来过夜半”，用“有约”点出了诗人曾“约客”来访，“过夜半”说明了等待时间之久，本来期待的是约客的叩门声，但听到的却只是一阵阵的雨声和蛙声，比照之下更显示出作者焦躁的心情。第四句“闲敲棋子”是一个细节描写，诗人约客久候不到，灯芯很长，诗人百无聊赖之际，下意识地将黑白棋子在棋盘上轻轻敲打，而笃笃的敲棋声又将灯花都震落了。这种姿态貌似闲逸，其实反映出诗人内心的焦躁。

全诗通过对撩人思绪的环境及“闲敲棋子”这一细节动作的渲染，既写了诗人雨夜候客来访的情景，也写出约客未至的一种怅惘的心情，可谓形神兼备。全诗生活气息较浓，又摆脱了雕琢之气，清丽可诵。

闲居初夏午睡起①

✻ 杨万里

梅子留酸软② 齿牙，芭蕉分绿与窗纱③。
日长睡起无情思④，闲看儿童捉柳花⑤。

注释

①诗题一作《初夏睡起》。绍兴三十二年(1162)，孝宗即位，张浚重新起用，杨万里被荐为临安教授，以父丧未能赴任。诗作于诗人赋闲丁父忧期间。

②留酸：带酸。留，一作“流”。软：一作“溅”。

③芭蕉分绿与窗纱：写芭蕉的绿荫映照在窗户上，使纱窗也多了些绿色。与，一作“上”，一作“映”。

④长：一作“高”。无情思：无心绪。

⑤柳花：柳絮。

译文

梅子的酸味浸透牙缝，芭蕉新长，绿荫渐浓，一片翠色映照在纱窗之上。夏季的日子漫长无比，午睡过后觉得无精打采，只好悠闲地观看儿童戏捉空中的柳絮。

点评

这首诗写初夏景象，截取的是午睡醒来的画面。“梅子留酸”“芭蕉分绿”尽现了初夏的季节特征。“无情思”传神地刻画出诗人睡起后的慵懒神态，用一“闲”字自然过渡到“观童捉柳”，儿童的活泼身影又与诗人的倦态形成鲜明对比，使得二者相得益彰，各自神情都跃然纸上。

三衢道中①

✽曾　几②

梅子黄时日日晴③，小溪泛尽却山行④。
绿阴不减来时路，添得黄鹂四五声。

注释

①三衢：山名，在今浙江衢州境内。

②曾几(1084—1166)，字吉甫、志甫，自号茶山居士，祖籍赣州(今江西赣县)，先人徙河南县(今河南洛阳)，遂为河南人。早年从学于舅氏孔平仲、孔武仲，入太学，有名声。北宋末曾任秘书省校书郎、提举淮南东路茶盐公事等职。曾客寓上饶茶山七年，因号“茶山居士”。绍兴二十五年(1155)秦桧死，重新起用为浙西提刑，迁秘书少监，擢尚书礼部侍郎。孝宗朝以通奉大夫致仕。卒谥文清。曾几一生“积学洁行，风节凛凛”，其近体诗轻快清新，饶有情趣，南宋赵庚夫《读曾文清公集》说：“新如月出初三夜，淡比汤煎第一泉。”有《茶山集》。

③梅子黄时：梅子熟时江南多雨，称为梅雨季节，而此时却天天晴朗，最是难得的游赏机会。

④小溪泛尽却山行：坐船到了小溪的尽头，又改走山路。极写游兴浓。

译文

梅子成熟的时节，每天都是晴朗天气。泛舟到了小溪尽头，于是改走山路，发现绿树浓荫还像来时一样葱郁，只是平添了几声黄鹂的啼鸣。

点评

梅子黄的五月，正是江南的雨季，却遇上天天晴朗的日子。坐着小船游到了小溪的尽头，回程正好走山路，现在看到的是一路绿荫浓浓并不比以前看到的少，而绿荫深处传来的黄鹂的声声啼鸣，更增添了不少游兴。

这是一首纪行诗，写诗人行于三衢道中的见闻感受。首句点明此行的时间，"梅子黄时"正是江南梅雨时节，难得有这样"日日晴"的好天气，因此诗人的心情自然也为之一爽，游兴愈浓。诗人乘轻舟泛溪而行，溪尽而兴不尽，于是舍舟登岸，山路步行。一个"却"字，道出了他高涨的游兴。三、四句紧承"山行"，写绿树荫浓，爽静宜人，更有黄鹂啼鸣，幽韵悦耳，渲染出诗人舒畅愉悦的情怀。"来时路"将此行悄然过渡到归程，"添得"二字则暗示出行归而兴致犹浓，故能注意到归途有黄鹂助兴，由此可见此作构思之机巧、剪裁之精当。

作者将一次平平常常的行程，写得错落有致，平中见奇，不仅写出了初夏的宜人风光，而且诗人的愉悦情状也栩栩如生，让人领略到平凡生活中的意趣。

即景[1]

✲ 朱淑贞

竹摇清影罩幽窗[2]，两两时禽噪[3]夕阳。
谢却海棠飞尽絮[4]，困人天气日初长。

注释

①诗题一作《清昼》。即景：就眼前之景，有感而作。
②清影：清幽的影子。幽窗：幽静的窗户。
③时禽：应时的鸟。噪：吵扰。
④谢却：凋谢。絮：柳絮。

译文

翠竹随风摇曳的身影笼罩着幽静的小窗，成双成对的鸟儿在夕阳的映照下嬉戏啼叫。海棠凋落，杨花飞尽，日渐变长的白昼使人感到困乏不堪。

点评

这是一首即景抒情诗，抒发了诗人郁郁寡欢的情怀。诗的一、二句写“竹摇清影”“禽鸟鸣噪”，描绘了动静结合的喧闹场景，渲染了诗人烦闷、抑郁的心理。接下来写海棠和杨花的凋敝殆尽，更易令人产生“一朝春尽红颜老，花落人亡两不知”的感慨，诗人的惆怅又加深了一层。所有这些消沉的情绪皆因一“困”字而具象化了。整首诗萦绕着一股淡淡的哀愁，感染着读者。

初夏游张园[1]

✲ 戴复古[2]

乳鸭[3]池塘水浅深，熟梅天气半晴阴[4]。
东园载酒西园醉[5]，摘尽枇杷一树金[6]。

注释

①诗题一作《夏日》。

②戴复古（1167—1252?），南宋诗人，字式之，天台黄岩（今浙江黄岩）人。一生不仕，浪游江湖。除四川外，足迹几乎遍及南中国各重要地区。晚年归隐于故乡南塘石屏山下，因自号石屏，约卒于宋理宗淳祐末。戴复古是江湖派著名诗人，生性耿介正直，不逢迎权贵，虽行事谨慎，“广座中口不谈世事”（方回《瀛奎律髓》卷二十），但在诗里却往往热烈地抒发爱国情感，并大胆指斥朝政国事。其词语言清丽，风格豪放，接近苏辛。其中尤以《柳梢青》和《洞仙歌》两首流传最广。戴复古诗词结集有《石屏诗集》《石屏词》。

③乳鸭：刚孵出的小鸭。

④半晴阴：忽晴忽阴。

⑤东园载酒西园醉：互文见义，说载酒游园，酣畅尽兴。

⑥枇杷：一种常绿植物，蔷薇科，常绿小乔木，果实为淡黄色或橘黄色，味甜美。一树金：一树金黄色的枇杷像金子一样。

译文

刚孵出不久的小鸭不顾水的深浅在池塘里嬉戏玩耍，梅子成熟时节的天气总是时阴时晴。携酒游玩，从东园游到西园，直饮得酣醉，同时还把树上成熟的金黄枇杷摘下来品尝。

点评

这首诗写封建文人载酒游园的欢畅情景。诗的前两句描绘了初夏时节的风物特征。后两句由景及人，把文人酣畅游园的兴致刻画得淋漓尽致。

鄂州南楼书事①

✻ 黄庭坚②

四顾③山光接水光，凭栏十里芰荷④香。
清风明月无人管⑤，并作南楼一味凉⑥。

注释

①诗题一作《晚楼闲望》。宋徽宗崇宁元年(1102)，黄庭坚在太平州(治所在今安徽省当涂)做了九天知州，就被贬为管勾洪州(治所在今江西省南昌市)玉隆观。最初，他徘徊于江州(治所在今江西九江市)一带，后寓居武昌。诗作于崇宁二年(1103)六月鄂州南楼。鄂州：今湖北武昌。书事：纪事。

②黄庭坚(1045—1105)，字鲁直，自号山谷道人，晚号涪翁、黔安居士、八桂老人，洪州分宁(今江西修水)人，英宗治平进士，曾任地方官和国史编修官。在元祐党争中，以修《神宗实录》不实罪名被贬。南宋绍兴初年，宋高宗中兴，追封他为直龙图阁士，加太师，谥号文节。黄庭坚为"苏门四学士"之一，其诗宗法杜甫，并有"夺胎换骨""点石成金""无一字无来处"之论，风格奇硬拗涩。他开创了江西诗派，在两宋诗坛影响很大。词与秦观齐名，少年时多做艳词，晚年词风接近苏轼。有《山谷集》，自选其诗文名《山谷精华录》，词集名《山谷琴趣外篇》(即《山谷词》)。又擅长行、草书，为"宋四家"之一，书迹有《华严疏》《松风阁诗》及《廉颇蔺相如传》等。

③四顾：四下远望。

④凭栏：倚着栏杆。芰(jì)荷：菱花和荷花。

⑤清风明月无人管：化用李白《襄阳歌》"清风朗月不用一钱买，玉山自倒非

人推”句。管，过问。

⑥并：同，齐。一味凉：一阵清凉。

译文

凭栏远眺，四周山水相连，自成一色，辽阔的水面上菱花、荷花盛开，飘来阵阵香气。可是这清风明月有谁关心爱怜呢，人们只顾着享受那沁人心脾的清爽凉意罢了。

点评

武昌的夏天，热得可怕。今夜，诗人登上高高的南楼乘凉。

倚栏而望，明月已近中天，皎洁的清辉倾泻而下。四面的山光与水光相连相映，一片通明；方圆十数里，盛开着芰（菱）花、荷花，凉爽的夜风中，不断有淡淡的芳香扑面而来。习习清风，朗朗明月，谁也不能对它们管束驱遣，它们慷慨、殷勤地为南楼送来清清爽爽的夜凉，供游人称心快意地享受啊！欣赏这首小诗，我们很容易忘记自身的处境，仿佛自己也登上南楼来乘凉了。这样的感觉从何而来？先从外界景象来看：四外山水落石出，十里芰荷，楼头清风，空中明月，远方近处，天上地下，以南楼为中心，构成一个高远、清空、富有立体感的艺术境界。再从自身感受来说：山光、水光、月光，是眼睛的视觉所感到的；芰花、荷花的香气，是鼻子的嗅觉所感到的；清风——夜凉，是皮肤的触觉以及耳朵的听觉听感到的；而“南楼一味凉”的“味”字，还隐含着口舌的味觉在起作用，好像在那里细细地美美地品尝一般。总之，我们的眼睛、鼻子、耳朵、口舌、皮肤种种器官的视觉、嗅觉、听觉、味觉、触觉种种功能，统统被调动起来，集中起来，共同参与对这南楼夜景的感觉、领略、体验。此景此情，令人生出如临其境的感受，岂不是自然而然的事？这便是作品的艺术魅力，诗人的艺术追求了。

黄庭坚一生，道路崎岖坎坷，由于遭人陷害中伤，曾贬官司蜀中六年之久；召回才几个月，又被罢官来武昌闲居。今夜纳凉南楼，眼见明月清风，无拘无束，各行其是，想到自己每欲有所作为，却是动辄得罪，怅恨之情，于是潜滋暗长。“清风明月无人管”，正是诗人这种心绪的自然流露。

山亭夏日①

✻高　骈②

绿树阴浓③夏日长，楼台倒影入池塘。
水晶帘④动微风起，满架蔷薇一院⑤香。

注释

①诗题原作《山居夏日》。

②高骈(821—887)，字千里，唐末大将、诗人，南平郡王崇文之孙，先世为渤海人，迁居幽州(今北京)，世代为禁军将领。高骈曾统兵御党项及吐蕃，又镇安南(今越南)，为静海军节度使，整治安南至广州江道，沟通物资运输。广明元年(880)，黄巢起义军入西京长安时，朝廷再三征高骈赴国家之难，他欲兼并两浙，割据一方，遂逗留不行。中和二年(882)，朝廷罢免其职。光启三年(887)，部将毕师铎奉命出屯高邮，联合诸将，返攻扬州。城陷，高骈被囚，不久被杀。有诗一卷。

③浓：树荫很密。

④水晶帘：装饰有水晶的帘子，这里比喻水面，形容微风吹拂水面，波光荡漾，水纹与楼台倒影汇在一起，如同水晶帘在微微摆动。

⑤一院：满院。

译文

绿叶茂盛,树荫下显得格外清凉,白昼比其他季节要长,楼台的影子倒映在清澈的池水里。微风轻轻拂动色泽莹澈的珠帘,而满架的蔷薇散发出一股清香,整个庭院弥漫着沁人心脾的香气。

点评

这是一首描写夏日风光的七言绝句。首句起得似乎平平,但仔细玩味“阴浓”二字,不独状树之繁茂,且又暗示此时正是夏日午时前后,烈日炎炎,日烈,“树阴”才能“浓”。这“浓”除有树荫稠密之意外,尚有深浅之“深”意在内,即树荫密而且深。《红楼梦》里描写大观园夏日中午景象,谓“烈日当空,树阴匝地”,即此意。夏日正午前后最能给人以“夏日长”的感觉。杨万里《闲居初夏午睡起》说“日长睡起无情思”,就是写的这种情趣。因此,“夏日长”是和“绿树阴浓”含蓄地连在一起的,绝非泛泛之笔。

第二句“楼台倒影入池塘”写诗人看到池塘内的楼台倒影。“入”字用得极好:夏日午时,晴空骄阳,一片寂静,池水清澈见底,映在塘中的楼台倒影,当属十分清晰。这个“入”字就正好写出了此时楼台倒影的真实情景。

第三句“水晶帘动微风起”是诗中最含蓄精巧的一句。此句可分两层意思来说。

其一,烈日照耀下的池水,晶莹透澈;微风吹来,水光潋滟,碧波粼粼。诗人用“水晶帘动”来比喻这一景象,美妙而逼真——整个水面犹如一挂水晶做成的帘子,被风吹得泛起微波,在荡漾着的水波下则是随之晃动的楼台倒影,多美啊! 其二,观赏景致的诗人先看见的是池水波动,然后才感觉到起风了。夏日的微风是不会让人一下子感觉出来的,此时看到水波才会觉着,所以说“水晶帘动微风起”。如果先写“微风起”,而后再写“水晶帘动”,那就味同嚼蜡了。

正当诗人陶醉于这夏日美景的时候,忽然飘来一阵花香,香气沁人心脾,诗人精神为之一振。诗的最后一句“满架蔷薇一院香”,又为那幽静的景致,增添了鲜艳的色彩,充满了醉人的芬芳,使全诗洋溢着夏日特有的生气。“一院香”,又与上句“微风起”暗合。

诗写夏日风光,纯乎用近似绘画的手法:绿树荫浓,楼台倒影,池塘水波,满架蔷薇,构成了一幅色彩鲜丽、情调清和的图画。这一切都是由诗人站立在山亭上所描绘下来的。山亭和诗人虽然没有在诗中出现,然而我们在欣赏这首诗时,却仿佛看到了那个山亭和那位悠闲自在的诗人。

田　家①

✻ 范成大②

昼出耘田夜绩麻③，村庄儿女各当家④。
童孙未解供⑤耕织，也傍桑阴⑥学种瓜。

注释

①宋孝宗淳熙十三年(1186)，范成大退居苏州石湖时作《四时田园杂兴》绝句六十首，这是其中一首。

②范成大(1126—1193)，南宋诗人。字致能，号石湖居士。吴郡(今江苏苏州)人。绍兴二十四年(1154)进士。乾道六年(1170)，孝宗令范成大为特使，赴金国改变接纳金国诏书礼仪和索取河南“陵寝”事。范成大相机折冲，维护了宋廷的威信，全节而归，并写成使金日记《揽辔录》和著名的七十二首纪事诗，回朝后以功升任中书舍人并历任权礼部尚书、知贡举兼直学士院等。淳熙十年(1183)因病辞归，时年五十八岁。此后十年隐居在石湖。范成大文学造诣很高，著述甚丰，有《石湖居士诗集》《石湖词》《揽辔录》《骖鸾录》《吴船录》《梅谱》《菊谱》。

③耘田：除草。绩麻：搓麻线。

④各当家：各顶一行。当家，在行。

⑤童孙：泛指年幼儿童。未解：不知道。供：从事，参加。

⑥傍桑阴：在桑树荫下。

译文

男人们白天在田间耕田除草，妇女们晚上在家搓麻线，村里的男女都担任一定的农家事务，没有人闲着。小孩子们虽不会耕田织布，但也在桑树底下学着种瓜。

点评

这首诗描写的是农村夏日生活中的一个场景。首句直接写劳动的场面：白天男人耕地除草，晚上妇女搓麻织布，农家各司其职的画面跃然纸上。次句“村庄儿女各当家”紧承上句而来，“儿女”即男女或年轻人，用的是老农口吻；“当家”指男女都不得闲，各管一行。第三句的“童孙”指孩子们，虽然他们不会耕织，却也不甘心闲着，而是在桑树底下学种瓜，表现了农村儿童的天真情趣。虽然诗中描写的这种初夏时紧张劳作的情景是农村中常见的现象，但因为诗人刻画生动，笔触细腻，所以读来觉得颇具特色，意趣横生。

村居即事①

✻翁　卷②

绿遍山原白满川③，子规声里雨如烟④。
乡村四月闲人少，才了⑤蚕桑又插田。

注释

①诗题一作《乡村四月》。

②翁卷，字续古，一字灵舒，永嘉乐清（今属浙江）人，南宋诗人。工诗，与徐照（字灵晖）、徐玑（字灵渊）、赵师秀（字灵秀）三人诗名相当，并称"永嘉四灵"。他们的诗风承袭晚唐，选择了晚唐诗人贾岛、姚合的道路，要求以清新刻露之词写野逸清瘦之趣。继承了山水诗人、田园诗人的传统，满足于啸傲田园、寄情泉石的闲逸生活。在艺术上，又能刻意求工，忌用典，尚白描，轻古体而重近体，尤重五律。在较大程度上纠正了江西派诗人以学问为诗的习气。翁卷曾领乡荐，生平未仕，以诗游士大夫间。有《西岩集》《苇碧轩集》。

③山原：山和原野。川：河流。

④雨如烟：细雨蒙蒙，如烟如雾。

⑤了：结束。

译文

放眼望去，山野平原一派郁郁葱葱的景象，河流泛着粼粼的波光，烟雨蒙蒙中杜鹃啼鸣依稀可闻。四月的农村十分繁忙，村民们才采了桑叶喂蚕，又要耕田插秧了。

点评

诗歌开头即描绘出一派迷人的江南农村风光，吸引读者步入胜景。“遍”和“满”显示出农村的勃勃生机，仿佛蓄势待发。三、四两句紧承上文，用白描手法勾勒出初夏农村的繁忙景象。“乡村四月闲人少”是对农忙概括性的说明，末句则点明农忙的具体事宜，造成一种紧锣密鼓的节奏气氛，衬托了主题。

题榴花[①]

✲韩　愈

五月榴花照眼明[②],枝间时见子初成[③]。
可怜此地无车马[④],颠倒苍苔落绛英[⑤]。

注释

①此为《题张十一旅舍三咏》之一《榴花》篇,作于唐宪宗元和元年(806)。
②榴花:石榴花,开于五月。照眼明:见石榴花开眼前一亮,言其艳丽夺目。
③子初成:石榴刚结果实。
④可怜:可惜。无车马:没有车马,无人来赏。
⑤颠倒:横竖,散乱。苍苔:一作“青苔”。绛英:红花,指石榴花。

译文

五月的榴花红艳似火,映入眼帘格外鲜亮。结在花瓣底下的石榴子掩映在枝条绿叶间。可惜这地方没有游人车马来赏玩,任凭鲜红的石榴花纷纷飘落在青苔上。

点评

古人往往喜欢借景抒情,咏物言志,这首歌咏榴花的诗歌也是诗人心境的写照。诗的前两句写石榴的鲜艳明媚,果实累累。后两句由此而抒发感叹,为榴花的无人赏识而倍觉惋惜,惜花之情与怀才不遇之叹跃然纸上。

村　晚

✽雷　震[1]

草满池塘水满陂[2]，山衔落日浸寒漪[3]。
牧童归去横牛背，短笛无腔信口吹[4]。

注释

①雷震：宋代诗人，生平不详。

②池塘：《宋诗纪事》作“寒塘”。陂：池塘，山坡。

③山衔落日：太阳被山峦遮挡住了一部分，好像山含着太阳一样。衔，含。陆游《溪上作》：“山衔落日青横野，鸦起平沙黑蔽空。”寒漪：指带有寒意的水纹。漪，水纹。

④无腔：没有腔调，这里是说随意地吹，不是说难听得跑调。信口吹：随意地吹。

译文

渐渐涨起来的河水漫过了池堤，碧绿的水草布满了池塘，即将落山的太阳倒映在泛着凉意的水波里。归家的牧童骑在牛背上随口吹出不成曲调的笛声。

点评

这首诗描绘了一幅夏日暮归图。首句连用两个“满”字点出水草之丰茂，富有生机。第二句既点明仲夏季节，又点明了傍晚时分。三、四两句由景即人，截取农村生活中的典型画面，赞美了牧童的天真活泼和农村生活的安详。

书湖阴先生壁①

✻ 王安石

茅檐②常扫净无苔，花木成蹊手自栽③。
一水护④田将绿绕，两山排闼⑤送青来。

注释

①诗以清丽的语言、工稳的对仗写出湖阴先生居所的清幽，景色的优美，从而含蓄地赞扬其人品高洁，气度不凡。湖阴先生：即杨德逢，是作者晚年住金陵钟山时的朋友。

②茅檐：盖着茅草的房檐。

③蹊：小路；一作"畦"，指划分成块的田地。手自栽：亲自栽种。

④护：回护。

⑤排闼：推门。门在古代又称作闼。

译文

茅草房庭院因经常打扫，所以洁净得没有一丝青苔。花草树木成行满畦，都是主人亲手栽种。庭院外一条小河保护着农田，把绿色的田地环绕。两座青山像推开的两扇门送来一片翠绿。

点评

这是王安石题在杨德逢屋壁上的一首诗。杨德逢，别号湖阴先生，是作者退居金陵（今江苏南京）时的邻居和经常往来的朋友。

首二句赞美杨家庭院的清幽。"茅檐"代指庭院。"静"即净。怎样写净呢？诗人摒绝一切平泛的描绘，而仅用"无苔"二字，举重若轻，真可谓别具只眼。何以见得？江南地湿，又时值初夏多雨季节，这对青苔的生长比之其他时令都更为有利。况且，青苔性喜阴暗，总是生长在僻静之处，较之其他杂草更难于扫除。而今庭院之内，连青苔也没有，不正表明无处不净、无时不净吗？在这里，平淡无奇的形象由于恰当的用字却具有了异常丰富的表现力。“花木”是庭院内最引人注目的景物。因为品种繁多，所以要分畦栽种。这样，“成畦”二字就并非仅仅交代花圃的整齐，也有力地暗示出花木的丰美，既整齐又不单调。

这清幽环境令人陶醉，所以当诗人的目光从院内花木移向院外的山水时，他的思致才会那样悠远、飘逸，才会孕育出下面一联的警句，门前的景物是一条河流，一片农田，两座青山，在诗人眼里，山水对这位志趣高洁的主人也有情谊。诗人用拟人手法，将“一水”“两山”写成富有人情的亲切形象。弯弯的河流环绕着葱绿的农田，正像母亲用双手护着孩子一样。“护”字，“绕”字显得那么有情。门前的青山见到庭院这样整洁，主人这样爱美，也争相前来为主人的院落增色添彩：推门而入，奉献上一片青翠。诗人以神来之笔，留下千古传诵的名句。

“一水”“两山”被转化为富于生命感情的亲切的形象，而为千古传诵。但后二句所以广泛传诵，主要还在于这样两点：一、拟人和描写浑然一体，交融无间。“一水护田”加以“绕”字，正见得那小溪曲折生姿，环绕着绿油油的农田，这不恰像一位母亲双手护着小孩的情景吗？著一“护”字，“绕”的神情明确显示。至于“送青”之前冠以“排闼”二字，更是神来之笔。它既写出了山色不只是深翠欲滴，也不只是可掬，而竟似扑向庭院而来！这种描写给予读者的美感极为新鲜、生动。它还表明山的距离不远，就在杨家庭院的门前，所以似乎伸手可及。尤其动人的，是写出了山势若奔，仿佛刚从远方匆匆来到，兴奋而热烈。所有这些都把握住了景物的特征，而这种种描写，又都和充分的拟人化结合起来那情调、那笔致，完全像在表现“有朋自远方来”的情景：情急心切，竟顾不得敲门就闯进庭院送上礼物。二者融合无间，相映生色，既奇崛又自然，既经锤炼又无斧凿之痕，清新隽永，韵味深长。二、这两句诗也与杨德逢的形象吻合。在前联里，已可看到一个人品高洁、富于生活情趣的湖阴先生。所居仅为“茅檐”，他不仅“扫”，而且“长扫”(即常扫)，以至于“静无苔”；“花木成畦”，非赖他人，而是亲“手自栽”。可见他清静脱俗，朴实勤劳。这样一位高士，徜徉于山水之间，当然比别人更能欣赏到它们的美，更感到“一水”“两山”的亲近；诗人想象山水有情，和湖阴先生早已缔结了深厚的友谊。诗以《书湖阴先生壁》为题，处处关合，处处照应，由此也可见出诗人思致的绵密。

此诗对于“一水”“两山”的拟人化，既以自然景物的特征为基础，又与具体的生活内容相吻合，所以气足神完，浑化无迹，成为古今传诵的名句。

在修辞技巧上，三、四两句也堪作范例。诗人运用了对偶、拟人、借代的修辞手法，把山水描写得有情且有趣。

山水本是无情之物，可诗人说水“护田”，山“送青”，水对田有一种护惜之情，山对人有一种友爱之情，这就使本来没有生命的山水具有了人的情思，显得柔婉可爱，生动活泼。本来水是环绕着绿色的农作物，但诗人没说具体的植物，而是用植物的色彩来代替，说“将绿绕”，环绕着绿意；青色，也是虚的，是没法送的，诗人却说山要“送青来”，这就化实为虚，诗意盎然。事实是湖阴先生的房屋与山距离很近，主人开了门，就会看见青苍的山峰。可如果写成开门见青山，那就全无诗味了，诗人换了个说法，从对面落笔，让山做了主语，化静为动，顿成佳句，这真是巧思妙想，令人拍案叫绝。

乌衣巷①

✲ 刘禹锡

朱雀桥②边野草花，乌衣巷口夕阳斜。
旧时王谢堂前燕③，飞入寻常④百姓家。

注释

①此为《金陵五题》第二首，作于唐敬宗宝历中(825—826)和州。唐穆宗长庆四年(824)秋，刘禹锡由夔州刺史改任和州刺史，浮舟东下，观洞庭，历夏口，抵和州。宝历二年(826)秋罢和州刺史，游建康，与李白相逢于扬子津，同游扬州半月，冬由楚州北归。乌衣巷：在今江苏南京东南秦淮河南岸，三国时曾是东吴的军营，因士兵衣黑衣，故名。东晋时曾是王导、谢安家族的所在，一说因为王谢子弟多穿黑衣服，所以叫乌衣巷。

②朱雀桥：秦淮河上桥名，建于东晋咸康二年(336)，面对金陵朱雀门，离乌衣巷很近，在六朝时是市中心通往乌衣巷的必经之路。

③旧时：从前。王谢：东晋宰相王导、谢安家族是当时最大的豪门世家。

④寻常：平常，普通。

译文

朱雀桥边冷落荒凉长满野草野花，乌衣巷口断壁残垣正是夕阳西斜。晋代时王导谢安两家的堂前紫燕，而今筑巢却飞入寻常老百姓之家。

点评

《乌衣巷》曾博得白居易的“掉头苦吟，叹赏良久”，是刘禹锡最得意的怀古名篇之一。

首句“朱雀桥边野草花”，朱雀桥横跨南京秦淮河上，是由市中心通往乌衣巷的必经之路。桥同河南岸的乌衣巷，不仅地点相邻，历史上也有瓜葛。东晋时，乌衣巷是高门士族的聚居区，开国元勋王导和指挥淝水之战的谢安都住在这里。旧日桥上装饰着两只铜雀的重楼，就是谢安所建。在字面上，朱雀桥又同乌衣巷偶对天成。用朱雀桥来勾画乌衣巷的环境，既符合地理的真实，又能造成对仗的美感，还可以唤起有关的历史联想，是“一石三鸟”的选择。句中引人注目的是桥边丛生的野草和野花。草长花开，表明时当春季。“草花”前面按上一个“野”字，这就给景色增添了荒僻的气象。再加上这些野草野花是滋蔓在一向行旅繁忙的朱雀桥畔，这就使我们想到其中可能包含深意。作者在“万户千门成野草”(《台城》)的诗句中，就曾用“野草”象征衰败。现在，在这首诗中，这样突出“野草花”，不正是表明，昔日车水马龙的朱雀桥，今天已经荒凉冷落了吗！

第二句“乌衣巷口夕阳斜”，表现出乌衣巷不仅是映衬在败落凄凉的古桥的背景之下，而且还呈现在斜阳的残照之中。句中作“斜照”解的“斜”字，同上句中作“开花”解的“花”字相对应，全用作动词，它们都写出了景物的动态。“夕阳”，这西下的落日，再点上一个“斜”字，便突出了日薄西山的惨淡情景。本来，鼎盛时代的乌衣巷口，应该是衣冠来往、车马喧闹的。而现在，作者却用一抹斜晖，使乌衣巷完全笼罩在寂寥、惨淡的氛围之中。

经过环境的烘托、气氛的渲染之后，按说，似乎该转入正面描写乌衣巷的变化，抒发作者的感慨了。但作者没有采用过于浅露的写法，而是继续借助对景物的描绘，写出了脍炙人口的名句：“旧时王谢堂前燕，飞入寻常百姓家”。他出人意料地忽然把笔触转向了乌衣巷上空正在就巢的飞燕，让人们沿着燕子飞行的去向去辨认，如今的乌衣巷里已经居住着普通的百姓人家了。为了使读者明白无误地领会诗人的意图，作者特地指出，这些飞入百姓家的燕子，过去却是栖息在王谢权门高大厅堂的檐檩之上的旧燕。“旧时”两个字，赋予燕子以历史见证人的身份。“寻常”两个字，又特别强调了今日的居民是多么不同于往昔。从中，我们可以清晰地听到作者对这一变化发出沧海桑田的无限感慨。

飞燕形象的设计，好像信手拈来，实际上凝聚着作者的艺术匠心和丰富的想象力。晋傅咸《燕赋序》说：“有言燕今年巢在此，明年故复来者。其将逝，剪爪识之。其后果至焉。”当然生活中，即使是寿命极长的燕子也不可能是四百年前“王谢堂前”的老燕。但是作者抓住了燕子作为候鸟有栖息旧巢的特点，这就足以唤起读者的想象，暗示出乌衣巷昔日的繁荣，起到了突出今昔对比的作用。《乌衣巷》在艺术表现上集中描绘乌衣巷的现况；对它的过去，仅仅巧妙地略加暗示。诗人的感慨更是藏而不露，寄寓在景物描写之中。因此它虽然景物寻常，语言浅显，却有一种蕴藉含蓄之美，使人读起来余味无穷。

送元二使安西①

✻王　维②

渭城朝雨浥轻尘③，客舍青青柳色新④。
劝君更尽一杯酒⑤，西出阳关⑥无故人。

注释

①诗题一作《赠别》，又名《阳关三叠》、《渭城曲》。诗写宴席送别劝酒的情形，前两句交代时间、地点、环境气氛，衬托凝重心情，后两句直抒胸臆，表达了友谊之深、离别之苦。在送别这个常见诗歌类别中，王维这首诗影响最大，被刘辰翁推为“古今第一”，王士禛称为唐人七绝压卷之作。元二：作者友人，姓元，排行老二，具体事迹不详。使：出使。安西：唐代安西都护府，治所在今新疆库车附近。

②王维（700—761），字摩诘，原籍太原祁州（今属山西），后随父迁居蒲州（今山西永济），遂为蒲州人，是盛唐诗坛上极负盛名的诗人，因官至尚书右丞，所以人称王右丞。自幼聪颖，九岁时便能作诗写文章，而且工于草书隶书，娴于丝竹音律，擅长绘画，是个多才多艺的才子。开元九年（721）进士及第，开元二十二年（734），张九龄执政，任右拾遗、监察御史。王维以诗名盛于开元、天宝间。后王维购得宋之问辋川别墅，与诗友裴迪浮舟往来，弹琴赋诗，啸咏终日，笃于奉佛。晚年吃斋禅诵，上元二年（761）一日，忽然索笔写信，告别弟缙及平生亲故，舍笔而卒，葬于清源寺西。赠秘书监。王维诗今存四百多首，有《王右丞集》。

③渭城：秦咸阳城汉时改称渭城，在今陕西西安西北，由西安到安西途经渭城。朝雨：晨雨。浥（yì）：沾湿。轻尘：地上的浮土。

④客舍：旅舍。柳色新：古人送别要折柳相送，柳与“留”谐音，有惜别之意。

⑤更：再。尽：喝干。

⑥阳关：故址在今甘肃敦煌西南，玉门关之南，为古代通往西域的交通要道。

译文

渭城的晨雨，湿润了地上的沙土，旅店旁的柳枝在雨中分外清新。劝好友再饮完一杯醇香的美酒，只因您西出阳关就没有交情深厚的老友了！

点评

这是一首送朋友去西北边疆的诗。安西，是唐中央政府为统辖西域地区而设的安西都护府的简称，治所在龟兹城(今新疆库车)。这位姓元的友人是奉朝廷的使命前往安西的。唐代从长安往西去的，多在渭城送别。渭城即秦都咸阳故城，在长安西北，渭水北岸。

前两句写送别的时间，地点，环境气氛。清晨，渭城客舍，自东向西一直延伸、不见尽头的驿道，客舍周围、驿道两旁的柳树。这一切，都仿佛是极平常的眼前景，读来却风光如画，抒情气氛浓郁。“朝雨”在这里扮演了一个重要的角色。早晨的雨下得不长，刚刚润湿尘土就停了。从长安西去的大道上，平日车马交驰，尘土飞扬，而现在，朝雨乍停，天气晴朗，道路显得洁净、清爽。“浥轻尘”的“浥”字是湿润的意思，在这里用得很有分寸，显出这雨澄尘而不湿路，恰到好处，仿佛天从人愿，特意为远行的人安排一条轻尘不扬的道路。客舍，本是羁旅者的伴侣；杨柳，更是离别的象征。选取这两件事物，自然有意关合送别。它们通常总是和羁愁别恨联结在一起而呈现出黯然销魂的情调。而今天，却因一场朝雨的洒洗而别具明朗清新的风貌——“客舍青青柳色新”。平日路尘飞扬，路旁柳色不免笼罩着灰蒙蒙的尘雾，一场朝雨，才重新洗出它那青翠的本色，所以说“新”，又因柳色之新，映照出客舍青青来。总之，从清朗的天宇，到洁净的道路，从青青的客舍，到翠绿的杨柳，构成了一幅色调清新明朗的图景，为这场送别提供了典型的自然环境。这是一场深情的离别，但却不是黯然销魂的离别。相反的，倒是透露出一种轻快而富于希望的情调。“轻尘”“青青”“新”等词语，声韵轻柔明快，加强了读者的这种感受。

绝句在篇幅上受到严格限制。这首诗，对如何设宴饯别，宴席上如何频频举杯、殷勤话别，以及启程时如何依依不舍，登程后如何瞩目遥望，等等，一概舍去，只剪取饯行宴席即将结束时主人的劝酒辞：再干了这一杯吧，出了阳关，可就再也见不到老朋友了。诗人像高明的摄影师，摄下了最富表现力的镜头。宴席已经进行了很长一段时间，酿满别情的酒已经喝过多巡，殷勤告别的话已经重复过多次，朋友上路的时刻不能不到来，主客双方的惜别之情在这一瞬间都到达了顶点。主人的这句似乎脱口而出的劝酒辞就是此刻强烈、深挚的惜别之情的集中表现。

三、四两句是一个整体。要深切理解这临行劝酒中蕴含的深情，就不能不涉及“西出阳关”。处于河西走廊尽西头的阳关，和它北面的玉门关相对，从汉代以来，一直是内地出向西域的通道。唐代国势强盛，内地与西域往来频繁，从军或出使阳关之外，在盛唐人心目中是令人向往的壮举。

但当时阳关以西还是穷荒绝域，风物与内地大不相同。朋友“西出阳关”，虽是壮举，却又不免经历万里长途的跋涉，备尝独行穷荒的艰辛寂寞。因此，这临行之际“劝君更尽一杯酒”，就像是浸透了诗人全部丰富深挚情谊的一杯浓郁的感情琼浆。这里面，不仅有依依惜别的情谊，而且包含着对远行者处境、心情的深情体贴，包含着前路珍重的殷勤祝愿。对于送行者来说，劝对方“更尽一杯酒”，不只是让朋友多带走自己的一分情谊，而且有意无意地延宕分手的时间，好让对方再多留一刻。“西出阳关无故人”之感，又何尝只属于行者呢？临别依依，要说的话很多，但千头万绪，一时竟不知从何说起。这种场合，往往会出现无言相对的沉默，“劝君更尽一杯酒”，就是不自觉地打破这种沉默的方式，也是表达此刻丰富复杂感情的方式。诗人没有说出的比已经说出的要丰富得多。总之，三、四两句所剪取的虽然只是一刹那的情景，却是蕴含极其丰富的一刹那。

这首诗所描写的是一种最有普遍性的离别。它没有特殊的背景，而自有深挚的惜别之情，这就使它适合于绝大多数离筵别席演唱，后来编入乐府，成为最流行、传唱最久的歌曲。

题北榭碑①

※李　白

一为迁客去长沙②，西望长安不见家。
黄鹤楼③中吹玉笛，江城五月落梅花④。

注释

①诗题一作《与史郎中钦听黄鹤楼上吹笛》，又作《黄鹤楼闻笛》。这首诗是李白乾元元年(758)流放夜郎途经武昌时登黄鹤楼所作。唐肃宗至德二载(757)五月，永王军次浔阳，李白入幕，作《永王东巡歌十一首》，不久永王兵败丹阳，李白于乱军中仓皇奔亡，不久陷浔阳狱中，经江南宣慰使崔涣及御史中丞宋若思多方辩解洗冤，岁暮李白判流放夜郎。史郎中钦：郎中史钦，事迹不详。北榭碑：楼上有台叫榭，黄鹤楼四面都有台榭，这首诗题写在北榭碑上，因而得名。

②一为：一旦成为。迁客：被贬谪的人。迁，贬谪，放逐。去长沙：暗用西汉贾谊典故，贾谊受馋，贬官长沙，诗人以此自喻。

③黄鹤楼：楼名，在今武昌。

④江城：鄂州，今湖北武昌。落梅花：古曲名，这里有双关之意，即也可理解为《梅花落》笛曲使人听了凛然生寒意，似乎五月的江城落满了梅花。

译文

突遭变故被贬谪到长沙，向西回望长安却看不到家园何在。黄鹤楼中传来阵阵的玉笛声，《梅花落》的曲调声音悲切仿佛看到五月的江城梅花飘落。

点评

这是李白乾元元年(758)流放夜郎经过武昌时游黄鹤楼所作。本诗写游黄鹤楼听笛,抒发了诗人的迁谪之感和去国之情。西汉的贾谊,因指责时政,受到权臣的谗毁,贬官长沙。而李白也因永王李璘事件受到牵连,被加之以"附逆"的罪名流放夜郎,所以诗人引贾谊为同调。"一为迁客去长沙",就是用贾谊的不幸来比喻自身的遭遇,流露了无辜受害的愤懑,也含有自我辩白之意。但政治上的打击,并没使诗人忘怀国事。在流放途中,他不禁"西望长安",这里有对往事的回忆,有对国运的关切和对朝廷的眷恋。然而,长安万里迢迢,对迁谪之人是多么遥远,多么隔膜啊!望而不见,不免感到惆怅。听到黄鹤楼上吹奏《梅花落》的笛声,感到格外凄凉,仿佛五月的江城落满了梅花。

诗人巧借笛声来渲染愁情。王琦注引郭茂倩《乐府诗集》此调题解云:"《梅花落》本笛中曲也。"江城五月,正当初夏,当然是没有梅花的,但由于《梅花落》笛曲吹得非常动听,便仿佛看到了梅花满天飘落的景象。梅花是寒冬开放的,景象虽美,却不免给人以凛然生寒的感觉,这正是诗人冷落心情的写照。同时使人联想到邹衍下狱、六月飞霜的历史传说。由乐声联想到音乐形象的表现手法,就是诗论家所说的"通感"。诗人由笛声想到梅花,由听觉诉诸视觉,通感交织,描绘出与冷落的心境相吻合的苍凉景色,从而有力地烘托了去国怀乡的悲愁情绪。所以《唐诗直解》评此诗"无限羁情笛里吹来",是很有见解的。清代的沈德潜说:"七言绝句以语近情遥、含吐不露为贵,只眼前景,口头语,而有弦外音,使人神远,太白有焉。"(《唐诗别裁》卷二十)这首七言绝句,正是以"语近情遥、含吐不露"见长,使人从"吹玉笛""落梅花"这些眼前景、口头语,听到了诗人的弦外之音。

此外,这诗还好在其独特的艺术结构。诗写听笛之感,却并没按闻笛生情的顺序去写,而是先有情而后闻笛。前半捕捉了"西望"的典型动作加以描写,传神地表达了怀念帝都之情和"望"而"不见"的愁苦。后半才点出闻笛,从笛声化出"江城五月落梅花"的苍凉景象,借景抒情,使前后情景相生,妙合无垠。

题淮南寺[1]

✲程　颢

南去北来休便休[2]，白蘋吹尽楚江[3]秋。
道人不是悲秋客[4]，一任晚山相对愁[5]。

注释

①淮南：宋设淮南道，治所在扬州（今扬州市），淮南寺当在其附近。

②休便休：想休息就休息，表现出了诗人闲适自得的情态。

③白蘋：即白萍，浮生于水面的萍草，初秋开白花。楚江：长江。

④道人：诗人自称。悲秋客：为秋而伤感的人。宋玉开启中国文人悲秋之思，文人多被称为悲秋客，如陆龟蒙《京口与友生话别》："共是悲秋客，相逢恨不堪。"

⑤一任：任凭。愁：秋色自悲自愁，拟人的手法。

译文

淮南寺是南来北往的客人休息歇脚的地方。深秋时节，楚江上的白蘋被西风吹尽了。云游四方的道人无忧无虑，对秋色不作悲凉之叹，听凭两岸青山在薄暮中相对自愁。

点评

诗歌的首句点出淮南寺的地理位置，它是来往游客的歇脚处，暗示出旅人在外奔波的辛劳。第二句用秋风、秋江和秋草渲染出一幅凄凉、萧瑟的秋意图。三、四两句意图冲淡这种悲凉气氛，于是正话反说，恰恰反映出道人挥之不去的悲秋之愁。

七　夕①

✻杨　朴②

未会牵牛意若何③，须邀织女④弄金梭。
年年乞与⑤人间巧，不道人间巧几多⑥。

注释

①七夕：农历七月七日，又叫乞巧节，相传此日牛郎与织女鹊桥相会。妇女们在院子里摆上瓜果，结彩线，对月穿七孔针，向织女祈求智慧。

②杨朴，字契玄（一作先），郑州东里（今河南新郑）人，五代北宋初诗人。太宗、真宗尝以布衣召，皆辞归。《宋史·艺文志》著录《杨朴诗》一卷。

③会：会意，明白。牵牛：传说中的牛郎。意若何：有什么打算。

④须：应该。织女：传说中的天帝孙女，巧于织作。私自下凡与牛郎结为夫妻，被天帝惩罚，每年七月七日被允许与牛郎在天河相会一次。宋罗愿《尔雅翼》卷十三："涉秋七日，（鹊）首无故皆髡，相传以为是日河鼓（即牵牛）与织女会于汉东，役乌鹊为梁以渡，故毛皆脱去。"

⑤乞与：请求给予。

⑥不道：岂不知。几多：一作"更多"，又作"已多"。

译文

不明白牛郎的心意如何，他总是邀请织女用金梭织锦。虽然他年年为人间求得穿金梭的智巧，他却不知道人世间的智巧已经很多了。

点评

诗歌立意新颖，构思巧妙，诗人用“牛郎织女”的美丽传说来反衬人间的尔虞我诈、投机取巧。诗歌开头用百思不得其解的口吻对牛郎的行为提出疑问，三、四两句自陈答词，用织女之“巧”烘托人间之“巧”，诗意深长。全诗表达了诗人对世俗社会奸巧虚伪的深刻讽刺。

立　秋①

✻刘　翰②

乳鸦啼散玉屏③空，一枕新凉一扇风。
睡起秋声④无觅处，满阶梧叶⑤月明中。

注释

①立秋：二十四节气之一，在公历八月八日前后，我国传统上把立秋作为秋天的开始。

②刘翰，字武子，长沙（今属湖南）人。曾为宋高宗宪圣吴皇后侄吴益之子吴琚的门客，有诗词投呈张孝祥、范成大。曾长期客居临安，最后以布衣终身。今存《小山集》一卷。

③乳鸦：小乌鸦。散：散去，消失。玉屏：原意为玉作的屏风，或玉色的屏风，这里用来比喻夜空，形容夜色空明，月光皎洁如玉。

④秋声：秋风的萧瑟声。

⑤梧叶：梧桐叶，立秋之后，梧桐叶先落。

译文

小乌鸦啼叫着飞散了，玉白色的屏风显得空荡荡的。枕上凉风吹过来，像是扇子扇过来的一样。睡醒之后，无处找寻秋声，只见满阶的梧桐落叶笼罩在月色中。

点评

立秋是二十四节气之一,每年阳历八月七日、八日或九日。诗歌用秋风、秋声、秋叶渲染出立秋时节的自然景象,季候特征明显。“新凉”说明了秋风乍起的情景,“满阶梧叶”正应了“秋声无觅处”,因为叶落之声时有时无,让人无迹可寻。全诗围绕一“秋”字,逐层展开描述,绘出了无限秋意。

秋　夕①

✻杜　牧

银烛秋光冷画屏②,轻罗小扇扑流萤③。
天阶④夜色凉如水,卧看⑤牵牛织女星。

注释

①诗题一作《七夕》,又作《秋夜宫词》。
②银烛:白蜡烛,一作"红烛"。秋光:秋色。画屏:绘有图画的屏风。
③轻罗小扇:用又轻又薄的绢绸做的小团扇。流萤:飞动的萤火虫。
④天阶:宫中台阶。一作"天街",指天上的街市。
⑤卧看:一作"坐看"。

译文

秋夜,精美的白色蜡烛发出微弱的光,给画屏上添了几分清冷之色;一位宫女手执绫罗小扇,轻轻地扑打飞舞的萤火虫。天阶上的夜色,清凉如水;坐榻仰望星空,牵牛星正遥望着织女星。

点评

这诗写一个失意宫女的孤独生活和凄凉心情。前两句已经描绘出一幅深宫生活的图景。在一个秋天的晚上,白色的蜡烛发出微弱的光,给屏风上的图画添了几分暗淡而幽冷的色调。这时,一个孤单的宫女正用小扇扑打着飞来飞去的萤火虫。"轻罗小扇扑流萤",这一句十分含蓄,其中含有三层意思:第一,古人说腐草化萤,虽然是不科学的,但萤总是生在草丛冢间那些荒凉的地方,如今,在宫女居住的庭院里竟然有流萤飞动,宫女生活的凄凉也就可想而知了;第二,从宫女扑萤的动作可以想象她的寂寞与无聊,她无事可做,只好以扑萤来消遣她那孤独的岁月,她用小扇扑打着流萤,一下一下地,似乎想驱赶包围着她的孤冷与索寞,但这又有什么用呢?第三,宫女手中拿的轻罗小扇具有象征意义,扇子本是夏天用来挥风取凉的,秋天就没用了,所以古诗里常以秋扇比喻弃妇。相传汉成帝妃班婕妤为赵飞燕所谮,失宠后住在长信宫,写了一首《怨歌行》:"新裂齐纨素,皎洁如霜雪。裁为合欢扇,团团似明月。出入君怀袖,动摇微风发。常恐秋节至,凉飙夺炎热。弃捐箧笥中,恩情中道绝。"此说未必可信,但后来诗词中出现团扇、秋扇,便常常和失宠的女子联系在一起了。如王昌龄的《长信秋词》:"奉帚平明金殿开,且将团扇共徘徊",王建的《宫中调笑》:"团扇,团扇,美人病来遮面",都是如此。杜牧这首诗中的"轻罗小扇",也象征着持扇宫女被遗弃的命运。

第三句,"天阶夜色凉如水"。"天阶"指皇宫中的石阶。"夜色凉如水"暗示夜已深沉,寒意袭人,该进屋去睡了。可是宫女依旧坐在石阶上,仰视着天河两旁的牵牛星和织女星。民间传说,织女是天帝的孙女,嫁与牵牛,每年七夕渡河与他相会一次,有鹊为桥。汉代《古诗十九首》中的"迢迢牵牛星",就是写他们的故事。宫女久久地眺望着牵牛织女,夜深了还不想睡,这是因为牵牛织女的故事触动了她的心,使她想起自己不幸的身世,也使她产生了对于真挚爱情的向往。可以说,满怀心事都在这举首仰望之中了。

梅圣俞说:"必能状难写之景如在目前,含不尽之意见于言外,然后为至矣。"

(见《六一诗话》)这两句话恰好可以说明此诗在艺术上的特点。一、三句写景,把深宫秋夜的景物十分逼真地呈现在读者眼前。"冷"字,形容词当动词用,很有气氛。"凉如水"的比喻不仅有色感,而且有温度感。二、四两句写宫女,含蓄蕴藉,很耐人寻味。诗中虽没有一句抒情的话,但宫女那种哀怨与期望相交织的复杂感情见于言外,从一个侧面反映了封建时代妇女的悲惨命运。

中秋月①

✻苏　轼

暮云收尽溢②清寒，银汉无声转玉盘③。
此生此夜不长好④，明月明年何处看。

注释

①这首诗是苏轼任徐州知州时所作，作于元丰元年（1078）中秋，一说作于熙宁十年（1077）中秋，当时其弟苏辙也在徐州，两人共赏月光。中秋：农历八月十五为中秋节。

②溢：满而散发出。

③银汉：天河，银河。玉盘：比喻月亮，形容它的圆润皎洁像白玉做成的盘子那样。唐李白《古朗月行》有："小时不识月，呼作白玉盘。"

④不长好：不长久。

译文

夜幕降临，云气收尽，天地间充满了寒气，银河流泻无声，皎洁的月儿转到了天空，就像玉盘那样洁白晶莹。我这一生中每逢中秋之夜，月光多为风云所掩，很少碰到像今天这样的美景，真是难得啊！可明年的中秋，我又会到何处观赏月亮呢？

点评

这首诗题为“中秋月”，自然是写“人月圆”的喜悦；调寄《阳关曲》，则又涉及别情。记述的是作者与其胞弟苏辙久别重逢，共赏中秋月的赏心乐事，同时也抒发了聚后不久又得分手的哀伤与感慨。

这首词从月色的美好写到“人月圆”的愉快，又从今年此夜推想明年中秋，归结到别情。形象集中，境界高远，语言清丽，意味深长。《阳关曲》原以王维《送元二使安西》诗为歌词，苏轼此词与王维诗平仄四声，大体结合，是词家依谱填词之作。

首句言月到中秋分外明之意，但并不直接从月光下笔，而从“暮云”说起，用笔富于波折。明月先被云遮，一旦“暮云收尽”，转觉清光更多。句中并无“月光”、“如水”等字面，而“溢”字，“清寒”二字，都深得月光如水的神趣，全是积水空明的感觉。

月明星稀，银河也显得非常淡远。“银汉无声”并不只是简单的写实，它似乎说银河本来应该有声的，但由于遥远，也就“无声”了，天宇空阔的感觉便由此传出。今宵明月显得格外圆，恰如一面“白玉盘”似的。语本李白《古朗月行》：“小时不识月，呼作白玉盘。”此用“玉盘”的比喻写出月儿冰清玉洁的美感，而“转”字不但赋予它神奇的动感，而且暗示它的圆。两句并没有写赏月的人，但全是赏心悦目之意，而人自在其中。

明月圆，更值兄弟团聚，难怪词人要赞叹“此生此夜”之“好”了。从这层意思说，“此生此夜不长好”大有佳会难得，当尽情游乐，不负今宵之意。

不过，恰如明月是暂满还亏一样，人生也是会难别易的。兄弟分离在即，又不能不令词人慨叹“此生此夜”之短。从这层意思说，“此生此夜不长好”又直接引出末句的别情。说“明月明年何处看”，当然含有“未必明年此会同”的意思，是抒“离忧”。同时，“何处看”不仅就对方发问，也是对自己发问，实寓行踪萍寄之感。末二句意思衔接，对仗天成。“此生此夜”与“明月明年”作对，字面工整，假借巧妙。“明月”之“明”与“明年”之“明”义异而字同，借来与二“此”字对仗，实是妙手偶得。叠字唱答，再加上“不长好”“何处看”一否定一疑问作唱答，便产生出悠悠不尽的情韵。

江楼有感

✻赵　嘏[1]

独上江楼思悄然[2]，月光如水水如天。
同来玩月人何在[3]？风景依稀[4]似去年。

注释

①赵嘏，字承祐，楚州山阳(今江苏省淮阴)人，约生于宪宗元和元年(806)。年轻时四处游历，会昌年间进士及第。会昌末或大中初入仕为渭南尉。约宣宗大中六、七年(852、853)卒于任上。存诗二百多首，其中七律、七绝最多且较出色。宋葛立方《韵语阳秋》卷四评道："《长安秋望》诗云：'残星几点雁横塞，长笛一声人倚楼。'当时人诵咏之，以为佳作，遂有'倚楼'之目。又有《长安月夜与友人话归故山》诗云：'杨柳风多潮未落，蒹葭霜在雁初飞。'亦不减'倚楼'之句。"有《渭南集》三卷。

②思悄然：形容愁思萦绕的神态。悄然，一作"渺然"。

③玩月：赏月。玩月，一作"望月"，又作"看月"。何在：在哪里。

④依稀：仿佛，隐隐约约。

译文

独自登上江楼，心中充满了无限的忧愁伤感。皎洁的月光倾泻如水，碧水映照着长空，水天一色。去年一同赏月的人到哪里去了呢？只有眼前的风景还像去年一样。

点评

这是一首情味隽永、淡雅洗练的好诗。

在一个清凉寂静的夜晚，诗人独自登上江边的小楼。“独上”，透露出诗人寂寞的心境；“思悄然”三字，又使人仿佛见到他那凝神沉思的情态。这就启迪读者，诗人在夜阑人静的此刻究竟“思”什么呢？对这个问题，诗人并不急于回答。第二句，故意将笔荡开去从容写景，进一层点染“思悄然”的环境气氛。登上江楼，放眼望去，但见清澈如水的月光，倾泻在波光荡漾的江面上，因为江水是流动的，月光就更显得在熠熠闪动。“月光如水”，波柔色浅，宛若有声，静中见动，动愈衬静。诗人由月而望到水，只见月影倒映，恍惚觉得幽深的苍穹在脚下浮涌，意境显得格外幽美恬静。整个世界连同诗人的心，好像都溶化在无边的迷茫恬静的月色水光之中。这一句，诗人巧妙地运用了叠字回环的技巧，一笔包蕴了天地间景物，将江楼夜景写得那么清丽绝俗。这样迷人的景色，一定使人尽情陶醉了吧？然而，诗人却道出了一声声低沉的感喟：“同来玩月人何在？风景依稀似去年。”“同来”与第一句“独上”相应，巧妙地暗示了今昔不同的情怀，原来诗人是旧地重游。去年也是这样的良夜，诗人结侣来游，凭栏倚肩，共赏江天明月，那是怎样的欢快！曾几何时，人事蹉跎，昔日伴侣不知已经漂泊何方，而诗人却又辗转只身来到江楼。面对依稀可辨的风物，缕缕怀念和怅惘之情，正无声地啃啮着诗人孤独的心。读到这里，我们才豁然开朗，体味到篇首“思悄然”的深远意蕴，诗人江楼感旧的旨意也就十分清楚了。

短小的绝句律诗，一般不宜写得太实，而应“实则虚之”，这才会有余情余味。这首诗，诗人运笔自如，赋予全篇一种空灵神远的艺术美，使读者产生无穷的联想。诗中没有确指登楼的时间是春天还是秋天，去年的另一“玩月人”是男还是女，是家人、情人还是朋友，“同来”是指点江山还是互诉情衷，离散是因为世乱飘荡还是情有所阻，这一切都隐藏在诗的背后。读者完全可以展开自己想象的翅膀，在诗人提供的广阔天空里自由飞翔，充分领略这首小诗的幽韵和醇美。

题临安邸①

✻林 升②

山外青山楼外楼③,西湖歌舞几时休④。
暖风熏⑤得游人醉,直把杭州作汴州⑥。

注释

①临安:南宋都城,在今浙江杭州市。邸:客栈。

②林升,字梦屏,平阳(今属浙江)人。大约生活在南宋孝宗朝(1163—1189),是一位擅长诗文的士人。《西湖游览志余》录其诗一首。

③山外青山楼外楼:写临安湖光山色,风景秀丽,都市繁华。山外青山,青山之外还有青山,言临安山多。楼外楼,楼外还有楼,说临安楼多。

④西湖歌舞几时休:写上层人物歌舞升平。几时,何时。休,停止。

⑤熏:熏染。

⑥直:简直。直把,《西湖游览志余》作"便把"。汴州:北宋京城,在今河南开封市附近。

译文

美丽的西湖大部分环山,重重叠叠的青山把西湖拥在怀里,一座座亭榭楼阁雕梁画栋,不计其数,西湖游船上轻歌曼舞日夜不歇。整日在西湖游山玩水,饮酒作乐,和煦的春风吹得这些统治者昏昏欲睡,怎么还会记得丢失的北方领土,沦落的旧都!在他们眼里,杭州就是汴州,还有什么两样呢?

点评

诗的头两句“山外青山楼外楼，西湖歌舞几时休？”抓住临安城的特征：重重叠叠的青山，鳞次栉比的楼台和无休止的轻歌曼舞，写出当年虚假的繁荣太平景象。诗人触景伤情，不禁长叹：“西湖歌舞几时休？”西子湖畔这些消磨人们抗金斗志的淫靡歌舞，什么时候才能罢休？

用“几时休”三个字，责问统治者：骄奢淫逸的生活何时才能停止？言外之意是：抗金复国的事业几时能着手？

后两句“暖风熏得游人醉，直把杭州作汴州”，是诗人进一步抒发自己的感慨。“暖风”一语双关，既指自然界的春风，又指社会上淫靡之风。正是这股“暖风”把人们的头脑吹得如醉如迷，像喝醉了酒似的。“游人”不能理解为一般游客，它是特指那些忘了国难，苟且偷安，寻欢作乐的南宋统治阶级。诗中“熏”“醉”两字用得精妙无比，把那些纵情声色、祸国殃民的达官显贵的精神状态刻画得惟妙惟肖，跃然纸上。结尾“直把杭州作汴州”，是直斥南宋当局忘了国恨家仇，把临时苟安的杭州简直当作了故都汴州。辛辣的讽刺中蕴含着极大的愤怒和无穷的隐忧。

这首诗构思巧妙，措辞精当：冷言冷语的讽刺，偏从热闹的场面写起；愤慨已极，却不作谩骂之语。确实是讽喻诗中的杰作。

这首诗针对南宋黑暗的现实而作，它倾吐了郁结在广大人民心头的义愤，也表达了诗人担忧国家民族前途命运的思想感情。

晓出净慈寺送林子方[1]

✽ 杨万里

毕竟[2]西湖六月中，风光不与四时[3]同。
接天莲叶无穷碧[4]，映日荷花别样[5]红。

注释

①净慈寺：原名净慈报恩光孝禅寺，位于西湖边上，与灵隐寺为西湖两大名寺。林子方：林枡，莆田人，曾以直阁秘书漕闽部。

②毕竟：到底。

③四时：四季，这里泛指夏季以外的三季。

④接天莲叶：极力写西湖荷花种植面积大，远远地与天相连，是夸张的手法。无穷碧：也是用夸张的手法极力描绘六月西湖荷花的碧绿。

⑤别样：分外，格外。

译文

仲夏六月的西湖风光与其他任何时节都大有不同。碧绿的荷叶一望无际，仿佛延伸到了天尽头。阳光照耀下的荷花红得与众不同，别有一番景致。

点评

西湖美景历来是文人墨客描绘的对象,杨万里的这首诗以其独特的手法流传千古,值得细细品味。

“毕竟西湖六月中,风光不与四时同”,首句看似突兀,实际造句大气,虽然读者还不曾从诗中领略到西湖美景,但已能从诗人赞叹的语气中感受到了。这一句似脱口而出,是大惊大喜之余最直观的感受,因而更强化了西湖之美。果然,“接天莲叶无穷碧,映日荷花别样红”,诗人用一“碧”一“红”突出了莲叶和荷花给人的视觉带来的强烈的冲击力,莲叶无边无际仿佛与天宇相接,气象宏大,既写出莲叶之无际,又渲染了天地之壮阔,具有极其丰富的空间造型感。“映日”与“荷花”相衬,又使整幅画面绚烂生动。全诗明白晓畅,过人之处就在于先写感受,再叙实景,从而造成一种先虚后实的效果,读过之后,确实能感受到六月西湖“不与四时同”的美丽风光。

诗人驻足六月的西湖送别友人林子方,全诗通过对西湖美景的极度赞美,曲折地表达对友人的眷恋。诗人开篇即说毕竟六月的西湖,风光不与四时相同,这两句质朴无华的诗句,说明六月西湖与其他季节不同的风光,是足可留恋的。然后,诗人用充满强烈色彩对比的句子,给读者描绘出一幅大红大绿、精彩绝艳的画面:翠绿的莲叶,涌到天边,使人感到置身于无穷的碧绿之中;而娇美的荷花,在骄阳的映照下,更显得格外艳丽。这种谋篇上的转化,虽然跌宕起伏,却没有突兀之感。看似平淡的笔墨,给读者展现了令人回味的艺术境地。

饮湖上初晴后雨①

✽苏 轼

水光潋滟②晴方好，山色空蒙③雨亦奇。
欲把西湖比西子④，淡妆浓抹总相宜⑤。

注释

①宋神宗熙宁四年(1071)六月，苏轼以太常博士直史馆出为杭州通判，熙宁六年(1073)作此诗，原诗共两首，本诗是其二。湖：西湖。

②潋滟：波光动荡的样子。

③空蒙：烟雨迷蒙。

④西子：西施，姓施名夷光，春秋末期越国人，与王昭君、貂蝉、杨玉环并称古代四大美女，因为此诗，后世又称西湖为西子湖。

⑤相宜：相称，合适。

译文

在灿烂的阳光照耀下，西湖碧波荡漾，闪闪发光，十分美丽。在雨幕笼罩下，西湖周围的群山，迷迷茫茫，若有若无，非常奇妙。想把西湖比作绝世美女西施，因为西施无论是浓施粉黛还是淡描娥眉，都风情迷人；而西湖无论是艳光照耀，还是烟雨迷蒙都美不胜收，令人神往。

点评

这是一首赞美西湖美景的诗，也是一首写景状物的诗，写于诗人任杭州通判期间。原作有两首，这是第二首。

首句"水光潋滟晴方好"描写西湖晴天的水光：在灿烂的阳光照耀下，西湖

⑤玉堂：宋苏易简为学士，太宗以飞白书“玉堂之署”赐之，后称翰林院为玉堂。清不寐：神清气爽，或可解作夜色清明不能入睡。

⑥月钩：残月形似钩故称月钩。初上：一作“初照”。紫薇：落叶乔木，高丈余，花紫红色，又名百日红，古代中书省常栽此花，唐时宰相曾称紫薇令。白居易《紫薇花》：“独坐黄昏谁是伴，紫薇花对紫薇郎。”

译文

黄昏时节，夹道两边的绿槐树上聚满了乌鸦。侍臣传达皇帝的命令召我入宫，并赐座赐茶。回到翰林院之后，我神志清醒，心情激动，因而无法入睡，但见新月如钩，照耀着盛开的紫薇花。

点评

这首诗写臣子受到皇上接见之后，心情激动，夜不成寐的情形。诗歌从“昏鸦”写到“新月”，具体勾绘出这段时间内所发生的一切。末句的“紫薇花”一语双关，既指自然之花，又指沐承皇恩的诗人自己。

夏日登车盖亭[1]

✻蔡　确[2]

纸屏石枕竹方床[3]，手倦抛书午梦长。
睡起莞然[4]成独笑，数声渔笛在沧浪[5]。

注释

①元祐初，宣仁高太后听政，启用旧党，排斥新党。元祐二年(1087)，蔡确罢职陈州，以弟蔡硕赃败，徙安州(今湖北安陆)车盖亭，夏日登车盖亭，作此诗。

②蔡确(1037—1093)，字持正，泉州晋江(今福建泉州)人，宋仁宗嘉祐四年(1059)进士。熙宁六年(1073)，王韶(江西德安人)熙河之役取得对西夏的胜利，但被告挪用军费，蔡确奉命办案，为其白冤。历官御史中丞、参知政事、尚书右仆射兼中书侍郎。绍圣二年(1095)，赠太师，谥忠怀。

③纸屏：纸做的屏风。竹方床：方形竹床。

④莞(wǎn)然：微笑的样子。

⑤渔笛：渔人吹奏的笛声。沧浪：原指清苍水色，这里指水面。

译文

纸糊的屏风立在床前，我躺在竹床石枕上捧书阅读，时间久了便觉得手酸乏力。于是，我开始午睡并做了一个长长的梦。醒来之后，心满意足，不禁独自微笑。此时，恰好从水边传来阵阵悠扬的渔笛声。

点评

这首诗是写诗人在水亭纳凉时的感受，是闲情逸致之作。首句用石枕竹床点出“凉”的特征，接下来用一连串的动作描写作者的闲适生活：看书生倦，枕石而卧，眠而入梦，醒后独笑，静听渔笛，诗人轻松愉悦的心情由此达到了顶峰，反映出他对清闲生活的情有独钟。

直玉堂作①

✻ 洪咨夔②

禁门深锁寂无哗③，浓墨淋漓两相麻④。
唱彻五更⑤天未晓，一墀⑥月浸紫薇花。

注释

①诗题一作《六月十六日宣锁》，又作《禁锁》。直：入值，入宫值班。

②洪咨夔（1176—1236），字舜俞，号平斋，临安于潜（今浙江临安）人，宋宁宗嘉定二年（1209）进士。端平初，擢殿中侍御史。历迁中书舍人兼权吏部侍郎，兼直学士院。官至刑部尚书、翰林学士、知制诰。端平三年卒，谥忠文。有《平斋文集》。洪咨夔一生酷爱读书，不仅著作较多，而且藏书甚富。据载藏书有一万三千卷，藏于天目山宝福寺闻覆阁。

③禁门：宫门。寂无哗：寂静，无人声喧哗。

④两相麻：两份任命丞相的诏书，南宋设左右丞相，拜相前授意翰林院用黄麻纸起草诏令。

⑤唱彻五更：指鸡人已报过五更。古时宫中设有鸡人，专司报更。唱彻，唱到。

⑥墀：宫殿前的台阶。

译文

皇宫大内重重院门深锁，寂静而不喧哗。宫廷里的朝臣正在起草拜相的诏书。鸡人报唱五更后，天还未亮，石阶上如水的月光浸满了紫薇花的影子。

点评

这首诗写的是诗人在翰林院值夜班的情景。首句“禁门深锁寂无哗”形容深宫内院宫禁森严，透露出皇家气派。第二句描写翰林院内紧张有序的工作情况，“浓墨淋漓”表现了学士们才思勃发、下笔千言的踌躇满志之态。三、四两句描绘工作结束后的光景，夜色依旧，月浸繁花，暗示了诗人内心的轻松之感和自得之乐。全诗以静衬动，以景写人，颇具诗韵。

竹 楼[①]

✲ 李嘉祐[②]

傲吏[③]身闲笑五侯，西江[④]取竹起高楼。
南风不用蒲葵扇[⑤]，纱帽[⑥]闲眠对水鸥。

注释

①诗题一作《寄王舍人竹楼》。

②李嘉祐(719？—781？)，字从一，赵州(今属河北)人。天宝七载(748)擢第，历官秘书省正字、监察御史。工诗，有诗名，与钱起、严维、刘长卿、冷朝阳诸人友善，有唱和。为诗丽婉，有齐梁风。有《李嘉祐集》，《全唐诗》存诗二卷。

③傲吏：恃才傲物的清闲官吏。

④西江：泛指江西一带，其地多竹，诗人大历年间曾为袁州(今江西省宜春一带)刺史。

⑤蒲葵扇：蒲葵做成的扇子。蒲葵，一种常绿乔木，叶可制扇。

⑥纱帽：古代君主或官员戴的一种帽子，明代始定为文武官员常礼服，后泛指官帽。也有人解为夏季的凉帽。白居易《夏日作》："葛衣疎且单，纱帽轻复宽。一衣与一帽，可以过炎天。"

译文

简居清闲的官吏对达官贵人的权势地位不屑一顾，兀自在江边搭建起一座竹楼。江边吹来凉爽的南风，根本就不需要蒲扇，他把乌纱帽搁置在一旁，悠闲地对着水鸟闭目养神。

点评

诗歌以竹楼为线索描绘了傲吏清闲安适的生活。首句开门见山写出傲吏之蔑视功名利禄，为下文埋下伏笔。末两句具体描写江边的惬意生活。全诗两次用到“闲”字，本为诗歌之忌，但在一定程度上起到了强调主题的作用。

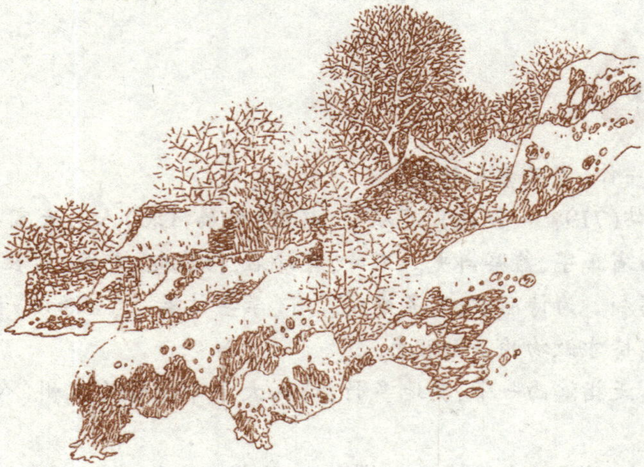

直中书省①

✻ 白居易②

丝纶阁③下文章静，钟鼓楼中刻漏④长。
独坐黄昏谁是伴，紫薇花对紫薇郎⑤。

注释

①诗题一作《紫薇花》。诗作于长庆元年(821)，白居易时任中书舍人入值中书省。诗写翰林院值夜班闲暇的寂寞孤独，反映出诗人忧国忧民，以国事为重的高尚品质。中书省：官署名，唐代与尚书、门下同为中央行政机关。

②白居易(772—846)，唐朝著名诗人，字乐天，太原(今属山西)人，后迁居下邽(今陕西渭南东北)。唐德宗贞元十六年(799)进士，十八年应吏部拔萃科考试，入甲等，授秘书省校书郎。元和二年(807)授翰林学士，三年(808)拜左拾遗，十年(815)被贬为江州(今属江西)司马，后移忠州(今属四川)刺史，又为苏州、同州(今属陕西大荔)刺史。晚居洛阳，自号醉吟先生、香山居士。又曾官太子少傅，后人因此而称他白傅。诗歌境界开阔，倾向鲜明，重讽喻，尚坦易，为中唐大家，对后世影响很大。有《白氏长庆集》《白香山诗集》等。

③丝纶阁：中书省，是帝王颁发诏书的地方。丝纶，帝王的诏书，语出《礼

记·缁衣》:"王言如丝,其出如纶。"孔颖达疏:"王言初出,微细如丝,及其出行于外,言更渐大,如似纶也。"后因称帝王诏书为"丝纶"。

④钟鼓楼:专门报时辰的楼,常以敲钟、击鼓为号,故称钟鼓楼。刻漏:古代以铜壶滴漏计时,依据漏壶中标尺的刻度来判断时间,这里泛指时间。

⑤紫薇郎:唐代称中书省为紫薇省,中书令为紫薇令,中书侍郎为紫薇侍郎,白居易任中书舍人,故称紫薇郎。

译文

颁发诏书的丝纶阁内寂静无声,只听到钟鼓楼上漏壶滴水的声音。这样的黄昏我悄然独坐,又有谁会来与我做伴呢?唯有和紫薇花无言以对。

点评

这首诗描写的是诗人在中书省当值守夜的情景。"文章静""刻漏长"反映出值夜时的漫长无聊与寂寞孤独。后两句自问自答,进一步渲染出诗人的落寞心境,"紫薇花对紫薇郎"颇具神韵,达到了物我交融的高度统一。

观书有感

✻朱　熹

半亩方塘一鉴开[1]，天光云影共徘徊[2]。
问渠那得清如许[3]，为有源头活水来[4]。

注释

①鉴：镜子。开：打开，古代镜子上覆镜袱，用时打开。

②徘徊：来回移动。

③渠：第三人称代词，它，指池塘。那得：怎么能够。清如许：如此清澈。

④为：因为。活水：流动的水。

译文

半亩大小的方形池塘里的水澄澈得像一面打开的镜子，蓝天和白云的倒影在池塘里来回移动。试问它为什么会这样清澈纯净，是因为不断有活水从源头流出来。

点评

前两句写景，后两句议论。一问一答，形象地表达了诗人深切而独特的读书感受，暗含哲理。

这是一首借景喻理的名诗。全诗以方塘作比,形象地表达了一种微妙难言的读书感受。池塘并不是一泓死水,而是常有活水注入,因此像明镜一样,清澈见底,映照着天光云影。这种情景,同一个人在读书中搞通问题、获得新知而大有收益、提高认识时的情形颇为相似。这首诗所表现的读书有悟、有得时的那种灵气流动、思路明畅、精神清新活泼而自得自在的境界,正是作者作为一位大学问家切身的读书感受。诗中所表达的这种感受虽然仅就读书而言,却寓意深刻,内涵丰富,可以作广泛的理解。特别是"问渠那得清如许,为有源头活水来"两句,借水之清澈,是因为有源头活水不断注入,暗喻人要心灵澄明,就得认真读书,时时补充新知。因此人们常常用来比喻不断学习新知识,才能达到新境界。人们也用这两句诗来赞美一个人学问或艺术的成就,自有其深厚的渊源。我们也可以从这首诗中得到启发,只有思想永远活跃,以开明宽阔的胸襟,接受种种不同的思想、鲜活的知识,广泛包容,方能才思不断、新水长流。这两句诗已凝缩为常用成语"源头活水",用以比喻事物发展的源泉和动力。

泛舟①

✻朱熹

昨夜江边春水生，艨艟巨舰一毛轻②。
向来枉费推移力③，此日中流自在行④。

注释

①此为《观书有感二首》之二。泛舟：舟浮行于水上。

②艨艟（méng chōng）：古代的一种战船。一毛轻：像一支羽毛一样轻。

③向来：一向，历来。枉费：徒费，白费。

④中流：河流之中。自在：悠闲自在。

译文

昨夜，河里的春水突然暴涨，巨大的船只漂浮在河水上仿似一根羽毛般轻盈。原来水浅时白费了许多牵拉推动的力气，现在船在水中可以自由自在地行驶了。

点评

这是一首借助形象说理的诗。它以泛舟为例,让读者去体会与学习有关的道理。诗中说往日舟大水浅,众人使劲推船,也是白费力气,而当春水猛涨,即使艨艟巨舰也如羽毛般轻,自由自在地飘行在水流中。诗中突出春水的重要,意在强调艺术灵感的勃发,足以使得艺术创作流畅自如。也可以理解为创作艺术要基本功夫到家,则熟能生巧,驾驭自如。这首诗很可能是作者苦思某个问题,经过学习忽然有了心得后写下来的。从以“巨舰大船”作比喻,可能是朱熹所品评的是榜书大字的创作。此诗的寓意也很深,以水涨船高则能够行驶自在,形象地比喻书法艺术创作一旦灵感勃发,则能够使书写一下子变得流畅自如,这不仅仅是书法艺术的一个本质过程,也是一般艺术创作的重要本质。当然,该诗也可以从另外一个角度理解,即朱熹看见书法作品的技艺精炼且生动流畅,品味出熟能生巧的艺术道理。

冷泉亭①

✻林　稹②

一泓清可沁诗脾③，冷暖年来④只自知。
流出西湖载歌舞⑤，回头不似⑥在山时。

注释

①冷泉亭：杭州西湖飞来峰下有泉叫作冷泉，上建有冷泉亭。

②林稹，字丹山，长洲人（今江苏苏州）人。神宗熙宁九年（1076）进士。其余不详。

③一泓：一汪深水。清可：清澈可人。诗脾：诗思。宋杨万里《仲良见和再和谢焉》："未惜诗脾苦，端令鬼胆寒。"

④年来：年来年去，岁月更替 。

⑤载：浮起，承载。歌舞：满载歌儿舞女的船。

⑥不似：不像。

译文

一潭深水澄清见底，沁人心脾，春去秋来，冷暖与否，只有它自己知道。当泉水流到西湖那载歌载舞的游船处时，就不似原来在山中那般清澈明亮了。

点评

诗人借泉水的清浊变化来表达寓意。深潭中的泉水沁人心脾，冷暖自知，能保持自我本色，但倘若流入西湖就会变得污浊，再也不似从前了。诗歌借物抒情，针砭时世，说明了后天环境对人的强大外化力及人自身的可变性。

冬　景[①]

✽苏　轼

荷尽已无擎雨盖[②]，菊残[③]犹有傲霜枝。
一年好景君须[④]记，最是橙黄橘绿时[⑤]。

注释

①诗作于宋哲宗元祐五年（1090）初冬，苏轼知杭州时。诗题一作《赠刘景文》。刘景文，刘季孙，河南祥符（今河南开封境内）人，苏轼任杭州知州时任两浙兵马都监，与苏轼有诗酒往来，交往很深。

②擎雨盖：指荷叶。擎，举。

③菊残：秋菊已经开败。

④君：您。须：应该。

⑤最是：正是。橙黄橘绿：秋季，橙橘成熟于秋天。

译文

荷塘败尽，荷叶枯萎得不能再像伞一样挡雨了，菊花虽然凋零，却还剩下耐得住严霜的雄枝。事实上，荷塘枯败和菊花凋敝都不要紧，一年中最美好的风光还是橙橘快要成熟时呈现出的黄绿相间的景色。

点评

诗歌用败荷、残菊描述了秋去冬来的季节变化，给人以凛冽、严寒之感。“橙黄橘绿”呈现出一种鲜艳明丽的色彩，带来了初冬的新生命，萌动着生机。诗歌歌颂了风雪中橙橘残菊的高洁品行，同时也表达了对刘景文的期望之情。

枫桥夜泊[①]

张　继[②]

月落乌啼[③]霜满天，江枫渔火对愁眠[④]。
姑苏城外寒山寺[⑤]，夜半钟声到客船。

注 释

①诗题一作《夜泊枫江》。枫桥：在今江苏省苏州市阊门外。

②张继，唐代诗人，字懿孙。襄州（今湖北襄樊）人。天宝十二载（753）中进士。张继在至德中与刘长卿同为御史，大历年间任检校祠部员外郎、洪州盐铁判官。与皇甫冉、刘长卿交谊颇深，后殁于洪州。刘长卿曾作《哭张员外继》痛悼之。张继诗现存约40首，主要是纪行游览、酬赠送别之作，多为五七言律诗及七言绝句。语言明白自然，不尚雕饰。七绝《枫桥夜泊》情致清远，历来为人所称，北宋时已刻石于苏州。有《张祠部诗集》。

③乌啼：乌鸦啼叫。一说乌啼为地名，在枫桥西南。

④江枫：江边的枫树。一说江枫为二桥名。对愁眠：怀着忧愁睡觉。

⑤姑苏：苏州的别称，因苏州城外有姑苏山而得名。寒山寺：位于苏州城西十里的枫桥镇，创建于梁代天监年间，初名“妙利普明寺院”。相传唐代诗僧寒山子曾任主持，遂改名。

译 文

月亮已落下，乌鸦不停啼叫，秋霜满天，江边枫树映衬着船上渔火点点，只剩我独自对愁而眠。姑苏城外那寂寞清静寒山古寺，半夜里敲响的钟声悠扬传到了我乘坐的客船里。

点评

一个秋天的夜晚，诗人泊舟苏州城外的枫桥。江南水乡秋夜幽美的景色，吸引着这位怀着旅愁的客子，使他领略到一种情味隽永的诗意美，写下了这首意境清远的小诗。

题为“夜泊”，实际上只写“夜半”时分的景象与感受。诗的首句，写了午夜时分三种有密切关联的景象：月落、乌啼、霜满天。上弦月升起得早，半夜时便已沉落下去，整个天宇只剩下一片灰蒙蒙的光影。树上的栖乌大约是因为月落前后光线明暗的变化，被惊醒后发出几声啼鸣。月落夜深，繁霜暗凝。在幽暗静谧的环境中，人对夜凉的感觉变得格外锐敏。“霜满天”的描写，并不符合自然景观的实际（霜华在地而不在天），却完全切合诗人的感受：深夜侵肌砭骨的寒意，从四面八方围向诗人夜泊的小舟，使他感到身外的茫茫夜气中正弥漫着满天霜华。整个一句，月落写所见，乌啼写所闻，霜满天写所感，层次分明地体现出一个先后承接的时间过程和感觉过程。而这一切，又都和谐地统一于水乡秋夜的幽寂清冷氛围和羁旅者的孤孑清寥感受中。从这里可以看出诗人运思的细密。

诗的第二句接着描绘“枫桥夜泊”的特征景象和旅人的感受。在朦胧夜色中，江边的树只能看到一个模糊的轮廓，之所以径称“江枫”，也许是因枫桥这个地名引起的一种推想，或者是选用“江枫”这个意象给读者以秋色秋意和离情羁思的暗示。“湛湛江水兮上有枫，目极千里伤春心”，“青枫浦上不胜愁”，这些前人的诗句可以说明“江枫”这个词语中所沉积的感情内容和它给予人的联想。透过雾气茫茫的江面，可以看到星星点点的几处“渔火”，由于周围昏暗迷蒙背景的衬托，显得特别引人注目，动人遐想。“江枫”与“渔火”，一静一动，一暗一明，一江边，一江上，景物的配搭组合颇见用心。写到这里，才正面点出泊舟枫桥的旅人。“愁眠”，当指怀着旅愁躺在船上的旅人。“对愁眠”的“对”字包含了“伴”的意蕴，不过不像“伴”字外露。这里确有孤孑的旅人面对霜夜江枫渔火时萦绕的缕缕轻愁，但同时又隐含着对旅途幽美风物的新鲜感受。我们从那个很客观的“对”字当中，似乎可以感觉到舟中的旅人和舟外的景物之间一种无言的交融和契合。

诗的前幅布景密度很大，十四个字写了六种景象，后幅却特别疏朗，两句诗只写了一件事：卧闻山寺夜钟。这是因为，诗人在枫桥夜泊中所得到的最鲜明深刻、最具诗意美的感觉印象，就是这寒山寺的夜半钟声。月落乌啼、霜天寒夜、江枫渔火、孤舟客子等景象，固然已从各方面显示出枫桥夜泊的特征，但还不足以尽传它的神韵。在暗夜中,人的听觉升居为对外界事物景象感受的首位。而静夜钟声,给予人的印象又特别强烈。这样,“夜半钟声”就不但衬托出了夜的静谧,而且揭示了夜的深永和清寥,而诗人卧听疏钟时的种种难以言传的感受也就尽在不言中了。

这里似乎不能忽略“姑苏城外寒山寺”。寒山寺在枫桥西一里,初建于梁代,唐初诗僧寒山曾住于此,因而得名。枫桥的诗意美,有了这所古寺,便带上了历史文化的色泽,而显得更加丰富,动人遐想。因此,这寒山寺的“夜半钟声”也就仿佛回荡着历史的回声,渗透着宗教的情思,而给人以一种古雅庄严之感了。诗人之所以用一句诗来点明钟声的出处,看来不为无因。有了寒山寺的夜半钟声这一笔,“枫桥夜泊”之神韵才得到最完美的表现,这首诗便不再停留在单纯的枫桥秋夜景物画的水平上,而是创造出了情景交融的典型化艺术意境。夜半钟的风习,虽早在《南史》中即有记载,但把它写进诗里,成为诗歌意境的点眼,却是张继的创造。在张继同时或以后,虽也有不少诗人描写过夜半钟,却再也没有达到过张继的水平,更不用说借以创造出完整的艺术意境了。

寒　夜

✻杜　耒[1]

寒夜客来茶当酒[2]，竹炉汤沸火初红。
寻常[3]一样窗前月，才有梅花便不同。

注释

①杜耒(？—1227)，字子野，号小山，南城(今属江西)人，曾官主簿。嘉定年间为淮东安抚制置使许国幕僚，理宗宝庆三年死于军乱。

②茶当酒：以茶当酒，招待客人。

③寻常：平常。

译文

寒气袭人的冬夜有客人来访，权且以热茶当酒。火炉上的汤汁沸腾时，火苗愈显红艳。窗前还是那一轮明月，只是因为有了梅花的映照才胜于往日。

点评

这首诗描写了诗人在寒冬夜晚招待客人的情景。远客来访，温茶沸汤，火焰鲜红，使得一种融融暖意充盈心间，拂去了冬夜的寒意。随着诗歌从屋内向屋外的推进，读者的视野逐渐拓展。火焰、明月、梅花构成了光影色香的统一体，充分调动了读者的触觉、嗅觉和视觉神经，使得一个寒气袭人的冬夜变得不同于往日，而是充满了温馨与和谐。

霜 夜

✽ 李商隐[①]

初闻征雁已无蝉[②],百尺楼台[③]水接天。
青女素娥俱耐冷[④],月中霜里斗婵娟[⑤]。

注释

①李商隐(812—858),字义山,号玉溪生,又号樊南生,晚唐著名诗人。原籍怀州河内(今河南沁阳市)人,他的先祖是李唐王室旁支,然而自其高祖以来家境已衰落。开成二年(837)中进士。后来他赴兴元(今陕西汉中)入令狐楚幕。令狐楚死,又入泾原节度使、倾向于李党的王茂元幕府,不久娶其女为妻,引起属于牛党的令狐绹等人的不满。开成四年(839),李商隐出仕秘书省,为校书郎。会昌二年(842),他再应书判拔萃科试,被授秘书省正字。其诗独辟蹊径,开拓出寄情深婉的新境界,深深影响了晚唐和宋初西昆体诗人及清代钱谦益诸诗人。有《李义山诗集》。

②征雁:远飞的雁,这里指南飞的雁。已无蝉:已经听不到蝉声了。

③百尺楼台:泛指高楼。唐王昌龄《从军行》之一:"烽火城西百尺楼,黄昏独上海风秋。"

④青女:神话传说中的霜神。《淮南子·天文训》:"至秋三月……青女乃出,以降霜雪。"高诱注:"青女,天神,青霄玉女,主霜雪也。"素娥:嫦娥。谢庄《月赋》:"引玄兔子帝台,集素娥于后庭。"俱:都。

⑤婵娟:姿态美好貌。

译文

刚开始听到远行去南方的大雁的鸣叫声，蝉鸣就已经销声匿迹了，我登上百尺高楼，极目远眺，水天连成一片。霜神青女和月中嫦娥不怕寒冷，在寒月冷霜中争妍斗俏，比一比冰清玉洁的美好姿容。

点评

文学作品，特别是诗歌，它的特点在于即景寓情，因象寄兴。诗人不仅是写生的妙手，而应该是随物赋形的化工。最通常的题材，在杰出的诗人的笔底，往往能够创造出一种高超优美的意境。读了李商隐的这首《霜月》，就会有这样的感觉。

这诗写的是深秋季节，在一座临水高楼上观赏霜月交辉的夜景。它的意思只不过说，月白霜清，给人们带来了寒凉的秋意而已。这样的景色，会使人心旷神怡。然而这诗所给予读者美的享受，却大大超过了我们在类似的实际环境中所感受到的那些。诗的形象明朗单纯，它的内涵是饱满而丰富的。

秋天，草木摇落而变衰，眼里看到的一切，都是萎谢枯黄，黯然无色；可是清宵的月影霜痕，却显得分外光明皎洁。这秋夜自然景色之美意味着什么呢？"青女素娥俱耐冷，月中霜里斗婵娟。"尽管"琼楼玉宇，高处不胜寒"，可是冰肌玉骨的绝代佳人，愈是在宵寒露冷之中，愈是见出雾鬓风鬟之美。她们的绰约仙姿之所以不同于庸脂俗粉，正因为她们具有耐寒的特性，经得起寒冷的考验啊！

写霜月，不从霜月本身着笔，而写月中霜里的素娥和青衣；青女、素娥在诗里是作为霜和月的象征。这样，诗人所描绘的就不仅仅是秋夜的自然景象，而是勾摄了清秋的魂魄，霜月的精神。这精神是诗人从霜月交辉的夜景里发掘出来的自然之美，同时也反映了诗人在混浊的现实环境里追求美好、向往光明的深切愿望；是他性格中高标绝俗、耿介不随的一面的自然流露。当然，我们不能说，这耐寒的素娥、青女，就是诗人隐以自喻，或者说，它另有所实指。诗中寓情寄兴，是不会如此狭隘的。王夫之说得好："兴在有意无意之间。"（《姜斋诗话》）倘若刻舟求剑，理解得过于窒实，反而会缩小它的意义，降低它的美学价值。

范元实云："义山诗，世人但称其巧丽，至与温庭筠齐名。盖俗学只见其皮肤，其高情远意，皆不识也。"他引了《筹笔驿》《马嵬》等篇来说明。（见魏庆之

《诗人玉屑》卷十五引《诗眼》)其实,不仅咏史诗以及叙志述怀之作是如此,在更多的即景寄兴的小诗里,同样可以见出李商隐的“高情远意”。叶燮是看到了这点的,所以他特别指出李商隐的七言绝句,“寄托深而措辞婉”(《原诗》外编下)。于此诗,也可见其一斑。

这诗在艺术手法上有一点值得注意:诗人的笔触完全在空际点染盘旋,诗境如海市蜃楼,弹指即逝;诗的形象是幻想和现实交织在一起而构成的完美的整体。秋深了,树枝上已听不到聒耳的蝉鸣,辽阔的长空里,时时传来雁阵惊寒之声。在月白霜清的宵夜,高楼独倚,水光接天,望去一片澄澈空明。“初闻征雁已无蝉”二句,是实写环境背景。这环境是美妙想象的摇篮,它会唤起人们绝俗离尘的意念。正是在这个摇篮里,诗人的灵府飞进月地云阶的神话世界中去了。后两句想象中的意境,是从前两句生发出来的。

梅

✲王　淇[1]

不受尘埃半点侵[2]，竹篱茅舍自甘心[3]。
只因误识林和靖[4]，惹得诗人说到今。

注释

①王淇，北宋诗人，生平不详。

②侵：沾染，污染。

③甘心：快意，安于现状。

④误识：错误地结识。林和靖：林逋，字君复，谥和靖先生，北宋诗人，钱塘人，隐居西湖孤山，终身不仕，终身不娶，植梅花养仙鹤为伴，称“梅妻鹤子”，其《山园小梅》有名句“疏影横斜水清浅，暗香浮动月黄昏”为人传诵。

译文

梅花皎皎，纯洁如雪，不沾染半点尘埃，虽然生长在篱笆茅屋之旁，它却耐得住清寒寂寞。梅花本自清闲幽雅，只因误识林和靖，引得多少骚人墨客把它当作佳话谈论到今天。

点评

本诗用幽默的语言、拟人的手法，通过写梅花因为结识林逋引人注目而懊悔，赞颂梅花一尘不染的高洁品质和安贫乐道的精神。本诗乃是咏物言志诗，诗人用自然之美来比照人格之美。首句“不受尘埃半点侵”表明诗人的高洁情操。次句进一步表明诗人甘于平淡，无视功名利禄。第三句用林和靖“梅妻鹤子”的典故正话反说，强调了诗人对梅花的一往情深。

早春

✽ 白玉蟾[1]

南枝[2]才放两三花，雪里吟香弄粉些[3]。
淡淡著[4]烟浓著月，深深笼水浅笼沙[5]。

注释

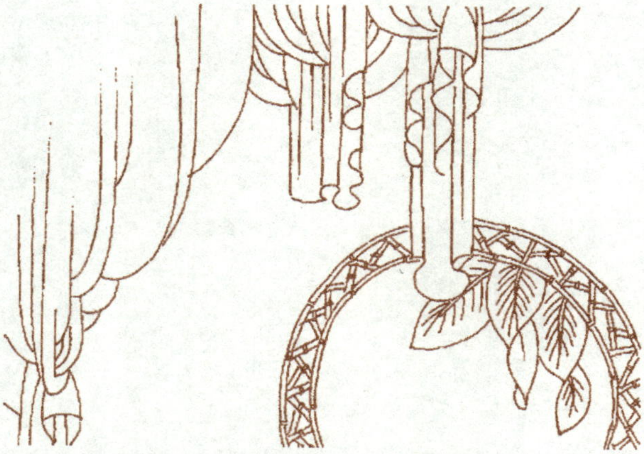

①白玉蟾，南宋道人，原名葛长庚，字白叟、以阅、众甫，号海琼子、武夷散人、海南翁、琼山道人、神霄散吏、紫清真人。祖籍福建闽清县，出生于海南岛琼州，后来母亲改嫁，继为白氏子，遂易名白玉蟾。幼天资聪敏颖异，七岁能诵九经，十二岁举童子科。宋宁宗嘉定间，诏征赴阙，召对称旨，封为紫清明道真人，命馆太乙宫，赐号紫清明道真人。全真教尊为南五祖之一。白玉蟾博洽群书，能诗善赋，工书擅画。有《海琼玉蟾先生文集》四十卷。

②南枝：向阳的枝条，因得光多，所以开花早。

③吟香：吟咏初放的香花。弄粉：赏玩含苞初放的花蕊。些：句末语气助词。《楚辞·招魂》："魂兮归来，去君之恒干，何为四方些。"

④著：罩着。

⑤深深笼水浅笼沙：说梅花的影子随着月亮的移动，或深深地投入溪水，或者浅浅地印在沙上。

译文

向阳的枝条才开了两三朵花，于是不顾天气寒冷，在雪地里吟咏初放的香花，赏玩含苞初放的花蕊。淡淡的烟笼罩着月亮，梅花的影子随着月亮的移动，或深深地投入溪水，或浅浅地印在沙上。

点评

诗歌虽名为《早春》，但实际写的却是早春的梅花，而诗人着重抓住雪地里和月光下两个典型环境来刻画梅花的独有神韵，展现出月光、白雪、梅花交相辉映的迷人图景。诗歌的末两句化用“烟笼寒水月笼沙”之意，收到了恰如其分的效果。

雪梅其一①

✻ 卢梅坡②

梅雪争春未肯降③,骚人阁笔费评章④。
梅须逊⑤雪三分白,雪却输梅一段香。

注释

①诗题一作《梅花》。

②卢梅坡:南宋诗人,生平不详。

③争春:竞春,争夺春色。降:降伏,认输。

④骚人:诗人。阁笔:意为诗人自愧文采浅薄,无力表达梅、雪风韵,不敢妄自动笔。阁,同“搁”,放下。评章:评论、判断。

⑤须:本来。逊:差,不如。

译文

梅花飘香而送暖,片雪纷飞而迎春,它们似乎为了争夺春色而竞相不让。诗人为了评出优劣而煞费苦心,不惜搁下正在为文作诗的笔。事实上,梅在洁白上不及雪,而雪则没有梅花那样的清香。

点评

这是一首富有哲理情趣的诗歌。诗的首句用拟人的手法描绘了梅雪争春的事实,既赋予了雪梅活泼的生命力,又暗示了冬去春来的物候特征。三、四两句用诗人的凝神思考引出对雪梅的评价,即二者各有千秋,诗歌告诉我们要用辩证的眼光看待事物才不会失之偏颇。这两句诗由于形象性与哲理性高度统一,说理透彻,因而成为不朽名句。

雪梅其二①

✻ 卢梅坡

有梅无雪不精神②，有雪无诗俗了人③。
日暮诗成天又雪④，与梅并作十分春⑤。

注释

①此诗又见方岳《秋崖集》卷四《梅花十咏》之九。

②精神：神采，神韵。

③俗了人：给人一种庸俗的感觉。

④雪：下雪。

⑤十分春：十足的春色。

译文

只有梅花的清香而没有白雪的衬托，也显不出梅花的风姿神韵。有雪有梅而没有诗歌助兴的话，也会让人感到单调俗气。只有梅雪交相辉映，香色俱全，再加上诗歌的渲染，才会显出十分的春色。

点评

这首诗是对前一首诗的进一步发挥。诗人把梅、雪、诗同时引入诗歌，三者以各自的精神特质独立于世，却又相互融合，共同营造出春天的浓郁气氛。全诗表现出了自然与人的和谐统一，反映了诗人闲适的心境。

答钟弱翁①

※牧　童

草铺横野②六七里，笛弄③晚风三四声。
归来饱饭黄昏后，不脱蓑衣卧月明④。

注释

①钟弱翁：名傅，宋人，饶州乐平（今江西乐平）人，约生活在北宋末南宋初，以书生被荐为兰州推官，哲宗绍圣年间因破西夏有功，官至集贤殿修撰、龙图阁大学士，历任河中、杭州、延安等知州，曾因虚报边功贬连州别驾。

②横野：遍野。

③弄：伴弄。

④蓑衣：稻草或棕叶编制的雨具。卧月明：睡在月光下。

译文

杂草纵横交错，绵延六七里，仿似铺满了整个山野。悠扬的山间笛声随着晚风飘扬而至。黄昏时分，牧童放牛归来，吃过晚饭后连蓑衣也不脱，就对着天空明月倒头而睡。

点评

牧童，只是一个化名，到底是谁，目前很难考究。钟弱翁，名叫钟傅，弱翁是他的字，钟傅是宋朝人，以此可以推断这位牧童是宋代或宋代以后的人。钟弱翁曾因人推荐而做了官，但多次被降职。这首诗是在安慰他，也是在劝勉他，不必争功名利禄那些虚名，与其和人钩心斗角不如全身而退，去过一种闲逸舒适的生活。

诗的全景是一片广阔的田野，人烟稀少，描写主体里只有牧童和他放牧的牛。但是这里所有是宁静和悠闲，并没有太多孤独冷漠等等，至少诗里没有写出来那些田野里孤独的人或事，着重于山野之趣，以及一种无拘无束的快乐。

诗是工整的，像六七里对三四声等，但又脱离了对对联的嫌疑。后一句更是把七言诗这种体裁的优点发挥了出来，写得极尽意味。饱饭后，牧童可以休息了，他选择穿着蓑衣躺在草地上看月亮来放松自己。一个人赏月，是有种与世无争的态度，还是躺在厚厚的草地上，牧童的心情会是很轻松的，他也一定很惬意。虽说这样的生活没有奢侈和喧闹，但这也正是如此生活的长处，可以使人的心静下来，得到真正的休憩。纵情于野外，即使是今天，还是许多人心里向往的田园生活。政局混乱，朋党间相互倾轧，使钟傅屡遭贬职。诗人写这首诗，是想劝说他与其苦苦挣扎，不如退而求其次，既然不能达则兼济天下，不如独善其身。混乱你改变不了，那就离它远些，省得白费力气，出力不讨好。

诗里说牧童是穿着蓑衣的，这可以和前一句有个映衬。为什么晚风中只有三四声的笛声，是因为有雨声。即使是在广阔的田野上，开阔的草地上，雨声还是遮住了笛子的声音。断断续续的音乐，有点愁绪，牧童是怎样应对这愁苦的？穿着蓑衣躺在月光里，风雨过后，欣赏着明月，早把那不快扔到了九霄之外。诗人的意图是劝钟傅不妨学学牧童的人生观，间接表露了他对仕途坎坷的钟傅的同情。诗人是善意的，对文字的运用也很细心。

泊秦淮①

✽杜　牧

烟笼寒水月笼沙②，夜泊秦淮近酒家。
商女不知亡国恨③，隔江犹唱《后庭花》④。

注释

①诗题一作《秦淮夜泊》。秦淮：河名，在今江苏省南京市，横贯全市流入长江，相传秦时所开，凿钟山以疏通淮水，所以叫秦淮河。

②烟笼寒水月笼沙：是“烟”“月”笼罩在“水”和“沙”上，互文见义的用法。笼，笼罩。

③商女：歌女。亡国恨：南朝国家灭亡的遗恨。

④江：秦淮河。犹：还。《后庭花》：歌曲名，即《玉树后庭花》，为南朝陈后主陈叔宝所作，歌词中有“玉树后庭花，花开不长久”句，反映宫廷糜烂生活。当时有人认为此曲预言了陈朝的灭亡，后人称此曲为亡国之音。

译文

烟雾和月光笼罩着秦淮河水和沙滩，把船停在靠近酒家的岸边。卖唱的歌女不懂得亡国的伤痛，仍在江那边唱着《玉树后庭花》这支歌曲。

点评

沈德潜在《唐诗别裁集》中评此诗为“绝唱”。在晚唐诗人同类题材的作品中，杜牧的这一首可以说是上乘之作。诗人通过写夜泊秦淮时的所见所闻，寄寓自己深沉的感慨。同时揭露了晚唐统治集团中上层人物沉溺声色、醉生梦死的腐朽生活。由东晋到宋、齐、梁、陈等王朝，都相继建都金陵，秦淮河就成为豪门贵族和官僚士大夫寻欢作乐、纵情声色的所谓“金粉”之地。唐王朝建立后，虽然京城在长安，但秦淮河的情况仍然如昔。诗人夜泊秦淮，目睹灯红酒绿，耳闻笙歌艳曲，触景而生情，写了这首千年传诵的名篇。首句写景，诗人描绘的是一幅月色迷蒙、轻烟淡雾、笼罩寒水的图景。秦淮河的夜色是那样暗淡凄清，这就为全诗点染了环境，创造了气氛。第二句以“夜泊秦淮”点明上句所描写景物的具体地点，又以“近酒家”总领最后两句，并带出人物。从这两句的描写中，可以看出诗人艺术构思的细密，艺术表现的匠心。如果照一般写法，第二句在前，第一句在后，那就显得平直呆板。现在诗人先以秦淮月色凄迷的景色开头，给人以强烈印象，同时以第二句承转，诗篇显得起伏跌宕。后两句抒情，是全诗的重点所在。这两句由“酒家”引出“商女”，由“商女”引出唱《玉树后庭花》的歌声；由视觉到听觉，叙事中抒情，抒情中议论。诗人鞭挞的对象不再是“商女”，而是那些醉生梦死，不管天下安危的达官贵人，同时诗人感时忧国之情也不言自明。全诗构思颇具匠心，言近旨远，含蓄深沉，是杜牧七绝中的优秀篇章。

归雁

钱起[1]

潇湘何事等闲回[2],水碧沙明两岸苔[3]。
二十五弦弹夜月[4],不胜清怨却飞来[5]。

注释

①钱起(712?—780),字仲文,吴兴(今浙江吴兴)人。天宝十载(751)登进士第,历任校书郎、考功郎中、翰林学士等,为"大历十才子"之一,与郎士元齐名,时称"前有沈宋,后有钱郎"。他的诗歌多是应景献酬之作,较少反映社会现实。绝句闲雅纤丽,含蓄蕴藉。有《钱钟文集》,《全唐诗》存诗四卷,《全唐诗外编》及《全唐诗续拾》补诗八首。

②潇湘:潇水与湘水于湖南零陵县汇合,称为潇湘。相传大雁南飞到衡阳南的回雁峰就不再南飞,冬天过后飞回北方。何事:何故,为什么。等闲:轻易,随便,随意。

③苔:植物名,大雁可以食用。

④二十五弦:借代,指瑟,古瑟有五十弦,后改为二十五弦。《汉书·郊祀志上》:"帝使素女鼓五十弦瑟,悲,帝禁不止,故破其瑟为二十五弦。"弹夜月:传说湘水女神娥皇、女英善于弹瑟,其声哀怨凄苦,晋张华《博物志》卷八载:"尧之二女,舜之二妃,曰湘夫人。舜崩,二妃啼,以涕挥竹,竹尽斑。"

⑤不胜:不堪,不能忍受。清怨:凄清幽怨。

译文

大雁啊!潇水湘水那样美丽的地方你不呆,为什么要轻易从那儿回来呢?那里有澄澈碧绿的水,明净的沙石,岸边还有青苔可以供你觅食,你何故不肯呆了呢？原来是湘灵之神在月夜弹的瑟曲调太伤感了，大雁忍受不了那悲怨欲绝的曲调，不得不离开潇湘飞回到北方来。

点评

钱起是吴兴（今属浙江）人，入仕后，一直在长安和京畿做官。他看到秋雁南飞，曾作《送征雁》诗："秋空万里静，嘹唳独南征……怅望遥天外，乡情满目生。"这首《归雁》，同样写于北方，所咏却是从南方归来的春雁。

古人认为，秋雁南飞，不越过湖南衡山的回雁峰，它们飞到峰北就栖息在湘江下游，过了冬天再飞回北方。作者依照这样的认识，从归雁想到了它们归来前的栖息地——湘江，又从湘江想到了湘江女神善于鼓瑟的神话，再根据瑟曲有《归雁操》进而把鼓瑟同大雁的归来相联系，这样就形成了诗中的奇思妙想。

根据这样的艺术构思，作者一反历代诗人把春雁北归视为理所当然的惯例，而故意对大雁的归来表示不解，一下笔就连用两个句子劈空设问："潇湘何事等闲回？水碧沙明两岸苔。"，询问归雁为什么舍得离开那环境优美、水草丰盛的湘江而回来呢？这突兀的询问，一下子就把读者的思路引上了诗人所安排的轨道——不理会大雁的习性，而另外探寻大雁归来的原因。

作者在第三、四句代雁作了回答："二十五弦弹夜月，不胜清怨却飞来。"湘江女神在月夜下鼓瑟（二十五弦），那瑟声凄凉哀怨，大雁不忍再听下去，才飞回北方的。

诗人就是这样借助丰富的想象和优美的神话，为读者展现了湘神鼓瑟的凄清境界，着意塑造了多情善感而又通晓音乐的大雁形象。然而，诗人笔下的湘神鼓瑟为什么那样凄凉？大雁又是为什么那样"不胜清怨"呢？为了弄清诗人所表达的思想感情，无妨看看他考进士的成名之作《湘灵鼓瑟》。在那首诗中，作者用"苍梧来怨慕"的诗句指出，湘水江神鼓瑟之所以哀怨，是由于她在乐声中寄托了对死于苍梧的丈夫——舜的思念。同时，诗中还有"楚客不堪听"的诗句，表现了贬迁于湘江的"楚客"对瑟声哀怨之情的不堪忍受。

拿《湘灵鼓瑟》同《归雁》相对照，使我们领会到：《归雁》中的"不胜清怨却飞来"一句，原来是从"楚客不堪听"敷演而来，作者是按照贬迁异地的"楚客"来塑造客居湘江旅雁的形象的。故而，他使旅雁听到湘灵的充满思亲之悲的瑟声，便乡愁郁怀，羁思难耐，而毅然离开优美富足的湘江，向北方飞回。"虽信美而非吾土兮，曾何足以少留"，建安文学家王粲《登楼赋》中的这两句揭示羁客情怀的名言，正可借来说明《归雁》诗中旅雁听瑟飞回时的"心情"，而诗人正是借写充满客愁的旅雁，婉转地表露了宦游他乡的羁旅之思。这首诗构思新颖，想象丰富，笔法空灵，抒情婉转，意趣含蕴。它以独特的艺术特色，而成为引人注目的咏雁名篇之一。

题　壁①

✲ 无名氏

一团茅草乱蓬蓬②，蓦地③烧天蓦地空。
争似满炉煨榾柮④，慢腾腾地暖烘烘。

注释

①诗写于北宋神宗熙宁二年(1069)王安石实行变法后。

②乱蓬蓬：散乱，乱七八糟的样子。

③蓦地：突然地。

④争似：怎么能比上。煨：烤。榾柮：木柴块，树根疙瘩，可代炭用。唐贯休《深山逢老僧》诗之一："衲衣线粗心似月，自把短锄锄榾柮。"宋陆游《霜夜》诗之二："榾柮烧残地炉冷，喔咿声断天窗明。"

译文

用一团乱蓬蓬的茅草点火取暖，忽然间烈焰倾天，顷刻间烟消火灭。倒不如把枯树都放在炉火里慢慢地烤，可以烧得长久而暖和。

点评

这首诗的作者无可考证。据张瑞义《贵耳集》载:嵩山极峻法堂壁上有一诗,即此诗。我们可以把它理解为一位深谙世故的人写的隐喻诗。前两句比喻政治上炙手可热、气焰嚣张的人转眼间就身败名裂化为乌有。后两句则指那些安于平静、默默无闻生活的人。

卷二 七律

早朝大明宫①

✻贾　至②

银烛朝天紫陌长③，禁城春色晓苍苍④。
千条弱柳垂青琐⑤，百啭流莺绕建章⑥。
剑佩声随玉墀步⑦，衣冠身惹御炉香⑧。
共沐恩波凤池上⑨，朝朝染翰侍⑩君王。

注释

①原题为《早朝大明宫呈两省僚友》，两省指分居大明宫左右的中书、门下省。诗作于唐肃宗乾元元年(758)春，唐肃宗大阅诸军后，在含元殿大赦天下，贾至作此诗。早朝：上早朝。大明宫：唐宫殿名，始建于贞观八年(634)，初名永安宫，次年改称大明宫，后曾称蓬莱宫。

②贾至(718—772)，字幼几，一作幼邻，贾曾之子，洛阳人，唐代诗人。开元间与苏晋同掌制诰，天宝十载(751)明经擢第，为单父尉。安史之乱中随唐玄宗入蜀，迁中书舍人。撰传位肃宗册文，进稿后，玄宗曰："先天诰命，乃父所为。今兹大册，尔又为之。两朝盛典，出卿家父子，可谓继美矣。"官终右散骑常侍。贾至工诗，音调清畅，俊逸之气不减鲍照、庾信，格调清畅，且多朴实之辞。《全唐诗》存诗一卷。

③银烛：银色烛光，一说借喻月光。紫陌：指京师郊野的道路。汉王粲《羽猎赋》："济漳浦而横阵，倚紫陌而并征。"

④禁城：皇城。苍苍：深青色。

⑤弱柳：嫩柳。青琐：古代宫门上雕刻的连环花纹，常涂以青色，故称青琐，后用以借指宫门。《汉书·元后传》："曲阳侯根骄奢僭上，赤墀青琐。"颜师古注："孟康曰：'以青画户边镂中，天子之制也。'……孟说是。青琐者，刻为连环文，而青涂之也。"

⑥百啭：百般鸣叫。流莺：飞动的黄莺。建章：汉代宫殿名，这里指大明宫。

⑦剑佩声：大臣佩戴的宝剑和玉佩在行走时的撞击声。玉墀：宫中玉砌的台阶。

⑧惹：粘带。御炉：宫中的香炉。

⑨沐：沐浴，身受。凤池：凤凰池，指中书省。凤凰池是禁苑中池沼，借指中书省或宰相。唐张说《崔司业挽歌二首》之二："凤池伤旧草，麟史泣遗编。"唐刘禹锡《有感》："昨宵凤池客，今日雀罗门。"

⑩染翰：点染笔墨，指为国家起草诏令。侍：侍奉。

译文

银饰烛台上的蜡烛纷纷点亮了，照耀着京城长长的道路。拂晓前的京城笼罩在一片春色苍苍中。宫门前垂挂着纤弱的柳条，黄莺绕着宫殿婉转啼鸣。朝臣们随着宝剑和玉佩撞击时发出的清脆声响走向台阶，御炉里飘出的香味渗进他们的衣冠。朝臣们沐浴着皇恩浩荡，每天为皇上起草诏令。

点评

这是一首宫廷应制诗。首联"银烛"和"晓"字点明时间之早。颔联从京城外转入对宫门内的描写，"弱柳垂琐""百啭流莺"渲染出一种春意浓浓的气氛。颈联由景即人，采用细节描写，刻绘出早朝时的庄严、肃穆景象。尾联点明诗人身份，表明衷心。

全诗由远及近，由外到内，有条不紊地再现了唐代大明宫早朝的情景。

和贾舍人早朝[1]

✽杜　甫

五夜漏声催晓箭[2]，九重春色醉仙桃[3]。
旌旗日暖龙蛇动[4]，宫殿风微燕雀高[5]。
朝罢[6]香烟携满袖，诗成珠玉在挥毫[7]。
欲知世掌丝纶美[8]，池上于今有凤毛[9]。

注释

①本诗是贾至《早朝大明宫呈两省僚友》的和诗，作于唐肃宗乾元元年(758)春。和：唱和，以诗词酬答。贾舍人：指贾至。舍人，官名，即中书舍人。

②五夜：五更。漏声：漏壶滴水的声音。箭：漏箭，指装在漏壶中标示时间的箭杆状工具。

③九重：皇帝居住之地。《楚辞》："望君门之九重。"醉仙桃：使仙桃像喝醉酒一样变成红色，指桃花盛开。

④旌旗：旗帜。龙蛇：旌旗上的图像。

⑤高：高飞。

⑥朝罢：早朝结束。

⑦珠玉：珠圆玉润，形容语言婉转流畅。白居易《广府胡尚书频寄诗，因答绝句》："唯向诗中得珠玉，时时寄到帝乡来。"挥毫：挥笔，写作。

⑧世掌：世代掌管，贾至及其父贾曾都担任过中书舍人，掌管拟诏敕，故称“世掌”。丝纶：皇帝的诏书。

⑨池：凤凰池，即中书省。凤毛：指凤毛麟角。凤凰的羽毛、麒麟的角都是罕见珍贵的东西，比喻稀少而珍贵的人或物。后人常用来比喻人才不可多得。南朝刘义庆《世说新语·容止》：“大奴固自有凤毛。”《南史·谢超宗传》：“超宗殊有凤毛。”《北史·文苑传序》：“学者如牛毛，成者如麟角。”此处比喻贾至有文采，不亚其父。

译文

五更时分，漏壶滴水，声声催促着拂晓的来临。皇宫院内春色烂漫，桃花红艳醉人。微风吹动旌旗，在旭日照耀下犹如龙蛇舞动；宫殿巍峨，燕雀高高盘踞在上。早朝结束后，朝臣的襟袖都沾满了香气。在挥毫之间，他们就写下了美妙的诗篇。要想知道那些世代执掌诏书起草的官人是多么有才华，只要看看贾至就知道了。

点评

这是针对前一首应制诗而作的唱和诗，都是围绕“早朝”而展开，但侧重点各有不同。诗的前四句着重于写景，用“醉”“动”等字眼烘托出深宫院内一派春意盎然、生机勃发的气象。后四句侧重于赞美贾至的才华和青春得意。第五句诗“朝罢香烟携满袖”紧承贾诗“衣冠身惹御炉香”而来，体现了唱和诗的特色。

和贾舍人早朝①

✻王 维

绛帻鸡人报晓筹②,尚衣方进翠云裘③。
九天阊阖开宫殿④,万国衣冠拜冕旒⑤。
日色才临仙掌动⑥,香烟欲傍衮龙浮⑦。
朝罢须裁五色诏⑧,珮声⑨归到凤池头。

注释

①本诗也是《早朝大明宫呈两省僚友》的和诗,作于唐肃宗乾元元年(758)春。

②绛帻:红色头巾。鸡人:周朝官名,后指宫中报更人,戴红色头巾。《周礼·春官·宗伯第三》:"鸡人掌共鸡牲,辨其物。大祭祀,夜嘑旦以嘂百官。凡国之大宾客、会同、军旅、丧纪,亦如之。凡国事为期,则告之时。凡祭祀,面禳衅,共其鸡牲。"《汉官仪》载:"于朱雀门外,著绛帻,传鸡鸣。"晓筹:早更。筹,计时器。

③尚衣:尚衣局,属殿内省,掌管帝王衣服。翠云裘:绿色皮衣。

④九天:天的最高处,此指帝王住所,宫禁。阊阖:传说中的天门,这里指宫门。屈原《离骚》:"吾令帝阍开关兮,倚阊阖而望予。"

⑤万国衣冠:指各国使臣。衣冠,官员的穿戴,这里指官员,是借代的用法。冕旒:皇帝所戴的礼冠。冕,帝王的礼帽,旒是冕前后所挂的串珠,共十二串。冕旒在这里借指皇帝。

⑥日色:借喻,指皇帝。仙掌:皇帝专用的掌扇,又叫障扇,多以野鸡尾为饰。

⑦傍:依,靠近。衮龙:龙袍上的龙形图案。浮:浮动。

⑧五色诏:用五色纸书的诏书。《邺中记》载:"石虎诏书,以五色纸,著凤雏

口中。”

⑨珮声：走动时，身上珮玉发出的声音。

译文

戴红巾的卫士持着更筹唱晓，管御服的官员把翠云裘奉上。九重天阙敞开宫殿，万国使臣朝拜君王。晨曦闪动着官扇的异彩，御炉的香烟贴近着龙袍飘漾。散朝后贾舍人还须用五色纸起草诏书，可听见声声玉佩叮叮作响，他已回到中书省。

点评

王维的这首和作，利用细节描写和场景渲染，写出了大明宫早朝时庄严华贵的气氛，别具艺术特色。

诗一开头，诗人就选择了“报晓”和“进翠云裘”两个细节，显示了宫廷中庄严、肃穆的特点，给早朝制造气氛。古代宫中，于天将亮时，有头戴红巾的卫士，于朱雀门外高声喊叫，以警百官，称为“鸡人”。“晓筹”即更筹，是夜间计时的竹签。这里以“鸡人”送“晓筹”报晓，突出了宫中的“肃静”。尚衣局是专门掌管皇帝衣服的，“翠云裘”是绣有彩饰的皮衣。“进”字前着一“方”字，表现宫中官员各遵职守，工作有条不紊。

中间四句正面写早朝。诗人以概括叙述和具体描写，表现场面的宏伟庄严和帝王的尊贵。层层叠叠的宫殿大门如九重天门，迤逦打开，深邃伟丽；万国的使节拜倒丹墀，朝见天子，威武庄严。以九天阊阖喻天子住处，大笔勾勒了“早朝”图的背景，气势非凡。“宫殿”即题中的大明宫，唐代亦称蓬莱宫，因宫后蓬莱池得名，是皇帝接受朝见的地方。“万国衣冠拜冕旒”，标志大唐鼎盛的气象。“冕旒”本是皇帝戴的帽子，此代指皇帝。在“万国衣冠”之后着一“拜”字，利用数量上众与寡、位置上卑与尊的对比，突出了大唐帝国的威仪，在一定程度上反映了真实的历史背景。

如果说颔联是从大处着笔，那么颈联则是从细处落墨。大处见气魄，细处显尊严，两者互相补充，相得益彰。作者于大中见小，于小中见大，给人一种亲临其境的真实感。“仙掌”是形状如扇的仪仗，用以挡风遮日。日光才临，仙掌即动，“临”和“动”，关联得十分紧密，充分显示皇帝的骄贵。“衮龙”亦称“龙衮”，是皇帝的龙袍。“傍”字写飘忽的轻烟，颇见情态。“香烟”照应贾至诗中的“衣冠身惹御炉香”。贾至诗以沾沐皇恩为意，故以“身惹御炉香”为荣；王维诗以帝王之尊为内容,故着“欲傍”为依附之意。作者通过仙掌挡日、香烟缭绕制造了一种皇廷特有的雍容华贵氛围。

结尾两句又关照贾至的“共沐恩波凤池里,朝朝染翰侍君王。”贾至时任中书舍人,其职责是给皇帝起草诏书文件,所以说“朝朝染翰侍君王”,归结到中书舍人的职责。王维的和诗也说,“朝罢”之后,皇帝自然会有事诏告,所以贾至要到中书省的所在地凤池去用五色纸起草诏书了。“佩声”,是以身上佩带的饰物发出的声音代人,这里即代指贾至。不言人而言“佩声”,于“佩声”中藏人的行动,使“归”字产生具体生动的效果。

这首诗写了早朝前、早朝中、早朝后三个阶段,写出了大明宫早朝的气氛和皇帝的威仪,同时,还暗示了贾至的受重用和得意。这首和诗不和其韵,只和其意,雍容伟丽,造语堂皇,格调十分和谐。明代胡震亨《唐音癸签》说:“盛唐人和诗不和韵”,于此可窥一斑。

和贾舍人早朝[1]

✻岑　参[2]

鸡鸣紫陌[3]曙光寒，莺啭皇州春色阑[4]。
金阙[5]晓钟开万户，玉阶仙仗[6]拥千官。
花迎剑佩星初落[7]，柳拂旌旗露未干。
独有凤凰池[8]上客，阳春[9]一曲和皆难。

注释

①本诗也是《早朝大明宫呈两省僚友》的和诗，作于唐肃宗乾元元年(758)春。

②岑参(715？—770)，唐代诗人。原籍南阳(今属河南南阳)，迁居江陵(今属湖北)。曾祖岑文本、伯祖岑长倩、伯父岑羲都以文墨致位宰相。父岑植，官晋州刺史。天宝三载(744)登进士第，授右内率府兵曹参军。天宝八载，充安西四镇节度使高仙芝幕府掌书记，初次出塞。天宝十载(751)，回长安，与杜甫、高适等游。十三载(754)，又充安西北庭节度使封常清判官，再次出塞，报国立功之情更切，边塞诗名作大多成于此时。安史乱起，岑参东归勤王，杜甫等推荐他为右补阙。后历官起居舍人、太子中允，虞部、库部郎中，出为嘉州刺史，因此人称“岑嘉州”。有《岑嘉州诗集》。

③紫陌：指京师郊野的道路。唐刘禹锡《元和十一年自朗州召至京戏赠看

花诸君子》诗:"紫陌红尘拂面来,无人不道看花回。"

④皇州:帝都,指长安。阑:尽。

⑤金阙:宫殿,这里指大明宫。

⑥仙仗:仙人的仪仗队,此处指皇帝的仪仗。

⑦剑佩:佩剑及玉石等饰物。星初落:繁星刚逝,天刚亮。

⑧凤凰池:也称凤池,指中书省。

⑨阳春:古代楚国歌曲名,是一种高雅的乐曲,《阳春》《白雪》是高雅音乐的代名词,正如《下里》《巴人》是粗俗音乐的代称。宋玉《对楚王问》:"客有歌于郢中者,其始曰下里、巴人,国中属而和者数千人;其为阳阿、薤露,国中属而和者数百人;其为阳春、白雪,国中属而和者数十人。"这里"阳春"指贾至的诗。

译文

黎明破晓前略有一丝寒意,京城的道路上传来阵阵鸡鸣声。皇宫内苑春色阑珊,莺啼婉转。宫殿大门在晨钟声中逐一打开,台阶上缓缓而来的是皇帝的仪仗。鲜花恭迎着身佩宝剑的朝臣,沾着晨露的杨柳轻拂着五彩的旌旗。在中书省供职的贾至写了一首《早朝》诗,艺术高超,使我们难以应和。

点评

这首唱和诗以写景为主,寓情于景,用景物之灿烂来衬托早朝之隆盛。全诗不仅动感十足,极具活力,而且对仗工整,"鸡鸣"对"莺啭","开万户"对"拥千官",把早朝这件庄严的事情放在一个令人惬意的环境中,十分自然、巧妙。全诗辞藻丰富,用字天成,在艺术手法上别出一格。

上元应制①

蔡 襄②

高列千峰宝炬森③，端门方喜翠华临④。
宸游不为三元夜⑤，乐事还同万众心⑥。
天上清光⑦留此夕，人间和气阁春阴⑧。
要知尽庆华封祝⑨，四十余年惠爱深⑩。

注释

①宋仁宗嘉祐八年(1063)正月十五上元之夜，蔡襄随御驾观灯，奉命作此诗。上元：农历正月十五为上元节，又称元宵节。应制：奉帝王之命作诗。

②蔡襄(1012—1067)，字君谟，兴化仙游(今属福建)人，北宋诗人，书法家，工正、行、草书，也善章草。与苏轼、黄庭坚、米芾并称"宋四家"。《东坡题跋》称："蔡君谟独步当世，此为至论。君谟行书第一，小楷第二，草书第三；就其所长而求其所短，大字为小疏也。天资既高，辅以笃学，其独步当世宜哉。"官至端明殿学士，有《蔡忠惠集》。

③高：一作"叠"。千峰：灯山峰峦多。古代元宵节，将彩灯堆叠成山，取名鳌山。宝炬：宝灯。森：林立。

④端门：宫殿的正门，即午门。喜：一作"伫"。翠华：皇帝后面的障扇，借指皇帝的仪仗。

⑤宸游：帝王巡游。三元：指农历正月十五(上元)、七月十五(中元)、十月十五(下元)，这里指上元夜。

⑥同万众心：帝王与民众同心。

⑦天上清光：夜空清澄明朗。

⑧和气：祥气，瑞气。阁：同"搁"，留。春阴：春夜。

⑨华封祝：即华封三祝，尧到华州，华州封人(守边疆的人)祝他长寿、富有、

多子。《庄子·天地》:"尧观乎华,华封人曰:'嘻,圣人。请祝圣人,使圣人寿。'尧曰:'辞。''使圣人富。'尧曰:'辞。''使圣人多男子。'尧曰:'辞。'封人曰:'寿、富、多男子,人之所欲也,女独不欲,何邪?'尧曰:'多男子则多惧,富则多事,寿则多辱。是三者非所以养德也,故辞。'"

⑩四十余年:嘉祐八年,宋仁宗赵祯已经在位四十年。爱:一作"化"。

译文

元宵佳节彩灯排列堆积得像一座座山峰,灯里点满精美的蜡烛,皇帝的御驾正来到皇宫的正门口。皇上的巡游不是为了元宵之夜赏灯,而是为了同万民同庆乐事。天上的圆月清澈皎洁徘徊不去,人间万民和睦幸福,春意在花木中停留。举国上下向皇帝祝福,在位四十余年给人民带来的恩惠多。

点评

元宵节是我国的传统佳节,又是皇帝与民同乐的日子。这首应制诗是为皇帝歌功颂德而作,虽然内容无甚可取,但诗歌采用的铺排手法尽显普天同庆的热闹,读来栩栩如生,形象逼真。

上元应制[①]

✻王　珪[②]

雪消华月满仙台[③]，万烛当楼宝扇[④]开。
双凤云中扶辇[⑤]下，六鳌[⑥]海上驾山来。
镐京春酒沾周宴[⑦]，汾水秋风陋汉才[⑧]。
一曲升平人共乐[⑨]，君王又尽紫霞杯[⑩]。

注释

①此诗原题《依韵恭和御制上元观灯》，是皇帝《上元观灯》的和诗。据《侯鲭录》载，此诗作于元祐中。

②王珪（1019—1085），北宋诗人，字禹玉，华阳（今四川省成都）人。仁宗庆历二年（1024）进士。通判扬州，召直集贤院。累官知制诰、翰林学士、知开封府、侍读学士。哲宗即位，封岐国公，卒于位，谥文恭。珪仕英宗、神宗、哲宗三朝，以文章致位通显。有集一百卷，已佚。清四库馆臣从《永乐大典》辑成《华阳集》六十卷，附录十卷。

③华月：明亮的月光。仙台：宫中的楼台。

④当楼：对着楼台。宝扇：障扇，皇帝的仪仗。

⑤双凤：服侍皇帝的两个宫女。辇（niǎn）：帝王乘坐的车子。

⑥六鳌：据《庄子》载，海上有三座仙山，下面有六只鳌鱼驮着，这里是说灯景鳌山是仙山。

⑦镐京:镐(今西安)为西周国都,这里指北宋都城。同样,说宴赏是周宴也是将宋比作周。

⑧汾水秋风:汉武帝巡游汾水,赐宴群臣,并赋《秋风辞》。陋汉才:武帝君臣才能浅陋,比不上今日盛会。

⑨升平:太平,或可解作《万岁升平》曲,宋代教坊歌曲之一,教坊都知李德昇作,是歌颂天下太平的曲子。共:一作"尽"。

⑩尽:饮尽,一作"进"。紫霞杯:酒杯名,这里借代酒。

译文

冰雪消融,皎洁的月光撒满了宫殿楼台。成千上万的蜡烛之光映照着楼台,掌扇的宫人分立在皇帝身后的两旁。双月彩灯仿佛乘着辇车从天而降,六鳌彩灯好像是巨龟背着大山从海上赶来。今日君王赐宴,就像昔日周王在镐京大宴群臣;君臣宴饮赋诗,其诗才远胜当年汉朝。一支国泰民安的曲子唱完之后,人人欢快,皇帝又拿起紫霞酒杯开怀畅饮。

点评

诗题又作《依韵恭和御制上元观灯》,这首诗的题材和上一首诗相同,但诗味更浓。"仙台""宝扇""双凤""六鳌"烘托出皇家气派,无与伦比。颈联运用典故,用周、汉来喻指宋朝的太平盛世,诗意含蓄。尾联是公式化的结语。

侍宴①

✲ 沈佺期②

皇家贵主好神仙③,别业初开云汉边④。
山出尽如鸣凤岭⑤,池成不让饮龙川⑥。
妆楼翠幌⑦教春住,舞阁金铺⑧借日悬。
敬从乘舆⑨来此地,称觞献寿乐钧天⑩。

注释

①诗题一作《侍宴安乐公主新宅应制》,作于唐中宗景龙三年(709)十一月一日。中宗景龙二年(708)于修文馆置太学士四员,学士八员,直学士十二员,象四时、八节、十二月,李峤等为太学士,李适等为学士,杜审言、沈佺期等为直学士,均为御用文臣。景龙三年十一月一日,安乐公主入新宅,沈佺期奉命作此诗。

②沈佺期(656?—714),唐代诗人,字云卿,相州内黄(今属河南内黄)人。上元二年(675)进士及第,由协律郎累迁考功员外郎。神龙三年(707),召拜起居郎兼修文馆直学士,常侍宫中。后历中书舍人、太子少詹事。沈佺期的诗多宫廷应制之作,内容空洞,形式华丽。但他在流放期间诸作,多抒写凄凉境遇,诗风为之一变,情调凄苦,感情真实。他还创制七律,被胡应麟誉为初唐七律之冠。与宋之问齐名,并称"沈宋"。他们的近体诗格律谨严精密,史论以为是律诗体制定型的代表诗人。中唐元稹《唐故工部员外郎杜君墓系铭序》说:"沈宋之流,研练精切,稳顺声势,谓之为律诗。由是而后,文体之变极焉。"钱良择《唐音审体》说:"律诗始于初唐,至沈、宋而其格始备。"

③贵主:安乐公主,唐中宗女,韦后所生,买官鬻爵,干预朝政,后为玄宗所杀。好神仙:爱好神仙。

④别业:别墅。初开:刚建成。云汉边:云霄中,形容楼阁高大雄伟,上连

云天。

⑤鸣凤岭：岐山，今陕西省岐山县东北，相传周朝兴起时，有凤凰鸣于岐山，所以得名。

⑥不让：不弱于，不差于。饮龙川：沂水，源出今山东沂水县，经江苏邳州市流入泗水。语出《尸子》：“有龙饮于沂。”

⑦妆楼：梳妆楼。翠幌：绿色的帘幕。

⑧舞阁：专供舞蹈用的台阁。金铺：门环上的黄金装饰。

⑨乘舆：天子车驾。

⑩称觞：举起酒杯。献寿：敬酒祝寿。钧天：古代传说中的天中央，也指神话中天上的音乐。

译文

安乐公主喜好神仙之道，她新建的府邸巍峨壮观，直冲云霄。花园中有假山高峻挺秀，像凤凰山一般；池塘里的碧波荡漾摇曳，丝毫不逊于沂水。绣楼上的帘幔一片青翠，看起来四季如春；门上的金花钮光辉映照，看起来像红日悬挂在上面。侍从恭敬地跟随着皇帝的车驾光临此地，众人在“钧天广乐”的仙乐声中向皇帝举杯贺寿。

点评

这首诗是诗人跟随唐中宗一起游览安乐公主的新府邸时应景而作。诗歌采用夸张、铺陈的手法描绘出公主新宅的富丽豪华，也在一定程度上揭露了公主的奢侈生活。

答丁元珍①

✽ 欧阳修②

春风疑不到天涯③,二月山城未见花。
残雪④压枝犹有橘,冻雷⑤惊笋欲抽芽。
夜闻啼雁生乡思,病入新年感物华⑥。
曾是洛阳花下客⑦,野芳虽晚不须嗟⑧。

注释

①诗题一作《戏答元珍》。这首诗于宋仁宗景祐四年(1037),欧阳修于上年作《朋党论》为范仲淹辩护,结果被贬为峡州夷陵(今湖北武昌)县令,丁元珍作《花时久雨》诗赠他,欧阳修遂以此诗赠答。丁元珍:丁宝臣,字元珍,时为峡州军事判官。

②欧阳修(1007—1072),字永叔,号醉翁、六一居士,谥文忠。吉州吉水(今属江西)人,吉州原属庐陵郡,故自称庐陵人,北宋著名政治家、文学家、史学家,唐宋古文八大家之一。宋仁宗天圣八年(1030)进士。景祐元年(1034),召试学士院,授任宣德郎,充馆阁校勘。至和元年(1054)八月,奉诏入京,与宋祁同修《新唐书》。嘉祐二年(1057)二月,欧阳修以翰林学士知贡举,提倡平实的文风,录取了苏轼、苏辙、曾巩等人,对北宋文风的转变起了关键作用。熙宁四年(1071)六月,欧阳修以太子少师的身份辞职,退居颍州。欧阳修散文说理畅达,抒情委婉。诗语言流畅自然,词婉丽,承袭南唐余风。撰

《新五代史》,又喜收集金石文字,编为《集古录》,对宋代金石学颇有影响。有《欧阳文忠公集》。

③春风疑不到天涯:即"疑春风不到天涯",怀疑春风的来临。天涯,天边,这里指地处边远的峡州。

④残雪:尚未融化的雪。

⑤冻雷:早春的雷。

⑥病入新年:拖着病体进入新年。物华:美好的景物。

⑦洛阳花下客:作者自称,宋仁宗天圣八年(1030)至景祐元年(1034)欧阳修曾任西京(今河南省洛阳市)留守推官,洛阳盛产牡丹,北宋时花园最盛,有"天下名园重洛阳"的说法,所以称"洛阳花下客"。

⑧野芳:野花。嗟:叹息。

译 文

我疑心春风吹不到这遥远的地方,因为新春二月的夷陵山城至今还见不到鲜花绽放的情景。残雪压满枝头尚可看见经冬的橘子,一阵春雷过后,竹笋破土而出。晚上听到归雁的啼鸣不觉引起了思乡之情,疾病伴着自己进入新的一年,面对万物逢春而心生感慨。追忆往昔,我曾是洛阳花园中的赏花游客,见到了极其美丽的景致,所以即使现在山城的花儿开放得晚些,我也无须叹息了。

点 评

作者贬官到峡州夷陵任县令时,他的朋友丁元珍写了一首题为《花时久雨》的诗送给他,诗人因此写了这首诗作答。诗题冠以"戏"字,实不为游戏之作,而是政治失意的掩饰之辞。首联破"早春"之题,点出写诗的时间、地点和山城的早春气象,流露出诗人被贬后的抑郁情绪。夷陵是有名的橘乡和竹乡,诗人抓住山城二月最典型的景物展开描写,呈现出一幅山城早春画卷。颈联由景生情,从往事的回忆联想到目前的处境,让人感慨万千。末句是自我宽慰,淡化了诗人的消极情绪。

插花吟①

✽ 邵 雍②

头上花枝照酒卮③,酒卮中有好花枝。
身经两世④太平日,眼见四朝⑤全盛时。
况复筋骸粗⑥康健,那堪时节正芳菲⑦。
酒涵花影红光溜⑧,争忍⑨花前不醉归。

注释

①此诗作于宋神宗熙宁三年(1071)左右,诗人六十岁上下。插花:古时男子有发髻,鬓边也插花。吟:歌。

②邵雍(1011—1077),字尧夫,北宋文人,著名道学家。祖籍范阳,其父徙衡漳,又迁共城(今河南辉县),隐居苏门百源上,故后世又称其为“百源先生”。屡授官不仕,隐居洛阳,自名“安乐先生”。喜饮酒,命之曰太和汤,饮不过多,不喜太醉。曾做诗曰:“酒未微酡,自先吟哦,吟哦不足,遂及浩歌。”邵雍甘于淡泊,乐于饮酒著述,代表了古代许多正直的知识分子形象。有《观物内外篇》《渔樵问对》,诗集则有《伊川击壤集》。

③卮:古代的一种酒器。

④两世:古时称三十年为一世,作者已经年过六十,故称两世。

⑤四朝:作者经历真宗、仁宗、英宗、神宗四朝。

⑥况复:何况又。筋骸:筋骨,身体。粗:大致。

⑦芳菲:本指花草的美好,这里指一切事物的美好。

⑧涵:浸。溜:浮动。

⑨争忍:怎忍。

译文

插在头上的花朵倒映在酒杯中，酒杯中浮动着鲜花的影子。我这一生度过了六十年的太平岁月，目睹了四朝盛世，况且我的身体还很硬朗，更兼又逢着这百花争艳，万紫千红的大好时节。映照在酒杯中的花影使酒更加红光闪动，我怎忍得住不在花前大醉一场呢！

点评

古人男女老少都有在头上戴花的习惯，这首诗是诗人插花饮酒时而作。诗人身处北宋太平之时，国势强盛，一种心满意足的感觉油然而生。但同时，诗人追求自由，忘却尘俗的归隐之心亦并未消减，因而在诗中流露出诗人恋世与退隐两不舍的矛盾。

寓　意[1]

※晏　殊[2]

油壁香车[3]不再逢，峡云[4]无迹任西东。
梨花院落溶溶月[5]，柳絮池塘淡淡风[6]。
几日寂寥伤酒[7]后，一番萧瑟禁烟[8]中。
鱼书欲寄何由达[9]，水远山长处处同。

注释

①诗题一作《无题》。寓意：借其他事物寄托本意。

②晏殊(991—1055)，字同叔，抚州临川(今江西)人。北宋景德中以神童入试，赐同进士出身。复试，擢秘书省正字，得尽读秘阁藏书，学问益博。继迁翰林学士，深为真宗所倚重，事无巨细，皆咨访之。仁宗即位，益加信任，历居要职，先后拜集贤殿大学士，同中书门下平章事兼枢密使(文武职宰相)。后出知河南，兼西京留守，进阶至开府仪同三司，勋上柱国，爵临淄公。卒谥元献。晏殊才高学富，识见明决，深知治国本末。范仲淹、孔道辅、韩琦、富弼、宋庠、宋祁、欧阳修、王安石等均出其门下。晏殊能诗，善词，文章赡丽，骈文、书法无不工。尤擅长小令，语言婉丽，颇受南唐冯延巳的影响。宋人叶梦得《避暑录话》载，晏殊“惟喜宾客，未尝一日不宴饮，每有嘉客必留，留亦必以歌乐相佐”。后人称之为“词人宰相”。著有文集二百四十卷，但绝大部分已经散失。今传世有《珠玉词》一卷(约一百三十首)，诗百余首，文章十数篇。又编类书《类要》。

③油壁：即油壁车，或谓油軿，一种车壁、车帷用油涂饰的华贵车子，有时驾

以二马、三马。《南齐书·鄱阳王锵传》："制局监谢粲说锵及随王子隆曰'殿下但乘油壁车入宫，出天子置朝堂。'"这里指美人乘坐的华贵车子。香车：用香木做的车，泛指华美的车或轿。

④峡云：巫峡上空的云，这里暗用楚襄王梦中与巫山神女相会的典故，指所思念的女子。典出宋玉《高唐赋》。

⑤梨花院落：开满梨花的院子。溶溶月：月光如水一样明净、皎洁、柔和。

⑥柳絮池塘：飘着柳絮的池塘。淡淡风：风轻轻地吹着。

⑦寂寥：寂寞。伤酒：中酒。

⑧萧瑟：萧条，冷落。禁烟：即禁火，寒食禁火。

⑨鱼书：旧时称书信为鱼书，典出汉乐府《饮马长城窟行》："客从远方来，赠我双鲤鱼。呼儿烹鲤鱼，中有尺素书。"何由达：怎么能够寄到。

译文

坐在涂满油漆，散发着香味的车子里的女子一去不复返了，只能任凭她东西飘零。梨花盛开的院子里月光如水，柳絮点缀的池塘上拂来淡淡微风。多少天来借酒消愁，醒来时却更加寂寞无聊；即使是寒食节来临，生活也同样是一片空虚。倘若有鲤鱼可以传信，又能寄向何处呢？到处都是迢迢水路，绵绵高山，阻隔了音讯。

点评

诗题一作《无题》，说明诗歌主旨含蓄隐晦，可作政治隐喻诗解，也可作爱情诗解，一般从后者。首句"油壁香车"透露出一种富贵气息，借指美丽的青年女子。"不再逢""任西东"说明诗人对女子离别后无处可寻的哀叹。颔联是寓情于景的名句，通过落花、飞絮、冷月、轻风渲染出惆怅寂寥，千回百转的男女情思，达到高度的情景交融。颈联借酒浇愁，却倍添其哀。末尾两句自问自答，一种无可奈何而又无处逃遁的思念之情尽溢笔下。全诗写得典雅精巧，情真意切。

寒食书事①

✲赵 鼎②

寂寂柴门村落里③，也教插柳纪年华④。
禁烟不到粤人国⑤，上冢亦携庞老家⑥。
汉寝唐陵无麦饭⑦，山溪野径有梨花。
一樽竟藉青苔卧⑧，莫管城头奏暮笳⑨。

注释

①赵鼎于绍兴八年(1138)，绍兴十四年(1144)贬官潮州，诗作于被贬潮州期间。书事：记事。

②赵鼎(1085—1147)，字元镇，解州闻喜(在今山西)人，自号得全居士。崇宁五年(1106)进士。绍兴初年两度为相，有"南宋贤相，首推赵鼎"之誉。支持岳飞抗金，并荐其为统帅，传为千古佳话。后因与秦桧论议不和，罢相，出知绍兴府。绍兴十四年(1144)再移吉阳军(今海南省三亚市)。在吉阳三年，知秦桧必欲杀己，自书铭旌曰："身骑箕尾归天上，气作山河壮本朝。"绍兴十七年，不食而卒。天下闻而悲之。孝宗朝，被追封为丰国公，赠太傅，谥忠简。其词"清刚沉至，卓然名家。"有《忠政德文集》十卷，《得全词》一卷。

③寂寂：清静冷落的样子。柴门：农家的篱笆门。

④也教：也懂得。插柳：寒食节有门上插柳的习俗。纪年华：门上插柳，表明又一个寒食节来到了。纪，记，标记。

⑤粤人国：今广东、广西一带。

⑥上冢：上坟祭扫，冢，坟。庞老：指东汉末隐居在湖北襄阳鹿门山上的庞德，刘表几次邀请他出山都不肯，后来清明节携全家上坟祭扫，然后到龙门山采药不返。这里是说，这儿的清明节，人们也像庞德一样携全家祭扫坟墓。

⑦汉寝唐陵：即汉唐寝陵，汉朝和唐朝帝王的陵墓。寝，古代帝王陵墓上的

正殿，是祭祀的处所。麦饭：磨碎的麦煮成的饭，这里指粗糙的祭品。西汉史游编撰的《急就篇》卷二："饼饵麦饭甘豆羹。"颜师古注："麦饭，磨麦合皮而炊之也；甘豆羹，以洮米泔和小豆而煮之也；一日以小豆为羹，不以酰酢，其味纯甘，故曰甘豆羹也。麦饭豆羹皆野人农夫之食耳。"

⑧一樽：一杯酒。竞：竟然。藉：凭借，靠着。

⑨莫：不要。暮笳：傍晚的笳声。笳，我国古代的一种管乐器。

译文

即使冷冷清清开着几扇柴门的村落里，也还是要插几根杨柳枝条，标示出每年的节令。寒食的传统虽然没有传到遥远的广东，但清明上坟奠祭祖先的礼仪还是和中原一样。时至今日，汉唐两代的王陵巨冢，已经没有人前去祭祀；而山边溪间的小路上仍生长着许多梨花。世代更替，非人力所能左右，不如喝上他一杯醉卧在青苔上，莫管关城门的号角声是否响起来。

点评

这是诗人贬官粤地时逢清明而作。虽然粤地的清明习俗有些不同，但扫墓祭祖却是一样的，诗人触景生情，感慨万千。颈联笔锋突转，视线从老百姓的坟头投射到帝王陵寝，热闹与冷清形成强烈对比，反衬出世事变幻的慨叹。尾联寄情山水，流露出淡然的人生态度和隐隐的愤世之情。

清　明①

✻ 黄庭坚

佳节清明桃李笑②，野田荒冢③只生愁。
雷惊天地龙蛇蛰④，雨足郊原草木柔⑤。
人乞祭余⑥骄妾妇，士甘焚死不公侯⑦。
贤愚千载知谁是⑧，满眼蓬蒿共一丘⑨。

注释

①宋徽宗崇宁二年(1103)四月，宋以蔡京为左相，重审“元祐学术”，令销毁三苏、黄庭坚、秦观等人文集，在各地设立“元祐奸党碑”，妄图将旧党铲尽。黄庭坚以《承天院塔记》被贬官宜州(治所在今广西宜山)，十个月后，诗人谢世。

②桃李笑：桃李开放，拟人的手法。

③荒冢：荒凉的坟墓。

④龙蛇蛰：龙蛇起动。蛰，本指动物冬眠不食不动，这里用作发蛰、起蛰讲。

⑤郊原：郊外，野外。柔：嫩。

⑥人乞祭余：形容困窘或者为牟利不择手段。典出《孟子·离娄下》：“齐人有一妻一妾而处室者。其良人出，则必餍酒肉而后反。其妻问所与饮食者，则尽富贵也。其妻告其妾曰：‘良人出，则必餍酒肉而后反，问其与饮食者，尽富贵也，而未尝有显者来，吾将瞯良人之所之也。’蚤起，施从良人之所之，遍国中无与立谈者。卒之东郭墦间，之祭者乞其余，不足，又顾而之他，此其为餍足之道也。其妻归，告其妾，曰：‘良人者，所仰望而终身也，今若此。’与其妾讪其良人，

而相泣于中庭，而良人未之知也，施施从外来，骄其妻妾。”王安石《破冢》：“墦间夜半分珠玉，犹是当时乞祭人。”楼钥《题孙谷桥墦间图》：“因知义利本殊途，莫笑墦间乞祭徒。”

⑦士甘焚死：用介之推的典故。春秋时，介之推随重耳出亡，归国后不受封赏，母子隐居，晋文公下令烧山逼他出山，结果介之推焚死山中。不公侯：不做官。

⑧是：对、正确。

⑨蓬蒿：野草。共一丘：同是一块土丘。

译文

清明佳节时分，桃红李白，竞相绽放，犹如笑脸。田野上那些长满杂草的坟墓令人感到凄凉。春雷滚滚，惊醒了冬眠中的龙蛇百虫，及时的春雨滋润着郊原上柔和的草木。古有齐人出入坟墓间乞讨祭食以向妻妾夸耀，也有介子推拒绝做官而被大火烧死。他们是贫贱愚蠢还是贤能清廉，至今又有谁知道呢？现在留下来的只不过是满目乱蓬的野草而已。

点评

这是诗人触景生情之作，通篇运用对比手法，抒发了人性无常的慨叹。首联以清明节时桃李欢笑与荒冢生愁构成对比，流露出对世事无情的叹息。颔联笔锋一转，展现了自然界万物复苏的景象，正与后面两联的满眼蓬蒿荒丘，构成了强烈的对比。由清明扫墓想到齐人乞食，由寒食禁烟想到介子推焚死，不论贤愚，到头来都是一抔黄土。诗人看到大自然的一片生机，想到的却是人世间不可逃脱的死亡的命运，表达了一种消极虚无的思想，悲凉的情绪缠绕于诗行间。这与诗人一生政治上的坎坷以及他所受的禅宗思想的浓厚影响是分不开的。但作品体现了作者的人性价值取向，鞭挞了人性丑恶，看似消极，实则愤激。

清　明①

✻高　翥②

南北山头多墓田③，清明祭扫各纷然④。
纸灰⑤飞作白蝴蝶，泪血⑥染成红杜鹃。
日落狐狸眠冢上，夜归儿女笑灯前。
人生有酒须当⑦醉，一滴何曾到九泉⑧。

注释

①据传，明代有人因争坟地大打出手，致死人命，有位秀才将高翥的《清明》诗改换数字，便成一首绝妙的劝谏诗："南北山头争墓田，清明殴斗各纷然。衣衫撕作白蝴蝶，脑袋打成红杜鹃。日落死尸眠冢上，夜归儿女哭灯前。人生有事须当让，寸土何曾到九泉。"

②高翥（1170—1241），原名公弼，字九万，号菊涧，余姚（今属浙江）人。幼习科举，不第即弃，以教授为业，布衣而终。他游荡江湖，专力于诗，画亦极为出名。晚年贫困潦倒，无一椽半亩，在上林湖畔搭了个简陋的草屋，因慕禽鸟信天缘习性，自署"信天巢"。与诗友唱酬为乐。高翥诗有民歌风，擅长以平易自然之句写出寻常不经意之景色，平易雅淡，脍炙人口。有《菊涧集》二十卷，已佚。清康熙时裔孙高士奇辑为《信天巢遗稿》。

③墓田：坟地。

④祭扫：祭祖扫墓。纷然：纷纷，一群群，众多的样子。

⑤纸灰：古人用纸做成钱状，扫墓时烧化作死人的资财，纸灰为风所吹，像蝴蝶一样。

⑥泪血：用杜鹃啼血的典故。

⑦须当：应当。

⑧九泉：人死后的葬处。古人相信人死了魂归地下，其地为九泉，又称黄

泉。汉阮瑀《七哀》诗:"冥冥九泉室,漫漫长夜台。"唐崔珏《哭李商隐》诗:"九泉莫叹三光隔,又送文星入夜台。"

译文

清明这一天,南山北山到处都是忙于上坟祭扫的人群。焚烧的纸灰像白色的蝴蝶到处飞舞,凄惨地哭泣,如同杜鹃鸟哀啼时要吐出血来一般。黄昏时,静寂的坟场一片荒凉,独有狐狸躺在坟上睡觉。夜晚,上坟归来的儿女们在灯前欢声笑语。因此,人活着时有酒就应当饮,有福就应该享。人死之后,儿女们到坟前祭祀的酒哪有一滴流到过阴间呢?

点评

这首以清明为题材的诗歌立意新巧,匠心独具。首联总写清明扫墓的纷乱情景。颔联进一步描写扫墓的场面、气氛和扫墓人的忧戚、悲伤,营造出典型的清明特质。"日落狐狸眠冢上"一反哀伤,点出墓地热闹之后的平静。"夜归儿女笑灯前"笔锋辛辣,饱含讽刺,刻画出人情冷暖,扫墓不过是形式而已。尾联由此得出结论,既然如此,不如及时行乐,开怀畅饮,照应了主题。

郊行即事

程　颢

芳原绿野恣行[1]时，春入遥山碧四围[2]。
兴逐乱红[3]穿柳巷，困临流水坐苔矶[4]。
莫辞[5]盏酒十分劝，只恐风花一片飞。
况是清明好天气，不妨游衍莫[6]忘归。

注释

①恣(zì)行：尽情行走。

②遥山：远山。碧四围：绿满四野。

③兴：高兴时，游性浓时。逐：追逐。乱红：杂乱的花，这里可理解为繁多的花，古人常用乱表示多的意思，如"群莺乱飞"。

④困：与"兴"对举，困乏时。苔矶：长有青苔的石头。矶，水边突出的石头。

⑤莫辞：不要推辞。

⑥游衍：恣意游逛。《诗·大雅·板》："昊天曰旦，及尔游衍。"毛传："游，行；衍，溢也。"孔颖达疏："游行衍溢，亦自恣之意也。"莫：同"暮"。

译文

我在长满芳草花卉的原野尽情地游玩，目睹春色已到远山，四周一片碧绿。乘着兴致追逐随风飘飞的红色花瓣，穿过柳丝飘摇的小巷；感到困倦时，对着溪边流水，坐在长满青苔的石头上休息。休要推辞这杯酒，休要辜负十分诚挚劝酒的心意，只是怕风吹花落，一片片飞散了。况且今日是清明佳节，又遇着晴朗的好天气，极宜游乐，但不可乐而忘返。

点评

古人有“清明时节雨纷纷”的句子，而且根据生活的经验，清明这一天常下雨，程颢所写的清明节是一个晴朗的清明，应该是个难得的好日子，所以诗里感叹“只恐风花一片飞”。全诗将春天原野上清新的景致刻画了出来，落花流水虽说不是春天里独有的现象，可是毕竟是会在春日里最先出现的事物，因此把诗人将追逐落花这样的游戏也写进了诗里，平添了几许稚趣。也许诗里人是想随漂浮的落花找到流水的源头，累了，于是坐在岸边石头上休憩，临水沉思，就想起朋友相聚的美好时光，遂起了劝说世人珍惜友情珍惜时光的念头，“莫辞盏酒十分劝”的句子许是如此而来。

秋 千

✲ 释惠洪[1]

画架双裁翠络偏[2],佳人春戏[3]小楼前。
飘扬血色[4]裙拖地,断送玉容[5]人上天。
花板润沾红杏雨[6],彩绳斜挂绿杨烟[7]。
下来闲处[8]从容立,疑是蟾宫谪降仙[9]。

注释

①惠洪(1071—1128),字觉范,俗姓喻,筠州新昌(今江西宜丰)人,北宋诗僧。或谓其为“德洪”,俗姓彭。少时尝为县小吏,后得祠部牒为僧。善画梅竹。黄庭坚喜其聪慧,教之读书,后为海内名僧。其文伟俊,不类佛家语。诗长于七古。又善作小词,时作绮语,有“浪子和尚”之称。与苏轼等为方外交。有《石门文字禅》三十卷。又有《冷斋夜话》十卷,《天厨禁脔》三卷。周泳先辑其词为《石门长短句》一卷。

②画架:装饰精美刻有花纹的秋千架。翠络:秋千上翠绿色的绳子。

③佳人:美女。戏:游戏,玩耍,即荡秋千。

④血色:鲜红色。

⑤断送:打发。玉容:似玉面容,借代用法,指荡秋千的美女。

⑥花板:秋千上雕花的脚踏板。红杏雨:红杏枝头的露水。

⑦绿杨烟:碧绿的杨柳树上笼罩的烟雾。

⑧闲处:秋千边,也可解释为幽静的地方,或闲时。

⑨蟾宫:月宫,传说月中有蟾蜍,故称月宫为蟾宫。谪降仙:贬谪下凡的仙子。

译文

绘着彩图的秋千架两边悬垂着翠绿色的丝绳,在融融春意中,美丽的少女在小楼前嬉闹玩耍。鲜红色的缀地长裙随着秋千飞扬飘荡,秋千仿佛要把美人推向青天。杏花花瓣像雨点般洒落在秋千上,翠绿的杨柳像轻烟缭绕于彩绳之间。女孩子们从秋千上下来之后,从容自若地立在花荫幽静之地,神采翩翩,好似月里嫦娥飞临人间。

点评

诗题名为《秋千》,实是写秋千架上佳人的风姿神韵。首句极言秋千之精致美丽,暗示出女主人公的高贵身份,由此引出在小楼前嬉戏的佳人。三、四句描绘出秋千上下摆动中美人神采奕奕的场面。颈联是景物描写,在烟雨笼罩、如梦如幻的情境中,秋千上的美人更是令人怦然心动。尾联突然刹车,秋千停止,秋千上的人也随之由动态转为静态,与颔联形成鲜明对比,所谓"动若脱兔,静如处子"。全诗从秋千着眼,由秋千带出佳人,由佳人衬出秋千,二者相辅相成,熔于一炉。

曲江其一①

✻杜　甫

一片花飞减却春②，风飘万点正愁人③。
且看欲尽花经眼④，莫厌⑤伤多酒入唇。
江上小堂巢翡翠⑥，苑边高冢卧麒麟⑦。
细推物理须行乐⑧，何用浮名绊此身⑨。

注释

①诗题一作《曲江对酒》。作于唐肃宗乾元元年(758)暮春，杜甫时任左拾遗。此时"安史之乱"还没有结束，长安依然是一派凋敝景象，诗人游赏了曲江。曲江：曲江池，在长安东南，为唐时长安旅游胜地，今已干涸，故址在今西安市南。

②减却：减少。却，语气助词，无义。

③愁人：使人发愁。

④欲尽：花将开完。花经眼：花在眼前出现，又解作曾经欣赏过。

⑤莫厌：不要厌烦。

⑥巢翡翠：翡翠筑巢。翡翠，一种水鸟，又名翠雀。

⑦麒麟：我国古代的一种瑞兽，这里指麒麟石像。

⑧推：推寻，推究。物理：万物兴衰变化的道理。行乐：作乐。

⑨浮名：一作"浮荣"，指虚名，虚幻的功名利禄。绊此身：束缚自己。

译文

落下一片花瓣让人感到春色已减,如今风把成千上万的花打落在地,怎不令人愁闷?且看将尽的落花从眼前飞过,不再厌烦过多的酒入口。翡翠鸟在曲江上的楼堂上作巢,原来雄踞的石麒麟现在倒卧在地上。仔细推究事物盛衰变化的道理,那就是应该及时行乐,何必让虚浮的荣誉束缚自身呢?

点评

曲江又名曲江池,故址在今西安城南五公里处,原为汉武帝所造。唐玄宗开元年间大加整修,池水澄明,花卉环列。其南有紫云楼、芙蓉苑;西有杏园、慈思寺,是著名游览胜地。

这首诗写诗人在曲江看花吃酒,布局出神入化,抒情感慨淋漓。

在曲江看花吃酒,正遇“良辰美景”,可称“赏心乐事”了,但作者却别有怀抱,一上来就表现出无可奈何的惜春情绪,产生惊心动魄的艺术效果。他一没有写已经来到曲江,二没有写来到曲江时的节令,三没有写曲江周围花木繁饶,而只用“风飘万点”四字,就概括了这一切。“风飘万点”,不只是客观地写景,缀上“正愁人”三字,重点就落在见景生情、托物言志上了。“风飘万点”,这对于春风得意的人来说,会煞是好看,为何又“正愁人”呢?作者面对的是“风飘万点”,那“愁”却早已萌生于此前的“一片花飞”,因而用跌笔开头:“一片花飞减却春!”历尽漫长的严冬,好容易盼到春天来了,花儿开了。这春天,这花儿,不是很值得人们珍惜的吗?然而“一片花飞”,又透露了春天消逝的消息。敏感、特别珍惜春天的诗人又怎能不“愁”?“一片”,是指一朵花儿上的一个花瓣。因一瓣花儿被风吹落就感到春色已减,暗暗发愁,可如今,面对着的分明是“风飘万点”的严酷现实啊!因此“正愁人”三字,非但没有概念化的毛病,简直力透纸背。

“风飘万点”已成现实,那尚未被风飘走的花儿就更值得爱惜。然而那风还在吹,剩下的,又一片、一片地飘走,眼看即将飘尽了!第三句就写这番情景:“且看欲尽花经眼。”“经眼”之花“欲尽”,只能“且看”。“且”,是暂且、姑且之意,而当眼睁睁地看着枝头残花一片、一片地被风飘走,加入那“万点”的行列,心中又是什么滋味呢?于是来了第四句:“莫厌伤多酒入唇。”吃酒为了消愁。一片花飞已愁;风飘万点更愁;枝上残花继续飘落,即将告尽,愁上添愁。因而“酒”已“伤多”,却禁不住继续“入唇”啊!

蒋弱六云:“只一落花,连写三句,极反复层折之妙。接入第四句,魂消欲绝。”这是颇有见地的。然而作者何以要如此“反复层折”地写落花,以致魂消欲绝?究竟是仅仅叹春光易逝,还是有慨于难于直陈的人事问题呢?

第三联“江上小堂巢翡翠,苑边高冢卧麒麟。”就写到了人事。或谓此联“更发奇想惊人”,乍看确乎“奇”得出人意料,细想却恰恰在人意中。诗人“且看欲尽花经眼”,目光随着那“风飘万点”在移动:落到江上,就看见原来住人的小堂如今却巢着翡翠——翡翠鸟筑起了窝,何等荒凉;落到苑边,就看见原来雄踞高冢之前的石雕墓饰麒麟倒卧在地,不胜寂寞。经过安史之乱,曲江往日的盛况远没有恢复。可是,好容易盼来的春天,眼看和万点落花一起,就要被风葬送了!这并不是什么“惊人”的“奇想”,而是触景伤情。面对这残败景象有什么办法呢?仍不外是“莫厌伤多酒入唇”,只不过换了一种漂亮的说法,就是“行乐”。

“细推物理须行乐,何用浮荣绊此身?”

难道“物理”就是这样的吗?如果只能如此,无法改变,那就只需行乐,何必让浮荣绊住此身,失掉自由呢?

联系全篇来看,所谓“行乐”,不过是他自己所说的“沉饮聊自遣”,或李白所说的“举杯消愁愁更愁”而已,“乐”云乎哉!

绊此身的浮荣何所指?指的就是“左拾遗”那个从八品上的谏官。因为疏救房琯,触怒了肃宗,从此,为肃宗疏远。作为谏官,他的意见却不被采纳,还蕴含着招灾惹祸的危机。这首诗就是乾元元年(758)暮春任“左拾遗”时写的。到了这年六月,果然受到处罚,被贬为华州司功参军。从写此诗到被贬,不过两个多月的时间。明乎此,就会对这首诗有比较确切的理解。

曲江其二

杜　甫

朝回日日典春衣[1]，每日江头尽醉归[2]。
酒债寻常行处有[3]，人生七十古来稀[4]。
穿花蛱蝶深深见[5]，点水蜻蜓款款飞[6]。
传语风光共流转[7]，暂时相赏莫相违[8]。

注释

①朝回：上朝回来。典：典当。
②江头：曲江头。尽：尽是，都是。
③酒债：赊欠的酒钱。寻常：平常。行处：到处。
④古来稀：又称古希、古稀之年，古代为七十岁的代称。
⑤蛱蝶：蝴蝶。深深见：时隐时现。见，现。
⑥款款：缓慢。
⑦传语：寄语，传话。风光：春光。
⑧相违：互相分开。

译文

上朝回来，天天去典当春天穿的衣服，换得的钱每天到江头买酒喝，直到喝醉了才肯回来。到处都欠着酒债，那是寻常的小事，人能活到七十岁，古来也是很少的了，但见蝴蝶在花丛深处穿梭往来，蜻蜓在水面款款而飞，时不时点一下水，传话给春光，让我与春光一起逗留吧，虽是暂时相赏，也不要违背啊！

点评

这一首,即紧承上一首的“何用浮荣绊此身”而来。这两首诗是“联章诗”,两首之间有内在的联系。前四句一气旋转,而又细针密线。仇兆鳌注:“酒债多有,故至典衣;七十者稀,故须尽醉。二句分应。”就章法而言,大致是不错的。但把“尽醉”归因于“七十者稀”,对诗意的理解就表面化了。时当暮春,长安天气,春衣才派用场;即使穷到要典当衣服的程度,也应该先典冬衣。如今竟然典起春衣来,可见冬衣已经典光,这是透过一层的写法。而且不是偶尔典,而是日日典,这是更透过一层的写法。“日日典春衣”,读者准以为不是等米下锅,就是另有燃眉之急;然而读到第二句,才知道那不过是为了“每日江头尽醉归”,真有点出人意料。出人意料,就不能不引人深思:为什么要日日尽醉呢?

诗人还不肯回答读者的疑问,又逼近一层:“酒债寻常行处有。”“寻常行处”,包括了曲江,又不限于曲江。行到曲江,就在曲江尽醉;行到别的地方,就在别的地方尽醉。因而只靠典春衣买酒,无异于杯水车薪,于是乎由买到赊,以至“寻常行处”,都欠有“酒债”。付出这样高的代价就是为了换得个醉醺醺,这究竟是为什么?

诗人终于作了回答:“人生七十古来稀。”意谓人生能活多久,既然不得行其志,就“莫思身外无穷事,且尽生前有限杯”吧!这是愤激之言,联系诗的全篇和杜甫其人,是不难了解言外之意的。

“穿花”一联写江头景。在杜诗中也是别具一格的名句,叶梦得曾指出:“诗语固忌用巧太过,然缘情体物,自有天然工妙,虽巧而不见刻削之痕。老杜……‘穿花蛱蝶深深见,点水蜻蜓款款飞’;‘深深’字若无‘穿’字,‘款款’字若无‘点’字,皆无以见其精微如此。然读之浑然,全似未尝用力,此所以不碍其气格超胜。使晚唐诸子为之,便当如‘鱼跃练波抛玉尺,莺穿丝柳织金梭’体矣。”(《石林诗话》卷下)这一联“体物”有天然之妙,但不仅妙在“体物”,还妙在“缘情”。“七十古来稀”,人生如此短促,而“一片花飞减却春,风飘万点正愁人”,大好春光,又即将消逝,难道不值得珍惜吗?诗人正是满怀惜春之情观赏江头景物的。“穿花蛱蝶深深见,点水蜻蜓款款飞”,这是多么恬静、多么自由、多么美好的境界啊!可是这样恬静、这样自由、这样美好的境界,还能存在多久呢?于是诗人“且尽芳樽恋物华”,写出了这样的结句:

“传语风光共流转,暂时相赏莫相违。”

“传语”犹言“寄语”,对象就是“风光”。这里的“风光”,就是明媚的春光。“穿花”一联体物之妙,不仅在于写小景如画,而且在于以小景见大景。读这一联,难道唤不起春光明媚的美感吗?蛱蝶、蜻蜓,正是在明媚的春光里自由自在地穿花、点水,深深见(现)、款款飞的。失掉明媚的春光,这样恬静、这样自由、这样美好的境界也就不复存在了。诗人以情观物,物皆有情,因而“传语风光”说:“可爱的风光呀,你就同穿花的蛱蝶、点水的蜻蜓一起流转,让我欣赏吧,哪怕是暂时的;可别连这点心愿也违背了啊!”

仇注引张綖语云:“二诗以仕不得志,有感于暮春而作。”言简意赅,深得诗人用心。因“有感于暮春而作”,故暮春之景与惜春、留春之情融合无间。因“仕不得志”而有感,故惜春、留春之情饱含深广的社会内容,耐人寻味。

这两首诗总的特点,用我国传统的美学术语说,就是“含蓄”,有“神韵”。所谓“含蓄”,所谓“神韵”,就是留有余地。抒情、写景,力避倾囷倒廪,而要抒写最典型最有特征性的东西,从而使读者通过已抒之情和已写之景去玩味未抒之情,想象未写之景。“一片花飞”“风飘万点”,写景并不工细。然而“一片花飞”,最足以表现春减;“风飘万点”,也最足以表现春暮。一切与春减、春暮有关的景色,都可以从“一片花飞”“风飘万点”中去冥观默想。比如说,从花落可以想到鸟飞,从红瘦可以想到绿肥……“穿花”一联,写景可谓工细;但工而不见刻削之痕,细也并非详尽无遗。例如只说“穿花”,不复具体地描写花,只说“点水”,不复具体地描写水,而花容、水态以及与此相关的一切景物,都宛然可想。

就抒情方面说,“何用浮荣绊此身”,“朝回日日典春衣,……”,其“仕不得志”是依稀可见的。但如何不得志,为何不得志,却秘而不宣,只是通过描写暮春之景抒发惜春、留春之情;而惜春、留春的表现方式,也只是吃酒,只是赏花玩景,只是及时行乐。诗中的抒情主人公“日日江头尽醉归”,从“一片花飞”到“风飘万点”,已经目睹、感受了春减、春暮的全过程,还“传语风光共流转,暂时相赏莫相违”,真可谓乐此不疲!然而仔细探索,就发现言外有意,味外有味,弦外有音,景外有景,情外有情,“测之而益深,究之而益来”,真正体现了“神余象外”的艺术特点。

黄鹤楼①

✽崔　颢②

昔人③已乘黄鹤去，此地空余④黄鹤楼。
黄鹤一去不复返⑤，白云千载空悠悠⑥。
晴川历历汉阳树⑦，芳草萋萋鹦鹉洲⑧。
日暮乡关⑨何处是，烟波⑩江上使人愁。

注释

①黄鹤楼：故址在武昌黄鹤矶，背靠蛇山，相传始建于三国东吴黄武年间，传说仙人子安曾乘鹤过此，费文袆在此乘黄鹤登仙而去。

②崔颢（704？—754），汴州（今河南开封）人。唐玄宗开元十一年（722）进士。开元后期曾出使河东（今山西）军幕。天宝中为尚书司勋员外郎。他的诗名很大，唐人选编的《国秀集》就收了他的《古游侠》与《黄鹤楼》等诗，中唐人还将他与王维并称。李白对他的《黄鹤楼》十分佩服。相传李白登黄鹤楼时想题诗，当他看到崔颢这首诗后不由地赞叹道：“眼前有景道不得，崔颢题诗在上头。”因而弃笔不做。宋代严羽在《沧浪诗话》中说：“唐人七言律诗，当以崔颢《黄鹤楼》为第一。”早年诗多写妇女生活，虽然有浮艳之作，但大多数内容还比较健康。后来到边塞，诗风一变为慷慨豪迈。有《崔颢诗集》，《全唐诗》录其诗一卷，《全唐诗续拾》补诗五首。

③昔人：乘鹤仙人。

④空余：只剩下。

⑤不复返：不再回来。

⑥悠悠：形容年代久远。

⑦晴川：晴朗的江面，此指汉江。历历：清晰可数。汉阳：在今武昌西北。

⑧芳草萋萋：用语源自《楚辞·招隐士》："王孙游兮不归，春草生兮萋萋。"萋萋，草木茂盛的样子。鹦鹉洲：长江中的小洲，在黄鹤楼东北，传说《鹦鹉赋》的作者祢衡葬于此。

⑨乡关：家乡。

⑩烟波：气霭笼罩的江面。

译文

传说中的仙人早乘黄鹤飞去，这地方只留下空荡的黄鹤楼。飞去的黄鹤再也不能复返了，唯有悠悠白云徒然千载依旧。白日下汉江（平原）之碧树清晰可数，鹦鹉洲的芳草长得密密稠稠。时至黄昏不知何处是我家乡，面对烟波渺渺的大江令我发愁。

点评

元人辛文房《唐才子传》记李白登黄鹤楼本欲赋诗，因见崔颢此作，为之敛手，说："眼前有景道不得，崔颢题诗在上头。"传说或出于后人附会，未必真有其事。然李白确曾两次作诗拟此诗格调。其《鹦鹉洲》诗前四句说："鹦鹉东过吴江水，江上洲传鹦鹉名。鹦鹉西飞陇山去，芳洲之树何青青。"与崔诗如出一辙。又有《登金陵凤凰台》诗亦是明显地摹学此诗。为此，说诗者众口交誉，如严羽《沧浪诗话》谓："唐人七言律诗，当以崔颢《黄鹤楼》为第一。"这一来，崔颢的《黄鹤楼》的名气就更大了。

黄鹤楼因其所在之武昌黄鹤山（又名蛇山）而得名。传说古代仙人子安乘黄鹤过此（见《齐谐志》）；又云费文祎登仙驾鹤于此（见《太平寰宇记》引《图经》）。

诗即从楼的命名之由来着想，借传说落笔，然后生发开去。仙人跨鹤，本属虚无，现以无作有，说它"一去不复返"，就有岁月不再、古人不可见之憾；仙去楼空，唯余天际白云，悠悠千载，正能表现世事茫茫之慨。诗人这几笔写出了那个时代登黄鹤楼的人们常有的感受，气概苍莽，感情真挚。

前人有"文以气为主"之说，此诗前四句看似随口说出，一气旋转，顺势而下，绝无半点滞碍。"黄鹤"二字再三出现，却因其气势奔腾直下，使读者"手挥五弦，目送飞鸿”，急忙读下去，无暇觉察到它的重叠出现，而这是律诗格律上之大忌，诗人好像忘记了是在写“前有浮声，后须切响”、字字皆有定声的七律。试看：首联的五、六字同出“黄鹤”；第三句几乎全用仄声；第四句又用“空悠悠”这样的三平调煞尾；亦不顾什么对仗，用的全是古体诗的句法。这是因为七律在当时尚未定型吗？不是的，规范的七律早就有了，崔颢自己也曾写过。是诗人有意在写拗律吗？也未必。他跟后来杜甫的律诗有意自创别调的情况也不同。看来还是知之而不顾，如《红楼梦》中林黛玉教人作诗时所说的，“若是果有了奇句，连平仄虚实不对都使得的”。在这里，崔颢是依据诗以立意为要和“不以词害意”的原则去进行实践的，所以才写出这样七律中罕见的高唱入云的诗句。沈德潜评此诗，以为“意得象先，神行语外，纵笔写去，遂擅千古之奇”（《唐诗别裁》卷十三），也就是这个意思。

此诗前半首用散调变格，后半首就整饬归正，实写楼中所见所感，写从楼上眺望汉阳城、鹦鹉洲的芳草绿树并由此而引起的乡愁，这是先放后收。倘只放不收，一味不拘常规，不回到格律上来，那么，它就不是一首七律，而成为七古了。此诗前后似成两截，其实文势是从头一直贯注到底的，中间只不过是换了一口气罢了。这种似断实续的连接，从律诗的起、承、转、合来看，也最有章法。元杨载《诗法家数》论律诗第二联要紧承首联时说：“此联要接破题（首联），要如骊龙之珠，抱而不脱。”此诗前四句正是如此，叙仙人乘鹤传说，颔联与破题相接相抱，浑然一体。杨载又论颈联之“转”说：“与前联之意相避，要变化，如疾雷破山，观者惊愕。”疾雷之喻，意在说明章法上至五、六句应有突变，出人意料。此诗转折处，格调上由变归正，境界上与前联截然异趣，恰好符合律法的这个要求。叙昔人黄鹤，杳然已去，给人以渺不可知的感觉；忽一变而为晴川草树，历历在目，萋萋满洲的眼前景象，这一对比，不但能烘染出登楼远眺者的愁绪，也使文势因此而有起伏波澜。《楚辞·招隐士》曰：“王孙游兮不归，春草生兮萋萋。”诗中“芳草萋萋”之语亦借此而引出结尾乡关何处、归思难禁的意思。末联以写烟波江上日暮怀归之情作结，使诗意重归于开头那种渺茫不可见的境界，这样能回应前面，如豹尾之能绕额的“合”，也是很符合律诗法度的。

正由于此诗艺术上出神入化，取得极大成功，它被人们推崇为题黄鹤楼的绝唱，这是可以理解的了。

旅 怀①

✻崔 涂②

水流花谢两无情，送尽东风过楚城③。
蝴蝶梦④中家万里，杜鹃⑤枝上月三更。
故园书动经年绝⑥，华发⑦春催两鬓生。
自是不归归便得⑧，五湖烟景⑨有谁争。

注释

①诗题一作《春夕旅梦》，又作《春夕旅游》、《春夕旅怀》。旅怀：客居他乡的情怀。

②崔涂，字礼山，晚唐诗人。江南桐庐富春人（今浙江富春江一带），唐僖宗光启年间进士，终生漂泊，久在巴蜀、湘鄂、秦陇为客，自称是“孤独异乡人”（《除夕有怀》）。工诗，诗以漂泊为题材，多羁愁别恨之作，情调抑郁苍凉。有《崔涂诗集》，《全唐诗》存诗一卷。

③楚城：泛指楚地。

④蝴蝶梦：典出《庄子·齐物论》：“昔者庄周梦为胡蝶，栩栩然胡蝶也。自喻适志与，不知周也。俄然觉，则蘧蘧然周也。不知周之梦为胡蝶与？胡蝶之梦为周与？周与胡蝶则必有分矣，此之谓物化。”这里泛指梦。

⑤杜鹃：鸟名，声音似“不如归去”，听到杜鹃啼叫声，诗人思乡的心情更为急切。

⑥故园：家乡。书：书信。动：动辄，每每。经年：常年。绝：音信断绝。

⑦华发：花白头发。

⑧自是：本来是。归便得：要回去就可以回去。

⑨五湖：旧称滆湖、洮湖、村湖、贵湖、太湖为五湖，泛指太湖一带。春秋时期范蠡辅佐越王勾践成就霸业后，功成身退，泛舟五湖。烟景：风烟景物。

译文

远去流水漫天飞花随春归去两无情，送走东风东风匆匆一路追逐过楚城。蝴蝶梦中双翅欲折归路迢递家万里，子规枝头血泪几尽残月朦胧夜三更！家乡的音信动不动经年累月长断绝，头上的白发忽惊觉春来竟然满镜生。年来天涯漂泊四处转徙有家不得归，一旦若得归去五湖烟水有谁来相争？

点评

崔涂曾久在巴、蜀、湘、鄂、秦、陇等地为客，自称是"孤独异乡人"(《除夕有怀》)。《春夕》是他旅居湘鄂时所作。

诗一起笔，就渲染出一片暮春景色：春水远流，春花凋谢。流水落花春去也——诗人深深感叹春光易逝，岁月无情。第二句"送尽东风过楚城"更加感伤，"楚城"，泛指湘鄂一带。诗人把春光("东风")拟人化了，依依为她送别。这里，不是春风送我回故乡，而是我在异乡送春归。这一"送"字表达了诗人凄楚的情怀。诗人面对着落红满地、柳絮漫天的残春景物，怎能不更加思念故乡？由送春而牵动的思乡之情，笼罩全篇。以下句句写的是思乡衷曲。

"蝴蝶梦中家万里，杜鹃枝上月三更。"这一联进入正题，写"春夕"，写得极为精粹，是传诵的名句。诗人运用了新奇的造语，对仗工整，韵律和谐，创造出一种曲折幽深的情境。上句巧写梦境：由于游子日有所思，夜间便结想成梦，梦见自己回到了万里之外的家园。然而，这只不过像庄周梦见自己变成蝴蝶，翩翩飞舞于花间，虽然有趣，毕竟虚幻而短暂，醒来之后，蝴蝶还是蝴蝶，庄周还是庄周。游子从"蝴蝶梦"中获得片刻的回乡之乐，但梦醒以后，发现自己依旧孤眠异乡，家园依旧远隔万里，岂不更加空虚、失望，更加触动思乡之情！何况此时又正当"杜鹃枝上月三更"——夜深人静，月光如水；子规鸟(即杜鹃)在月下哀哀啼唤："子归！子归！……"听着子规啼，想着蝴蝶梦，游子的心，该是何等的痛苦哀伤，真如李白诗句所谓"一叫一回肠一断"！这里，十四个字写出了三层意思：由思乡而入梦，一层；梦醒而更思乡，二层；子规啼唤，愁上加愁，三层。这三层，一层比一层深，而且互相烘托、映衬，如蝴蝶梦与家万里，一虚一实；蝴蝶梦与子规啼，一乐一悲；子规啼与三更月，一声一色，构成一片清冷、凄凉、愁惨的气氛，令人触目伤怀。读着这样的诗句，谁能不为异乡漂泊的诗人一洒同情之泪！这一联以景传情，下一联则直接诉说思乡之苦。"故园书动经年绝，华发春催两鬓生。"诗人长期不能回家，连家信也动不动长年断绝，音讯杳然，他怎能不望眼欲穿，忧心如焚呢！这句中的一个“动”字，把诗人那种由期待而沮丧、嗟怨的复杂的心理，逼真地传达出来了。“书动经年绝”暗示当时社会动乱不安。诗人愁家忧国到什么程度？是“华发春催两鬓生”。春天万物萌生，欣欣向荣，而诗人却唯独生出了白发满头。一个“催”字，更加突出了他的内心愁苦之深。如此深愁，将何以解脱？诗的最后两句更耐人寻味。

“自是不归归便得，五湖烟景有谁争？”这两句是倒装，意思是说，故乡五湖美好的风光，是没有人和我争夺的，假如我要回去，便能够回去。是我自己不回去呀！从暗用五湖典故看，这里的“归”字，还含有归隐田园之意。诗人仆仆风尘，仕途坎坷，“自是不归归便得”一语，是无可奈何的伤心话，深刻地反映出诗人在政治上走投无路、欲干不能而又欲罢难休的苦闷、彷徨的心理。

这首诗情切境深，风格沉郁。诗的前四句通过对暮春之夕特定情景的描绘，缘情写景，因景抒情，景物之间互相映衬、烘托，构成一片凄凉愁惨的气氛。诗中没有直接点出思乡，而一片思乡之情荡漾纸上。后四句直抒心曲，感情真切，凄婉动人。尾联自慰自嘲，墨中藏意，饶有情味。

答李儋①

✻ 韦应物

去年花里②逢君别，今日花开又一年。
世事茫茫难自料，春愁黯黯③独成眠。
身多疾病思田里④，邑有流亡愧俸钱⑤。
闻道欲来相问讯⑥，西楼⑦望月几回圆。

注释

①诗题一作《答李儋元锡》，又作《寄李儋元锡》。诗作于唐德宗兴元元年(784)春。唐德宗建中四年(783)暮春入夏时节，韦应物从尚书比部员外郎调任滁州刺史，离开长安，秋天到达滁州任所。李儋时任殿中侍御史，在长安与韦应物分别后，曾托人问候。次年春天，韦应物写了这首诗寄赠。李儋：字元锡，唐朝宗室，甘肃武威人，曾官殿中侍御史，韦应物的好友，两人的唱和诗很多。一说李儋、元锡为二人。元锡，河南洛阳人，字君贶，元挹之子，贞元十一年为协律郎、山南西道节度推官。元和中，历任苏州刺史，福建、宣歙观察使，授秘书监分司，因贪赃贬官壁州，后除淄王傅。

②花里：花开季节，春季。

③黯黯：黯然，沮丧的样子。

④思田里：思念故乡，这里含有盼望归隐的意思。

⑤邑：城市，这里指苏州。愧俸钱：愧对官俸。

⑥闻道：听说。问讯：探望。

⑦西楼：观风楼。

译文

记得去年春天，在百花盛开的时节与君相逢而又分别。过了一年，又到花开时节。世事茫茫，难以预料。春愁使我心神黯淡，夜晚难以入睡。因身体多病而想念田园乡里。城邑中有百姓流离失所，真是愧对官吏的俸禄。听说你们想来探望我，我常在西楼盼望，已经有好几个月了。

点评

这首七律是韦应物晚年在滁州刺史任上的作品。唐德宗建中四年（783）暮春入夏时节，韦应物从尚书比部员外郎调任滁州刺史，离开长安，秋天到达滁州任所。李儋，字元锡，是韦应物的诗交好友，当时任殿中侍御史，在长安与韦应物分别后，曾托人问候。次年春天，韦应物写了这首诗寄赠李儋以答。诗中叙述了别后的思念和盼望，抒发了国乱民穷造成的内心矛盾和苦闷。

在韦应物赴滁州任职的一年里，他亲身接触到人民生活情况，对朝政紊乱、军阀嚣张、国家衰弱、民生凋敝，有了更具体的认识，深为感慨，严重忧虑。就在这年冬天，长安发生了朱泚叛乱，称帝号秦，唐德宗仓皇出逃，直到第二年五月才收复长安。在此期间，韦应物曾派人北上探听消息。到写此诗时，探者还没有回滁州，可以想见诗人的心情是焦急忧虑的。这就是本诗的政治背景。

诗是寄赠好友的，所以从叙别开头。首联即谓去年春天在长安分别以来，已经一年。以花里逢别起，即景勾起往事，有欣然回忆的意味；而以花开一年比衬，则不仅显出时光迅速，更流露出别后境况萧索的感慨。颔联写自己的烦恼苦闷。显然，"世事茫茫"是指国家的前途，也包含个人的前途。当时长安尚为朱泚盘踞，皇帝逃难在奉先，消息不通，情况不明。这种形势下，他只得感慨自己无法料想国家及个人的前途，觉得茫茫一片。他作为朝廷任命的一个地方行政官员，到任一年了，眼前又是美好的春天，但他只有忧愁苦闷，感到百无聊赖，一筹莫展，无所作为，黯然无光。颈联具体写自己的思想矛盾。正因为他有志而无奈，所以多病更促使他想辞官归隐；但因为他忠于职守，看到百姓贫穷逃亡，自己未尽职责，于国于民都有愧，所以他不能一走了事。这样进退两难的矛盾苦闷处境下，诗人十分需要友情的慰勉。尾联便以感激李儋的问候和亟盼他来访作结。

显然,这首诗的艺术表现和语言技巧,并无突出的特点。有人说它前四句情景交融,颇为推美,这种评论并不切实。因为首联即景生情,恰是一种相反相成的比衬,景美而情不欢;颔联以情叹景,也是伤心人看春色,茫然黯然,情伤而景无光,都不可谓情景交融。其实这首诗之所以为人传诵,主要是因为诗人诚恳地披露了一个清廉正直的封建官员的思想矛盾和苦闷,真实地概括出这样的官员有志无奈的典型心情。尤其是"身多疾病思田里,邑有流亡愧俸钱"两句,自宋代以来,甚受赞扬。范仲淹叹为"仁者之言",朱熹盛称"贤矣",黄彻更是激动地说:"余谓有官君子当切切作此语。彼有一意供租,专事土木,而视民如仇者,得无愧此诗乎!"(《溪诗话》)这些评论都是从思想性着眼的,赞美的是韦应物的思想品格。但也反映出这诗的中间两联,在封建时代确有较高的典型性和较强的现实性。事实上也正如此,诗人能够写出这样真实、典型、动人的诗句,正由于他有较高的思想境界和较深的生活体验。

江　村①

✼杜　甫

清江一曲抱②村流，长夏江村事事幽③。
自去自来④梁上燕，相亲相近⑤水中鸥。
老妻画纸为棋局⑥，稚子⑦敲针作钓钩。
但有故人供禄米，微躯⑧此外更何求？

注释

①诗作于唐肃宗上元元年(760)夏成都浣花溪畔。
②江：锦江，岷江的支流，在成都西郊的一段又叫浣花溪。抱：环抱，绕着。
③幽：幽静，安闲。
④自去自来：来去随意的样子。
⑤相亲相近：形容鸥鸟融洽亲近的样子。
⑥棋局：棋盘。
⑦稚子：幼子。
⑧微躯：微贱的身体，诗人谦称。

译文

清澈的江水曲折地绕村流过，长长的夏日里，村中的一切都显得幽雅。梁上的燕子自由自在地飞来飞去，水中的鸥鸟互相追逐嬉戏，亲亲热热。妻子在纸上画着棋盘，小儿敲针作鱼钩。我老了，只要有老朋友周济一些禄米，除此之外，还有别的什么奢求呢？

点评

这首诗写于唐肃宗上元元年(760)。在几个月之前,诗人经过四年的流亡生活,从同州经由绵州,来到了这不曾遭到战乱骚扰的、暂时还保持安静的西南富庶之乡成都郊外浣花溪畔。他依靠亲友故旧的资助而辛苦经营的草堂已经初具规模。饱经离乡背井的苦楚、备尝颠沛流离的艰虞的诗人,终于获得了一个暂时安居的栖身之所。时值初夏,浣花溪畔,江流曲折,水木清华,一派恬静幽雅的田园景象。诗人拈来《江村》诗题,放笔咏怀,愉悦之情是可以想见的。

本诗首联第二句"事事幽"三字,是全诗关紧的话,提挈一篇旨意。中间四句,紧紧贴住"事事幽",一路叙下。梁间燕子,时来时去,自由而自在;江上白鸥,忽远忽近,相伴而相随。从诗人眼里看来,燕子也罢,鸥鸟也罢,都有一种忘机不疑、乐群适性的意趣。物情如此幽静,人事的幽趣尤其使诗人惬心快意:老妻画纸为棋局的痴情憨态,望而可亲;稚子敲针作钓钩的天真无邪,弥觉可爱。棋局最宜消夏,清江正好垂钓,村居乐事,件件如意。经历长期离乱之后,重新获得家室儿女之乐,诗人怎么不感到欣喜和满足呢?结句"但有故人供禄米,微躯此外更何求",虽然表面上是喜幸之词,而骨子里正包藏着不少悲苦之情。曰"但有",就不能保证必有;曰"更何求",正说明已有所求。杜甫确实没有忘记,自己眼前优游闲适的生活,是建筑在"故人供禄米"的基础之上的。这是一个十分敏感的压痛点。一旦分禄赐米发生了问题,一切就都谈不到了。所以,我们无妨说,这结尾两句,与其说是幸词,倒毋宁说是苦情。艰窭贫困、依人为活的一代诗宗,在暂得栖息,甫能安居的同时,便吐露这样悲酸的话语,实在是对封建统治阶级摧残人才的强烈控诉。

中联四句,从物态人情方面,写足了江村幽事,然后,在结句上,用"此外更何求"一句,关合"事事幽",收足了一篇主题,最为简净,最为稳当。

《江村》一诗,在艺术处理上,也有独特之处。

一是复字不犯复。此诗首联的两句中,"江"字、"村"字皆两见。照一般做律诗的规矩,颔、颈两联同一联中忌有复字,首尾两联散行的句子,要求虽不那么严格,但也应该尽可能避复字。现在用一对复字,就有一种轻快俊逸的感觉,并不觉得是犯复了。这情况,很像律句中的拗救,拗句就要用拗句来救正,复字也要用复字来弥补。况且,第二句又安下了另外两个叠字"事事",这样一来,头两句诗在读起来的时候,就完全没有支撑之感了。

二是全诗前后啮合,照应紧凑。"梁上燕"属"村","水中鸥"属"江";"棋局"正顶"长夏","钓钩"又暗寓"清江"。颔联"自去自来梁上燕,相亲相近水中鸥”,两“自”字,两“相”字,当句自对;“去”“来”与“亲”“近”又上下句为对。自对而又互对,读起来轻快流荡。颈联的“画”字、“敲”字,字皆现成。且两句皆用朴直的语气,最能表达夫妻投老,相敬弥笃,稚子痴顽,不隔贤愚的意境。

三是结句,忽转凄婉,很有杜甫咏怀诗的特色。杜甫有两句诗自道其作诗的甘苦,说是“愁极本凭诗遣兴,诗成吟咏转凄凉”(《至后》)。此诗本是写闲适心境,但他写着写着,最后结尾的地方,也不免吐露落寞不欢之情,使人有怅怅之感。杜甫很多登临即兴感怀的诗篇,几乎都是如此。前人谓杜诗“沉郁”,其契机恐怕就在此处。

夏日

✲张　耒①

长夏江村风日清②,檐牙③燕雀已生成。
蝶衣晒粉④花枝舞,蛛网添丝屋角晴。
落落疏帘邀月影⑤,嘈嘈虚枕纳溪声⑥。
久斑⑦两鬓如霜雪,直欲樵渔⑧过此生。

注释

①张耒(1054—1114),宋代诗人,字文潜,号柯山,楚州淮阴(今属江苏)人。祖籍亳州谯县(今安徽亳县),苏门四学士之一。宋神宗熙宁六年(1073)进士。历任秘书省正字、著作郎、起居舍人,后世因称"张右史"。因入"元祐党籍"移宣州,再贬监黄州酒税。崇宁五年(1106)放还赋闲,寓居陈州(今河南淮阳)至终。陈地古名宛丘,因此世称"宛丘先生"。张耒安置黄州时居东柯山西麓,因号柯山。苏轼称其文"汪洋淡泊,有一唱三叹之声"。诗风平易流丽,颇有白居易、张籍、王建之风。有《柯山集》五十卷,《拾遗》十二卷,《续拾遗》一卷,《张右史文集》六十卷,《宛丘集》七十六卷。

②清:清爽,晴朗。

③檐牙:屋檐,因边缘呈牙齿状得名。

④蝶衣:蝴蝶翅膀。晒粉:晒翅膀上的粉。

⑤落落:稀疏的样子。邀月影:月影透过帘子,好像受邀请而来,拟人的手

法。陈文瑛《盆梅》:"赖君邀月影,使我涤尘襟。"

⑥嘈嘈:流水声。虚枕:空心的枕头。纳溪声:枕边传来了流水声。

⑦久斑:早已斑白。

⑧直欲:真想,真愿意。樵渔:砍柴打鱼,借指归隐。

译文

漫长夏季里的江村风和日丽,瓦檐中的空隙早已筑满了燕雀的巢。蝴蝶停在花枝上展翅晒粉,蜘蛛躲在屋角边吐丝织网。日暮时候,窗帘中透进稀疏的月影;夜深时分,枕边听到嘈杂的溪流声。早已花白的双鬓如今越发像霜雪的颜色了,但愿我能像樵夫渔夫那样,在自然的环境中过一生。

点评

这首诗写夏日的江村风情。前四句写白天的景象:风和日丽,燕雀筑巢,蝴蝶翩翩起舞,蜘蛛静静吐丝,这些景物都有声有色,动静结合,呈现出一派自然气息。颈联写晚景,月影和溪声越发衬托出夏日之清凉、幽静。如此怡人的夏日村庄使得诗人不禁触景生情,生出归隐田园的渴望来。全诗写景自然天成,抒情收放自如,情景交融,妙合无垠。

辋川积雨①

✻王 维

积雨空林烟火迟②，蒸藜炊黍饷东菑③。
漠漠④水田飞白鹭，阴阴夏木啭黄鹂⑤。
山中习静观朝槿⑥，松下清斋折露葵⑦。
野老与人争席罢⑧，海鸥⑨何事更相疑。

注释

①诗为《辋川集》之一。王维自唐玄宗天宝三载(744)至十五载(756)前后常居于辋川，作《辋川集》，期间与裴迪诗相往来。辋川：在今陕西蓝田县南二十里，水出终南山辋谷，北流入霸水。诗人在此有辋川别墅。积雨：久雨。

②烟火迟：烟火缓缓地上升。雨后空气湿度大，气压低，又无风，烟火升得慢。

③藜：一种野菜，又名灰菜。黍：黍子，黄米。饷：送饭。东菑：东边耕作者。菑，初耕的田地。

④漠漠：辽阔无边的样子。次联由李嘉祐"水田飞白鹭，夏木啭黄鹂"点化而来，使画面更开阔，色彩更明丽，所塑造意境对后世影响很大。如洪适《蝶恋花》："漠漠水田飞白鹭。夏木阴阴，巧啭黄鹂语。"张炎《壶中天》："忽来诗思，水田飞下白鹭。"罗志让《秋感》："鸿雁远传霜信至，鹭鸶低傍水田飞。"

⑤阴阴：阴暗潮湿。夏木：夏天的树木。

⑥习静：习惯于幽静的环境。朝槿：即木槿。花朝开暮落，故常用以喻事物变化之速或时间的短暂。

⑦清斋：素食。露葵：带有露水的葵菜。

⑧野老：居于郊野的人，诗人自称。争席罢：不再争座次，指争名夺利的官场中生活已经结束。争席，典出《庄子·寓言》，阳子见老子，"其返也，舍者与之争席"。

⑨海鸥：典出《列子·黄帝》。有海边好鸥者，每天与海鸥相亲。后其父要他捉海鸥来玩，第二天，海鸥再也不与他亲近了。

译文

久雨不停，林野潮湿烟火难升；烧好饭菜，送给村东耕耘的人。水田广漠，一行白鹭掠空而飞；夏日浓荫，传来黄鹂婉转啼声。山中养性，观赏朝槿晨开晚谢；松下素食，和露折葵不沾荤腥。村夫野老，已经与我没有隔阂；海鸥疑心，为何不信飞舞不停。

点评

辋川，在今陕西蓝田终南山中，是王维隐居之地。《旧唐书·王维传》记载："维兄弟俱奉佛，居常蔬食，不茹荤血，晚年长斋，不衣文彩。"在这首七律中，诗人把自己幽雅清淡的禅寂生活与辋川恬静优美的田园风光结合起来描写，创造了一个物我相惬、情景交融的意境。

"积雨空林烟火迟，蒸藜炊黍饷东菑。"首联写田家生活，是诗人山上静观所见：正是连雨时节，天阴地湿，空气潮润，静谧的丛林上空，炊烟缓缓升起来，山下农家正烧火做饭呢。女人家蒸藜炊黍，把饭菜准备好，便提携着送往东菑——东面田头，男人们一清早就去那里劳作了。诗人视野所及，先写空林烟火，一个"迟"字，不仅把阴雨天的炊烟写得十分真切传神，而且透露了诗人闲散安逸的心境；再写农家早炊、饷田以至田头野餐，展现一系列人物的活动画面，秩序井然而富有生活气息，使人想见农妇田夫那怡然自乐的心情。

颔联写自然景色，同样是诗人静观所得："漠漠水田飞白鹭，阴阴夏木啭黄鹂。"看吧，广漠空蒙、布满积水的平畴上，白鹭翩翩起飞，意态是那样闲静潇洒；听啊，远近高低，蔚然深秀的密林中，黄鹂互相唱和，歌喉是那样甜美快活。辋川之夏，百鸟飞鸣，诗人只选了形态和习性迥然不同的黄鹂、白鹭，联系着它们各自的背景加以描绘：雪白的白鹭，金黄的黄鹂，在视觉上自有色彩浓淡的差异；白鹭飞行，黄鹂鸣啭，一则取动态，一则取声音；漠漠，形容水田广布，视野苍茫；阴阴，描状夏木茂密，境界幽深。两种景象互相映衬，互相配合，把积雨天气的辋川山野写得画意盎然。所谓"诗中有画"，这便是很好的例证。

唐人李肇因见李嘉祐集中有"水田飞白鹭，夏木啭黄鹂"的诗句，便讥笑王维"好取人文章嘉句"（《国史补》卷上）；明人胡应麟力辟其说："摩诘盛唐，嘉祐中唐，安得前人预偷来者？此正嘉祐用摩诘诗。"（《诗薮·内编》卷五）按，嘉祐与摩诘同时而稍晚，谁袭用谁的诗句，这很难说；然而，从艺术上看，两人诗句还是有高下的。宋人叶梦得说："此两句好处，正在添'漠漠''阴阴'四字，此乃摩诘为嘉祐点化，以自见其妙。如李光弼将郭子仪军，一号令之，精彩数倍。"(《石林诗话》卷上)"漠漠"有广阔意，"阴阴"有幽深意，"漠漠水田""阴阴夏木"比之"水田"和"夏木"，画面就显得开阔而深邃，富有境界感，渲染了积雨天气空蒙迷茫的色调和气氛。

如果说，首联所写农家无忧无虑的劳动生活已引起诗人的浓厚兴趣和欣羡之情，那么，面对这黄鹂、白鹭自由自在的飞鸣，诗人自会更加陶醉不已。而且这两联中，人物活动也好，自然景色也好，并不是客观事物的简单模拟，而是经过诗人心灵的感应和过滤，染上了鲜明的主观色彩，体现了诗人的个性。对于"晚年惟好静，万事不关心"的王维来说，置身于这世外桃源般的辋川山庄，真可谓得其所哉了，这不能不使他感到无穷的乐趣。下面两联就是抒写诗人隐居山林的禅寂生活之乐的。

"山中习静观朝槿，松下清斋折露葵。"诗人独处空山之中，幽栖松林之下，参木槿而悟人生短暂，采露葵以供清斋素食。这情调，在一般世人看来，未免过分孤寂寡淡了吧？然而早已厌倦尘世喧嚣的诗人，却从中领略到极大的兴味，比起那纷纷扰扰、尔虞我诈的名利场，何啻天壤云泥！

"野老与人争席罢，海鸥何事更相疑？"野老是诗人自谓。诗人快慰地宣称：我早已去机心，绝俗念，随缘任遇，于人无碍，与世无争了，还有谁会无端地猜忌我呢？庶几可以免除尘世烦恼，悠悠然耽于山林之乐了。《庄子·杂篇·寓言》载：杨朱去从老子学道，路上旅舍主人欢迎他，客人都给他让座；学成归来，旅客们却不再让座，而与他"争席"，说明杨朱已得自然之道，与人们没有隔膜了。《列子·黄帝篇》载：海上有人与鸥鸟相亲近，互不猜疑。一天，父亲要他把海鸥捉回家来，他又到海滨时，海鸥便飞得远远的，心术不正破坏了他和海鸥的亲密关系。这两个充满老庄色彩的典故，一正用，一反用，两相结合，抒写诗人淡泊自然的心境，而这种心境，正是上联所写"清斋""习静"的结果。

这首七律，形象鲜明，兴味深远，表现了诗人隐居山林、脱离尘俗的闲情逸致，是王维田园诗的一首代表作。从前有人把它推为全唐七律的压卷，说成"空古准今"的极致，固然是出于封建士大夫的偏嗜；而有人认为"淡雅幽寂，莫过右丞《积雨》"，赞赏这首诗的深邃意境和超迈风格，艺术见解还是不错的。(参看赵殿成笺注《王右丞集》卷十)

新　竹[1]

✻陆　游[2]

插棘编篱谨护持[3]，养成寒碧映涟漪[4]。
清风掠地秋先到[5]，赤日[6]行天午不知。
解箨[7]时闻声簌簌，放梢初见影离离[8]。
归闲我欲频[9]来此，枕簟[10]仍教到处随。

注释

①诗题一作《东湖新竹》。

②陆游(1125—1210)，字务观，号放翁。越州山阴(今浙江绍兴)人。南宋"中兴四大诗人"之一。二十九岁时赴试，因名次居于秦桧孙子之前，被除名。淳熙五年(1178)春，陆游诗名日盛，孝宗派他到福州、江西提举常平茶盐公事，后任严州(今浙江建德)知州。淳熙十五年(1188)，卸职还乡。不久，被召赴临安任军器少监。次年，改任朝议大夫礼部郎中。他谏劝朝廷力图大计，被再度罢官。他将书室命名为"老学庵"，以坐拥书城为乐。有《剑南诗稿》、《渭南文集》、《老学庵笔记》等。

③谨：小心。护持：卫护。

④寒碧：本指碧玉，因为碧玉晶莹带有凉意，所以称为寒碧，这里用来比喻新竹。涟漪(yī)：水纹，这里指微波荡漾的水面。

⑤掠地：吹拂地面。秋先到：因为新竹的清爽，使得主人提前领略到秋天的凉爽。

⑥赤日：烈日。

⑦解箨：脱去笋壳。箨，笋壳。钱起《谢张法曹万顷小山暇景见忆》："解箨雨中竹，将雏花际禽。"

⑧放梢：发枝长杈，枝梢伸展开。离离：竹影纵横交错的样子。

⑨归闲：回乡闲居。频：多次。

⑩枕簟：枕头与竹席。

译文

竹初种时，用棘条编成篱笆，小心谨慎保护好新竹，新竹长成，碧绿浓荫，倒映在水之涟漪中。夏日的清风吹过地面，好像秋天提前而至，赤日当空，也不感到正午的炎热。笋壳脱落时，听到窸窸窣窣的声音，竹子拔节时，初现疏疏落落的倩影。退归闲暇的时候，我经常来这里，来的时候仍然随身带着枕头和竹席，好随地安眠。

点评

诗的形象性很重要，咏物诗更是如此。一株树，一竿竹，一朵花，看起来是静止的东西，比较平常，但有才华的诗人，通过艺术的语言，从各个侧面，以恰当的描画把它形象地表达出来，就会把景物写活，从而"静止"的东西也会变得栩栩如生。陆游这首咏竹诗，正是以"多侧面"的形象性描写，赋予"东湖新竹"以生命。诗的开头一句，写出种竹时的情景，接下来一连五句，都是从不同角度，对新竹进行形象化的描绘。第二句"寒碧映涟漪"，通过水来反映它的疏影。这里竹的"寒碧"和水的"涟漪"，互相呼应，都有"冷""凉"的含意。第三句"清风掠地秋先到"，通过"风"来反映竹梢的敏感和迎风摇曳的情景，"秋先到"三字，十分准确，生动，把"新竹"纤枝因风而动的特点，形象地烘托出来。第四句"赤日行天午不知"，通过"光"来反映它的绿荫萋萋、一片苍翠的景象。五、六两句中"声簌簌"、"叶离离"，用动静结合的手法，形象逼真地描画出新竹成长过程中的特点，读后使人如见如闻。最后两句抒情，写作者对竹林的爱慕和向往，希望"归闲"时经常到此"枕簟"。而这竹篾制成的"簟"，又呼应试题的"竹"字。这首诗由于在形象性方面着意求工，诗意也就更加清新传神了。

表兄话旧[①]

✲ 窦叔向[②]

夜合[③]花开香满庭，夜深微雨醉初醒。
远书珍重何由达[④]，旧事凄凉不可听[⑤]。
去日[⑥]儿童皆长大，昔年亲友半凋零[⑦]。
明朝又是孤舟别，愁见河桥酒幔[⑧]青。

注释

①诗题一作《夏夜宿表兄话旧》。

②窦叔向，字遗直，唐代扶风（今陕西凤翔）人。官终工部尚书。窦叔向工五言，名冠时辈。集七卷，今存诗九首。有五子，群、常、牟、庠、巩，皆工词章，有《联珠集》行于时，窦叔向亦以子而闻名当世。

③夜合：即合欢，落叶乔木，叶似槐叶，昼开暮合。

④远书：远方亲人的来信。何由达：何曾达到。何由，一作“何曾”。达，一作“答”。

⑤旧事：往事。不可听：听不下去。

⑥去日：昔日，往日。

⑦凋零：本指草木凋落，引申为人的死亡。

⑧酒幔：酒旗。

译文

夜合的浓郁芬芳弥漫了整个庭院。深夜时分，我从酒醉中醒来，听到屋外下起了淅淅沥沥的小雨。书信虽然写得情深意切，但家人却因路途遥远从未收到过。过去的事情太悲惨凄凉了，使人无法听下去。昔日的童年伙伴今已长大成人，过去的亲朋好友有半数都已过世。明天我又要乘舟远别，当亲友去河桥相送时，桥头那青布酒旗又将勾起我无限哀愁。

点评

亲故久别，老大重逢，说起往事，每每像翻倒五味瓶，辛酸甘苦都在其中，而且絮叨起来没个完，欲罢不能。窦叔向这首诗便是抒写这种情境的。

诗从夏夜入题。夜合花在夏季开放，朝开暮合，而入夜香气更浓。表兄的庭院里恰种夜合，芳香满院，正是夏夜物候。借以起兴，也见出诗人心情愉悦。他和表兄久别重逢，痛饮畅叙，自不免一醉方休。此刻，夜深人静，他们却刚从醉中醒来，天还下着细雨，空气湿润，格外凉快。于是他们老哥俩高高兴兴地再作长夜之谈。他们再叙往事，接着醉前的兴致继续聊了起来。

中间二联即话旧。离别久远，年头长，经历多，千头万绪从何说起？那纷乱的年代，写一封告嘱亲友珍重的书信也往往寄不到，彼此消息不通，该说的事情太多了。但是真要说起来，那一件件一桩桩都够凄凉的，叫人听不下去，可说的事却又太少了，就说熟人吧。当年离别时的孩子，如今都已长大成人，聊可欣慰。但是从前的亲戚朋友却大半去世，健在者不多，令人情伤。这四句，乍一读似乎是旧话只开了头；稍咀嚼，确乎道尽种种往事。亲故重逢的欣喜，人生遭遇的甘苦，都在其中，也在不言中。它提到的，都是常人熟悉的；它不说的，也都是容易想到的。诚如近人俞陛云所说："以其一片天真，最易感动。中年以上者，人人意中所有也。"（《诗境浅说》）正因为写得真切，所以读来亲切，容易同感共鸣，也就毋庸赘辞。

尾联归结到话别，其实也是话旧。不是吗？明天一清早，诗人又将孤零零地乘船离别了。想起那黄河边，桥头下，亲友搭起饯饮的青色幔亭，又要见到当年离别的一幕，真叫人犯愁！相逢重别的新愁，其实是勾起往事的旧愁；明朝饯别的苦酒，怎比今晚欢聚的快酒？所以送别不如不送，是谓"愁见"。这两句结束了话旧，也等于在告别，有不尽惜别之情，有人生坎坷的感慨。从"酒初醒"起，到"酒幔青"结，在重逢和再别之间，在欢饮和苦酒之间，这一夜的话旧，也是清醒地回顾他们的人生经历。

窦叔向以五言见长，在唐代宗时为宰相常衮赏识，仕途顺利平稳。而当德宗即位，常衮罢相，他也随之贬官溧水令，全家移居江南。政治上的挫折，生活的变化，却使他诗歌创作的内容得到充实。这首诗技巧浑熟，风格平易近人，语言亲切有味，如促膝谈心。诗人抒写自己亲身体验，思想感情自然流露，真实动人，因而成为十分难得的"情文兼至"的佳作。

偶成

✲程颢

闲来无事不从容①,睡觉②东窗日已红。
万物静观③皆自得,四时佳兴与人同。
道通④天地有形外,思入风云变态中。
富贵不淫贫贱乐⑤,男儿到此是豪雄⑥。

注释

①闲来:闲时。从容:悠闲舒适,不慌不忙。

②睡觉:一觉醒来。

③万物:天地间的事物。静观:静静地观察。

④道:我国古代的一个基本哲学概念,是超乎具体形体以外的范畴,大致相当于道理、真理。《易·系辞上》:"形而上者谓之道,形而下者谓之器。"通:贯通。

⑤富贵不淫贫贱乐:语出《孟子·滕文公下》:"富贵不能淫,贫贱不能移,威武不能屈,此之谓大丈夫。"《论语·雍也》:"一箪食,一瓢饮,在陋巷之中,人不堪其忧,回也不改其乐。"意思是说富贵不能乱志,贫贱之中仍然怡然其乐。

⑥到此:到达这个境界。豪雄:英雄豪杰。

译文

心情闲静安适，做什么事情都不慌不忙的；一觉醒来，红日已高照东窗了。静观万物，都可以得到自然的乐趣，人们对一年四季中美妙风光的兴致都是一样的。道理通着天地之间一切有形无形的事物，思想渗透在风云变幻之中。只要能够富贵而不骄奢淫逸，贫贱而能保持快乐，这样的男子汉就是英雄豪杰了。

点评

诗人是宋朝有名的理学家，这是一首具有浓郁理性特质的诗。诗的主旨大致是以为天地万物，客观真理都存在于人的心中，这是作者宣扬的“道”，是主观唯心主义。这是一首“以理入诗，以诗言理”的作品。

游月陂①

※程　颢

月陂堤上四徘徊②，北有中天③百尺台。
万物已随秋气改，一樽聊④为晚凉开。
水心云影闲相照，林下⑤泉声静自来。
世事无端何足计⑥，但逢佳节约重陪⑦。

注释

①月陂：陂名，地址不详。陂，水池。
②四徘徊：四顾徘徊，来回走动。
③中天：半空中，形容台高。
④樽：一种盛酒的器具。聊：暂且。
⑤林下：树林之下。本指清幽处所，常指代隐居所在。
⑥无端：没有头绪，没有定准。何足计：不值得计较。
⑦但：只要。约：邀请。重陪：再来相陪。

译文

我在半月形的河堤上四处漫步，堤岸的北面有百尺楼台高耸入云。秋天一来，万物都变得萧条凋零了，姑且趁着水边向晚的凉意来举杯畅饮吧！水中的云影和天上的云朵悠闲地相互映照，在一片静谧中传来林中流泉的声响。世事变幻无常，不要去计较，如果再逢到佳节，我们再约来相伴玩赏。

点评

这是一首纪游诗，也是一首理趣诗。作者在这首诗中，虽然也写了一些较为生动的景物，但其着眼点仍在于抒发自己的人生哲理。所谓“水心云影闲相照，林下泉声静自来”，多么闲静幽雅，这正是作者所追求的境界。因此，他认为世上的事情，可以不必去计较。只要在佳节能约几个朋友相聚就是很大的快乐。诗抒写了随遇而安、不计较得失的淡泊情怀。

秋兴其一①

✲杜　甫

玉露凋伤②枫树林，巫山巫峡气萧森③。
江间波浪兼天涌④，塞上风云接地阴⑤。
从菊两开他日泪⑥，孤舟一系⑦故园心。
寒衣处处催刀尺⑧，白帝城高急暮砧⑨。

注释

①唐代宗大历元年(766)秋，杜甫流寓夔州(奉节)，因秋而兴家国身世之感，作《秋兴》八首。秋兴：借秋天的景物抒发情怀。

②玉露：白露，霜。凋伤：摧残，使草木衰败，枝叶凋零。

③巫山巫峡：泛指夔州一带长江和两岸山峦。萧森：萧瑟阴森，形容深秋景色凄冷。

④兼天涌：连天涌起，形容波浪滔天的水势。

⑤塞上：边关险要的地方，这里指夔州地处边远，山势险要。地阴：地面的阴暗气象。

⑥丛菊两开：两次见到菊花开放，即过了两个年头。开，开放。他日：往日。

⑦一系：永系。

⑧催刀尺：催人赶制冬衣。

⑨白帝：白帝城，在今四川奉节城外临长江的山上，为三国时刘备托孤之处。暮砧：黄昏时的捣衣声。

译文

枫树在深秋露水的侵蚀下逐渐凋零、残伤，巫山和巫峡也笼罩在萧瑟阴森的迷雾中。巫峡里面波浪滔天，上空的乌云则像是要压到地面上来似的，天地一片阴沉。花开花落已两载，看着盛开的花，想到两年未曾回家，就不免伤心落泪。小船还系在岸边，虽然我不能东归，飘零在外的我，心却长系故园。又在赶制冬天御寒的衣服了，白帝城上捣制寒衣的砧声一阵紧似一阵。看来又一年过去了，我对故乡的思念也愈加凝重，愈加深沉。

点评

大历元年(766)，杜甫在云安养病半年，然后迁到夔州，即今四川奉节。他在夔州仍经常卧病在床，这《秋兴八首》就是在这时写的一组七律。这八首诗，是完整的组诗，因景寄情，既抒发了诗人漂泊之感、故国之思，也深深地寄托着对李唐王朝盛衰的感叹与悲哀。

这首诗的第一联，描绘了巫山、巫峡一带萧瑟、阴森的秋景，以此来衬托情思。"江间"句写江上波浪很大，"塞上"句意即关塞上的风云连接大地，周围一片阴晦。这两句所写的自然现象，是社会动荡不安，自感没有出路的象征。第三联句意是：菊花已两度开放（即已是两年），花上凝聚着自己回忆过去岁月的眼泪，一只孤独的小船紧系着我回乡的心。这两个句子表达了滞留的悲苦及对故乡的思念感情。第四联说人们都动刀动尺赶制寒衣，傍晚，高高的白帝城传出阵阵捣衣声，诗人以此表现岁月催人的感慨。

诗真实地表述了滞留异地的悲伤。

秋兴其三

※杜　甫

千家山郭静①朝晖，日日江楼坐翠微②。
信宿渔人还泛泛③，清秋燕子故飞飞④。
匡衡抗疏⑤功名薄，刘向传经⑥心事违。
同学少年多不贱⑦，五陵裘马自轻肥⑧。

注释

①山郭：靠山的城郭。静：安静，静穆。

②翠微：青绿的山色。

③信宿：再宿，连宿两夜。古代称一宿为宿，二宿叫次，二次以上叫信。还泛泛：仍在水上漂浮。

④清秋：深秋。飞飞：飞动的样子。

⑤匡衡抗疏：汉元帝时匡衡多次上疏，议论朝政，升光禄大夫、太子少傅。这里诗人慨叹自己任左拾遗时上书救房琯，结果遭贬。

⑥刘向传经：汉宣帝时，刘向奉命传授《穀梁传》，在石渠阁讲论五经（《诗经》、《尚书》、《礼》、《乐》、《春秋》，五部儒家经典著作），汉成帝时又点校内府五经。这里诗人以刘向自比，感叹自己虽有传授经书、辅佐朝廷的愿望，但往往事与愿违，反而被朝廷疏远。

⑦不贱：显贵。贱，贫贱。

⑧五陵：长安北郊五座汉代帝王陵墓，即长陵、安陵、阳陵、茂陵、平陵，汉代每建一座陵墓，都将各地豪族外戚迁到附近。轻肥：轻裘肥马，豪贵生活。

译文

白帝城里千家万户静静地沐浴在秋日的朝晖中，我天天去江边的楼上，坐着看对面青翠的山峰。连续两夜在船上过夜的渔人，仍泛着小舟在江中漂流，虽已是清秋季节，燕子仍然展翅飞来飞去。汉朝的匡衡向皇帝直谏，他把功名看得很淡薄，刘向传授经学，怎奈事不遂心。古人尚且如此，我更是不必说了，年少时一起求学的同学大都已飞黄腾达了，他们在长安附近的五陵，穿轻裘，乘肥马，过着富贵的生活。

点评

这是第三首，诗歌前四句写景，后四句抒情。首联是静态描写，用自然景观之宁静衬托出诗人日坐江楼的无聊寂寞。颔联用渔人泛泛和燕子飞飞的飘忽不定，委婉表达出诗人浪迹江湖、居无定所的凄苦生活。颈联借用匡衡、刘向的典故隐隐倾诉自己在政治上抑郁不得志的苦闷。尾联用他人功成名就，飞黄腾达来作结，愈显诗人的落寞，令人伤感，真可谓"冠盖满京华，斯人独憔悴"。

秋兴其五

✽杜　甫

蓬莱宫阙对南山①，承露金茎霄汉间②。
西望瑶池③降王母，东来紫气满函关④。
云移雉尾开宫扇⑤，日绕龙鳞识圣颜⑥。
一卧沧江惊岁晚⑦，几回青琐点朝班⑧。

注释

①蓬莱：宫殿名，唐高宗龙朔二年(662)，修大明宫，改名蓬莱宫。宫阙：宫殿。阙，皇宫城门前的亭子。南山：终南山，主峰在长安以南。

②承露金茎：汉武帝时建的金茎承露盘，在长安建章宫西，这里借汉宫比拟唐宫。霄汉间：形容极高。

③瑶池：神话传说中西王母所居之处，在昆仑山上。

④紫气：祥瑞之气。《列仙传》记载，老子西游函谷关，有紫气笼罩。函关：函谷关，在今河南灵宝附近。

⑤云移：宫扇像云彩一样缓缓移动。雉尾：雉尾扇，一种用野鸡尾羽做成的宫中仪仗。

⑥日绕龙鳞：皇帝的龙袍，上有龙浮江海、旭日东升图像。也可理解为皇帝的龙袍光彩夺目，如日光缭绕。圣颜：皇帝的面容。

⑦沧江：长江。岁晚：秋天，暗指自己已近晚年。

⑧青琐：宫门上刻着连琐，有纵横交错的花纹，涂以青色，所以叫青琐，这里借指朝房。点朝班：上朝点名，依次入班。

译文

蓬莱宫正对着终南山，承接玉露的铜柱高耸入云。向西瞭望，仿佛看到西王母降临瑶池仙境，自东而来的祥瑞之气萦绕着函谷关。锦簇般的雉羽扇缓缓移开，金光照耀下的龙袍闪闪发亮，这才看见皇帝的容颜。病卧沧江，惊然醒觉，发现已是暮年岁晚，依稀记得列班上朝的情景。

点评

这是第五首，诗歌描绘的是“安史之乱”之前唐皇宫的恢弘壮丽和朝仪之盛。诗歌前四句用华丽的辞藻铺叙朝仪排场，体现出唐王朝的国势强盛，其中“降王母”又暗讽了杨贵妃。五、六两句引出下文诗人对往昔列班上朝的回忆。尾联一“惊”字传达出物是人非、恍若一梦的沧桑感。诗歌语意波澜起伏，含蓄蕴藉。

秋兴其七

✻杜　甫

昆明池[①]水汉时功，武帝[②]旌旗在眼中。
织女机丝虚夜月[③]，石鲸鳞甲动秋风[④]。
波飘菰米[⑤]沉云黑，露冷莲房[⑥]坠粉红。
关塞极天惟鸟道[⑦]，江湖满地一渔翁[⑧]。

注释

①昆明池：汉武帝为增强水军力量，于元狩三年（前120）在长安城西仿照云南昆明滇池，凿池训练水师，所以叫昆明池。

②武帝：汉武帝刘彻，这里指唐玄宗。

③织女：昆明池有牛郎、织女的石雕像，分别在池的东西侧。虚夜月：昆明池畔的织女不能纺织，虚度月光照耀的秋夜。

④石鲸：昆明池中玉石雕刻的鲸鱼。《西京杂记》载："昆明池刻玉石为鲸鱼，每至雷雨常鸣吼，鬐（qí）尾皆动。"动秋风：石刻鲸鱼形象逼真，好像在秋风里摆动。

⑤菰米：又称雕胡、茭白，生水中，秋季结实，色白而滑。

⑥莲房：莲蓬。

⑦关塞：险隘关口，指夔州。极天：形容极高。鸟道：只有鸟可以飞过去的道路，指险峻狭窄的山路。唐李白《蜀道难》诗："西当太白有鸟道，可以横绝峨眉巅。"

⑧江湖满地：形容漂泊在无穷无尽的江湖上，无所归宿。渔翁：诗人自称。

译文

看到昆明池水就想起汉武帝的功劳，朝廷军队的旌旗仿佛飘荡在我的眼中。石刻的织女每夜虚度，荒废了织锦的工作；玉石雕成的鲸鱼似乎在水中摆动首尾，吐水鸣吼。秋天时，昆明湖上的菰米因成熟散落而满湖漂动，像乌云密布在水上；荷花经露冷霜冻而纷纷坠落，好像红粉撒入湖中。边塞之道，四处高山连天，只有鸟儿才能飞过，而我就像一个渔翁那样四处漂泊，没有安身之处。

点评

这是第七首，诗人寄情于景，写出对长安的怀念。首句“昆明池”是写景状物的中心点，第二句写汉武帝的文治武功意在喻指唐朝。中间四句具体写昆明池之景，用织女虚度光阴既指唐王朝的时政不力，又暗示出自己怀才不遇、壮志难酬的苦闷。诗人留心于观察生活，无论是菰米漂浮，还是红粉坠落；无论是暗淡的黑色，还是鲜亮的红色，都让人感到浓浓的萧瑟秋意。全诗即景生情，概叹长安的遥不可及，“遥”不仅指路途之远，还意指诗人和长安心理上的隔阂与障碍。诗人的情感跌宕起伏，思绪万千，跃然纸上。

月夜舟中[1]

✻ 戴复古

满船明月浸虚空[2],绿水无痕夜气冲[3]。
诗思浮沉樯影里[4],梦魂摇曳[5]橹声中。
星辰冷落碧潭水,鸿雁悲鸣红蓼风[6]。
数点渔灯[7]依古岸,断桥垂露滴梧桐。

注释

①诗题一作《月中泛舟》。

②浸虚空:月色笼罩天空。浸,淹润,笼罩。虚空,天空。

③绿水无痕:形容水清浪平。冲:弥漫。

④诗思:诗歌创作过程中的情思。浮沉:隐现。樯影:帆影。

⑤摇曳:摇摆不定。

⑥红蓼风:红蓼花开时的风,指秋风。蓼,一种草本植物,花小,红色或白色,生长在水中或水边。韦庄《独鹤》:"夕阳滩上立裴回,红蓼风前雪翅开。"

⑦渔灯:渔船上的灯火。

译文

月夜,装载着明月清光的船在水上漂浮,好像沉浸在虚空中一样。平静澄澈的江水,散发着秋夜逼人的寒气。我的诗兴在浮沉的帆影中起伏,梦魂恍惚在不定的橹声中动荡。碧潭水中静静地映照出天上星辰,蓼草风声伴随着鸿雁悲鸣。古来停船靠岸的地方闪耀着几点渔家灯火，梧桐叶上坠落下来的露珠滴在断桥上。

点评

这首诗描写的是凄凉冷清的月夜秋景。“浸虚空”“夜气冲”刻绘出月色弥漫、寒气四溢的景象，一种密不透风的凄凉笼天地于无形，让人无处遁逃。诗人的愁情烦绪就在光与影，舟与桨的流转中起伏波动。中间两联对仗工整，极力渲染了秋天的萧瑟。尾联从岸边写到船上，以景取胜，烘托心境。全诗融情于景，情景相生，达到了理想的效果。

长安秋望①

✻赵　嘏

云物凄凉拂曙流②，汉家宫阙动高秋③。
残星几点雁横塞④，长笛一声人倚楼。
紫艳⑤半开篱菊静，红衣落尽渚⑥莲愁。
鲈鱼正美⑦不归去，空戴南冠⑧学楚囚。

注释

①诗题一作《长安秋夕》，又作《长安秋晚》。唐文宗大和初年(827)，诗人客游浙东，后至宣城，数应举，不第。诗作于赵嘏滞留长安未第时。

②云物：云雾。拂曙：拂晓，天刚亮。流：流动，指拂晓的光亮在逐渐延伸。

③汉家宫阙：借汉喻唐，指唐代的宫殿。动高秋：巍然耸立的宫殿，似乎触动了高高的秋空。

④残星：晨星，因为天色将亮，星辰已经稀疏黯淡，所以称为残星。雁横塞：雁飞过边塞。横，度，越过。

⑤紫艳：艳丽的紫色菊花。

⑥红衣：这里指红色的莲花瓣。渚(zhǔ)：水中的小块陆地。

⑦鲈鱼正美：《世说新语·鉴识篇》载，晋时吴郡(今苏州)张翰在洛阳做官，一次见秋风起，便想起家乡鲈鱼莼羹正是味美时候，便弃官而归，后被传为归隐美谈。这里流露出思乡心切。

⑧南冠：囚犯，用楚国钟仪囚于晋国的典故，表现身不由己，难以归乡。《左传·成公九年》："晋侯观于军府，见钟仪，问之曰：'南冠而絷者，谁也？'有司对曰：'郑人所献楚囚也。'"唐骆宾王《在狱咏蝉》："西陆蝉声唱，南冠客思侵。"

译文

拂晓时分，灰蒙蒙的云雾中夹带着丝丝寒意，汉家宫殿开始呈现出秋天的景象。几点稀疏的晨星点缀在空中，鸿雁从边塞上飞越而来。倚楼而望的人忽闻笛声悠悠，更加牵动了思乡之情。艳丽的紫色菊花在寂静中绽放，水中的荷花已凋零殆尽。家乡的鲈鱼味道鲜美，我却不能回去，只好仿效钟仪戴着南冠而思念楚地。

点评

这首七律，通过诗人望中的见闻，写深秋拂晓的长安景色和羁旅思归的心情。首联总揽长安全景。在一个深秋的拂晓，诗人凭高而望，眼前凄冷清凉的云雾缓缓飘游，全城的宫观楼阁都在脚下浮动，景象迷蒙而壮阔。诗中“凄凉”二字，既属客观，亦属主观，秋意的清冷，实衬心境的凄凉。正是这两个字，为全诗定下了基调。颔联写仰观。“残星几点”是目见，“长笛一声”是耳闻；“雁横塞”取动势，“人倚楼”取静态。景物描写见闻动静的安排，颇见匠心。寥落的残星，南归的雁阵，这是秋夜将晓时天空中最具特征的景象；高楼笛声又为之作了饶有情韵的烘托。晨曦初见，西半天上还留有几点残余的星光，北方空中又飞来一行避寒的秋雁。诗人的注意力正被这景象所吸引，忽闻一声长笛悠然传来，寻声望去，在那远处高高的楼头，依稀可见有人背倚栏杆吹奏横笛。笛声那样悠扬，那样哀婉，是在喟叹人生如晨星之易逝呢，还是因见归雁而思乡里、怀远人？吹笛人哟，你只管在抒写自己内心的衷曲，却可曾想到你的笛音竟这样地使闻者黯然神伤吗？这一联是赵嘏的名句。据《唐诗记事》卷五十六记载，诗人杜牧对此赞叹不已，因称赵嘏为“赵倚楼”。杜牧如此欣赏，恐怕就是由于它选景典型、韵味清远的缘故。

颈联写俯察。夜色褪尽，晨光大明，眼前景色已是历历可辨：竹篱旁边紫艳的菊花，一丛丛似开未开，仪态十分娴雅静穆；水塘里面的莲花，一朵朵红衣脱落，只留下枯荷败叶，满面愁容。紫菊半开，红莲凋谢，正是深秋时令的花事；以“静”赋菊，以“愁”状莲，都是移情于物，拟物做人，不仅形象传神，而且含有浓厚的主观色彩。目睹眼前这憔悴含愁的枯荷，追思往日那红艳满塘的莲花，使人不禁会生出红颜易老、好景不长的伤感；而篱畔静穆娴雅的紫菊，俨然一派君子之风，更令人忆起“采菊东篱下”的陶靖节，油然而起归隐三径之心——写菊而冠以“篱”字，取意就在于此吧？上面三联所写清晨的长安城中远远近近的秋色,无不触发着诗人孤寂怅惘的愁思;尾联则抒写胸怀,表示诗人毅然归去的决心:家乡鲈鱼的风味此时正美,我不回去享用,却囚徒似的留在这是非之地的京城,所为何来!“鲈鱼正美”,用西晋张翰事,表示故园之情和退隐之思;下句用春秋钟仪事,“戴南冠学楚囚”而曰“空”,是痛言自己留居长安之无谓与归隐之不宜迟。

诗中的景物不仅有广狭、远近、高低之分,而且体现了天色随时间推移由暗而明的变化。特别是颔颈两联的写景,将典型景物与特定的心情结合起来,景语即是情语。雁阵和菊花,本是深秋季节的寻常景物,南归之雁、东篱之菊又和思乡归隐的情绪,形影相随,诗人将这些形象入诗,意在给人以丰富的暗示;加之以拂曙凄清气氛的渲染,高楼笛韵的烘托,思归典故的运用,使得全诗意境深远而和谐,风格峻峭而清新。

新　秋①

✻杜　甫

火云②犹未敛奇峰，欹枕初惊一叶风③。
几处园林萧瑟④里，谁家砧杵⑤寂寥中。
蝉声断续悲残月，萤焰⑥高低照暮空。
赋就金门⑦期再献，夜深搔首叹飞蓬⑧。

注释

①这首诗大约作于唐肃宗上元二年(761)，这年八月杜甫寓居成都西郊草堂。新秋：初秋。

②火云：彩云，一说是火烧云，也可理解为夏季炽热的云彩。

③欹：倾斜，斜靠着。一叶风：传说立秋时节，梧桐就要落下第一片叶子，后人用此指代秋风。

④萧瑟：树木为秋风吹拂所发出的声音。

⑤砧杵：捣衣具。砧，捣衣石。杵，捣衣棒。

⑥萤焰：萤火。

⑦金门：汉代宫殿门，又叫金马门。汉武帝得大宛马，命人铸铜像，立于鲁班门外，所以称作金马门。汉代征召来的人中才能优异者，令待诏金马门。这里是说，想献策于朝廷，以求仕进，建功立业。

⑧飞蓬：指枯后根断遇风飞旋的蓬草，比喻自己漂泊的身世。

译文

火烧云变化而成的奇山异峰还未消散，我倚枕而憩，一阵凉风吹来，才发现秋天已经来临。好几处园林都呈现出花木凋零的景象，冷落寂静中传来的不知是谁家的捣衣声。断断续续的蝉叫声好像为月亮残缺而悲鸣，忽高忽低的萤火光映照在黄昏的空中。我希望能再次被皇上召见，以便进献诗赋于前。在深夜里，我思绪烦闷，悲叹自己像蓬草那样到处飘零。

点评

这首诗既写了新秋季节的物候特征，也表露了诗人感叹时光易逝，功名难就的苦闷心情。

诗题名为《新秋》，确实写出了新秋的特点。一至六句按顺序写新秋黄昏到夜晚的景色，本来天上火云峥嵘，尚未散尽，而凉风却卷着落叶来了。一片树叶带来了秋讯，于是无数园林处于萧瑟的气氛中，捣衣声在寂寥中传来，蝉在残月下悲鸣，萤火虫在夜空中闪烁，这些构成了一幅生动的新秋图。有意思的是诗人把自己的感受也融进了秋色中。他的"欹枕初惊一叶风"和"夜深搔首叹飞蓬"，一惊一叹，正是诗人在夏秋交替时的独特感受。他功名未就，心有苦衷，眼看夏去秋来，难免有时不我待之感。所以深夜搔首，感叹不已。这样写就使得诗人形象和诗中秋景物我一体，显得情景交融。

中秋

✻李 朴[1]

皓魄[2]当空宝镜升，云间仙籁[3]寂无声。
平分秋色[4]一轮满，长伴云衢[5]千里明。
狡兔空从弦[6]外落，妖蟆[7]休向眼前生。
灵槎拟约同携手[8]，更待银河彻底清[9]。

注释

①李朴(1063—1127)，字先之，人称章贡先生，兴国(今江西兴国)人。宋哲宗绍圣元年进士，任国子监教授，为官敢于直言，不惧权奸。宋高宗即位后，任秘书监。有才名，善诗歌，有著作《章贡集》传世。李朴父子兄弟一门七进士，均以理学诗文见称。

②皓魄：月亮。魄，古人称月光初生或将灭时的微光。

③仙籁：仙境的声音。

④平分秋色：八月十五正值秋季之半，所以说平分秋色。也可理解为月与大地平分它的光亮。

⑤云衢：云海中月亮运行的轨迹。衢，四通八达的道路。

⑥狡兔：传说月中捣药的白兔，据说它可以使月亮生光。弦：农历初七、八，月亮缺上半部分，叫上弦月；二十二、三，缺下半部分，叫下弦月。

⑦妖蟆：传说中的月里蟾蜍，能食月，使月亮产生圆缺变化，如方岳《八月十四月食中秋遂无月》："妖蟆不为中秋地，老兔先奔昨夜寒。"

⑧灵槎(chá)：仙槎。槎，木筏。传说海与天河相通，汉时有人乘槎去天河，与牛郎织女相遇。拟约：打算邀请。

⑨更待银河彻底清：用比喻的修辞手法，表达了对清平政治的渴望。

译文

月亮像圆镜一样悬挂在空中，四处都寂静无声。中秋满月伴着随风飘荡的白云，远看就像是月亮和白云一起行走。空中月明如水，月面空明，狡兔看起来要从弦外落下一样，食月的蛤蟆也休想在这个时候出现。我想等到银河彻底澄清的那一天，约个同伴一起乘灵槎去天河游玩一番。

点评

诗题虽为《中秋》，实是写中秋之月。首联写月之形状，圆如宝镜；接着写月之亮光，普照千里。颈联由眼前之景联想到有关月亮的神话，进一步丰满了月之神韵。尾联即由神话而生出畅游天河的美好愿望。全诗条理清晰，写景状物与传说想象融为一体，展现了一个清新明亮的中秋之夜。

九日蓝田会饮①

✻杜 甫

老去悲秋强自宽②，兴来今日尽君欢③。
羞将短发还吹帽④，笑倩旁人为正冠⑤。
蓝水⑥远从千涧落，玉山⑦高并两峰寒。
明年此会知谁健⑧？醉把茱萸仔细看⑨。

注释

①诗题一作《九日蓝田崔氏庄》。大约作于乾元元年(758)九月九日，当时，杜甫因房琯事被贬华州司功参军，在华州受崔氏邀请，在蓝田的崔氏庄小憩。九日：九月九日，重阳节。

②强自宽：勉强地自我宽慰。

③兴：兴致。尽君欢：尽情与你欢乐。

④羞将短发：因为头发短而不好意思。吹帽：典出《晋书·孟嘉传》"重阳节时，东晋大将桓温在龙山宴集同僚官佐属吏，参军孟嘉的帽子被风吹落而不自知，桓温命孙盛写文章嘲笑他，而孟嘉神情自若，一时传为美谈。"

⑤倩：请。正冠：把帽子端正。

⑥蓝水：蓝田溪谷里的水。

⑦玉山:蓝田山,因盛产玉,又称玉山。蓝田山与华山很近,所以说"高并两峰"。

⑧此会:这样的聚会。健:健康,健在。

⑨把:持,拿。茱萸:一种植物,有浓烈香味,旧时风俗,每逢重阳节佩茱萸、饮菊花茶,据说可以消灾灭祸,延年益寿。

译文

人老了,又面对悲凉的秋色,看来只好勉强宽慰自己了。今日时逢重阳节,我的兴致来了,要和大家尽情欢乐。惭愧的是我的头发稀短怕帽子被风吹落,因此笑请旁人把帽子正一正。蓝田的水远从千条溪涧中流来,玉山高危冷峻两峰并峙。明年再聚会时,谁还健在呢?不如多饮几杯,把茱萸多看看,佩之登高辟邪,以图明年再相会。

点评

"老去悲秋强自宽,兴来今日尽君欢"。人已老去,对秋景更生悲,只有勉强宽慰自己。今日重九兴致来了,一定要和你们尽欢而散。这里"老去"一层,"悲秋"一层,"强自宽"又一层;"兴来"一层,"今日"一层,"尽君欢"又一层,真是层层变化,转折翻腾。首联即用对仗,读来婉转自如。

"羞将短发还吹帽,笑倩旁人为正冠"。人老了,怕帽一落,显露出自己的萧萧短发,作者以此为"羞",所以风吹帽子时,笑着请旁人帮他正一正。这里用"孟嘉落帽"的典故。王隐《晋书》:"孟嘉为桓温参军,九日游龙山,风至,吹嘉帽落,温命孙盛为文嘲之。"杜甫曾授率府参军,此处以孟嘉自比,合乎身份。然而孟嘉落帽显出名士风流蕴藉之态,而杜甫此时心境不同,他怕落帽,反请人正冠,显出别是一番滋味。说是"笑"倩,实是强颜欢笑,骨子里透出一缕伤感、悲凉的意绪。这一联用典入化,传神地写出杜甫那几分醉态。宋代杨万里说:"孟嘉以落帽为风流,此以不落帽为风流,翻尽古人公案,最为妙法。"(《诚斋诗话》)

"蓝水远从千涧落,玉山高并两峰寒。"按照一般写法,颈联多半是顺承前两联而下,那此诗就仍应写叹老悲秋。诗人却不同凡响,猛然推开一层,笔势陡起,以壮语唤起一篇精神。这两句描山绘水,气象峥嵘。蓝水远来,千涧奔泻,玉山高耸,两峰并峙。山高水险,令人只能仰视,不由人不振奋。用"蓝水""玉山"相对,色泽淡雅;用"远""高"拉出开阔的空间;用"落""寒"稍事点染,既标出深秋的时令,又令人有高危萧瑟之感。诗句豪壮中带几分悲凉,雄杰挺峻,笔力拔山,真可叹服。

“明年此会知谁健?醉把茱萸仔细看”。当他抬头仰望秋山秋水,如此壮观,低头再一想,山水无恙,人事难料,自己已这样衰老,又何能久长?所以他趁着几分醉意,手把着茱萸仔细端详:茱萸呀茱萸,明年此际,还有几人健在,还带着你再来聚会呢?上句一个问句,表现出诗人沉重的心情和深广的忧伤,含有无限悲天悯人之意。下句用一“醉”字,妙绝。若用“手”把,则嫌笨拙,而“醉”字却将全篇精神收拢,鲜明地刻画出诗人此时的情态:虽已醉眼蒙眬,却仍盯住手中茱萸细看,不置一言,却胜过万语千言。

这首诗跌宕腾挪,酣畅淋漓,前人评谓:“字字亮,笔笔高。”(《读杜心解》)诗人满腹忧情,却以壮语写出,读之更觉慷慨旷放,凄楚悲凉。

秋 思

✲陆 游

利欲驱人万火牛①，江湖浪迹②一沙鸥。
日长似岁闲方觉③，事大如天醉亦休④。
砧杵敲残深巷月，梧桐摇落故园秋⑤。
欲舒⑥老眼无高处，安得元龙百尺楼⑦。

注释

①利欲：追求利禄的欲望。驱人：驱使人。万火牛：战国时燕、齐交战，燕攻破齐国七十多座城池，只有莒、即墨没有被攻破。齐将田单在牛角上捆绑利刃，牛尾纵火，使牛冲向燕军，大败燕军，保全了齐国。这里是说利欲可以使人疲于奔命，无所顾忌。

②浪迹：到处漂泊，行踪不定。

③日长似岁：度日如年。方：才会，才能。觉：觉察，意识到。

④休：完结，忘却。

⑤"砧杵"以下两句：写深巷月光下砧杵声不停，给人一种凄惨的感觉，下句写看到桐树叶子飘落，心里不由自主地产生思乡的愁绪。摇落，凋残，零落。

⑥舒：舒展。

⑦安得：哪里能够。元龙：即陈登，字元龙，三国时魏人。百尺楼：《三国志·魏书·陈登传》载，陈登曾任广陵太守，为人豪放不羁，客至，常自上大床卧，使客人睡下床。一日，刘备、许汜在刘表处品评人物，许汜对陈登有所贬词。刘备说："君有国士之名，今天下大乱，帝主失所，望君忧国忘家，有救世之意。而君求田问舍，言无可采，是元龙所讳也，何缘当与君语！如小人，欲卧百尺楼上，卧君于地，何但上下床之间耶？"

译文

世人追名逐利的劲头比火牛阵还要厉害，我愿像鸥鸟一样自由自在，到处漫游。闲暇无事时，发觉度日如年，即使有天大的事情，喝醉之后也就忘了。小巷深处传来砧杵的捣衣声，天边残月清冷如许。井边梧桐叶落，才知故乡也是秋天了。想要登高望远却没有去处，怎样才能得到像陈元龙那样的百尺高楼。

点评

诗人陆游是南宋有名的爱国诗人，他主张抗金，收复失地，但这种理想却一再落空，这首诗就是诗人壮志难酬的苦闷表达。诗歌开门见山地批判那些热衷功名之人，与自己的浪迹江湖、淡泊名利形成了强烈对比，为颔联进一步写诗人之“闲”做了铺垫，讽刺了世人之“忙”。颈联用砧杵、巷月、梧桐描绘了一幅冷落清秋图，“摇落”二字把抽象的愁思具象化，生动传神。尾联一“舒”字说明诗人沉郁已久，不得开怀。

与朱山人[1]

✻杜　甫

锦里先生乌角巾[2]，园收芋栗未全贫[3]。
惯看宾客儿童喜，得食阶除鸟雀驯[4]。
秋水才深四五尺，野航恰受[5]两三人。
白沙翠竹江村暮，相送柴门月色新[6]。

注释

①诗题一作《南邻》，约作于唐肃宗上元三年(762)。时杜甫居住在成都浣花草堂，南邻有朱山人朱希真。

②锦里：锦江附近。乌角巾：一种隐士常戴的黑色头巾。

③芋栗：芋头和栗子。未全贫：不算是很贫困，暗指朱希真安贫乐道。

④阶除：台阶。驯：驯服。

⑤野航：野外水道里航行的船只。恰受：刚刚能够承受。

⑥月色新：月亮刚出来。

译文

锦江畔的朱先生头戴着黑色头巾，他的园子里种着芋头和栗子，生活不算贫困。朱先生习惯有客人经常来访，也喜好看着小孩们玩闹嬉笑，他还经常在台阶上撒谷食来训练鸟雀。秋水涨至四五尺深，小船刚好坐下两三个人。日暮时分，江边的白沙滩和翠绿的竹林全都笼罩在夜色苍茫中，一轮新月送我走出柴门。

点评

诗歌用白描手法展现了朱山人清闲的隐士生活。前四句写拜访朱山人的情景，刻画出山人的安贫乐道，幽居好客；后四句写朱山人殷勤送客和主宾道别的情形。全诗自然清新，轻快明丽，体现了诗人访客的轻松和喜悦之情。

闻笛[1]

✿赵　嘏

谁家吹笛画楼[2]中，断续[3]声随断续风。
响遏行云横碧落[4]，清和冷月[5]到帘栊。
兴来三弄有桓子[6]，赋就一篇怀马融[7]。
曲罢[8]不知人在否，余音嘹亮尚[9]飘空。

注释

①本诗不见于《全唐诗》胡嘏集中，《分门纂类唐宋时贤千家诗选》卷十八署名刘后村，但也不见于《后村居士诗》，《全宋诗》未收，作者待考。

②画楼：装饰精美的楼。

③断续：断断续续。

④响遏行云：《列子·汤问》："(秦青)抚节悲歌，声震林木，响遏行云。"形容笛声响彻云霄，阻挡住了流动的云彩。遏，阻止。碧落：碧空，天空。

⑤清和冷月：清冷柔和的月色。

⑥三弄：三支曲子。弄，乐曲称作弄。桓子：指东晋桓伊，善音乐。据《世说新语·任诞》载，王子猷听说桓伊善吹笛，而不相识。王在船中，适逢桓在岸上，就请为他吹笛。桓伊就下车，据胡床，为做三调，吹毕上车而去。两人不作一言。相传《梅花三弄》就是依据他的"三调"改编的。

⑦马融：东汉人，字季长，才学博洽，善鼓琴，好吹笛，著有《长笛赋》。

⑧曲罢：曲终。

⑨尚：还。

译文

一觉醒来尤其喜好照在窗棂边的晨光，同时也发觉竹林里传来的秋声渐趋猛烈。我吩咐仆人准备好取暖时用的阁楼，并把冬天的衣服熨烫整齐。新酿好的酒表面泛起如竹叶一样嫩绿的泡沫，黄澄澄的橙子切开来香气扑鼻，正当时令的秋蟹肥大而甘美。芙蓉和菊花开满园内，千万不要错过这赏心悦目的美景。

点评

诗歌描写的是有闲士大夫的初冬生活，充满情趣。首联写景，朝阳暖照大地，秋风日趋寒冷。颔联和颈联叙事，展现出一幅衣食富足，其乐融融的画面。尾联抒情，充分表达出诗人尽情享受，及时行乐的闲适心情。全诗条理分明，风格自然，给人轻松之感。

冬至①

✽杜甫

天时人事②日相催，冬至阳生③春又来。
刺绣五纹添弱线④，吹葭六管⑤动飞灰。
岸容待腊将舒柳⑥，山意冲寒⑦欲放梅。
云物不殊乡国异⑧，教儿且覆⑨掌中杯。

注释

①诗题一作《小至》。小至，又称小冬日，冬至前一天。诗作于唐代宗大历元年(766)，时杜甫流寓夔州。

②天时人事：自然界的时序与人世间的事情。

③冬至：节令名，一般在阴历十一月间，此节过后，逐渐日长夜短。阳生：阳气上升。

④五纹：花纹。添弱线：据《唐杂录》载，唐代宫中根据日影长短安排纺织工作量，冬至后，日晷渐长，比常日增一线的工作量。弱线，细丝。

⑤吹葭六管：古代预测节令，将芦苇茎中的薄膜制成灰，放在十二乐律的玉管中，将玉管放在木案上，到了某一节气，相应律管内的灰就会自动飞出。六管，十二节气中的六律、六玉管。

⑥岸容：河边的物色。腊：腊月。舒柳：柳树将发新芽，舒展枝条。

⑦冲寒：迎着寒气，冲破寒气。

⑧云物：景物。乡国：故乡。

⑨覆：倾，倒。

译文

天时人事,每天变化得很快,转眼又到冬至了,过了冬至白日渐长,天气日渐回暖,春天即将回来了。刺绣女工因白昼变长而可多绣几根五彩丝线,吹管的六律已飞动了葭灰。堤岸好像等待腊月的到来,好让柳树舒展枝条,抽出新芽,山也要冲破寒气,好让梅花开放。我虽然身处异乡,但这里的景物与故乡的没有什么不同之处,因此,让小儿斟上酒来,一饮而尽。

点评

这首诗是诗人大历元年(766)在夔州写的。那时杜甫生活比较安定,心情也比较舒畅。《小至》写冬至前后的时令变化,不仅用刺绣添线写出了白昼增长,还用河边柳树即将泛绿,山上梅花冲寒欲放,生动地写出了冬天里孕育着春天的景象。诗的末二句写他由眼前景物唤起了对故乡的回忆。虽然身处异乡,但云物不殊,所以诗人教儿斟酒,举杯痛饮。这举动和诗中写冬天里孕育着春天气氛的基调是一致的,都反映出诗人难得的舒适心情。

梅　花①

✻林　逋②

众芳摇落独暄妍③,占尽风情④向小园。
疏影横斜水清浅,暗香浮动月黄昏⑤。
霜禽欲下先偷眼⑥,粉蝶如知合断魂⑦。
幸有微吟⑧可相狎,不须檀板共金樽⑨。

注释

①诗题一作《山园小梅》,原作二首,此选一。这首咏物诗从多方面写梅花神韵。随着咏梅风气的盛行,林逋之名与孤山梅花也热了起来,故明诗人王犄有"只因误识林和靖,惹得诗人说到今"之句。

②林逋(967—1028),北宋诗人,字君复,宁波奉化黄贤村人。后人称其为"和靖先生"。出生于儒学世家,早年曾游历于江淮等地,四十多岁后隐居于杭州西湖孤山之下。据传足不出户,终生未娶,以植梅养鹤为乐,称"梅妻鹤子"。今杭州西湖的小孤山有许多梅花,有放鹤亭及林逋墓。

③众芳:百花。暄妍:原指天气和暖,景物明媚,这里形容梅花鲜艳夺目。

④风情:风采,风光。

⑤"疏影"以下两句:是林逋化用五代南唐诗人江为"竹影横斜水清浅,桂香浮动月黄昏"而来,由原作咏竹、咏桂转而吟咏梅花神韵,从此"暗香疏影"就成为梅的代名词,相关词语频频出现于文学作品中,如晏几道《诉衷情》:"暗香浮动,疏影横斜,几处溪桥。"李复《观梅》:"苦无疏影横斜句,深愧林逋处士诗。"赵希融《赋玉岩》:"至今疏影横斜句,人与梅花其清癯。"疏影,梅花疏朗的影子。暗香,幽香,清香。黄昏,形容月色朦胧。

⑥霜禽:冷天的鸟。偷眼:偷看。

⑦合:应该。断魂:痴痴呆呆,丧魂落魄的样子。

⑧微吟：轻声念新作的诗。

⑨檀板：演奏音乐用的檀木拍板，这里借指音乐。共：与。金樽：珍贵的酒杯，这里借指美酒。

译文

百花凋零的时候，只有梅花风采依然、艳丽夺目，小园里的风光全被梅花占尽了。梅花稀疏的影子斜照在清浅的水里，清幽的香气通过朦胧的月光四处飘散。冬鸟停下来栖息，也会情不自禁地先偷看一眼这寒梅冷艳的风姿；粉蝶如果知道冬天有这样的香花，定会高兴得忘乎所以。幸好我还可以轻声地吟诵诗歌，与梅花亲近，而无须檀板和酒杯了。

点评

林逋(967—1028),北宋诗人,早岁浪迹江湖,后归杭州。《宋史·隐逸传》称其"性恬淡好古,弗趋荣利。家贫衣食不足,晏如也。……归杭州,结庐西湖之孤山,二十年足不及城市"。林逋终身不娶不仕,喜种梅养鹤,自称"以梅为妻,以鹤为子"。其名声远扬,多有名士高僧如魏野、惠崇等往谒,与范仲淹、梅尧臣、九僧等均有诗唱和。仁宗朝名臣余靖年轻时曾自粤赴杭,从其学,并改名"靖"。林逋清苦终身,年六十二而卒,赐谥和靖先生。林逋诗多有散佚,今存近三百首。他是宋初山林隐逸诗人之佼佼者,其诗除赠答之作外,多写西湖美景及隐居生活,尤以咏梅诗著称。

首联"众芳摇落独暄妍,占尽风情向小园",作品以梅不畏严寒、笑立风中起句,"众"与"独"字对出,言天地间只有此花,这是何等的俊洁清高。然而梅花品行虽高,却不骄傲,只在一方小园占尽风光,这又是一种何等"丰富的宁静"与充实的美丽。

颔联"疏影横斜水清浅,暗香浮动月黄昏",此联是最为世人称道的,它为我们送上了一幅优美的山园小梅图。上句轻笔勾勒出梅之"骨","疏影"状其轻盈,翩若惊鸿;"横斜"传其妩媚,迎风而舞;"水清浅"显其澄澈,灵动温润。下句浓墨描摹出梅之"韵","暗香"写其无形而香,随风而至,如同捉迷藏一样富有情趣;"浮动"言其款款而来,飘然而逝,颇有仙风道骨;"月黄昏"采其美妙背景,从时间上把我们带到一个"月上柳梢头,人约黄昏后"的动人时刻,从空间上把我们引进一个"落霞与孤鹜齐飞,秋水共长天一色"般的迷人意境。上联极目骋怀,本联凝眉结思。当然,林逋这两句诗也并非是臆想出来的,他除了有生活实感外,还借鉴了前人的诗句。五代南唐江为有残句曰:"竹影横斜水清浅,桂香浮动月黄昏。"这两句既写竹,又写桂,不但未写出竹影的特点,且亦未道出桂香的与众不同之处。因无题,又没有完整的诗篇,未能构成一个统一和谐的主题和意境,感触不到主人公的激情,故缺乏感人之力量。而林逋只改了两个字,就将梅花写得形神活现,堪称点睛之笔。

以上两联皆实写,而下两联则都是虚写。

颈联"霜禽欲下先偷眼,粉蝶如知合断魂",在这一联,诗人"以物观物","霜禽""偷眼"写其迫不及待之情。为何如此,因梅之色、梅之香。"粉蝶"与"霜禽"构成对比,虽都是自然界会飞的生灵,但它们前者合时宜,而后者不合时宜,这就富于了画面的变化。"断魂"虽略显夸张,用语较重,但却将梅之色、香推崇到了极致。

尾联“幸有微吟可相狎，不须檀板共金樽”，这里的“微”言其淡泊雅致，如此咀嚼，虽不果腹，然可暖心、洁品、动情、销魂，因而表达出了诗人愿与梅花化而为一的生活旨趣和精神追求。至此，诗人对梅的观赏进入了冯友兰所说的“天地境界”，我们看到的则是和“霜禽”“粉蝶”一样迫不及待和如痴如醉的诗人，也就是一个梅化了的诗人。苏轼曾在《书林逋诗后》说：“先生可是绝伦人，神清骨冷无尘俗。”《四库全书总目》说：“其诗澄澹高逸，如其为人。”可知其言不谬，此诗之神韵正是诗人幽独清高、自甘淡泊的人格写照。

这首诗的妙处在于它抛开花之形迹的吟诵，着意于写意传神。诗人运用正面描写与侧面烘托相结合的写作手法，从多个角度渲染梅花清逸高洁的神韵和风骨，这其实正是诗人幽独清高、自甘淡泊的人格的自我写照。此诗一出，即被后人奉为咏梅的绝唱。

自　咏①

※韩　愈

一封朝奏九重天②，夕贬潮阳路八千③。
本为圣明除弊政④，敢将衰朽惜残年⑤。
云横秦岭⑥家何在，雪拥蓝关⑦马不前。
知汝⑧远来应有意，好收吾骨瘴江⑨边。

注释

①诗题一作《左迁至蓝关示侄孙湘》，作于唐宪宗元和十四年(819)。当年正月，宪宗派人到凤翔(今陕西境内)法门寺迎接佛骨入宫供养，韩愈上《论佛骨表》劝谏，触怒宪宗，被贬为潮州(今广东潮阳一带)刺史。

②封：奏章，呈给皇帝的意见书，即《论佛骨表》。奏：向皇帝上书。九重天：这里指皇帝。

③贬：贬官。潮阳：即潮州，今广东省潮阳市。八千：长安到潮州的估计距离，是说路途遥远。

④圣明：朝廷。弊政：一作“弊事”，有害的事。

⑤敢：一作“肯”，岂敢，岂肯。衰朽：体弱年迈。惜残年：爱惜残余的岁月。

⑥秦岭：泛指陕西南部的山岭。

⑦蓝关：蓝田关，在今陕西蓝田县东南。

⑧汝：你，指韩湘。

⑨瘴江：泛指岭南河流，当时岭南多瘴疠之气，所以称瘴江。

译文

早晨我上书给皇上,晚上就被贬到八千里外的潮州。本想替皇帝除去弊事,哪顾得我年老体衰力不支。回顾京师,乌云弥漫不见家;展望前景,积雪遍野苍茫茫。知道你远道而来有打算,正好在瘴江边收殓我的尸骨。

点评

韩愈一生,以辟佛为己任,晚年上《论佛骨表》,力谏宪宗"迎佛骨入大内",触犯"人主之怒",几被定为死罪,经裴度等人说情,才由刑部侍郎贬为潮州刺史。潮州在今广东东部,距当时京师长安确有八千里之遥,那路途的困顿是可想而知的。当韩愈到达离京师不远的蓝田县时,他的侄孙韩湘,赶来同行。韩愈此时,悲歌当哭,慷慨激昂地写下这首名篇。

首联直写自己获罪被贬的原因。他很有气概地说,这个"罪"是自己主动招来的。就因那"一封书"之罪,所得的命运是"朝奏"而"夕贬",且一贬就是八千里。但是既本着"佛如有灵,能作祸祟,凡有殃咎,宜加臣身"(《论佛骨表》)的精神,则虽遭获严遣亦无怨悔。

三、四句直书"除弊事",认为自己是正确的,申述了自己忠而获罪和非罪远谪的愤慨,真有胆气。尽管招来一场弥天大祸,他还是"肯将衰朽惜残年",且老而弥坚,使人如见到他的刚直不阿之态。

五、六句就景抒情,情悲且壮。韩愈在一首哭女之作中写道:"以罪贬潮州刺史,乘驿赴任;其后家亦谴逐,小女道死,殡之层峰驿旁山下。"可知他当日仓促先行,告别妻儿时的心情若何。韩愈为上表付出了惨痛的代价,"家何在"三字中,有他的血泪。

此两句一回顾,一前瞻。"秦岭"指终南山。云横而不见家,亦不见长安:"总为浮云能蔽日,长安不见使人愁。"(李白诗),何况天子更在"九重"之上,岂能体恤下情?他此时不独系念家人,更多的是伤怀国事。"马不前"用古乐府:"驱马涉阴山,山高马不前"意。他立马蓝关,大雪寒天,联想到前路的艰危。"马不前"三字,露出英雄失路之悲。

结语沉痛而稳重。《左传·僖公三十二年》记老臣蹇叔哭师时有"必死是间,余收尔骨焉"之语,韩愈用其意,向侄孙从容交代后事,语意紧扣第四句,进一步吐露了凄楚难言的激愤之情。

从思想上看,此诗与《论佛骨表》,一诗一文,可称双璧,很能表现韩愈思想中进步的一面。

就艺术上看，此诗是韩诗七律中佳作。其特点诚如何焯所评“沉郁顿挫”，风格近似杜甫。沉郁指其风格的沉雄，感情的深厚抑郁，而顿挫是指其手法的高妙：笔势纵横，开合动荡。如“朝奏”“夕贬”“九重天”“路八千”等，对比鲜明，高度概括，一上来就有高屋建瓴之势。三、四句用“流水对”，十四字形成一整体，紧紧承接上文，令人有浑成之感。五、六句宕开一笔，写景抒情，“云横”“雪拥”，境界雄阔。“横”状广度，“拥”状高度，二字皆下得极有力。故全诗大气磅礴，卷洪波巨澜于方寸，能产生撼动人心的力量。

此诗虽追步杜甫，但能变化而自成面目，表现出韩愈以文为诗的特点。律诗有谨严的格律上的要求，而此诗仍能以“文章之法”行之，而且用得较好。好在虽有“文”的特点，如表现在直叙的方法上，虚词的运用上（“本为”“敢将”之类）等；同时亦有诗歌的特点，表现在形象的塑造上（特别是五、六一联，于苍凉的景色中有诗人自己的形象）和真挚深厚的感情的抒发上。全诗叙事、写景、抒情融合为一，诗味浓郁，诗意盎然。

干　戈

✻王　中①

干戈未定欲何之②，一事无成两鬓丝③。
踪迹大纲王粲传④，情怀小样杜陵诗⑤。
鹡鸰⑥音断人千里，乌鹊⑦巢寒月一枝。
安得中山千日酒⑧，酩然⑨直到太平时。

注释

①王中，字积翁，南宋诗人。

②干戈：古代的两种兵器，泛指兵器、战争、战乱。欲何之：想要到哪里去。之，去，往，到。

③两鬓丝：两个鬓角上长满了白发。

④踪迹：脚印，行迹，行为。大纲：大致，大的方面。王粲：字仲宣，东汉人，生逢战乱，长期过着颠沛流离不得重用的日子。

⑤小样：略似。杜陵：杜甫，杜甫常自称杜陵野老、杜陵布衣、少陵野老，后人称之为杜陵或杜少陵。杜诗多感时伤事、忧国忧民之作。

⑥鹡鸰：即脊令，一种鸟。《诗经·小雅·棠棣》："脊令在原，兄弟急难。"后世用脊令比喻兄弟。

⑦乌鹊：化用曹操《短歌行》："月明星稀，乌鹊南飞。绕树三匝，何枝可依？"说自己漂泊不定。

⑧千日酒：酒名。古代传说中山人狄希能造千日酒，饮后醉千日。晋张华《博物志》卷五："昔刘玄石于中山酒家酤酒，酒家与千日酒，妄言其节度，归至家

当醉，而家人不知，以为死也，权葬之。酒家计千日满，乃忆玄石前来酤酒，醉向醒耳。往视之，云玄石亡来三年，已葬。于是开棺，醉始醒。俗云，玄石饮酒一醉千日。”宋王中《干戈》诗：“安得中山千日酒，酩然直到太平时。”

⑨酩然：大醉的样子。

译文

战争没完没了，无处可以避难。我一事无成，只是两鬓平添了白发。王粲作赋感怀，杜甫吟诗自遣，深深哀叹战争祸乱，我的心迹与他们大体相同。鹡鸰离群失所，也懂得飞鸣哀叫以救同类，而我与兄弟却相隔千里，音讯全无。我在外颠沛流离，就像月夜里的乌鸦找不到栖息的树枝。哪里能买到中山酿造的千日好酒，让我一醉到天下太平的时候再醒来呢？

点评

这首以战争为题材的诗歌没有对战争作正面描写，而是抒写对战争的感受。身处乱世，一事无成，实是对战争的控诉。接下来借王粲、杜甫表明自己的心迹，哀叹战争祸乱，使人骨肉分离。面对现实，前途堪忧，唯有借酒消愁，表达出对平安美好生活的渴望。

归　隐[①]

✻陈　抟[②]

十年踪迹走红尘[③]，回首青山入梦频[④]。
紫绶纵荣争及[⑤]睡，朱门[⑥]虽富不如贫。
愁闻剑戟扶危主[⑦]，闷听笙歌聒[⑧]醉人。
携取旧书归旧隐[⑨]，野花啼鸟一般春。

注释

①相传诗人在后唐兴中(930—933)应进士举，落第，乃归隐，作此诗。

②陈抟，字图南，亳州真源人。年四五岁时，戏于涡水岸侧，有青衣妇人乳之，自是聪悟日益。及长，读经史百家之言，过目成诵，颇有诗名。后唐长兴中，陈抟因举进士不第，遂不求禄仕，以山水为乐。自号扶摇子，有《指玄篇》《三峰寓言》及《高阳集》《钓潭集》。

③红尘：人世间。

④回首：回想，回忆起。频：频繁。

⑤紫绶：系印的紫色绶带。只有官阶高的人才用紫色，这里泛指高官厚禄。纵荣：纵然荣耀。争及：怎及。

⑥朱门：古代王侯权贵的大门常漆成红色，所以朱门也就成了豪贵之家的代称。

⑦剑戟：古代的两种兵器，借指武力。扶危主：辅佐拯救危难中的君主。

⑧闷听：厌烦听，不喜听。聒：吵闹。

⑨旧隐：以前隐居的地方。

译文

十年来，为着功名利禄到处奔走，家乡的青山绿水经常出现在梦境中。高官厚禄怎及得上睡安稳觉？王公贵族虽然富贵，却比不上清贫而安闲的生活。社会动荡不安，连皇上都需要军队的保护，使我倍添哀愁；以酒解闷，却听到笙管歌声的喧扰，心中更加烦闷。携带着旧时书籍回到原来隐居的地方，那里野花烂漫，百鸟啼鸣，自有一派春色。

点评

这是诗人在华山修道时作的一首归隐诗。诗歌虽竭力否定世俗红尘，否定功名利禄，但诗人又经常关心世事，关心时政，因而在诗中不自觉地流露出仕与隐的矛盾，反映了他对现实的极度不满以及与理想人生形成的冲突。

时世行①

✻ 杜荀鹤②

夫因兵死守蓬茅③，麻苎衣衫鬓发焦④。
桑柘废来⑤犹纳税，田园荒尽尚征苗⑥。
时挑野菜和根⑦煮，旋斫⑧生柴带叶烧。
任是⑨深山更深处，也应无计避征徭⑩。

注释

①诗题又作《山中寡妇》、《时世行赠田妇》。

②杜荀鹤(846—904)，字彦之，号九华山人，池州石埭(今安徽石台)人，出身寒微。传说为杜牧之子。因上颂德诗三十章取悦朱温。温为他送名礼部，得中大顺二年(891)第八名进士。次年，复还旧山，后朱温表荐他，授翰林学士、主客员外郎，遘重疾，旬日而卒。一生以诗为业，爱苦吟，自说"乍可百年无称意，难教一日不吟诗"(《秋日闲居寄先达》)。有《唐风集》三卷，今存诗三百多首。《唐风集》卷首《春宫怨》，被推为"宫词为唐第一"。

③蓬茅：简陋的茅草房。

④麻苎：粗麻布。焦：焦黄。

⑤柘：一种树，叶子可喂蚕。废来：荒废。

⑥征苗：征青苗税，唐中叶以后田赋的一种附加税，在粮食成熟前征收。

⑦挑：拣。和根：带根。

⑧旋：不久。斫：砍。

⑨任是：任凭是。

⑩无计：没有办法。征徭：赋税和徭役。

译文

丈夫因战乱而死，逃避到山中的寡妇守着茅草屋度日。她穿着苎麻做成的裙衫，耳边的头发又黄又焦。虽然桑树和田地都已荒芜废弃了，但官府还是照样征收税役。山中寡妇经常去挖野菜，和着菜根一起煮，并用刚砍下的湿柴来生火。即使是躲在深山老林里，也逃脱不了赋税和徭役的压榨啊！

点评

此诗通过山中寡妇这样一个典型人物的悲惨命运，透视当时社会的面貌，语极沉郁悲愤。

唐朝末年，朝廷上下，军阀之间，连年征战，造成"四海十年人杀尽"(《哭贝韬》)，"山中鸟雀共民愁"(《山中对雪》)的悲惨局面，给人民带来极大的灾难。此诗的"夫因兵死守蓬茅"，就从这兵荒马乱的时代着笔，概括地写出了这位农家妇女的不幸遭遇：战乱夺走了她的丈夫，迫使她孤苦一人，逃入深山破茅屋中栖身。"麻苎衣衫鬓发焦"一句，抓住"衣衫""鬓发"这些最能揭示人物本质的细节特征，简洁而生动地刻画出寡妇那贫困痛苦的形象：身着粗糙的麻布衣服，鬓发枯黄，面容憔悴，肖其貌而传其神。从下文"时挑野菜""旋斫生柴"的描写来看，山中寡妇显然还是青壮年妇女，照说她的鬓发色泽该是好看的，但由于苦难的煎熬，使她鬓发早已焦黄枯槁，显得苍老了。简洁的肖像描写，衬托出人物的内心痛苦，写出了她那饱经忧患的身世。

然而，对这样一个孤苦可怜的寡妇，统治阶级也并不放过对她的榨取，而且手段是那样残忍："桑柘废来犹纳税，田园荒尽尚征苗。"此处的"纳税"，指缴纳丝税；"征苗"，指征收青苗税，这是代宗广德二年开始增设的田赋附加税，因在粮食未成熟前征收，故称。古时以农桑为本，由于战争的破坏，桑林伐尽了，田园荒芜了，而官府却不顾人民的死活，照旧逼税和"征苗"。残酷的赋税剥削，使这位孤苦贫穷的寡妇何以为生呢？

"时挑野菜和根煮，旋斫生柴带叶烧"，只见她不时地挖来野菜，连菜根一起煮了吃;平时烧柴也很困难,燃生柴还要“带叶烧”。这两句是采用一种加倍强调的说法,通过这种艺术强调,渲染了山中寡妇那难以想象的困苦状况。最后,诗人面对民不聊生的黑暗现实,发出深沉的感慨:“任是深山更深处,也应无计避征徭。”深山有毒蛇猛兽,对人的威胁很大,寡妇不堪忍受苛敛重赋的压榨,迫不得已逃入深山。然而,剥削的魔爪是无孔不入的,即使逃到“深山更深处”,也难以逃脱赋税和徭役的罗网。“任是”“也应”两个关联词用得极好。可以看出,诗人的笔触像匕首一样揭露了封建统治者的罪恶本质。

诗歌是缘情而发,以感情来拨动读者心弦的。《山中寡妇》之所以感人,正在于它富有浓厚的感情色彩。但诗并不直接抒情,而是把感情诉诸对人物命运的刻画描写之中。诗人把寡妇的苦难写到了极致,造成一种浓厚的悲剧氛围,从而使人民的苦痛,诗人的情感,都通过生活场景的描写自然地流露出来,产生了感人的艺术力量。最后,诗又在形象描写的基础上引发感慨,把读者的视线引向一个更广阔的境界,不但使人看到了一个山中寡妇的苦难,而且使人想象到和寡妇同命运的更多人的苦难。这就从更大的范围、更深的程度上揭露了残酷的剥削,深化了主题,使诗的蕴意更加深厚。

送天师[1]

✻朱　权[2]

霜落芝城[3]柳影疏，殷勤送客出鄱湖[4]。
黄金甲锁雷霆印[5]，红锦韬缠日月符[6]。
天上晓行骑只鹤[7]，人间夜宿解双凫[8]。
匆匆归到神仙府[9]，为问蟠桃[10]熟也无。

注释

①天师：对道士的尊称，这里指元末明初的张正常。张正常，字仲纪，汉张道陵四十二世孙，元时赐号天师，明太祖朱元璋攻下南昌，他曾派人去拜贺。不久又两次入朝。1368年，朱元璋即位，改授正一嗣教真人，赐银印。

②朱权(1378—1448)，明太祖朱元璋第十七子，神姿秀朗，慧心敏悟，精于义学，旁通释老，号大明奇士、臞仙、涵虚子。朱权深得朱元璋宠信。太祖洪武二十四年(1391)年十四封为宁王，十五岁就藩大宁(今属辽宁省城一带)，掌握强兵猛将，镇守北边军事要塞。谥献王，故史称"宁献王"。著有《宁国仪范》《家训》《文谱》《诗谱》《史断》《通鉴博论》《汉唐秘史》《琴阮启蒙》《神奇秘谱》《琼林雅韵》《神隐》《太和正音谱》等数十种，主要琴曲作品有《平沙落雁》和《秋鸿》等。

③芝城：今江西鄱阳，因城北有芝山故名。

④鄱湖：鄱阳湖。

⑤黄金甲：金贵精美的装印斗的外套。雷霆印：具有雷霆那么大威力的印。

⑥红锦韬：装符表的红丝套。缠：缠绕，这里是收藏的意思。日月符：能够驱动日月的符箓。

⑦鹤：仙鹤，传说中仙人的坐骑。

⑧双凫：《后汉书·王乔传》载，东汉明帝时王乔为叶县令，有神术，虽远离

京师，却能够按时来朝。人见其每至必有双凫从东南飞来。后设网捕得一凫，原来是一只木鞋。

⑨神仙府：对张正常住所的美称。

⑩蟠桃：神话中的仙桃。

译文

寒霜降临芝城，柳条日渐稀少，我殷勤地把张天师送出鄱阳湖。张天师的护身法衣里装着他的道符印章，红色锦缎包裹着捆扎好的日月符。清晨，他就骑着仙鹤在空中穿梭行走，晚上脱下那双可变化为双凫的鞋子到人间住宿。他急匆匆地赶往神仙府，为的是看那里的蟠桃成熟没有。

点评

朱权在南昌与道士过从甚密，这首诗就写他送别张天师的事。诗的一、二句叙述霜落芝城，表达作者殷勤送别之意；三、四句言天师印若雷霆、符比日月，称其道术之高；五、六句说他跨鹤而来，乘凫而去，赞其仙踪迅速；末二句写他匆匆回府，问讯仙桃，极言洞府之奇。全诗尽以仙家生活形容天师，对仗工稳，不乏想象。但思想内容并不算高。

送毛伯温①

✲ 朱厚熜②

大将③南征胆气豪，腰横秋水雁翎刀④。
风吹鼍鼓⑤山河动，电闪旌旗日月高。
天上麒麟⑥原有种，穴中蝼蚁⑦岂能逃。
太平待诏⑧归来日，朕⑨与先生解战袍。

注释

①诗作于明世宗嘉靖十八年(1539)毛伯温出征前。嘉靖十五年(1536)，安南(今越南)世孙黎宁派人向明世宗诉说莫登庸叛逆之事，十八年，毛伯温率兵征讨安南，次年进驻南宁。毛伯温(1487—1544)：字汝厉，吉水(今江西境内)人，正德进士，嘉靖间为兵部尚书兼右都御史，有《毛襄懋集》《东塘诗集》。

②朱厚熜(cōng，1507—1566)，父为明宪宗朱见深第四子，明孝宗朱祐樘的胞弟，封兴王。明正德十六年(1521年)，武宗朱厚照驾崩，无子。朱厚熜承统，为世宗皇帝，年号嘉靖，时年十四岁。朱厚熜迷信道教，祈求长生不老，竟长期不视朝政，由严嵩执掌大权，政治腐败，使国势日趋没落，政治和经济都出现深重危机。

③大将：毛伯温。南征：嘉靖十八年(1539)，毛伯温率兵征讨安南，次年进驻南宁，兵不血刃而安南平定。

④秋水：形容宝刀如秋水般明亮。雁翎刀：形似雁翎的刀。

⑤鼍(tuó)鼓:鼍皮制成的鼓。鼍,扬子鳄。

⑥麒麟:古代传说中的一种瑞兽,这里指毛伯温。

⑦蝼蚁:安南叛军莫登庸部。

⑧待诏:待命。

⑨朕:皇帝朱厚熜自称。先秦时人可自称为"朕",自秦始皇后"朕"成为帝王的专称。

译文

将军征伐南方,胆气豪迈无比,腰间的钢刀如同一泓秋水般明亮。风吹电闪中旌旗飘扬,战鼓擂动,使山河震动,日月高标,军容极盛。毛伯温神勇天生,犹如天上麒麟的后代,敌人如同洞里的蝼蚁一般,怎么能逃走呢?等到天下太平,将军奉诏,班师回朝时,我(指嘉靖自己)亲自为将军解下战袍,为将军接风。

点评

诗写送人出征,表现了作者对南征必胜的信心和对主将的殷切期望。首联写主将气概和出师时的装束,充满豪壮之气;颔联写鼓鸣旗展,以衬军威;颈联言麒麟有种,蝼蚁难逃,比喻中有议论,写出作者的必胜信念;尾联写他等待班师凯旋,到时将亲自为主将解下战袍,勉励中含有期望。整篇诗声势雄壮,意气高扬,送臣子而有真实感情,不同于一般的御制诗。

卷三　五绝

春　眠[1]

✻ 孟浩然[2]

春眠不觉晓[3]，处处闻啼鸟[4]。
夜来风雨声，花落知多少。

注释

①诗题一作《春晚绝句》，又作《春晓》。孟浩然在写作上似乎借鉴了沈佺期《芳树》一诗："啼鸟弄花疏，游蜂饮香遍。叹息春风起，飘零君不见。"但画面更为明朗，惜春的感情表达得更为委婉含蓄。后来李清照的《如梦令》："昨夜雨疏风骤。浓睡不消残酒。试问卷帘人，却道海棠依旧。知否，知否，应是绿肥红瘦。"与其风神相类。

②孟浩然(689—740)，唐代著名诗人。襄州襄阳(今湖北襄樊)人，世称孟襄阳。前半生主要居家侍亲读书，以诗书自适。曾隐居鹿门山。四十岁游京师，应进士不第，返襄阳。诗歌以五言诗为主，多写山水田园和隐逸、行旅等内容，冲淡自然，继陶渊明、谢灵运、谢朓之后，开盛唐田园山水诗派之先声。有《孟浩然集》。

③眠：睡觉。不觉晓：不知不觉天亮了。

④处处：到处。啼鸟：鸟叫声。

译文

春天的夜晚一直甜甜地睡到天亮，醒来时只听见窗外一片鸟鸣啁啾。回想起昨夜好像下过雨又刮过风，庭院石阶上一定铺满缤纷的落花。

点评

《春晓》这首小诗，初读似觉平淡无奇，反复读之，便觉诗中别有天地。它的艺术魅力不在于华丽的辞藻，不在于奇绝的艺术手法，而在于它的韵味。整首诗的风格就像行云流水一样平易自然，然而悠远深厚，独臻妙境。千百年来，人们传诵它，探讨它，仿佛在这短短的四行诗里，蕴涵着挖掘不完的艺术宝藏。

自然而无韵致，则流于浅薄；若无起伏，便失之平直。《春晓》既有优美的韵致，行文又起伏跌宕，所以诗味醇永。诗人要表现他喜爱春天的感情，却又不说尽，不说透，“迎风户半开”，让读者去捉摸、去猜想，处处表现得隐秀曲折。

“情在词外曰隐，状溢目前曰秀。”（张戒《岁寒堂诗话》引）写情，诗人选取了清晨睡起时刹那间的感情片段进行描写。这片段，正是诗人思想活动的起始阶段、萌芽阶段，是能够让人想象他感情发展的最富于生发性的顷刻间。诗人抓住了这一刹那，却又并不铺展开去，他只是向读者透露出他的心迹，把读者引向他感情的轨道，就撒手不管了，剩下的，该由读者沿着诗人思维的方向去丰富和补充了。

写景，他又只选取了春天的一个侧面。春天，有迷人的色彩，有醉人的芬芳，诗人都不去写。他只是从听觉角度着笔，写春之声：那处处啼鸟，那潇潇风雨。鸟声婉转，悦耳动听，是美的。加上“处处”二字，啁啾起落，远近应和，就更使人有置身山阴道上，应接不暇之感。春风春雨，纷纷洒洒，但在静谧的春夜，这沙沙声响却也让人想见那如烟似梦般的凄迷意境，和微雨后的众卉新姿。这些都只是诗人在室内的耳闻，然而这阵阵春声却透露了无边春色，把读者引向了广阔的大自然，使读者自己去想象、去体味那莺啭花香的烂漫春光，这是用春声来渲染户外春意闹的美好景象。

访袁拾遗不遇[1]

✻ 孟浩然

洛阳访才子[2],江岭作流人[3]。
闻说梅花早[4],何如此地[5]春。

注释

①诗题一作《洛中访袁拾遗不遇》。袁拾遗:袁瓘,洛阳人,诗人好友,曾任拾遗。

②才子:有才华的人,这里指袁瓘。

③江岭:大庾岭,位于今广东、江西交界处。流人:获罪流放之人,这里是说袁瓘因罪流放到岭外。

④梅花早:南方气候温暖,梅花开得早。

⑤何如:怎比得上。此地:一作"北地",指洛阳。

译文

到洛阳是为了和才子袁拾遗相聚,没想到他已成为江岭的流放者。听说那里的梅花开得早,可是怎么能比得上洛阳的春天更美好呢?

点评

这首诗里包含了相当复杂的情绪,既有不平,也有伤感;感情深沉,却含而不露,是一首精炼而含蓄的小诗。

前两句完全点出题目。"洛阳"指明地点,紧扣题目的"洛中","才子"即指袁拾遗;"江岭作流人",暗点"不遇",已经作了"流人",自然无法相遇了。这两句是对偶句。孟浩然是襄阳人,如今到了洛阳,特意来拜访袁拾遗,足见二人感情之厚。称之为"才子",暗用潘岳《西征赋》"贾谊洛阳之才子"的典故,以袁拾遗与贾谊相比,足以说明作者对袁拾遗景仰之深。

"江岭"指大庾岭,过此即是岭南地区,唐代罪人往往流放于此。用"江岭"与"洛阳"相对,用"才子"与"流人"相对,揭露了当时政治的黑暗、君主的昏庸。"才子"是难得的,本来应该重用,然而却作了"流人",由"洛阳"而远放"江岭",这是极不合理的社会现实,何况这个"流人"又是自己的挚友呢。这两句对比强烈,突现出作者心中的不平。

"闻说梅花早,何如此地春"两句,写得洒脱飘逸,联想自然。大庾岭古时多梅,又因气候温暖,梅花早开。从上句"早"字,见出下句"此地春"中藏一"迟"字。

早开的梅花,是特别引人喜爱的。可是流放岭外,怎及得留居北地故乡呢?此诗由"江岭"而想到早梅,从而表现了对友人的深沉怀念。而这种怀念之情,并没有付诸平直的叙述,而是借用岭外早开的梅花娓娓道出。诗人极言岭上早梅之好,而仍不如北地花开之迟,更有波澜,更见感情的深挚。

全诗四句,贯穿着两个对比:用人对比,从而显示不平;用地对比,从而显示伤感。从写法上看,"闻说梅花早"是纵笔,是一扬,从而逗出洛阳之春。那江岭上的早梅,固然逗人喜爱,但洛阳春日的旖旎风光,更使人留恋,因为它是这位好友的故乡。这就达到了由纵而收、由扬而抑的目的。结尾一个诘问句,使得作者的真意更加鲜明,语气更加有力,伤感的情绪也更加浓厚。

送郭司仓①

✻ 王昌龄②

映门淮水③绿，留骑④主人心。
明月随良掾⑤，春潮夜夜深。

注释

①司仓：管理仓库的小官。

②王昌龄(690—756)，字少伯，京兆万年(今陕西西安)人，盛唐著名诗人。开元十五年(727)登进士第，任秘书省校书郎。开元二十二年(734)，中博学宏词科，授汜水县尉。二十七年(739)，被贬岭南，途经襄阳，孟浩然有诗相送；经岳阳，有诗送李白。次年回长安，又出为江宁县丞。数年后贬为龙标县尉，李白有诗遥寄。安史乱起，由贬所赴江宁，为濠州刺史闾丘晓所杀。世称王江宁或王龙标。有《王昌龄诗集》。

③淮水：淮河，发源于河南桐柏山，流经安徽、江苏，注入长江。

④留骑：留客的意思。骑，坐骑。

⑤良掾：好官。掾，古代府、州、县属官的通称。

译文

碧波荡漾的淮水映照着屋门，我挽留客人的心意十分诚恳。客人没留住，连明月也好像随着他的车骑一同而去，唯有淮水的春潮，夜夜上涨。

点评

这是一首表达友谊的作品。

诗的开头用了画意般的描写，点明时间和地点。这是临水的地方，淮河碧绿的颜色被映在门上，应该是晚上吧，白天太阳下水的影子应该是闪烁不定的，怎么能看清楚颜色呢？只有静夜下平静的水面才会将绿色抹在人家的门户上吧。当然做这个推测，也因为诗人后面还写有留客的句子，应该天色已晚主客都有了不便之处，诗人才会生出挽留的心意吧。后面的两个短句都有祝福的意思。尤其用渐渐高升的明月来比喻朋友将要得到的发展，表明诗人不但希望他能高官厚禄，而且希望他能成为清正廉明的好官，诗人真是在用善良的心对待朋友。春季的淮河潮水会夜夜高涨，这里诗人用潮水来形容自已对朋友的思念之心，这即使有夸张的一面，但是也很形象化了那看不见的心绪，诗人的思念一下子变生动了。比喻的作用有说明，也有加深理解的一面。这首作品里对朋友的心意写得具体又深厚，选材有特点，而且素材的针对性也强。

洛阳道①

储光羲②

大道直如发③,春日佳气④多。
五陵⑤贵公子,双双鸣玉珂⑥。

注释

①本诗是《洛阳道五首献吕四郎中》组诗的第三首。洛阳道:汉横吹十八曲之一。

②储光羲(706—763),唐代诗人。润州延陵(今江苏丹阳)人,一说祖籍兖州(今属山东)。开元十四年(726)进士,授冯翊县尉,转汜水、安宜等县尉。仕宦不得意,隐居终南山的别业,与王维为友。后出山任太祝,世称储太祝,迁监察御史。天宝末,奉使至范阳。安史乱起,叛军攻陷长安,他被迫受伪职,后脱身归朝,贬死岭南。储光羲的诗以描写田园山水著名,风格朴实,能够寓细致缜密的观察于浑厚的气韵之中。有《储光羲集》五卷,《全唐诗》编为四卷。

③大道直如发:语出鲍照《代陆平原君子有所思行》:"层阁肃天居,驰道直如发。"

④佳气:温和晴暖的天气。

⑤五陵:长安附近,因汉代高祖、惠帝、景帝、武帝、昭帝五帝王葬于此,故名,附近多权贵所居。

⑥双双:言其成群结队。玉珂:马络头上的装饰物,多为玉制,也有用贝制

的。晋张华《轻薄篇》:"文轩树羽盖,乘马鸣玉珂。"唐李贺《马》诗之二二:"汗血到王家,随鸾撼玉珂。"

译文

洛阳大道宽广平整,笔直如发,尤其是在春天,更是风光宜人,景色优美。聚集在一起的富豪公子们成群结队地驾车出游,车马行走时,玉珂相互撞击发出清脆的声响。

点评

诗人以洛阳道为题材,描写得生动传神。首句用"直如发"的比喻看似信手拈来,却十分贴切,既形似又神似。第二句用一个"多"字,言简意赅,概括了春临大道的美不胜收。三、四句转入对大道上的贵人公子的描写,刻画出他们悠闲自得,旁若无人的得意神态,引人联想。诗歌语出天成,写尽风流。

独坐敬亭山[1]

✽李 白

众鸟高飞尽[2]，孤云独去闲[3]。
相看两不厌[4]，只有[5]敬亭山。

注释

①诗作于唐玄宗天宝十二载(753)秋，这一年，李白在长安对朝政极度失望，预感到将有动乱，遂离开长安，秋至宣城，第二次漫游宣城。敬亭山：一名昭亭山，在今安徽省宣城北，东临皖溪，山顶有敬亭，为南齐谢朓吟咏处。

②高飞尽：群鸟高飞，消失在遥远的天际。

③孤云：片云。闲：悠闲。

④两不厌：山与诗人互不厌烦，情意相随，是拟人的手法。厌，满足。

⑤只有：一作"唯有"。

译文

鸟儿们飞得没有了踪迹，天上飘浮的孤云也不愿意留下，慢慢向远处飘去。只有我看着高高的敬亭山，敬亭山也默默无语地注视着我，我们谁也不会觉得满足。谁能理解我此时寂寞的心情，只有这高大的敬亭山了。

点评

敬亭山在宣州(治所在今安徽宣城),宣州是六朝以来江南名郡,大诗人如谢灵运、谢朓等曾在这里做过太守。李白一生凡七游宣城,这首五绝作于天宝十二载(753)秋游宣州时,距他被迫于天宝三载离开长安已有整整十年时间了。长期漂泊生活,使李白饱尝了人间辛酸滋味,看透了世态炎凉,从而加深了对现实的不满,增添了孤寂之感。此诗写独坐敬亭山时的情趣,正是诗人带着怀才不遇而产生的孤独与寂寞的感情,到大自然怀抱中寻求安慰的生活写照。

前二句"众鸟高飞尽,孤云独去闲",看似写眼前之景,其实,把孤独之感写尽了:天上几只鸟儿高飞远去,直至无影无踪;寥廓的长空还有一片白云,却也不愿停留,慢慢地越飘越远,似乎世间万物都在厌弃诗人。"尽""闲"两个字,把读者引入一个"静"的境界:仿佛是在一群山鸟的喧闹声消除之后格外感到清静;在翻滚的厚云消失之后感到特别的清幽平静。因此,这两句是写"动"见"静",以"动"衬"静"。这种"静",正烘托出诗人心灵的孤独和寂寞。这种生动形象的写法,能给读者以联想,并且暗示了诗人在敬亭山游览观望之久,勾画出他"独坐"出神的形象,为下联"相看两不厌"做了铺垫。

诗的下半首运用拟人手法写诗人对敬亭山的喜爱。鸟飞云去之后,静悄悄地只剩下诗人和敬亭山了。诗人凝视着秀丽的敬亭山,而敬亭山似乎也在一动不动地看着诗人。

这使诗人很动情——世界上大概只有它还愿和我做伴吧?"相看两不厌"表达了诗人与敬亭山之间的深厚感情。"相""两"二字同义重复,把诗人与敬亭山紧紧地连在一起,表现出强烈的感情。结句中"只有"两字也是经过锤炼的,更突出诗人对敬亭山的喜爱。"人生得一知己足矣",鸟飞云去又何足挂齿!这两句诗所创造的意境仍然是"静"的,表面看来,是写了诗人与敬亭山相对而视,脉脉含情。实际上,诗人愈是写山的"有情",愈是表现出人的"无情"。而他那横遭冷遇,寂寞凄凉的处境,也就在这静谧的场面中透露出来了。

"静"是全诗的血脉。这首平淡恬静的诗之所以如此动人,就在于诗人的思想感情与自然景物的高度融合而创造出来的"寂静"的境界,无怪乎沈德潜在《唐诗别裁》中要夸这首诗是"传'独坐'之神"了。

登鹳雀楼①

✻ 王之涣②

白日③依④山尽⑤,黄河入海流。
欲穷⑥千里目⑦,更⑧上一层楼。

注释

①鹳雀楼:旧址今山西永济浦州镇,楼有三层,面对中条山,下临黄河,是唐代河中府名胜,因常有鹳雀栖息其上,故名。

②王之涣(688—742),盛唐著名诗人。字季陵,并州晋阳(今山西太原)人。始任冀州衡水主簿,受人诬告,弃官还乡。晚年任文安县尉,卒于任上。少有侠气,豪放不羁,常击剑悲歌,其诗多被当时乐工制曲歌唱,名动一时。诗以描绘边塞风光著称。存诗仅六首,但艺术成就很高。

③白日:太阳。

④依:依傍。

⑤尽:消失。这句话是说太阳依傍山峦沉落。

⑥穷:穷尽。

⑦千里:很远的地方。鲍照《还都道中诗三首》:"夕听江上波,远极千里目。"

⑧更:再。

译文

夕阳依傍着西山慢慢地沉没,滔滔黄河朝着东海汹涌奔流。若想把千里的风光景物看够,那就要登上更高的一层城楼。

点评

鹳雀楼,据《清一统志》记载,楼的旧址在山西浦州(今永济市,唐时为河中府)西南,黄河中高阜处,时有鹳雀栖其上,遂名。沈括在《梦溪笔谈》中记述:"河中府鹳雀楼三层,前瞻中条,下瞰大河。唐人留诗者甚多。"王之涣的这首五绝是"唐人留诗"中的不朽之作。

诗的前两句"白日依山尽,黄河入海流",写的是登楼望见的景色,写得景象壮阔,气势雄浑。这里,诗人运用极其朴素、极其浅显的语言,既高度形象又高度概括地把进入广大视野的万里河山,收入短短十个字中;而我们在千载之下读到这十个字时,也如临其地,如见其景,感到胸襟为之一开。首句写遥望一轮落日向着楼前一望无际、连绵起伏的群山西沉,在视野的尽头冉冉而没。这是天空景、远方景、西望景。次句写目送流经楼前下方的黄河奔腾咆哮、滚滚南来,又在远处折而东向,流归大海。这是由地面望到天边,由近望到远,由西望到东。这两句诗合起来,就把上下、远近、东西的景物,全都容纳进诗笔之下,使画面显得特别宽广,特别辽远。就次句诗而言,诗人身在鹳雀楼上,不可能望见黄河入海,句中写的是诗人目送黄河远去天边而产生的意中景,是把当前景与意中景融合为一的写法。这样写,更增加了画面的广度和深度。

杜甫在《戏题王宰画山水图歌》中有"尤工远势古莫比,咫尺应须论万里"两句,虽是论画,也可以用来论诗。王之涣的这两句写景诗就做到了缩万里于咫尺,使咫尺有万里之势。

诗笔到此,看似已经写尽了望中的景色,但不料诗人在后半首里,以"欲穷千里目,更上一层楼"这样两句即景生意的诗,把诗篇推引入更高的境界,向读者展示了更大的视野。这两句诗,既别翻新意,出人意表,又与前两句诗承接得十分自然、十分紧密;同时,在收尾处用一"楼"字,也起了点题作用,说明这是一首登楼诗。从这后半首诗,可推知前半首写的可能是在第二层楼所见,而诗人还想进一步穷目力所及看尽远方景物,更登上了楼的顶层。诗句看来只是平铺直叙地写出了这一登楼的过程,而含意深远,耐人探索。这里有诗人的向上进取的精神、高瞻远瞩的胸襟,也道出了要站得高才看得远的哲理。

就全诗而言，这首诗是日僧空海在《文镜秘府论》中所说的“景入理势”。有人说，诗忌说理。这应当只是说，诗歌不要生硬地、枯燥地、抽象地说理，而不是在诗歌中不能揭示和宣扬哲理。像这首诗，把道理与景物、情事溶化得天衣无缝，使读者并不觉得它在说理，而理自在其中。这是根据诗歌特点、运用形象思维来显示生活哲理的典范。

这首诗在写法上还有一个特点：它是一首全篇用对仗的绝句。沈德潜在《唐诗别裁》中选录这首诗时曾指出：“四语皆对，读来不嫌其排，骨高故也。”绝句总共只有两联，而两联都用对仗，如果不是气势充沛，一意贯连，很容易雕琢呆板或支离破碎。这首诗，前一联用的是正名对，所谓“正正相对”，语句极为工整，又厚重有力，就更显示出所写景象的雄大；后一联用的是流水对，虽两句相对，而没有对仗的痕迹。诗人运用对仗的技巧也是十分成熟的。

《梦溪笔谈》中曾指出，唐人在鹳雀楼所留下的诗中，“惟李益、王之涣、畅当三篇，能状其景”。李益的诗是一首七律；畅当的诗也是一首五绝，也题作《登鹳雀楼》。全诗如下：“迥临飞鸟上，高出世尘间。天势围平野，河流入断山。”诗境也很壮阔，不失为一首名作，但有王之涣的这首诗在前，比较之下，终输一筹，不得不让王诗独步千古。

观永乐公主入蕃①

✽孙　逖②

边地莺花③少,年来④未觉新。
美人⑤天上落,龙塞⑥始应春。

注释

①诗题一作《同洛阳李少府观永乐公主入蕃》。作于唐玄宗开元五年(717),唐玄宗将永乐公主嫁给当时来朝的契丹王李失活。永乐公主:唐玄宗时东平王的外孙女杨氏,开元五年(717)被封为永乐公主,嫁给当时来朝的契丹王李失活。入蕃:帝王宗室女子出嫁外藩。蕃,古代称少数民族为蕃,此指契丹。

②孙逖(696?—761),唐代诗人,河南洛阳人。幼而英俊,文思敏速。开元十年(722),应制登文藻宏丽科,拜左拾遗。历官考功员外郎、集贤修撰、权判刑部侍郎。孙逖掌诰八年,制敕所出,为时流叹服。尤善思,文理精练,加之谦退不伐,人多称之。以疾沉废累年,转太子詹事。

③莺花:莺啼花放,泛指春天景色。

④年来:新春到来时。

⑤美人:指永乐公主。

⑥龙塞:龙城,泛指边远地区。

译文

边塞之地终年苦寒,春花少见,莺燕罕至。永乐公主来到边塞,好像仙女从天上降临人间,一派锦绣排场,使荒凉的塞上感到春意盎然。

点评

唐玄宗开元五年(717),契丹王李失活朝见李隆基,李隆基封东平王外孙女杨氏为永乐公主,并赐配给李失活,本诗即咏此事。“边地莺花少”用白描手法刻画出塞外的荒凉冷漠,春光难见。这为永乐公主入蕃做了铺垫。后两句强调公主入蕃给边地带来焕然一新的景象,而这个春光似乎又不止于自然光景,因而诗歌言近而意远,令人回味无穷。

春　怨①

✻ 金昌绪②

打起③黄莺儿，莫教④枝上啼。
啼时惊妾梦⑤，不得到辽西⑥。

注释

①诗构思与南朝乐府民歌《读曲歌》有异曲同工之妙：“打杀长鸣鸡，弹去乌臼鸟。愿得连冥不复曙，一年都一晓。”《读曲歌》写与所爱的人尽欢而希望长夜不明，而金昌绪诗歌中的思妇却是只能与丈夫在梦中相聚。

②金昌绪，唐代诗人，今浙江杭州市人，余不详，《全唐诗》存其诗一首。

③打起：赶走。

④莫教：不让。

⑤妾：谦辞，古代女子自称。

⑥辽西：辽河以西的地方，仅辽宁省中西部，是诗中思妇思念者滞留之地。

译文

快赶走树上的黄莺，别让它在枝头长啼；啼声会惊破我好梦，害我梦不到那辽西。

点评

这首诗，语言生动活泼，具有民歌色彩，而且在章法上还有其与众不同的特点：它通篇词意连属，句句相承，环环相扣，四句诗形成了一个不可分割的整体，达到了王夫之在《夕堂永日绪论》中为五言绝句提出的“就一意圆净成章”的要求。这一特点,人所共称。谢榛在《四溟诗话》中曾把诗的写法分为两种:一种是“一句一意”,“摘一句亦成诗”,如杜甫诗“日出篱东水,云生舍北泥。竹高鸣翡翠,沙僻舞鹍鸡”(《绝句六首》之一),属于此类;另一种是“一篇一意”,“摘一句不成诗”,这首《春怨》诗就是一个典型的例子。王世贞在《艺苑卮言》中更赞美这首诗的“篇法圆紧,中间增一字不得,著一意不得”。沈德潜在《唐诗别裁》中也说:“一气蝉联而下者,以此为法。”

但这些评论只道出了这首诗的一个方面的特点,还应当看到的另一特点是:它虽然通篇只说一事,四句只有一意,却不是一语道破,一目了然,而是层次重叠,极尽曲折之妙,好似抽蕉剥笋,剥去一层,还有一层。它总共只有四句诗,却是每一句都令人产生一个疑问,下一句解答了这个疑问,而又令人产生一个新的疑问。这在诗词艺术手法上是所谓“扫处还生”。

诗的首句似平地奇峰,突然而起。照说,黄莺是讨人欢喜的鸟,而诗中的女主角为什么却要“打起黄莺儿”呢?人们看了这句诗会茫然不知诗意所在,不能不产生疑问,不能不急于从下句寻求答案。第二句诗果然对第一句作了解释,使人们知道,原来“打起黄莺儿”的目的是“莫教枝上啼”。但鸟语与花香本都是春天的美好事物,而在鸟语中,黄莺的啼声又是特别清脆动听的。

人们不禁还要追问:又为什么不让莺啼呢?第三句诗说明了“莫教啼”的原因是怕“啼时惊妾梦”。但人们仍不会满足于这一解释,因为黄莺啼晓,说明本该是梦醒的时候了。那么,诗中的女主角为什么这样怕惊醒她的梦呢?她做的是什么梦呢?最后一句诗的答复是:这位诗中人怕惊破的不是一般的梦,而是去辽西的梦,是惟恐梦中“不得到辽西”。

到此,读者才知道,这首诗原来采用的是层层倒叙的手法。本是为怕惊梦而不教莺啼,为不教莺啼而要把莺打起,而诗人却倒过来写,最后才揭开了谜底,说出了答案。但是,这最后的答案仍然含意未伸。这里,还留下了一连串问号,例如:一位闺中少女为什么做到辽西的梦?她有什么亲人在辽西?此人为什么离乡背井,远去辽西?这首诗的题目是《春怨》,诗中人到底怨的是什么?难道怨的只是黄莺,只怨莺啼惊破了她的晓梦吗?这些,不必一一说破,而又可以不言而喻,不妨留待读者去想象、去思索。这样,这首小诗就不仅在篇内见曲折,而且还在篇外见深度了。

如果从思想意义去看,它看来只是一首抒写儿女之情的小诗,却有深刻的时代内容。它是一首怀念征人的诗,反映了当时兵役制下广大人民所承受的痛苦。

左掖梨花

✽丘　为[①]

冷艳全欺[②]雪，余香乍[③]入衣。
春风且莫定[④]，吹向玉阶[⑤]飞。

注释

①丘为(694？—784？)，嘉兴人。中唐天宝二年(743)进士，累官太子右庶子。与刘长卿善，也与王维为友。诗工五言，所写大多咏田园风物，为盛唐山水田园诗派的作者之一。著有《丘为集》，现存诗十八首。左掖：唐代称门下省、中书省为左掖、右掖，两者都是当时的中央政权机构，设在禁宫附近。

②冷艳：形容梨花洁白夺目，颜色如雪，气度高傲，似含有寒意。欺：压服，超过。

③乍：刚。

④定：停。

⑤玉阶：原指玉石砌成的台阶，这里暗指皇宫。

译文

梨花的洁白冷艳超过晶莹的白雪，它飘散出来的香气浸透衣服。早春乍暖乍寒，风向变化不定，飘落在宫廷台阶上的梨花随风飞舞。

点评

这是一首托物言志诗。首句气势盛大，写出梨花的"冷艳"特征，举世无双。"余香乍入衣"把清晰可闻的清香写得动感十足，突出了花香之馥郁。后两句希望借助春风之力到达所向之处。诗人借咏梨花来表达自己希望得到朝廷重用，一展才华的抱负。

思君恩①

✻ 令狐楚②

小苑莺歌歇③，长门④蝶舞多。
眼看春又去，翠辇不曾过⑤。

注释

①君：帝王。

②令狐楚(766—837)，字壳士，宜州华原(今陕西咸阳附近)人。贞元七年(791)进士及第，由太原掌书记至判官。官至中书省侍郎同平章事，又曾为节度使。令狐楚才思俊丽，能文工诗，以四六文为世所称，李商隐的骈文即其所授。元和十二年(817)，选进《御览诗》。晚年与刘禹锡、白居易唱和较多。《全唐文》收其文五卷，《全唐诗》收其诗五十多首。

③小苑：宫中小园林。歇：停止。

④长门：汉宫名，为汉代武帝皇后失宠后的冷宫。这里借指宫妃幽居的住所。

⑤翠辇：皇帝的车驾，因车上常有翠鸟的羽毛作装饰，故称。过：经过。

译文

小花园里没有了黄鹂动听的叫声，只有蝴蝶飞来飞去。这里是被贬的妃子们住的地方，今年的春天转眼即逝，可是在这春光烂漫的日子里，皇帝却一次也没有来过呢。

点评

这是一首宫怨作品，诗中描写一个深帷中寂寞的宫人的心理。

虽然对于怨妇，史上多有微词，但妇女们温柔婉约的风姿，在任何时候都是使人怜惜的。花朵招蜂引蝶，本是常理，可像花儿一样美丽的妃嫔们被贬入冷宫，降临在她们头上的是长年失去丈夫的日子。空有花容月貌，但没人欣赏。原本凭借容貌受到宠爱的妃子尤其凄凉吧，看到蝴蝶飞舞在花丛中，心底自然更加苦闷。但那时的宫廷就是一个大笼子，有钥匙的不过是皇帝一人罢了。

封建社会里娶姬妾的多是有钱的人，或者是有地位的人。妇女嫁入这样的家庭除去丈夫的威严，她们同时还要受正室的压迫。处得好的也许不是没有，但地位的低下却是约定俗成的。就算进入了最富贵的人家——皇帝家，皇后之外的妃子也要忍受这种折磨。因此宫中妇女间的争斗似乎从来没有停止过，结果惨烈的不计其数。长门宫这种专门关押皇帝弃妇的所在，里面住的便是“思君恩”的失宠妃嫔，甚至风光一时的废后。关于长门，这里用的是典故。相传，汉武帝时陈皇后失宠，被贬长门宫居住，于是之后就用以代指失宠宫妃居住的内宫。

令狐楚的诗风讲究“明丽宛畅，中节合律”，“充分体现了中唐雅正诗派的审美追求和主导风格”（《千家诗》对令狐楚的评价）。这首诗，就充分体现他的这种风格。

题袁氏别业[①]

✽ 贺知章[②]

主人[③]不相识，偶坐为林泉[④]。
莫谩愁沽酒[⑤]，囊中自有钱[⑥]。

注释

①诗题一作《偶游主人园》。

②贺知章(659？—744?)，字季真，晚号四明狂客，会稽永兴(今浙江萧山)人。武则天征圣元年(695)进士，为国子四门博士，又迁太常博士。开元中入丽正殿书院，参撰《六典》及《文纂》等，后转太常少卿。累迁至太子宾客、银青光禄大夫兼正授秘书监。性放旷，善谈笑，当时贤达皆倾慕之。与张旭、包融、张若虚并称“吴中四士”，又善草隶书。诗清新晓畅，有《贺秘监集》。别业：别墅。

③主人：别墅主人。

④偶坐：偶然游览。为：为了。林泉：山林与泉石，指景物幽深的地方，也用来指退隐。

⑤谩(màn)：通“慢”，怠慢，轻视。沽：买。

⑥囊：袋。

译文

我和主人互不相识，偶然来此坐坐，只为观赏这儿的林泉景色。主人别愁没钱买酒请客，我的袋中自有买酒钱呢！

点评

这首诗是作者豁达性格的一个突出表现。诗人与别墅主人素不相识，仅为林木泉石所吸引便来此游览，从侧面暗示出林园之可观。接下来诗人自言自语，拂去主人对他的担心，道出自己饮酒玩赏的雅兴。诗人对别业不着一字，却处处显露别墅身影，于此之中，诗人自身形象也呼之欲出。诗歌写得活泼清新，富于情趣。

夜送赵纵①

✻杨　炯②

赵氏连城璧③，由来④天下传。
送君还旧府⑤，明月满前川⑥。

注释

①赵纵：诗人友人，赵（今河北一带）人。

②杨炯（650—692），陕西华阴人，显庆四年（659）举为神童，待诏弘文馆。上元三年（676）应制举及第，授校书郎。后又任崇文馆学士，迁詹事司直。天授元年（690），任教于洛阳宫中习艺馆。如意元年（692）秋后改任盈川县令，吏治以严酷见称，死于任所，世称杨盈川。有《盈川集》。

③连城壁：价值连城的玉，比喻赵纵人才难得。《史记·廉颇蔺相如传》载，赵惠文王得到楚和氏璧，秦昭王给赵王写信，愿意拿十五座城池来交换。

④由来：从来。

⑤还旧府：指赵纵回赵。

⑥川：平野，平地。

译文

赵氏的和氏璧价值连城，天下闻名，由来已久。今夜送你回赵国故乡，皎洁的月光照满前川之上。

点评

《夜送赵纵》是一首送别诗，但却写得别致新颖。正如清人毛先舒在《诗辩坻》里所指出的："第三句一语完题，前后俱用虚境。"诗的情意真挚，神韵绰约，极臻妙境。

首句以比起兴，"赵氏连城璧"，是诗人以国之瑰宝和氏璧比喻赵纵的品貌。次句："由来天下传"，借美玉的名传天下，进一步比喻赵纵的名气，他是名声远播四海之内的。这是杨炯借助他人之口表达自己的心意，委婉地称赞朋友，仰慕之情由衷而发。第三句"送君还旧府"，这本来是平铺直叙，但力托全诗，可举千斤。照应首句寓意深邃，写到这里，"完璧归赵"的主题立意也就呼之而出。诗人构思巧妙，立意高远，使人折服。从诗意推测，赵纵是一位德高望重的名士，大概因仕途失意，辞归故里。在诗人眼中，他是远离尘嚣，冰清玉洁，"完璧归赵"。"送君还旧府"，这近似白话之句却是一个点睛之句，它使前面的喻句有落脚点，后面的景句有依托，能够充分地表达出主题内容。诗人对友人的同情、抚慰、称颂、仰慕之情，也都淋漓尽致地再现出来。"明月满前川"，纯粹地描写景物。宋人沈义父认为"以景结情最好"，"含有余不尽之意"(《乐府指迷》)。诗句交代送别的时间在明月当空的夜晚，地点在奔流不息的河边。

当朋友远离之后，诗人伫立遥望，但见清冷的月光洒满大地，空旷孤寞之意袭人。结束语真实地表达出诗人送别故人后的深切感受：惆怅、虚渺。但他又庆幸朋友"完璧归赵"隐退故里，流露出憎恶官场，甚至逃避现实的情绪。

这首诗的突出特色是，深入浅出，比喻设譬通俗易懂，写景极其自然贴切，"猝然相遇，借以成章，不假绳削"，借情写景，情景交融，蕴藉而不乏深致。

竹里馆①

✻王 维

独坐幽篁里②,弹琴复长啸③。
深林人不知,明月来相照。

注释

①诗为《辋川集》之一。王维自唐玄宗天宝三载(744)至十五载(756)前后常居于辋川,作《辋川集》,期间与裴迪诗相往来。竹里馆:王维建在辋川的别馆。

②幽篁(huánɡ):幽深的竹林。篁,竹林。屈原《山鬼》:“余处幽篁兮终不见天,路险难兮独后来。”

③复:又。长啸:撮口发出长而清晰的声音,古代雅士常借此抒情。

译文

我独自坐在幽静的竹林中,拨弄琴弦,又长声呼啸。在幽深的竹林里,无人知晓,只有明朗的月亮来照看我。

点评

这首小诗总共四句。拆开来看,既无动人的景语,也无动人的情语;既找不到哪个字是诗眼,也很难说哪一句是警策。

诗中写到景物,只用六个字组成三个词,就是:“幽篁”、“深林”、“明月”。对普照大地的月亮,用一个“明”字来形容其皎洁,并无新意巧思可言,是人人惯用的陈词。至于第一句的“篁”与第三句的“林”,其实是一回事,是重复写诗人置身其间的竹林,而在竹林前加“幽”“深”两字,不过说明其既非庾信《小园赋》

所说的“三竿两竿之竹”，也非柳宗元《青水驿丛竹》诗所说的“檐下疏篁十二茎”，而是一片既幽且深的茂密的竹林。这里，像是随意写出了眼前景物，没有费什么气力去刻画和涂饰。

诗中写人物活动，也只用六个字组成三个词，就是：“独坐”、“弹琴”、“长啸”。对人物，既没有描绘其弹奏舒啸之状，也没有表达其喜怒哀乐之情；对琴音与啸声，更没有花任何笔墨写出其音调与声情。

表面看来，四句诗的用字造语都是平平无奇的。但四句诗合起来，却妙谛自成，境界自出，蕴含着一种特殊的艺术魅力。作者王维《辋川集》中的一首名作，它的妙处在于其所显示的是那样一个令人自然而然为之吸引的意境。它不以字句取胜，而从整体见美。它的美在神不在貌，领略和欣赏它的美，也应当遗貌取神，而其神是包孕在意境之中的。就意境而言，它不仅如施补华所说，给人以“清幽绝俗”（《岘佣说诗》）的感受，而且使人感到，这一月夜幽林之景是如此空明澄净，在其间弹琴长啸之人是如此安闲自得，尘虑皆空，外景与内情是抿合无间、融为一体的。而在语言上则从自然中见至味、从平淡中见高韵。它的以自然、平淡为特征的风格美又与它的意境美起了相辅相成的作用。

可以想见，诗人是在意兴清幽、心灵澄净的状态下与竹林、明月本身所具有的清幽澄净的属性悠然相会，而命笔成篇的。诗的意境的形成，全赖人物心性和所写景物的内在素质相一致，而不必借助于外在的色相。因此，诗人在我与物会、情与景合之际，就可以如司空图《诗品·自然篇》中所说，“俯拾即是，不取诸邻，俱道适往，著手成春”，进入“薄言情悟，悠悠天钧”的艺术天地。当然，这里说“俯拾即是”，并不是说诗人在取材上就一无选择，信手拈来；这里说“著手成春”，也不是说诗人在握管时就一无安排，信笔所之。诗中描写周围景色，选择了竹林与明月，是取其与所要显示的那一清幽澄净的环境原本一致；诗中抒写自我情怀，选择了弹琴与长啸，则取其与所要表现的那一清幽澄净的心境互为表里。这既是即景即事，而其所以写此景，写此事，自有其酝酿成熟的诗思。更从全诗的组合看，诗人在写月夜幽林的同时，又写了弹琴、长啸，则是以声响托出静境。至于诗的末句写到月来照，不仅与上句的“人不知”有对照之妙，也起了点破暗夜的作用。这些音响与寂静以及光影明暗的衬映，在安排上既是妙手天成，又是有匠心运用其间的。

送朱大入秦①

孟浩然

游人五陵去②，宝剑值千金③。
分手脱④相赠，平生⑤一片心。

注释

①朱大：诗人友人，生平事迹不详。

②游人：朱大。五陵：长安附近，当时豪侠多在此居住。

③值千金：价值千金，是夸张的手法，言其珍贵。

④分手：分别。脱：摘下。

⑤平生：平素，往常。

译文

游人朱大要往长安去。离别时，我把随身携带的价值千金的宝剑赠送给他，聊表我平素对朋友的一片心意。

点评

这是一首送别诗。

首句“游人五陵去”，“游人”，强调其浪游者的身份。“五陵”本为汉高祖长陵、惠帝安陵、景帝阳陵、武帝茂陵、昭帝平陵，都在长安，诗中用作长安的代称。京华之地，是游侠云集之处。“宝剑值千金”，惜别赠别乃知己之所为。这句诗本为曹植《名都篇》诗句，这里信手拈来，不仅强调宝剑本身的价值，而且有身无长物的意味。这样的赠品,将是何等珍贵,岂可等闲视之!诗中写赠剑,有一个谁赠谁受的问题。从诗题看,本可顺理成章地理解为作者送朱大以剑。而从“宝剑”句紧接“游人”言之,似乎还可理解为朱大临行对作者留赠以剑。在送别时,虽然只能发生其中一种情况,但入诗时,诗人的着意唯在赠剑事本身,似乎已不太注重表明孰失孰得。这反而耐人寻想。

千金之剑,分手脱赠,大有疏财重义的慷慨之风。不禁令人联想到一个著名的故事,那便是“延陵许剑”。《史记·吴太伯世家》载,受封延陵的吴国公子“季札之初使,北过徐君。徐君好季札剑,口弗敢言。季札心知之,为使上国,未献。还至徐,徐君已死,于是乃解其宝剑,系之徐君冢树而去。”季札挂剑,其节义之心固然可敬,但毕竟已成一种遗憾。“分手脱相赠”,痛快淋漓。最后的“平生一片心”,语浅情深,似是赠剑时的赠言,又似赠剑本身的含义——即不赠言的赠言。只说“一片心”而不说一片什么心,妙在含混。却更能激发人海阔天空的联想。那或是一片仗义之心,或是一片报国热情……总而言之,它表现了双方平素的仗义相期,令人咀嚼,转觉其味深长。孟浩然性格中也有豪放的一面。唐人王士源在《孟浩然集序》中称他“救患释纷,以立义表”,“交游之中,通脱倾盖,机警无匿”,《新唐书·文艺传》谓其“少好节义,喜振人患难”。那么,这首小诗所表现的慷慨激昂,也就不是偶然的了。

长干行[1]

✻崔　颢

君[2]家何处住，妾住在横塘[3]。
停船暂借问[4]，或恐[5]是同乡。

注释

①诗题一作《长干曲》，乐府杂曲歌词名。长干：长干里，在今江苏南京秦淮河南，古时送别之地。

②君：敬称，您。首句用君，次句用妾，表现了女子对对方的尊敬与诚意。

③横塘：地名，在秦淮河南岸，靠近长干里。

④借问：请问。

⑤或恐：恐怕是。

译文

请问你家住何处？我家住在横塘。暂且把船停靠一下，或许我们还是同乡呢！

点评

这首抒情诗抓住了人生片断中富有戏剧性的一刹那，用白描的手法，寥寥几笔，就使人物、场景跃然纸上，栩栩如生。它不以任何色彩映衬，似墨笔画；它不用任何妆饰烘托，是幅素描；它不凭任何布景借力，犹如一曲男女声对唱；它截头去尾，突出主干，又很像独幕剧。题材是那样的平凡，而表现手法却是那样的不平凡。

先看它的剪裁：一个住在横塘的姑娘，在泛舟时听到邻船一个男子的话音，于是天真无邪地问一下：你是不是和我同乡？就是这样一点儿简单的情节，只用“妾住在横塘”五字，就借女主角之口点明了说话者的性别与居处。又用“停船”二字，表明是水上的偶然遇合，用一个“君”字指出对方是男性。那些题前的叙事，用这种一石两卵的手法，就全部省略了。诗一开头就单刀直入，让女主角出口问人，现身纸上，而读者也闻其声如见其人，绝没有茫无头绪之感。从文学描写的技巧看，“声态并作”，达到了“应有尽有，应无尽无”，既凝练集中而又玲珑剔透的艺术高度。

不仅如此，在寥寥二十字中，诗人仅有口吻传神，就把女主角的音容笑貌，写得活灵活现。他不像杜牧那样写明“娉娉袅袅十三余”，也不像李商隐那样点出“十五泣春风，背面秋千下”。他只采用了问话之后，不待对方答复，就急于自报“妾住在横塘”这样的处理，自然地把女主角的年龄从娇憨天真的语气中反衬出来了。在男主角并未开口，而这位小姑娘之所以有“或恐是同乡”的想法，不正是因为听到了对方带有乡音的片言只语吗？这里诗人又省略了“因闻声而相问”的关节，这是文字之外的描写，所谓“不写之写”。

这首诗还表现了女主角境遇与内心的孤寂。单从她闻乡音而急于“停船”相问，就可见她离乡背井，水宿风行，孤零无伴，没有一个可与共语之人。因此，他乡听得故乡音，且将他乡当故乡，就这样的喜出望外。诗人不仅在纸上重现了女主角外露的声音笑貌，而且深深开掘了她的个性和内心。

《长干行》是南朝乐府中“杂曲古辞”的旧题。崔颢这首诗继承了前代民歌的遗风，但既不是艳丽而柔媚，又非浪漫而热烈，却以素朴真率见长，写得干净健康。这样的蕴藉无邪，是抒情诗中的上乘。

咏史①

✽高　适②

尚有绨袍赠③,应怜范叔寒④。
不知天下士⑤,犹作布衣看⑥。

注释

①诗作于安史之乱前,诗人郁郁不得志时期。咏史:用诗写史、抒情。

②高适(701? —762),字达夫,郡望渤海(今属河北),是唐代著名诗人,与李白、杜甫友善。年少蹉跎,后平步青云,累官至节度使、刑部侍郎、渤海县侯。高适诗题材广泛,感情深挚,意气骏爽,语言端直,笔力浑厚,是盛唐边塞诗风的杰出代表,与岑参齐名。有《高常侍集》。

③绨袍:粗绨做的袍子。绨,丝织品。

④范叔:范雎,字叔。据《史记·范雎蔡泽列传》载,范雎曾是战国时期魏国中大夫须贾的门客。须贾在魏王面前毁谤他,挨打后被卷入竹席,扔进厕所。幸而被人救出,化名张禄,逃往秦国,不久为相。秦欲伐魏,须贾奉命使秦止兵,范雎破衣求见。须贾见他如此贫寒,就送他一件绨袍。当他发现范雎就是秦相张禄时,立即前往谢罪。范雎因为有绨袍之事,便没有杀他。

⑤天下士:这里指杰出人才。士,古代读书人的通称。

⑥犹:还。布衣:平民百姓。

译文

会有丝袍赠送这件事情的发生,应该是因为还有怜悯范雎贫寒的心吧。但是不知道范雎已经是天下知名的贤士,仍然把他当作平民百姓来看起来就不足为训了。

点评

高适是初唐著名的边塞诗人，也是一位很有政治才能的诗人。诗人在仕途辉煌时，曾官至淮南、西川节度使，封渤海县侯，诗名远播。一些优秀的边塞诗赞扬了边防将士的斗志，歌颂了他们以身殉国杀敌立功的豪情，不仅形象生动而且充满了乐观情绪和爱国主义精神，表现出高适的为国“万里不惜死，一朝得成功”的政治抱负。但是他在少年时，相当落魄，其诗歌大多感慨怀才不遇，仕途失意。这首诗则写于未入仕途之时。

“尚有绨袍赠，应怜范叔寒。”这两句歌咏历史上范雎的一段故事。诗中的“尚有”，还有，“绨袍”，用一种比绸子厚实、粗糙的纺织品做成的袍子。“范叔”，指范雎。范雎字叔，故称。《史记·范雎蔡泽列传》记载：战国时范雎事魏大夫须贾，因随须贾出使齐国，齐王赐他金十斤和牛酒。须贾怀疑范雎通齐，告诉魏相。魏相派人凌辱范雎，几欲置之死地。范雎装死得以逃到秦国，游说秦昭王获得成功，被拜为相，封于应(今河南省宝丰西南)，称“应侯”。“范雎既相秦，秦号曰‘张禄’，而魏不知，以为范雎已死久矣。魏闻秦且东伐韩、魏，魏使须贾于秦。范雎闻之，为微行，敝衣间步之邸，见须贾。须贾见之而惊曰：‘范叔固无恙乎！’范雎曰：‘然。’须贾笑曰：‘范叔有说于秦邪？’曰：‘不也。雎前日得过于魏相，故亡逃至此，安敢说乎！’须贾曰：‘今叔何事？’范雎曰：‘臣为人庸赁。’须贾意哀之，留与坐饮食，曰：‘范叔一寒如此哉！’乃取其一绨袍以赐之。”后须贾知范雎已为秦相，前往谢罪，范雎没有处死他，说：“然公之所以得无死者，以绨袍恋恋，有故人之意，故释公。”放须贾回魏国。诗中的“寒”，不能简单地理解为寒冷，而应有贫寒、穷困潦倒的意思；“尚有”与“应怜”相连接，说明须贾虽然曾得罪于范雎，差一点置范雎于死地，但他对故人还有一点同情、怜悯之心，这是非常可贵的。也就是这样的同情、怜悯之情，救了他的命。这说明，为人不可太势利，太刻薄，要宽容，要大度。

“不知天下士，犹作布衣看。”这两句写须贾并不知道范雎已贵为秦相，还把他当成平民看待。诗人在这里是在借题发挥，意在讽刺须贾徒有怜寒之意而无识才之眼，竟然把身为秦相，把天下所重的范雎看成是布衣寒士，真是可悲可叹！诗中的“天下士”，即国士，杰出的人才；“布衣”，代指平民。古时一般平民穿布衣。平心而论，这两句议论与须贾不识范雎为宰相相衔接，有些牵强附会。范雎被魏相羞辱、鞭挞后，世人都以为魂归地府了；须贾使齐，要拜见的是秦相张禄，怎么知道范雎改名换姓呢？范雎布衣往见须贾，装作一副穷酸相，有谁会把他与威风八面的秦相张禄联系在一起呢？因此，说须贾不识国士，不以国士

待之，是有些强人所难；而须贾在那样毫不知情的情况下，留他吃饭，赠以衣服，应当说是做得不错的，说明他的人性没有完全泯灭，这与他当初向魏相报告范雎受齐人之金，范雎受到凌辱，奄奄一息，而他不加丝毫劝阻相比，不知要胜过多少倍。也正因为如此，范雎才留他性命，让他回国。但是，诗人是有感而发，向诗人这两句中所说的现象，在当时的社会中比比皆是，诗人少年落魄，晚年才发迹，少年时虽然没有范雎那样的遭受奇耻大辱，但也没有少遭达官贵人的白眼和冷嘲热讽，有谁在他没有发迹的时候把他当作人才来看呢？因此诗人借范雎之事批判了这种糟蹋人才、埋没人才的社会现象，同时，也间接地表明，自己要做一个“天下士”，要成为国家有用的人才，让世人刮目相看。

这首诗叙事和议论结合，充满情感。诗人在诗中发古之幽情，给人一种强烈的感受，能够引起读者的共鸣。诗中几个连接词的运用也恰到好处，上两句的“尚有”“应怜”，写出须贾赠袍时的那种怜悯心态，并不以为范雎能够发迹，更没有看出范雎已经发迹，看出须贾只是一个平庸之人；下两句的“不知”、“犹作”，看上去是心平气和借事说事，而实际上是充满激情，对这种把人不当人看待的社会现象深恶痛绝，同时心高气傲，让世人为之瞩目！

罢相作①

✽ 李适之②

避贤③初罢相，乐圣④且衔杯。
为问门前客⑤，今朝几个来。

注释

①罢相作：罢免丞相职位后所作的诗歌。

②李适之(？—747)，一名昌，李唐宗室，恒山王李承乾之孙，开元中，累官通州刺史，擢秦州都督，转陕州刺史。入为河南尹，拜御史大夫，历刑部尚书。天宝元年代牛仙客为左相，累封清和县公，遭李林甫陷害罢相。李适之酒量极大，据《唐书·宗室宰相传》记载，李适之喜欢与宾客宴饮，每次可以喝一斗多不醉。他夜晚饮酒，白天处理政事却不误工作。在杜甫《饮中八仙歌》中，李适之与贺知章、李琎、崔宗之、苏晋、李白、张旭、焦遂为饮中八仙。

③避贤：让贤，让位于李林甫，是讽刺的手法。

④乐圣：爱酒。《三国志·魏志·徐邈传》载，当时魏国禁酒，徐邈私饮，不理政事，称酒醉为"中圣人"，清酒为"圣人"，浊酒为"贤人"。

⑤为问：询问。门前客：以前任丞相时登门拜访的宾客。《唐诗纪事》卷二十载，诗人任丞相时，每上朝回来，就邀请亲朋好友宴饮赋诗，他曾写诗形容当时情况："主门常不闭，亲友恣相过。年今将半百，不乐夫如何？"

译文

让贤刚辞去宰相的官位，爱喝酒暂且就多喝几杯吧！试问当年门前的访客，如今来了几个呢？

点评

这是一首因事而写的讽刺诗。

李适之从天宝元年(742)至五载担任左相。他是皇室后裔,入相前长期担任刺史、都督的州职,是一位“以强干见称”的能臣干员。而他性情简率,不务苛细,待人随和,雅好宾客,“饮酒一斗不乱,夜则宴赏,昼决公务,庭无留事”,又是一位分公私、别是非、宽严得当的长官。为相五年中,他与权奸李林甫“争权不协”,而与清流名臣韩朝宗、韦坚等交好,所以“时誉美之”。但他清醒地了解朝廷尖锐复杂的政治斗争和自己所处的地位,只自忠诚治理事务,不充诤臣,不为强者。因此,当他的友好韦坚等先后被李林甫诬陷构罪,他就“俱自不安,求为散职”。而在天宝五载,当他获准免去左相职务,改任清要的太子少保时,感到异常高兴而庆幸,“遽命亲故欢会”,并写了这首诗。

就诗而论,表现曲折,但诗旨可知,含讥刺,有机趣,允称佳作。作者要求罢相,原为畏惧权奸,躲避斗争,远祸求安。而今如愿以偿,自感庆幸。倘使诗里直截把这样的心情写出来,势必更加得罪李林甫。所以作者设遁词,用隐喻,曲折表达。“避贤”是成语,意思是给贤者让路;“乐圣”是双关语,“圣”即圣人,但这里兼用两个代称,一是唐人称皇帝为“圣人”,二是沿用曹操的臣僚的隐语,称清酒为“圣人”。

所以“乐圣”的意思是说,使皇帝乐意,而自己也爱喝酒。诗的开头两句的意思是说,自己的相职一罢免,皇帝乐意我给贤者让了路,我也乐意自己尽可喝酒了,公私两便,君臣皆乐,值得庆贺,那就举杯吧。显然,把惧奸说成“避贤”,误国说成“乐圣”,反话正说,曲折双关,虽然知情者、明眼人一读便知,也不失机智俏皮,但终究是弱者的讥刺,有难言的苦衷,针砭不力,反而示弱。所以作者在后两句机智地巧作加强。

前两句说明设宴庆贺罢相的理由,后两句是关心亲故来赴宴的情况。这在结构上顺理成章,而用口语写问话,也生动有趣。但宴庆罢相,事已异常;所设理由,又属遁词;而实际处境,则是权奸弄权,恐怖高压。因此,尽管李适之平素“夜则宴赏”,天天请宾客喝酒,但“今朝几个来”,确乎是个问题。宴请的是亲故宾客,大多是知情者,懂得这次赴宴可能得罪李林甫,惹来祸害。敢来赴宴,便见出胆识,不怕风险。

这对亲故是考验,于作者为慰勉,向权奸则为示威,甚至还意味着嘲弄至尊。倘使这二句真如字面意思,只是庆贺君臣皆乐的罢相,则亲故常客自然也乐意来喝这杯酒,主人无须顾虑来者不多而发这一问。所以这一问便突兀,显出异常，从而暗示了宴庆罢相的真实原因和性质，使上两句闪烁不定的遁词反语变得倾向明显，令有心人一读便知。作者以俚语直白写这一问，不止故作滑稽，更有加强讥刺的用意。

由于使用反语、双关语和俚语，这诗蒙有插科打诨的打油诗格调，因而前人有嫌它过显不雅的，也有说它怨意不深的。总之是认为它并未见佳。但杜甫《饮中八仙歌》写到李适之时却特地称引此诗，有"衔杯乐圣称避贤"句，可算知音。而这诗能传诵至今，更重要的原因在事不在诗。由于这诗，李适之在罢相后被认为与韦坚等相善，诬陷株连，被贬后自杀。因而这诗便更为著名。

逢侠者[1]

✻钱　起

燕赵悲歌士[2]，相逢剧孟[3]家。
寸心[4]言不尽，前路日将斜。

注释

①侠者：侠客。

②燕赵：战国时两个诸侯国，在现在的河北省一带。悲歌士：激昂慷慨的侠士。古人认为燕赵多出豪侠，有“燕赵多慷慨悲歌之士”的说法。

③剧孟：西汉侠士，洛阳人。《史记》载，汉景帝时吴楚七国叛乱，当周亚夫到河南后，发现叛军没有与剧孟联盟，就很放心，断定叛军不能兴风作浪。

④寸心：因心位于胸中方寸之地，故称。

译文

燕赵之地的侠客剑士多带有慷慨悲壮的色彩，今日在大侠剧孟的故乡遇到你这位壮士，我格外高兴。我们倾心交谈平生遇到的不平之事，无奈语未尽而天色将晚，又要各奔东西了。

点评

这是作者逢到侠士剑客一类的人物而作的诗歌。首句点出侠士普遍带有慷慨悲壮的特质，而“相逢剧孟家”则特别突出了所遇侠者的高大形象，几乎可以与以任侠而闻名的剧孟相媲美。后两句陡然一转，由游侠想到人间的不平事，千言难尽。全诗结构完整，一气呵成。

江行望匡庐①

✻钱起

咫尺②愁风雨，匡庐③不可登。

只疑云雾窟④，犹有六朝⑤僧。

注释

①《江行无题一百首》之一。诗作者一作钱起曾孙钱珝(xǔ)。钱珝，字瑞文，吏部尚书徽之子，善文词。宰相王溥荐知制诰，进中书舍人，后贬抚州司马。有《舟中录》二十卷。

②咫(zhǐ)尺：比喻很近。咫，古代称八寸为咫。

③匡庐：庐山，在今江西省九江市南边。据说此山原名为南障山，周朝匡俗曾在这里隐居，周定王征召不出，派人访求，已成仙而去，仅有庐存，后人称此山为庐山、匡山。庐，小屋。

④云雾窟：云雾笼罩的山顶小屋。

⑤六朝：公元222—589年间，建都于建康(今江苏南京)的东吴、东晋、宋、齐、梁、陈六个朝代。六朝时佛教盛行，僧人多在名山胜水处居住。

译文

因为风雨所阻，庐山虽近在眼前却无法攀登。整个庐山都笼罩在云雾之中，那深山幽谷中是否还有六朝的高僧在修道？

点评

此诗以“咫尺愁风雨，匡庐不可登”作为开头，随手将题目中“江行”的意思镶嵌在内，但没有明说，只是从另一角度隐隐化出，用的是“暗起”的写作手法。

"咫"是八寸,"咫尺",形容距离极近。"匡庐"即指庐山。近在咫尺,本是极易登临,说"不可登",是什么原因呢？这是江行遇雨所致,船至庐山脚下,却为风雨所阻,不能登山。"不可登"三字写出了使人发愁的"风雨"之势,"愁"字则透出了诗人不能领略名山风光的懊恼之情。"不可登",不仅表示了地势的由下而上,而且,也描摹了江舟与山崖之间隔水仰望的空间关系。诗人仅仅用了十个字,即道出当时当地的特定场景,下笔非常简巧。

一般说来,描写高山流水的诗歌,作者多从写形或绘色方面去驰骋彩笔;此诗却另辟蹊径,以引人入胜的想象开拓了诗的意境:"只疑云雾窟,犹有六朝僧。"庐山为南朝佛教圣地,当时山中多有名僧大师寄迹其间。这些往事陈迹,成了诗人联想的纽带。仰望高峰峻岭,云雾缭绕,这一副奇幻莫测的景象,不能不使诗人浮想翩翩:那匡庐深处,烟霞洞窟,也许仍有六朝高僧在隐身栖息吧。此种迹近幻化、亦真亦妄的浪漫情趣,更增添了匡庐的神奇色彩。庐山令人神往的美景很多,诗人却"只疑"佛窟高僧,可见情致的高远和诗思的缥缈了。

第三句中的"疑"字用得极好,写出了山色因云雨笼罩而给人或隐或现的感觉,从而使读者产生意境"高古"的联想。"只疑"和"犹有"之间,一开一阖,在虚幻的想象中渗入似乎真实的判断,更显得情趣盎然。

本诗以疑似的想象,再现了诗人内心的高远情致。写法上,似用了国画中的"滃"写技法,以淡淡的水墨来渲染烟雾迷蒙的云水,虚虚实实,将庐山写得扑朔迷离,从而取代了正面写山的有形笔墨,确可视为山水诗中别具神情的一首佳作。

答李浣①

✲ 韦应物

林中观易②罢，溪上对鸥闲。
楚俗饶词客③，何人最往还④？

注释

①约作于唐代宗大历初(766—771)秋日洛阳。时李浣已罢洛阳主簿，将归楚州。唐代宗永泰元年(765)，韦应物任洛阳丞，大历元年(766)，请告闲居洛阳，大历四年(769)夏至长安，秋自长安返洛阳，经楚州去扬州，大历六年(771)在洛阳，冬赴长安。李浣：诗人朋友，在楚地为官任满返回，曾写诗赠韦应物，所以韦应物写此诗酬答。

②易：《周易》，又称《易》《易经》，儒家经典著作之一。

③楚：春秋战国时期诸侯国名，在今湖北一带。饶：多。词客：诗人。

④最往还：来往最多。

译文

在树林中读过《易经》后，又去小溪边悠闲地观看水鸟。楚地诗人非常多，你同哪一位往来唱和最密切呢？

点评

这是诗人和朋友的唱和应酬诗。前两句应为诗人酬答友人的内容,描述自己的生活情景。后两句是针对友人而提出的新问题:楚地的诗人很多,你同谁来往比较密切呢?这是典型的唱和格式。

秋风引[1]

✲ 刘禹锡

何处[2]秋风至，萧萧[3]送雁群。

朝来入庭树[4]，孤客最先闻[5]。

注释

①秋风引：乐府琴曲歌词的一种。诗作于唐宪宗元和中(806—814)郎州。唐顺宗永贞元年(805)十一月，刘禹锡贬官郎州司马，赴郎州。宪宗元和元年(806)至元和九年(814)在郎州，冬奉诏还京。

②何处：什么地方，从什么地方来的。

③萧萧：风吹草木声。

④入庭树：吹动了庭院里的树木。

⑤孤客：羁旅在外的人。闻：听说。

译文

从哪儿吹来了秋风，风声萧萧送走了南飞的雁群。清晨吹动了庭院的树，我这孤独的旅客最先听到。

点评

刘禹锡曾在偏远的南方过了一段长时期的贬谪生活，这首诗作于贬所，因秋风起、雁南飞而触动了孤客之心。诗的内容，其实就是江淹《休上人怨别》诗开头两句所说的“西北秋风至，楚客心悠哉”；但诗人没有在客心上多费笔墨，而在秋风上驰骋诗思。

诗以“秋风”为题，首句“何处秋风至”，就题发问，摇曳生姿，而通过这一起势突兀、下笔飘忽的问句,也显示了秋风的不知其来、忽然而至的特征。如果进一步推寻它的弦外之音,这一问,可能还暗含怨秋的意思,与李白《春思》诗“春风不相识,何事入罗帏”句有异曲同工之处。当然,秋风之来,既无影无迹,又无所不在,它从何处来、来到何处,本是无可究诘的。这里虽以问语出之,而诗人的真意原不在追根究底,接下来就宕开诗笔,以“萧萧送雁群”一句写耳所闻的风来萧萧之声和目所见的随风而来的雁群。这样,就化无形之风为可闻可见的景象,从而把不知何处至的秋风绘声绘影地写入诗篇。

这前两句诗,合起来看,可能脱胎于屈原《九歌》“风飒飒兮木萧萧”和汉武帝《秋风辞》“秋风起兮白云飞,草木黄落兮雁南归”。而可以与这两句诗合参的有韦应物的《闻雁》诗:“故园渺何处?归思方悠哉。淮南秋雨夜,高斋闻雁来。”但韦诗是以我感物,以情会景,先写“归思”,后写“闻雁”。沈德潜在《唐诗别裁集》中指出,这样写,“其情自深”,如果“倒转说”,就成了一般人都写得出的普通作品了。但是,诗无定法,不能执一而论。这首《秋风引》前两句所写的秋风始至、鸿雁南来,正是韦诗后两句的内容,恰恰是把韦诗倒转过来说的。它是远处落想,空际运笔,从闻雁思归之人的对面写起,就秋风送雁构思造境。至于韦诗前两句的内容,是留到篇末再写的。

诗的后两句“朝来入庭树,孤客最先闻”,把笔触从秋空中的“雁群”移向地面上的“庭树”,再集中到独在异乡、“归思方悠哉”的“楚客”,由远而近,步步换景。“朝来”句既承接首句的“秋风至”,又承接次句的“萧萧”声,不是回答又似回答了篇端的发问。它说明秋风的来去虽然无处可寻,却又附着它物而随处存在,现在风动庭树,木叶萧萧,则无形的秋风分明已经近在庭院、来到耳边了。诗写到这里,写足了作为诗题的“秋风”,而篇幅已经用去了四分之三,可是,诗中之人还没有露面,景中之情还没有点出。直到最后一句才画龙点睛,说秋风已为“孤客”所“闻”。这里,如果联系作者的另一首《始闻秋风》诗,其中“五夜飕飗枕前觉,一年颜状镜中来”两句,倒可以作“闻”的补充说明。当然,作为“孤客”,他不仅会因颜状改变而为岁月流逝兴悲,其羁旅之情和思归之心更是可想而知的。

这首诗主要要表达的,其实正是这羁旅之情和思归之心,但妙在不从正面着笔,始终只就秋风做文章,在篇末虽然推出了“孤客”,也只写到他“闻”秋风而止。至于他的旅情归思是以“最先”两字来暗示的。如李锳在《诗法易简录》中所说,“为孤客传神”的正在这两个字,使“无限情怀,溢于言表”。照说,秋风吹到庭树,每个人都可以同时听到,不应当有先后之分。为什么唯独孤客“最先”听到呢?可以想见,他对时序、物候有特殊的敏感。而他又为什么如此敏感呢?唐汝询在《唐诗解》中说:“孤客之心,未摇落而先秋,所以闻之最早。”这就是对“最先闻”的解释。钟惺在《唐诗归》中还指出:“不曰‘不堪闻’,而曰‘最先闻’,语意便深厚。”沈德潜在《唐诗别裁集》中也说:“若说‘不堪闻’,便浅。”这些评语都称赞这一结句曲折见意,含蓄不尽,为读者留有可寻味的深度。不过,前面说过,诗无定法,这一结句固然以曲说而妙,但也有直说而妙的。苏颋有首《汾上惊秋》诗:“北风吹白云,万里渡河汾。心绪逢摇落,秋声不可闻。”这里,从全诗看来,却必须说“不可闻”,才与它的苍凉慷慨的意境、高亢劲健的风格相融洽。两个结句,内容相似,一用曲笔,一用直笔,却各尽其妙。对照之下,可悟诗法。

秋夜寄丘员外①

✻ 韦应物

怀君属②秋夜，散步咏凉天③。
山空松子落，幽人④应未眠。

注释

①诗题一作《秋夜寄丘二十二员外》。诗作于唐德宗贞元五年(789)至贞元七年(791)，韦应物时任苏州刺史，丘丹隐居临平山，两人多有唱和。一说作于唐德宗贞元五年秋(789)。丘员外：即丘丹，诗人丘为的弟弟，在家族中排行二十二，嘉兴(今浙江嘉兴市)人，曾官仓部员外郎。

②怀君：怀念您。属：正当。

③咏：歌咏。凉天：秋天。

④幽人：隐士，此处指丘丹。

译文

怀念你的时候正是秋天的夜晚，我一边散步一边吟咏这清凉的天气。寂静的山谷中有松子落下来的声音，你应该还没有睡吧？

点评

韦应物的五言绝句，一向为诗论家所推崇。胡应麟在《诗薮》中说："中唐五言绝，苏州最古，可继王、孟。"沈德潜在《说诗晬语》中说："五言绝句，右丞之自然、太白之高妙、苏州之古淡，并入化境。"上面这首诗是他的五绝代表作之一。它给予读者的艺术享受，首先就是这一古雅闲淡的风格美。施补华在《岘佣说诗》中曾称赞这首诗"清幽不减摩诘，皆五绝中之正法眼藏也"。它不以强烈的

语言打动读者，只是从容下笔，淡淡着墨，而语浅情深，言简意长，使人感到韵味悠永，玩绎不尽。

如果就构思和写法而言，这首诗还另有其值得拈出之处。它是一首怀人诗。前半首写作者自己，即怀人之人；后半首写正在临平山学道的丘丹，即所怀之人。首句“怀君属秋夜”，点明季节是秋天，时间是夜晚，而这“秋夜”之景与“怀君”之情，正是彼此衬映的。次句“散步咏凉天”，承接自然，全不着力，而紧扣上句。“散步”是与“怀君”相照应的；“凉天”是与“秋夜”相绾合的。这两句都是写实，写出了作者因怀人而在凉秋之夜徘徊沉吟的情景。接下来，作者不顺情抒写，就景描述，而把诗思飞驰到了远方，在三、四两句中，想象所怀念之人在此时、彼地的状况。而这三、四两句又是紧扣一、二两句的。第三句“山空松子落”，遥承“秋夜”“凉天”，是从眼前的凉秋之夜，推想临平山中今夜的秋色。第四句“幽人应未眠”，则遥承“怀君”“散步”，是从自己正在怀念远人、徘徊不寐，推想对方应也未眠。这两句出于想象，既是从前两句生发，而又是前两句诗情的深化。从整首诗看，作者运用写实与虚构相结合的手法，使眼前景与意中景同时并列，使怀人之人与所怀之人两地相连，进而表达了异地相思的深情。

陆机在《文赋》中指出，作者在构思时，可以“观古今于须臾，抚四海于一瞬”。

刘勰在《文心雕龙·神思篇》中也说：“文之思也，其神远矣。故寂然疑虑，思接千载；悄焉动容，视通万里。”这些话说明文思是最活跃的，是不受时空限制的。因此，在诗人笔下，同一空间里，可以呈现不同的时间；同一时间里，也可以呈现不同的空间。像王播的《题木兰院》：“三十年前此院游，木兰花发院新修。如今再到经行处，树老无花僧白头。”，就属于前者。而这首韦应物的怀人诗，则属于后者。现代的电影艺术，有时采用叠影手法来处理回忆与遥想的镜头，有时使银幕上映出两个或两个以上的画面，使观众同时看到在两个或两个以上的空间或时间里出现的不同场景。这首诗运用的手法正与此相同。它使读者在一首诗中看到两个空间，既看到怀人之人，也看到被怀之人，既看到作者身边之景，也看到作者遥想之景，从而把异地相隔的人和景并列和相连在一起，说明千里神交，有如晤对，故人虽远在天涯，而相思却近在咫尺。

秋　日

✻耿　沛[①]

返照入闾巷[②]，忧来[③]谁共语。

古道[④]少人行，秋风动禾黍[⑤]。

注释

①耿沛，字洪源，河东（今山西永济）人。登宝应元年（763）进士第，历任大理寺司法、左拾遗。工诗，与钱起、卢纶、司空曙诸人齐名，为“大历十才子”之一。耿沛诗不事雕琢，而风格自成一家，诗集为《耿沛诗集》。

②返照：夕阳余晖，落日斜照。闾（lǘ）巷：街道。

③忧来：一作“愁来”。

④古道：古老的道路。一说指古代崇尚的节操风义。

⑤禾黍：谷子、小米之类农作物，这里暗用典故。《诗经·王风·黍离》载，周幽王遭犬戎之难后，周平王迁都洛邑，东周大夫行役，经过宗庙宫室，满眼禾黍，大为感慨：“彼黍离离，彼稷之苗。行迈靡靡，中心摇摇。知我者谓我心忧，不知我者谓我何求。”黍离之悲或禾黍之悲也就成了凭吊兴亡感慨的代名词。

译文

夕阳的余光照在村落小巷中，我的忧愁能说与谁听呢？古老的道路上无人行走，只见阵阵秋风吹动田里的庄稼。

点评

这是一首触景生情的秋日感怀诗。夕阳、古道、悲风营造出浓浓的秋意，渲染出诗人心中的淡淡哀愁，无处可诉的忧伤得到自然流露。

秋日湖上

✻薛　莹[1]

落日五湖[2]游，烟波[3]处处愁。
浮沉[4]千古事，谁与问东流。

注释

①薛莹，唐文宗时人，有《洞庭诗集》一卷。今存诗十首。

②五湖：这里指太湖。

③烟波：烟雾笼罩的水面。

④浮沉：胜败兴亡。太湖一带是战国时期吴越争霸的地方，后又有六朝争雄。

译文

日落时分，泛舟太湖，烟波浩渺，使人生出种种愁情。历史的兴亡更替又何必去问太湖呢？

点评

《秋日湖上》这首诗浅易近人，文情并茂，诗人既点出了世事如白驹过隙，变幻莫测的原理，也道出了对人生价值观的思考及探索。千百年来人们对它议论不一。

这首诗开头一句写出了诗人秋日泛舟闲游时间、地点，言简意赅；紧接着一句道出了太湖上的景致，同时也烘托出诗人的心境。这两句既写景，又抒情，情由景生，景含情思，情景交融。尤其一个“愁”字，直抒胸臆，点出了诗人抑郁的情怀。崔颢有诗《黄鹤楼》中一句，“日暮乡关何处是，烟波江上使人愁。”同样是日薄西山，同样是迷离烟波，虽然诗人所想的不相同，但其心境是相同的。

“浮沉千古事，谁与问东流。”是这首诗的题旨所在，意思是千百年不断发生的事都有随着太湖上的水面浮浮沉沉，俱随着湖水向东流去。太湖历来是兵家必争之地，然而，今日的湖波依旧，往日的是是非非，恩恩怨怨却是灰飞烟灭。“尔曹身与名俱灭，不废长江万古流。”名利争夺、打打杀杀都随着历史的车轮销声匿迹。唯一不变的，只是那一道江水，作为历史的见证，作者在这里告诫世人要跳出名利，淡漠名利，因为“是非成败转头空”。作者用低沉的笔调，委婉地道出名利的虚无，既有了道家的出世思想，又表达了作者的清风明月般的胸怀。

这是一首湖上怀古的作品，它反映出了一种世事浮沉的消极思想。春秋时吴国和越国，是相邻的两个诸侯国，都在今江苏、浙江一带，同太湖有着密切的联系。因此，诗人泛舟湖上，秋风萧瑟，落日烟波，触目所见，处处皆可生愁。然身临此境，最易令人发生感慨的，自然是历史上吴越争霸的故事了。当时吴被灭亡而越称霸，于今，都已成为往事陈迹，所以说是“浮沉千古事”，早已付诸东流了，谁还来问呢？

诗的妙处在于要言不烦，寥寥数语就将今与古、虚与实、景与情融合起来，古今一概，寓虚于实，情景不分。

宫中题[1]

✲李　昂[2]

辇路[3]生秋草，上林[4]花满枝。
凭高何限意，无复侍臣知。

注释

①诗作于唐文宗太和九年(835)秋。李昂即位后，力图改变宦官专权的局面，在太和九年(835)与翰林学士李训、太仆卿郑注谋诛宦官，事败，李、郑、宰相王涯被诛，史称“甘露之变”。此后宦官更加专权跋扈，文宗心中异常苦闷，这首诗便是这种心境的写照。

②李昂(809—840)，唐文宗，为穆宗第二子，初名涵。始封江王，宝历二年(826)被宦官拥立为帝。出宫女三千多人，裁汰官员一千二百余人。开成五年(840)，被宦官杀死在大明宫太和殿。

③辇路：帝王、后妃坐车走过的路。

④上林：古代宫苑，秦定都咸阳时置，汉初荒废，汉武帝时扩建。

译文

帝王车道上长满秋草，上林苑里春花开满枝头。登高远望生起无限感慨，不再有近臣了解我的心意。

点评

诗作者是唐代文宗皇帝，这是他在“甘露之变”后被囚期间写的诗。诗歌用皇宫路径长满杂草，上林繁花无人欣赏，说明自己处境不佳，情绪低落。末两句抒怀，写出心中的无限苦闷。作者贵为天子，遭宦官软禁，这种滋味是常人难以想象的，诗歌中就渗透了作者那种彷徨、失意、孤独、痛苦的复杂心情。

寻隐者不遇①

✻贾　岛

松下问童子②，言师采药去。
只在此山中，云深不知处③。

注释

①遇：没有见到。
②童子：隐者的童仆。
③不知处：不知道在什么地方。

译文

在松树底下询问童子，他的师父到哪里去了，童子回答说师父采药去了。隐者就在这座山中，可是山高林密，云雾缭绕，却寻不着隐者的踪迹。

点评

贾岛是以“推敲”两字出名的苦吟诗人。一般认为他只是在用字方面下功夫，其实他的“推敲”不仅着眼于锤字炼句，在谋篇构思方面也是同样煞费苦心的。此诗就是一个例证。

这首诗的特点是寓问于答。“松下问童子”，必有所问，而这里把问话省略了，只从童子所答“师采药去”这四个字而可想见当时松下所问是“师往何处去”。接着又把“采药在何处”这一问句省掉，而以“只在此山中”的童子答词，把问句隐含在内。最后一句“云深不知处”，又是童子答复对方采药究竟在山前、山后、山顶、山脚的问题。明明三番问答,至少须六句方能表达的,贾岛采用了以答句包赅问句的手法,精简为二十字。这种“推敲”就不在一字一句间了。

然而,这首诗的成功,不仅在于简练,单言繁简,还不足以说明它的妙处。诗贵善于抒情,这首诗的抒情特色是在平淡中见深沉。一般访友,问知他出,也就自然扫兴而返了。但这首诗中,一问之后并不罢休,又继之以二问三问,其言甚繁,而其笔则简,以简笔写繁情,益见其情深与情切。而且这三番答问,逐层深入,表达感情有起有伏。“松下问童子”时,心情轻快,满怀希望;“言师采药去”,答非所想,一坠而为失望;“只在此山中”,在失望中又萌生了一线希望;及至最后一答:“云深不知处”,就惘然若失,无可奈何了。

然而诗的抒情要凭借艺术形象,要讲究色调。从表面看,这首诗似乎不着一色,白描无华,是淡妆而非浓抹。其实它的造型自然,色彩鲜明,浓淡相宜。郁郁青松,悠悠白云,这青与白,这松与云,它的形象与色调恰和云山深处的隐者身份相符。而且未见隐者先见其画,青翠挺立中隐含无限生机;而后却见茫茫白云,深邃杳霭,无从捉摸,令人浮想秋水伊人无处寻。从造型的递变,色调的先后中也映衬出作者感情的与物转移。

诗中隐者采药为生,济世活人,是一个真隐士。所以贾岛对他有高山仰止的钦慕之情。诗中白云显其高洁,苍松赞其风骨,写景中也含有比兴之义。唯其如此,钦慕而不遇,就更突出其怅惘之情了。

汾上惊秋①

※苏　颋②

北风吹白云，万里渡河汾③。
心绪逢摇落④，秋声不可闻⑤。

注释

①汾上：汾河上。汾河，又称汾水，在今山西省南部。

②苏颋（670—727），字廷硕，京兆武功（今属陕西）人。武后朝进士，官监察御史。景云中，袭封许国公，转中书侍郎。唐玄宗爱其文，开元四年（716），由工部侍郎进紫微侍郎，知政事，修国史。官终吏部选事。诗骨力高峻，韵味深醇，情景声华俱佳。有《苏许公集》。

③河汾：汾河，这里是指汾河流入黄河的入河口。河，黄河。

④心绪：心境，心情。摇落：凋残，零落，喻指秋天。

⑤不可闻：不忍听。

译文

北风吹散了天上的白云，我千里迢迢地来到这凄凉萧瑟的汾河边上。愁闷不堪的心情偏又遇到凋零万木的秋风，更加让人受不了。

点评

明了上述背景，就较易切实地理解这诗所蕴含的复杂心情，也可以体会诗人所采取这种虚虚实实，若即若离，似明而晦，欲言而咽的表现手法的用意。前二句显然化用了《秋风辞》的诗意，首句即“秋风起兮白云飞”，次句为“泛楼船兮济河汾”，从而概括地暗示着当年汉武帝到汾阴祭后土的历史往事，同时也令人不难联想到唐玄宗欲效汉武帝的作为。两者何其相似，历史仿佛重演，这意味着什么，又启示些什么，诗人并不予点破，留给读者自行理会。然而题目却点出了一个“惊”字，表明诗人的思绪是受了震惊的。难道是由于个人遭遇而被震惊了吗？就字面意思看，似乎有点像是即景自况。他在汾水上被北风一吹，一阵寒意使他惊觉到秋天来临；而他当时正处于一生最感失意的境地，出京放任外省，恰如一阵北风把他这朵白云吹得老远，来到了这汾水上。这也合乎题目标示的“汾上惊秋”。因此，前二句的含意是复杂的。总的来说，是在即景起兴中抒发着历史的联想和感慨，在关切国家的隐忧中交织着个人失意的哀愁。可谓百感交集，愁绪纷乱。

为了使读者体会这种心情，诗人在后二句便明确加以说穿了。“心绪”此处谓愁绪纷乱。“摇落”用《秋风辞》中“草木黄落”句意，又同本于宋玉《九辩》语“悲哉秋之为气也，萧瑟兮草木摇落而变衰”。这里用以指萧瑟天气，也以喻指自己暮年失意的境遇，所以说“逢”。“逢”者，愁绪又加上挫折之谓，暗示出“心绪”并非只是个人的失意。“秋声”即谓北风，其声肃杀，所以“不可闻”。听了这肃杀之声，只会使愁绪更纷乱，心情更悲伤。这就清楚地表明了前二句所蕴含的复杂心情的性质和倾向。

实际上，这诗的表现手法和抒情特点，都比较接近阮籍的《咏怀诗》。读者从它的抒情形象中感觉到诗人有寄托，有忧虑，有感伤，但究竟为什么，是难以确切肯定的。他采用这种手法，可能是以久与政事的经验，熟悉历史的知识，意识到汉、唐两代的两个盛世皇帝之间有某种相似，仿佛受到历史的某种启示，隐约感到某种忧虑，然而他还说不清楚，也无可奈何，因此只能写出这种感觉和情绪。而恰是这一点，却构成了一种独有的艺术特点：以形象来表示，让读者去理会。

蜀道后期①

✲张　说②

客心争日月③,来往预期程④。
秋风不相待⑤,先至洛阳城。

注释

①后期:失期,晚于预定的时间。

②张说(667—730),唐代文学家,字道济,一字说之。原籍范阳(今河北涿州市),世居河东(今山西永济),徙家洛阳。武后垂拱四年(688)举贤良方正,授太子校书。累官至凤阁舍人。因忤旨流配钦州,中宗朝召还,官兵部尚书、同中书门下三品,迁中书令,俄授右丞相,至尚书左丞相。卒谥号文贞。有《张燕公集》。

③客心:客居他乡的人的心情。争日月:争夺时间,抢时间。

④预期程:预先设计路途所需时间。

⑤不相待:不肯等待。

译文

客居在外的人对于时间总是抱着分秒必争的心情,未出发前就已经先把往返的时间与路程规划好了。谁知原先约好同行的秋风它却不肯慢下脚步等我,所以只好让它独自先到洛阳城去了。

点评

这首诗是张说在校书郎任内出使西川时写的，虽只寥寥二十字，却颇能看出他写诗的技巧和才华。

一个接受任务到远地办事的人，总是怀着对亲人的眷恋，一到目的地，就掐指盘算着回归的日期，这种心情是很自然的。但张说能把这种幽隐的心情“发而为诗”，而且压缩在两句话里，却不简单。

“客心争日月，来往预期程。”“客心”是旅外游子之心，“争日月”，想同时间进行一场争夺战。这“争”字实在下得好，把处在这种地位的游子的心情充分表露出来了。“来往预期程”，是申说自己所以“争日月”的缘故。公府的事都有个时间规定，那就要事先进行准备，做出计划，所以说是“预”。十个字把诗人当时面临的客观情况，心里的筹划、掂量，都写进去了，简练明白，手法很高明。

这十个字又是下文的伏笔。本来使蜀的日程安排是十分紧凑的，然而诗人回归之心更急切，他要力争按时回洛阳。他是洛阳人，在洛阳有家，预期回归，与家人团聚。下文忽然来个大转折：“秋风不相待，先至洛阳城。”不料情况突变，原定秋前赶回洛阳的希望落空了。游子之心，当然怅惘。然而诗人却有意把人的感情隐去，绕开一笔，埋怨起秋风来了：这秋风啊，也是够无情的，它就不肯等我一等，径自先回洛阳城去了。

这一笔，妙在避开了率直无味的毛病，而且把人格化了的秋风形容为“无情的秋风”。这秋风先至，自然要引起许多烦恼。可以试想，秋风一至洛阳，亲人们必然要翘首企盼，而自己未能如约的苦衷就更不用说了。淡淡一笔，情致隽永深厚。

在这里，诗人到底是埋怨秋风，还是抒发心中的烦恼？诗中没有明说，颇费人寻绎，正是所谓“含不尽之意见于言外”（欧阳修《六一诗话》）。不过可以想见，诗人对于这次情况的突然变化，确实感到意外，或有点不满，不过他用的是“含蓄”的语言罢了。

张说早些时就写过一首《被使在蜀》诗：“即今三伏尽，尚自在临邛。归途千里外，秋月定相逢。”归期定在秋月，即此诗所谓“预期程”。不料时届秋令，秋风已起，比诗人“先至洛阳城”，他却落后了，即诗题所谓“后期”。秋风本是按时而起，无所谓“先”，只因诗人归期“后”了，便显出秋风的“先”来。两首合看，于诗中的情味当有更深的体会。

静夜思①

✽李　白

床前明月光，疑②是地上霜。
举头望③明月，低头思故乡。

注释

①静夜思：指在幽静的夜晚对家乡的思念。
②疑：疑心，怀疑是。
③望：一作"看"。

译文

床前照着明月光，怀疑是地上结了霜。抬头仰望明月，不禁低下头思念故乡。

点评

胡应麟说："太白诸绝句，信口而成，所谓无意于工而无不工者。"（《诗薮·内编》卷六）王世懋认为："（绝句）盛唐惟青莲（李白）、龙标（王昌龄）二家诣极。李更自然，故居王上。"（《艺圃撷馀》）怎样才算"自然"，才是"无意于工而无不工"呢？这首《静夜思》就是个榜样。所以胡氏特地把它提出来，说是"妙绝古今"。

这首小诗，既没有奇特新颖的想象，更没有精工华美的辞藻，它只是用叙述的语气，写远客思乡之情，然而它却意味深长，耐人寻味，千百年来，如此广泛地吸引着读者。

一个作客他乡的人，大概都会有这样的感觉吧：白天倒还罢了，到了夜深人

静的时候，思乡的情绪，就难免一阵阵地在心头泛起波澜，何况是月明之夜，更何况是明月如霜的秋夜！

月白霜清，是清秋夜景；以霜色形容月光，也是古典诗歌中所经常看到的。例如梁简文帝萧纲《玄圃纳凉》诗中就有“夜月似秋霜”之句。而稍早于李白的唐代诗人张若虚在《春江花月夜》里，用“空里流霜不觉飞”来写空明澄澈的月光，给人以立体感，尤见构思之妙。可是这些都是作为一种修辞的手段而在诗中出现的。这诗的“疑是地上霜”，是叙述，而非摹形拟象的状物之辞，是诗人在特定环境中一刹那间所产生的错觉。为什么会有这样的错觉呢？不难想象，这两句所描写的是客中深夜不能成眠、短梦初回的情景。这时庭院是寂寥的，透过窗户的皎洁月光射到床前，带来了冷森森的秋宵寒意。诗人朦胧地乍一望去，在迷离恍惚的心情中，真好像是地上铺了一层白皑皑的浓霜；可是再定神一看，四周围的环境告诉他，这不是霜痕而是月色。月色不免吸引着他抬头一看，一轮娟娟素魄正挂在窗前，秋夜的天空是如此的明净！这时，他完全清醒了。

秋月是分外光明的，然而它又是清冷的。对孤身远客来说，最容易触动旅思秋怀，使人感到客况萧条，年华易逝。凝望着月亮，也最容易使人产生遐想，想到故乡的一切，想到家里的亲人。想着，想着，头渐渐地低了下去，完全浸入于沉思之中。从“疑”到“举头”，从“举头”到“低头”，形象地揭示了诗人内心活动，鲜明地勾勒出一幅生动形象的月夜思乡图。

短短四句诗，写得清新朴素，明白如话。它的内容是单纯的，但同时却又是丰富的。它是容易理解的，却又是体味不尽的。诗人所没有说的比他已经说出来的要多得多。它的构思是细致而深曲的，但却又是脱口吟成、浑然无迹的。从这里，我们不难领会到李白绝句的“自然”“无意于工而无不工”的妙境。

秋浦歌①

✻李 白

白发三千丈，缘愁似个长②。
不知明镜里，何处得秋霜③。

注释

①《秋浦歌》共十七首，作于唐玄宗天宝三载(754)，李白长安赐金遣还后漂泊于宣州时，这是第十五首。秋浦：唐时县名，属池州，在今安徽贵池区西，境内有秋浦湖。

②缘：因为。个：这样。

③何处：何时。秋霜：形容头发像秋霜一样白。

译文

我满头的白发好像有三千丈，就跟我离乡背井的愁绪一样长。不知为什么明亮的镜子里，却有一片白色的秋霜，它是从那里来的呢？

点评

这是一首抒愤诗。诗人以奔放的激情，浪漫主义的艺术手法，塑造了“自我”的形象，把积蕴极深的怨愤和抑郁宣泄出来，发挥了强烈感人的艺术力量。

“白发三千丈，缘愁似个长。”劈空而来，似大潮奔涌，似火山爆发，骇人心目。单看“白发三千丈”一句，真叫人无法理解，白发怎么能有“三千丈”呢？读到下句“缘愁似个长”，豁然明白，原来“三千丈”的白发是因愁而生，因愁而长！愁生白发，人所共晓，而长达三千丈，该有多少深重的愁思？十个字的千钧重量落在一个“愁”字上。以此写愁，匪夷所思！奇想出奇句，不能不使人惊叹诗人的气魄和笔力。

古典诗歌里写愁的取譬很多。宋人罗大经《鹤林玉露》说：“诗家有以山喻愁者，杜少陵云：‘忧端如山来（按：当作“齐终南”），澒洞不可掇’；有以水喻愁者，李颀云：‘请量东海水，看取浅深愁’。”李白独辟蹊径，以“白发三千丈”之长喻愁之深之重，“尤为新奇”，“兴中有比，意味更长”（同上）。人们不但不会因“三千丈”的无理而见怪诗人，相反会由衷赞赏这出乎常情而又入于人心的奇句，而且感到诗人的长叹疾呼实堪同情。

人看到自己头上生了白发以及白发的长短，是因为照镜而知。首二句暗藏照镜，三、四句就明白写出：

“不知明镜里，何处得秋霜！”

秋霜色白，以代指白发，似重复又非重复，它并具忧伤憔悴的感情色彩，不是白发的“白”字所能兼带。上句的“不知”，不是真不知，不是因“不知”而发出“何处”之问。这两句不是问语，而是愤激语，痛切语。诗眼就在下句的一个“得”字上。如此浓愁，从何而“得”？“得”字直贯到诗人半生中所受到的排挤压抑：所志不遂，因此而愁生白发，鬓染秋霜，亲历亲感，何由不知！李白有“奋其志能，愿为辅弼”的雄心，有使“寰区大定，海县清一”的理想（均见《代寿山答孟少府移文书》），尽管屡遭挫折，未能实现，但他的志向始终不泯。写这首诗时，他已经五十多岁了，壮志未酬，人已衰老，怎能不倍加痛苦！所以揽镜自照，触目惊心，发生“白发三千丈”的孤吟，使天下后世识其悲愤，并以此奇想奇句流传千古，可谓善作不平鸣者了。

赠乔侍御①

✻陈子昂②

汉廷荣巧宦③,云阁薄④边功。
可怜骢马使⑤,白首为谁雄⑥。

注释

①诗题一作《题祀山烽树赠乔十二侍御》。乔侍御:即诗人乔知之,时任御史。

②陈子昂(661—702),字伯玉,梓州射洪(今四川)人。家世富贵,少好侠。文明元年(684)进士,官麟台正字,转右拾遗。万岁通天元年(696)从建安王伐契丹,参谋军事。圣历元年(698)自请解职。诗歌反对齐梁风气,推崇汉魏风骨,是唐朝诗风转变的关键人物之一。有《陈拾遗集》。

③汉廷:这里借指唐朝。巧宦:善于钻营的官员。

④云阁:云台、麒麟阁,汉代悬挂名将功臣图像的地方。薄:轻视。

⑤可怜:可叹。骢(cōng)马使:汉桓典为御史,有威名,常骑骢马,人称骢马御史,这里借指戍守边地的将领。

⑥为谁雄:为谁而称雄,意思是说,一片雄心无法舒展。

译文

汉朝统治者对投机取巧、行贿钻营的官吏给予莫大的荣耀,而对卫国杀敌,戍边立功的将帅却刻薄寡恩。可惜像桓典那样忠诚正直的人,到老都只封了个骢马御使,得不到重用,他的一片雄心壮志又当去为谁效劳呢?

点评

这是一首讽喻诗,诗人借古刺今,用汉代桓典终老不得志的典故来讽刺唐王朝的政治昏聩,统治者的用人不公,赏罚不明,表达了对乔侍御的同情和惋惜,也抒发了自己怀才不遇的愤懑和感慨。

答武陵太守①

✻ 王昌龄

仗剑②行千里，微躯③敢一言。
曾为大梁客④，不负信陵⑤恩。

注释

①诗题一作《答武陵田太守》。武陵：五岭郡，在今湖南省常德市。太守：唐代郡的最高行政长官。

②仗剑：持剑，拿着剑。

③微躯：微贱的躯体，谦辞，诗人自称。

④大梁客：战国时魏国侠士侯嬴，原来是看守大梁（魏都，今河南省开封市）东门的官吏，后受信陵君魏公子无忌的赏识，待为上宾。后秦兵围赵，赵向魏求救，魏王按兵不动。侯嬴为无忌谋划窃取兵符救赵，解得其围。这里诗人以侯嬴自许，暗喻自己知恩必报，不辜负武陵太守之恩。

⑤信陵：信陵君魏公子无忌，这里将武陵太守比作信陵君。

译文

我即将携带宝剑行走千里，临行前，微贱的我冒昧地用一句话来报答您的好意。我像信陵公子的门客那样得到您的礼遇，今后一定不忘知遇之恩。

点评

诗人将从武陵返回金陵，武陵田太守设宴为他饯行，诗人以诗酬答之。诗歌开篇即充满了豪情壮志，并诚恳感谢朋友的深厚情意。三、四两句用信陵君礼贤下士的典故来比喻田太守对自己的知遇之恩，又一次表明了二人的真挚友谊。诗歌风格豪放，一气呵成。

行军九日思长安故园①

✽岑 参

强欲登高去②，无人送酒来③。
遥怜④故园菊，应傍⑤战场开。

注释

①诗作于至德二年(757)农历九月九日重阳节。天宝十五载(756)，安禄山攻陷长安。七月，李亨在灵武即位，改元至德。至德二载二月，肃宗李亨由灵武进至凤翔。六月，诗人由杜甫等举荐，任右补缺谏官。九日：九月九日重阳节。

②强欲：勉强要。登高：旧时风俗，重阳节携亲友登高、饮酒、赏菊。

③送酒：暗用陶渊明的事。《南史·陶渊明传》载，陶渊明素喜饮酒，家贫，重阳无酒，空坐菊花丛中。太守王弘知道后，叫人给他送酒。

④怜：怜惜。

⑤应傍：应该挨着。

译文

九月九日重阳节，我勉强登上高处远眺，然而在这战乱的行军途中，没有谁能送酒来。我心情沉重地遥望我的故乡长安，那菊花大概傍着战场开放了。

点评

唐代以九月九日重阳节登高为题材的好诗不少，并且各有特点。岑参的这首五绝，表现的不是一般的节日思乡，而是对国事的忧虑和对战乱中人民疾苦的关切。表面看来写得平直朴素，实际构思精巧，情韵无限，是一首言简意深、耐人寻味的抒情佳作。这首诗的原注说:“时未收长安。”唐天宝十四载(755)安禄山起兵叛乱,次年长安被攻陷。至德二载(757)二月肃宗由彭原行军至凤翔,岑参随行。九月唐军收复长安,诗可能是该年重阳节在凤翔写的。岑参是南阳人,但久居长安,故称长安为“故园”。

古人在九月九日重阳节有登高饮菊花酒的习俗,首句“登高”二字就紧扣题目中的“九日”。劈头一个“强”字,则表现了诗人在战乱中的凄清景况。第二句化用陶渊明的典故。据《南史·隐逸传》记载:陶渊明有一次过重阳节,没有酒喝,就在宅边的菊花丛中独自闷坐了很久。后来正好王弘送酒来了,才醉饮而归。这里反用其意,是说自己虽然也想勉强地按照习俗去登高饮酒,可是在战乱中,没有像王弘那样的人来送酒助兴。此句承前句而来,衔接自然,写得明白如话,使人不觉是用典,达到了前人提出的“用事”的最高要求:“用事不使人觉,若胸臆语也。”(邢邵语)正因为此处巧用典故,所以能引起人们种种的联想和猜测:造成“无人送酒来”的原因是什么呢?这里暗寓着题中“行军”的特定环境。

第三句开头一个“遥”字,是渲染自己和故园长安相隔之远,而更见思乡之切。

作者写思乡,没有泛泛地笼统地写,而是特别强调思念、怜惜长安故园的菊花。这样写,不仅以个别代表一般,以“故园菊”代表整个故园长安,显得形象鲜明,具体可感;而且这是由登高饮酒的叙写自然发展而来的,是由上述陶渊明因无酒而闷坐菊花丛中的典故引出的联想,具有重阳节的节日特色,仍贴题目中的“九日”,又点出“长安故园”,可以说是切时切地,紧扣诗题。诗写到这里为止,还显得比较平淡,然而这样写,却是为了逼出关键的最后一句。这句承接前句,是一种想象之辞。本来,对故园菊花,可以有各种各样的想象,诗人别的不写,只是设想它“应傍战场开”,这样的想象扣住诗题中的“行军”二字,结合安史之乱和长安被陷的时代特点,写得新巧自然,真实形象,使我们仿佛看到了一幅鲜明的战乱图:长安城中战火纷飞,血染天街,断墙残壁间,一丛丛菊花依然寂寞地开放着。此处的想象之辞显然已经突破了单纯的惜花和思乡,而寄托着诗人饱经战争忧患的人民的同情,对早日平定安史之乱的渴望。这一结句用的是叙述语言,朴实无华,但是寓巧于朴,余意深长,耐人咀嚼,顿使全诗的思想和艺术境界出现了一个飞跃。

婕妤怨[1]

✻ 皇甫冉[2]

花枝出建章[3]，凤管发昭阳[4]。
借问承恩者[5]，双蛾几许长[6]。

注释

①婕妤怨：乐府旧题。婕妤，妃嫔的称号，汉成帝妃子班婕妤，失宠后曾写有《怨歌行》（又作《怨诗》）抒写其苦闷与忧愤。

②皇甫冉(718？—767)，字茂政，晋代高士皇甫谧之后裔，润州丹阳（今江苏丹阳）人，著名诗人，"大历十才子"之一。天宝十五载(756)进士，官无锡尉。安史之乱时，为避战乱寓居义兴（今宜兴），入阳羡山建别墅隐居。大历初，皇甫冉累迁右补阙，奉使江表，病卒丹阳。五七律诗风格清丽，为人所重。有《皇甫冉诗集》三卷，《全唐诗》收其诗二卷，《全唐诗外编》及《全唐诗续拾》补遗六首。

③花枝：美人，指得宠的嫔妃。出：出现，显露。建章：汉宫殿名，在未央宫西。

④凤管：笙箫或笙箫之乐的美称。《洞冥记》："（汉武帝）见双白鹄集台之上，倏忽变为二神女舞于台，握凤管之箫。"昭阳：汉宫名，在未央宫中。

⑤承恩：受皇帝宠爱。

⑥双蛾：古代称女子眉毛为蛾眉，并以眉毛细长为美。几许：几多，有多长。

译文

花枝招展的美女走出了建章宫,那昭阳宫里又传出悠扬的音乐声。借问这新得恩宠的美女,你那一双蛾眉能够有多长?

点评

婕妤,这里指班婕妤,班固的姑姑,曾得到汉成帝的宠幸。赵飞燕姐妹入宫后,失宠,自请到长信宫侍奉太后。建章,宫名。昭阳,汉文帝所居之处。花枝,喻美丽的嫔妃宫女,凤管,乐器名。双蛾,女子修长的双眉,借指美人。

一群花枝招展的宫女,由建安宫出发,到昭阳宫侍奉皇帝。阵阵箫管声传来,深深刺痛了班婕妤的心,此情此景不正是昨天的她曾经过的吗?一阵阵怨从心底涌起。

这首诗以一个失宠宫妃的眼光和口吻,描写她见到一个新得宠的宫妃的得意场面后,所产生的心理活动。

"花枝"喻写灿烂的春光,"凤管"喻指欢乐的歌舞。开头两句描绘了得宠宫妃的得意和欢乐情状。后两句是失宠宫妃的质问,"双蛾几许长"意即打扮得如何美丽。这是对"承恩者"乔装巧扮的讽刺。诗人借抒发失宠宫妃的怨愤来抒发怀才不遇、郁郁不得志的情怀,是"言近旨远"之作。

题竹林寺[1]

✼朱　放[2]

岁月人间促[3]，烟霞[4]此地多。
殷勤[5]竹林寺，更得[6]几回过。

注释

①竹林寺：寺名，在庐山仙人洞旁，为晋代竹林七贤游赏之处。一说是江苏丹徒的竹林寺。

②朱放(？—788?)，字长通，襄州襄阳(今湖北襄樊)人。当时江浙名士都仰慕朱放的高义而从之游，如皇甫冉、皇甫曾兄弟，释皎然、彻上人，都是朱放良友。贞元二年(786)，朝廷诏举韬晦奇才，特下聘礼，拜朱放为左拾遗，辞不就。朱放工诗，风度清越，神情萧散，有诗名。《全唐诗》存其诗一卷。

③岁月：时光。促：短促，短暂。

④烟霞：山水景物。

⑤殷勤：亲切，流连眷恋之情。

⑥更得：再得，再能够。

译文

人生苦短岁月匆匆，烟霞缭绕，清新幽静，此处美景多。情深意厚的竹林寺啊，我这一生能有几次游访？

点评

诗人因眼前的庐山美景而引发联想，感叹人生短促，转瞬即逝。尤其是末尾两句既表达了诗人对新竹寺风景的深深留恋，又流露出诗人对世事难料，不可捉摸的伤感情怀，诗情深长。

三闾庙①

✻ 戴叔伦②

沅湘③流不尽，屈子怨何深④。
日暮秋风起，萧萧枫树林。

注释

①三闾庙：屈原庙，故址在今湖南汨罗市境内。屈原是战国时楚人，曾官左徒、三闾大夫等，三闾即楚宗室昭、屈、景三姓聚居之所，三闾大夫应当就是春秋、战国以来晋、鲁等国的公族大夫，职务是管理宗族事务，教育贵族子弟，汉代的宗正与之相当。屈原因受谗被流放沅湘一带，自沉于汨罗江。

②戴叔伦（732—789），唐代诗人。字幼公，一字次公。一说名融，字叔伦。润州金坛（今属江苏）人。广德元年（763）刘晏表荐为秘书省正字，延入幕中，后改广文博士。兴元元年（784）任抚州刺史。以政绩卓异，封谯县开国男。贞元四年（788），授容州刺史、兼御史中丞充容管经略使，世因称戴容州。戴叔伦为“大历十才子”之一，作品以反映农村生活见长，大多采取七言歌行的形式，是白居易新乐府体的先声。有《戴叔伦集》。

③沅湘：湖南的沅江、湘江。

④屈子：屈原。怨：哀怨，悲怨。何深：何其深。

译文

沅水、湘水滚滚向前无穷无尽，屈原遭到奸佞小人打击，不能实现自己宏图大业的哀怨有多么的深。日暮黄昏一阵阵秋风吹起，三间庙边的枫林萧萧作声。

点评

三间庙，是奉祀春秋时楚国三闾大夫屈原的庙宇，据《清一统志》记载，庙在长沙府湘阴县北六十里（今汨罗市境）。此诗为凭吊屈原而作。

沅、湘是屈原诗篇中常常咏叹的两条江流。《怀沙》中说："浩浩沅湘，分流汩兮。修路幽蔽，道远忽兮。"《湘君》中又说："令沅湘兮无波，使江水兮安流。"诗以沅湘开篇，既是即景起兴，同时也是比喻：沅水湘江，江流何似？有如屈子千年不尽的怨恨。骚人幽怨，何以形容？好似沅湘深沉的流水。前一句之"不尽"，写怨之绵长，后一句之"何深"，表怨之深重。两句都从"怨"字落笔，形象明朗而包孕深广，错综成文而回环婉曲。李瑛《诗法易简录》认为："咏古人必能写出古人之神，方不负题。此诗首二句悬空落笔，直将屈子一生忠愤写得至今犹在，发端之妙，已称绝调。"是说得颇有见地的。

然而，屈子为什么怨？怨什么？诗人自己的感情和态度又怎样？诗中并没有和盘托出，而只是描绘了一幅特定的形象的图景，引导读者去思索。江上秋风，枫林摇落，时历千载而三闾庙旁的景色依然如昔，可是，屈子沉江之后，而今却到哪里去呼唤他的冤魂归来？"袅袅兮秋风，洞庭波兮木叶下"，"湛湛江水兮上有枫，目极千里兮伤春心。魂兮归来哀江南！"这是屈原的《九歌》和《招魂》中的名句，诗人抚今追昔，触景生情，借来化用为诗的结句:"日暮秋风起,萧萧枫树林。"季节是"秋风起"的深秋,时间是"日暮",景色是"枫树林",再加上"萧萧"这一象声叠词的运用,更觉幽怨不尽,情伤无限。这种写法,称为"以景结情"或"以景载情",画面明朗而引人思索,诗意隽永而不晦涩难解,深远的情思含蕴在规定的景色描绘里,使人觉得景物如在目前而余味曲包。试想,前面已经点明了"怨",此处如果仍以直白出之,而不是将明朗和含蓄结合起来,做到空际传神,让人于言外得之,那将会何等索然寡味!此诗结句,历来得到诗评家的赞誉。《诗法易简录》又赞道:"三、四句但写眼前之景,不复加以品评,格力尤高。凡咏古以写景结,须与其人相肖,方有神致,否则流于宽泛矣。"钟惺《唐诗归》则说:"此诗岂尽三闾,如此一结,便不可测。"施补华《岘佣说诗》评道:"并不用意,而言外自有一种悲凉感慨之气,五绝中此格最高。"无不肯定其意余象外、含蓄隽永之妙。

易水送别①

✽ 骆宾王②

此地别燕丹③，壮士发冲冠④。
昔时人已没，今日水犹寒。

注释

①诗题一作《于易水送人》。作于唐高宗仪凤四年秋(679)，骆宾王出狱后离开长安奔赴定襄(今山西)时。一说作于唐高宗开耀元年(681)诗人出使燕齐时。易水：水名，发源于河北省易县。

②骆宾王(638？—685？)，字观光，婺州义乌(今属浙江)人，唐代诗人，与王勃、杨炯、卢照邻为"初唐四杰"，又与富嘉谟并称富骆。他七岁即以《咏鹅》诗出名。曾从军西域，久戍边疆。调露二年(680)，出任临海县丞，世称骆临海。光宅元年(684)，武则天废中宗李显，准备改唐为周。徐敬业据扬州起兵，骆宾王任艺文令，掌管文书机要，起草《讨武曌檄》。徐敬业兵败，下落不明。有《骆宾王集》。

③燕丹：燕太子丹。

④壮士：指荆轲。《战国策·燕策三》载：荆轲替燕太子丹刺杀秦王，出发前"太子及宾客知其事者皆白衣冠以送之，至易水上，既祖取道，高渐离击筑，荆轲和而歌。为变徵之声，士皆垂泪涕泣。又前而为歌曰：'风萧萧兮易水寒，壮士一去兮不复还。'复为慷慨羽声，士皆瞋目，发尽上指冠。"发冲冠：愤怒得头发直竖，将帽子顶起来。

译文

燕太子丹在易水送别荆轲时，壮士怒发冲冠，豪迈悲壮。当年的荆轲早已亡故，但今天的易水仍然寒气逼人。

点评

清人陈熙晋说："临海少年落魄，薄宦沉沦，始以贡疏被愆，继因草檄亡命"(《骆临海集笺注》)。这四句话大致概括了骆宾王悲剧的一生。

骆宾王对自己的际遇愤愤不平，对武则天的统治深为不满，期待时机，要为匡复李唐王朝，干出一番事业。可是在这种时机尚未到来之前的那种沉沦压抑的境遇，更使得诗人陷入彷徨企求的苦闷之中。《于易水送人》一绝就是曲折地反映了诗人的这种心境。

据史载，战国末年荆轲为燕太子丹复仇，欲以匕首威逼秦王，使其归还诸侯之地。临行时燕太子丹及高渐离、宋意着白衣冠(丧服)送于易水，高渐离击筑，荆轲应声而歌："风萧萧兮易水寒，壮士一去兮不复还"。歌声悲壮激越，"士皆瞋目，发尽上指冠"。这首诗的第一联，"此地别燕丹，壮士发冲冠"，就是写的这件事。"此地"，即诗题中的易水。"壮士发冲冠"，用来概括那个悲壮的送别场面，和人物激昂慷慨的心情，表达了诗人对荆轲的深深崇敬之意。如今在易水边送别友人，想起了荆轲的故事，这是很自然的。但是，诗的这种写法却又给人一种突兀之感，它舍弃了那些朋友交往、别情依依、别后思念等等一般送别诗的常见的内容，而是芟夷枝蔓，直入史事。这种破空而来的笔法，反映了诗人心中蕴蓄着一股难以遏止的愤激之情，借怀古以慨今，把昔日之易水壮别和今日之易水送人融为一体，从而为下面的抒情准备了条件，酝酿了气氛。

第二联"昔时人已没，今日水犹寒"。这两句用对仗的句式，由前一句自然地引出后一句。这后一句也就是全诗的中心所在。它寓情于景，景中带比，不仅意味着荆轲那种不畏强暴的高风亮节，千载犹存，而且还隐含了诗人对现实环境的深切感受。诗中用"已""犹"两个虚词，既使句子变得自然流利，也使音节变得纡徐舒缓，读来给人一种回肠荡气之感，更有力地抒发了抑郁难申的悲痛。

这首诗题为"送人"，但它并没有叙述一点朋友别离的情景，也没有告诉我们送的是何许人。然而，人们却完全可以由它的内容想象出那种"慷慨倚长剑，高歌一送君"的激昂壮别的场景，也可以想见那所送之人，定是肝胆相照的挚友。因为只有这样，诗人才愿意、才能够在分别之时不可抑制地一吐心中的块垒，而略去一切送别的常言套语。此诗题为送人，却纯是抒怀咏志。作为送别诗的一首，这首绝句可说是开风气之先吧。

别卢秦卿[①]

✻ 司空曙[②]

知有前期在[③]，难分[④]此夜中。
无将故人酒[⑤]，不及石尤风[⑥]。

注释

①诗题一作《留卢秦卿》。

②司空曙（720？—790？），字文明，一说字文初，广平（今河北永年）人，唐代诗人，"大历十才子"之一，又是同为"大历十才子"的卢纶的表兄。屡次赴试，后登进士第，官至虞部郎中。司空曙磊落有奇才，在长安曾与卢纶、独孤及和钱起吟咏唱和。其诗多赠别、羁旅之作，善于表现异乡流落之感和穷愁失意之情，诗风"婉雅闲淡，语近性情"（《唐音癸签》卷七），意蕴深长。有《司空曙诗集》二卷。《全唐诗》录其诗二卷。

③前期：前约，约定以后见面的时间。

④难分：难以割舍，不忍别离。

⑤无将：莫使，不要用。故人：老朋友。

⑥石尤风：逆风。《江湖纪闻》载，一位姓石的女子嫁给一位尤姓商人，丈夫在外经商，一直没有回家。妻子忧郁成疾，临终前叹息道：没有阻止他出去，真是终生遗憾啊！今后要有商船远行的话，我都会化为大风阻止它。

译文

送别你时，明知我们已约好再相会的日期，然而在这离别之夜，还是难舍难分。老朋友再留一留吧，我的这杯酒未必还不如那阻挡你船行的逆风。

点评

这是一首临别赠友诗，诗中直接道出了与友人难舍难分之情，自然而诚挚。诗人明知友人将别，却幻想能用一阵“石尤风”阻挡他前行，从侧面衬托出诗人对友人的挽留之情，也表达出两人的深厚友谊，读来真切感人。

答　人①

✽ 太上②隐者

偶来松树下，高枕石头眠。
山中无历③日，寒尽不知年。

注释

①答人：回答别人的问话。据说人们对一位追求闲适恬淡生活的隐者好奇，就当面问他的姓名，他笑而不答，写了这首诗作为回答。

②太上：太古、远古时代，相传那时人们生活在一个理想社会中。

③历：日历。

译文

我信步来到松树底下，用石头当枕头而自在安眠。山中没有历书，暑去寒来，不知今夕是何年何月。

点评

首句“偶来松树下，高枕石头眠”，这与其说是“答人”，毋宁说是有点像传神的自题小像。“偶来”，其行踪显得多么自由无羁，不可追蹑。“高枕”，则见其恬淡无忧。“松树”“石头”，设物布景简朴，却富于深山情趣。

在这“别有天地非人间”的山中，如同生活在想象中的远古社会，“虽无纪历志，四时自成岁。”（陶渊明《桃花源诗》）“寒尽”二字，就含四时成岁之意。而且它还进了一步，虽知“寒尽”岁暮，却又“不知年”。这里当含有两层意思：一层是从“无历日”演绎而来，意即“不解数甲子”（唐人诗句：“山僧不解数甲子，一叶落知天下秋。”）；二层是不知今是何世之意，犹《桃花源记》的“不知有汉，无论魏晋。"可见诗中人不但在空间上独来独往，在时间上也是无拘无碍的。到这里，"太上隐者"的形象完成了，且有呼之欲出之感。

"五绝无闲字易，有余味难。"（刘熙载《艺概》）此诗字字无虚设，语语古淡，无用力痕迹，其妙处尤在含意丰茸，令人神远。李太白《山中答俗人问》写问而不答，不答而答，表情已觉高逸。此诗则连问答字面俱无，旁若无人，却又是一篇绝妙的"答俗人问"。只不过其回答方式更为活泼无碍，更为得意妄言，令人有"羚羊挂角，无迹可求"之感。

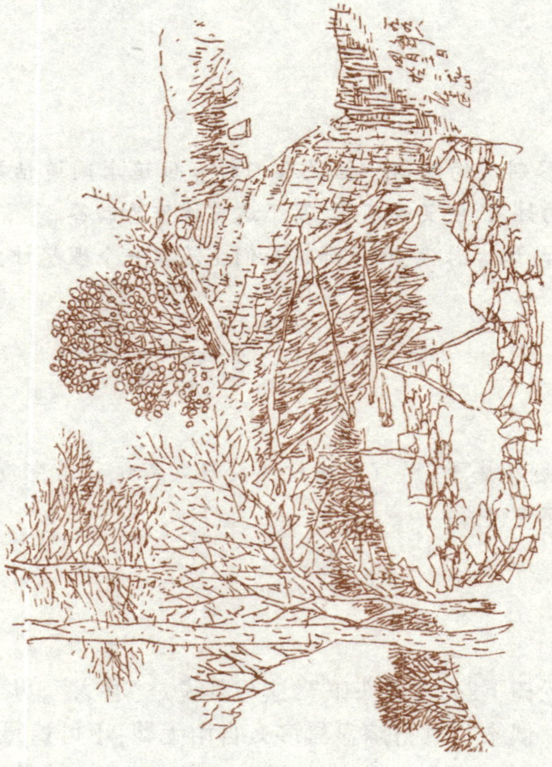

卷四　五律

幸蜀回至剑门①

✼ 李隆基②

剑阁横云峻③，銮舆出狩④回。
翠屏千仞⑤合，丹嶂五丁⑥开。
灌木萦⑦旗转，仙云拂马来。
乘时方在德⑧，嗟尔勒铭才⑨。

注释

①诗作于唐肃宗至德二年(757)。唐玄宗天宝十四载(755)，安史之乱爆发，天宝十五载，唐玄宗入蜀避难，太子李亨在灵武即位。次年，李亨迎玄宗回京，车驾到剑门，玄宗作此诗。诗歌联系神话传说写剑门的险峻，进而提出治国之道在于德政而不能依靠地势的险峻，反映了诗人乱后对治国方略的反思。幸蜀：到达四川，指安史之乱中到四川避难，是委婉的说法。幸，古代称帝王到某处为幸。蜀，四川。剑门：剑门关，又名剑阁，在今四川省剑阁县东北，得名于剑门山，是大剑山和小剑山之间的栈道，三国时诸葛亮所建，关口险峻，有“一夫当关，万夫莫开”之说。

②李隆基(685—762),即唐玄宗,是睿宗李旦第三子。始封楚王,后为临淄郡王,延和元年(712)即位。即位后励精图治,任用姚崇、宋璟为相,使唐朝经济、政治、文化等诸多领域的发展达到了顶峰,出现了开元盛世的辉煌局面。晚年纵情声色,重用权臣李林甫、杨国忠,国政日非,酿成安史之乱。他是唐朝在位时间最长的皇帝,李商隐在《马嵬》诗中称其"四纪为天子"。李隆基多才多艺,精通音律,工书法。《全唐诗》存诗一卷。

③横云峻:形容剑门关极高,横过云层。峻,高峻。

④銮(luán)舆:皇帝的车驾。出狩:皇帝离开京师到外地巡狩,又称作巡守,这里是李隆基对自己出逃的一种委婉说法。

⑤翠屏:绿色的屏风。千仞:形容山势高峻。仞,古代长度单位,一仞约为现在的八尺。

⑥丹嶂:赤红色的像屏障一样直立的陡峭山崖。五丁:典出《水经注·沔水》:"秦惠王欲伐蜀而不知道,作五石牛,以金置尾下,言能屎金,蜀王负力,令五丁引之成道。"五丁后喻指功勋卓著的功臣名将。

⑦萦:绕。

⑧乘时方在德:《史记》中吴起说魏国的宝"在德不在险"。乘时,顺应时势。

⑨嗟尔:赞叹你们。一说"尔"指张载。勒铭才:称赞随侍大臣们有张载一样的才华。张载,字孟阳,占籍安平武邑(今河北武邑县),晋代人。曾任佐著作郎,官至中书侍郎。因逢乱世,无意继续为官,辞归故里。张载高雅博学,与弟张协、张亢俱有文名,世称"三张"。明人辑其平生著作为《张孟阳集》。张载有《剑阁铭》,其中有"兴实在德,险亦难恃"。勒铭,刻石记功。

译文

剑阁道上山高势险,岭上乱云飞渡,我的车驾又从蜀中回到这里。青翠的高山像层层屏障排列着,千峰万峦合抱在一起,红色的山岩像座座门户锁闭着,只有五丁的巨力才能开通这条栈道。旌旗辗转在山峦间,到处被灌木丛林环绕遮蔽,车骑行进在峻岭之上,冉冉行云犹如飞仙拂马而来。过去的事实表明,国家的稳固和强大不是靠天然险阻,而在于教化。你们这班平定战乱的功臣的才德事迹足以刻石铭记。

点评

“剑阁横云峻，銮舆出狩回”二句，开篇扣题，力度千钧。诗中不去写山，只抓住山腰“横云”这一特定景观来写：在平原高不可及的层云，此刻只是层层低徊于剑门腰际，足见山高岭峻路险。“横”字，描绘出层云叠起，横截青峰，与峻伟山势，共同构成一种浩然雄劲的气势。

颔联二句：“翠屏千仞合，丹嶂五丁开”，互文见意。“屏”“嶂”均指山峰，“翠”“丹”渲染山色之美，玄宗回京经过剑阁，虽已是十月初冬时分，但南国天气，正是枫叶流丹、青松积翠的好季节。山路萦绕，只见座座山峦，红绿纷呈，丹翠辉映。“千仞合”写道路险阻。

“灌木萦旗转，仙云拂马来”，落笔于事，事中见景。“灌木”句写道路之曲。太白诗“青泥何盘盘，百步九折萦岩峦”，足见弯道众多。仪仗左转右转，旌旗摇动，乘舆前行，反觉是路边的树木山石在转移倒退。

尾联“乘时方在德，嗟尔勒铭才”，是就剑阁石壁所勒张载铭文发议论，张氏在《剑阁铭》中明确提出，“兴实在德，险亦难恃”，并在文尾声明撰铭宗旨：“勒铭山阿，敢告梁益”，警告汉中和四川的不臣者，天命所钟，在德不在险。玄宗读罢铭文，深有同感。

和晋陵陆丞早春游望[1]

✻ 杜审言[2]

独有宦游[3]人，偏惊物候新[4]。
云霞出海曙[5]，梅柳渡江春。
淑气[6]催黄鸟，晴光转绿蘋[7]。
忽闻歌古调[8]，归思欲沾巾[9]。

注释

①诗题一作《和晋陵陆丞相早春游望》，陆丞即陆元方，武后时曾任宰相。陆有《早春游望》，杜审言就写了这首和作。晋陵：县名，昆陵郡治所，在今江苏常州市。

②杜审言（648？—708），字必简，祖籍襄州襄阳（今属湖北），父亲迁居巩县（今属河南），晋征南将军杜预的远裔。咸亨元年（670）擢进士第，曾拜著作郎，迁膳部员外郎。神龙初年流放岭南，不久召还，任国子监主簿、修文馆直学士。与李峤、崔融、苏味道为"文章四友"。他的诗以浑厚见长，精于律诗，尤工五律，与同时的沈佺期、宋之问齐名。他对律诗的定型做出了杰出的贡献，由此也奠定了他在诗歌发展史中的地位。有《杜审言集》。

③宦游：在外做官的人。

④偏：特别。物候：自然界显出季节变化的现象。

⑤曙：曙光。

⑥淑气：温暖的气候。

⑦晴光：晴朗的阳光。蘋：浮萍，蕨类植物，多年生水草，又名田字草。这里化用江淹《咏梅人春游》"江南二月春，东风转绿萍"句意。

⑧古调：古时传统曲调，这里指陆丞的《早春游望》。

⑨归思：思乡的念头。巾：手巾。

译文

只有远离故里外出做官之人，才特别敏感自然物候转化更新。海上云霞灿烂旭日即将东升，江南梅红柳绿江北却才回春。和暖的春气催促着黄莺歌唱，晴朗的阳光下绿苹颜色转深。忽然听到你歌吟古朴的曲调，勾起归思情怀令人落泪沾襟。

点评

这是一首和诗。原唱是晋陵陆丞作的《早春游望》。晋陵即今江苏常州，唐代属江南东道毗陵郡。陆丞，作者的友人，不详其名，时在晋陵任县丞。大约武则天永昌元年(689)前后，杜审言在江阴县任职，与陆某是同郡邻县的僚友。他们同游唱和，可能即在其时。陆某原唱已不可知。杜审言这首和诗是用原唱同题抒发自己宦游江南的感慨和归思。

诗人在唐高宗咸亨元年(670)中进士后，仕途失意，一直充任县丞、县尉之类小官。到永昌元年，他宦游已近二十年，诗名甚高，却仍然远离京洛，在江阴这个小县当小官，心情很不高兴。江南早春天气，和朋友一起游览风景，本是赏心乐事，但他却像王粲登楼那样，“虽信美而非吾土”，不如归去。所以这首和诗写得别有情致，惊新而不快，赏心而不乐，感受新鲜而思绪凄清，景色优美而情调淡然，甚至于伤感，有满腹牢骚在言外。

诗一开头就发感慨，说只有离别家乡、奔走仕途的游子，才会对异乡的节物气候感到新奇而大惊小怪。言外即谓，如果在家乡，或是当地人，则习见而不怪。在这“独有”“偏惊”的强调语气中，生动表现出诗人宦游江南的矛盾心情。这一开头相当别致，很有个性特点。

中间两联即写“惊新”。表面看，这两联写江南新春伊始至仲春二月的物候变化特点，表现出江南春光明媚、鸟语花香的水乡景色。实际上，诗人是从比较故乡中原物候来写异乡江南的新奇的，在江南仲春的新鲜风光里有着诗人怀念中原暮春的故土情意，句句惊新而处处怀乡。

“云霞”句是写新春伊始。在古人观念中，春神东帝，方位在东，日出于东，春来自东。但在中原，新春伊始的物候是“东风解冻，蛰虫始振，鱼上冰”(《礼记·月令》)，风已暖而水犹寒。而江南水乡近海，春风春水都暖，并且多云。所以诗人突出地写江南的新春是与太阳一起从东方的大海升临人间的，像曙光一样映照着满天云霞。

“梅柳”句是写初春正月的花木。同是梅花柳树,同属初春正月,在北方是雪里寻梅,遥看柳色,残冬未消;而江南已经梅花缤纷,柳叶翩翩,春意盎然,正如诗人在同年正月作的《大酺》中所形容的:“梅花落处疑残雪,柳叶开时任好风。”所以这句说梅柳渡过江来,江南就完全是花发木荣的春天了。

接着,写春鸟。“淑气”谓春天温暖气候,“黄鸟”即黄莺,又名仓庚。仲春二月“仓庚鸣”(《礼记·月令》),南北皆然,但江南的黄莺叫得更欢。西晋诗人陆机说:“蕙草饶淑气,时鸟多好音。”(《悲哉行》)“淑气催黄鸟”,便是化用陆诗,而以一个“催”字,突出了江南二月春鸟更其欢鸣的特点。

然后,写水草。“晴光”即谓春光,“绿蘋”是浮萍。在中原,季春三月“萍始生”(《礼记·月令》);在江南,梁代诗人江淹说:“江南二月春,东风转绿蘋。”(《咏美人春游》)这句说“晴光转绿蘋”,便是化用江诗,也就暗示出江南二月仲春的物候,恰同中原三月暮春,整整早了一个月。

总之,新因旧而见奇,景因情而方惊。惊新由于怀旧,思乡情切,更觉异乡新奇。这两联写眼中所见江南物候,也寓含着心中怀念中原故乡之情,与首联的矛盾心情正相一贯,同时也自然地转到末联。

“古调”是尊重陆丞原唱的用语。诗人用“忽闻”以示意外语气,巧妙地表现出陆丞的诗在无意中触到诗人心中思乡之痛,因而感伤流泪。反过来看,正因为诗人本来思乡情切,所以一经触发,便伤心流泪。这个结尾,既点明归思,又点出和意,结构谨严缜密。

前人欣赏这首诗,往往偏爱首、尾两联,而略过中间两联。其实,它的构思是完整而有独创的。起结固然别致,但是如果没有中间两联独特的情景描写,整首诗就不会如此丰满、贯通而别有情趣,也不切题意。从这个意义上说,这首诗的精彩处,恰在中间两联。

蓬莱三殿侍宴奉敕咏终南山[1]

✻ 杜审言

北斗[2]挂城边，南山[3]倚殿前。
云标金阙迥[4]，树杪玉堂[5]悬。
半岭[6]通佳气，中峰绕瑞烟。
小臣持献寿[7]，长此戴尧天[8]。

注释

①诗作于唐中宗景龙三年(709)十一月十五日，时中宗诞辰，长宁公主满月，中宗在蓬莱三殿赐宴群臣，杜审言奉命而作，当时李峤的应制诗有“神龙见象日，仙凤养雏年”句。蓬莱三殿：唐大明宫内麟德殿，《长安志》载：“西北有麟德殿，此殿三面，南有阁……凡内宴多于此殿。”奉敕：奉皇帝之命写诗。终南山：在今陕西省西安市南。

②北斗：北斗星。

③南山：终南山。

④云标：云端。金阙：皇宫，指其富丽堂皇。迥(jiǒng)：高远。

⑤树杪：树梢。玉堂：本为汉代宫殿，这里泛指宫殿。

⑥半岭：半山腰。

⑦小臣：诗人自称。持：持酒。献寿：祝寿。

⑧戴：头顶着，引申为生活在什么情况下。尧天：如同尧帝时代一样的太平盛世。语出《论语·泰伯》："唯天为大，唯尧则之。"

译文

北斗星悬挂在京城天边，终南山倚靠在宫殿前面。巍峨的宫殿高耸入云，明净的殿堂远远望去像挂在树梢上边。京城中一派和乐喜庆的气氛，散步到城外，连大半个秦岭都笼罩在这片喜庆之中；官殿中吉祥的香烟，袅袅飘向天空，连终南山的高峰也缭绕着这种烟雾。我手捧诗歌前来贺寿，希望皇上治理的天下永远政治清明，国泰民安。

点评

这首应制诗是为皇帝诞辰而作。诗人用"北斗""南山""金阙""玉堂"等词既显示出皇宫大院的巍峨气派和富丽堂皇，又衬托出皇帝的九五之尊和无比威严，收到了很好的效果。"佳气"和"瑞烟"进一步颂赞皇帝治理下的太平盛世。尾联点出此诗乃奉敕而写，呼应了题意。

春夜别友人①

✻ 陈子昂

银烛②吐清烟，金尊对绮筵③。
离堂思琴瑟④，别路⑤绕山川。
明月隐高树，长河⑥没晓天。
悠悠⑦洛阳去，此会⑧在何年。

注释

①诗作于武则天垂拱四年(688)前后，诗人准备离开故乡，前往洛阳，友人张筵为他饯行，陈子昂赠诗二首，本诗为第一首。一说作于武则天光宅元年(684)，诗人离蜀赴洛阳应试。

②银烛：白色蜡烛。

③金尊：酒樽的美称，精美的酒杯。绮筵：丰盛的宴席。

④离堂：设宴饯别的客厅。琴瑟：指朋友宴饮之乐，典出《诗经·小雅·鹿鸣》："我有嘉宾，鼓琴鼓瑟。"

⑤别路：朋友分别后踏上的路程。

⑥长河：银河。

⑦悠悠：遥远，漫长。

⑧此会：这样的聚会。

译文

明亮的蜡烛吐着缕缕青烟，高举金杯面对精美丰盛的席宴。饯别的厅堂里回忆着朋友的情意融洽，分别后要绕山过水，路途遥远。宴席一直持续到明月隐蔽在高树之后，银河消失在拂晓之中。走在这悠长的洛阳道上，不知什么时候才能相会。

点评

本诗约作于武则天光宅元年(684)春。时年二十六岁的陈子昂离开家乡四川射洪，奔赴东都洛阳，准备向朝廷上书，求取功名。临行前，友人设宴欢送他。席间，友人的一片真情触发了作者胸中的诗潮。这首离别之作，就从宴会的情景落笔。

“银烛吐青烟，金樽对绮筵”。首联用对起格，语言富于对称美，同时也使得眼前景物形象鲜明，在对比中显出色彩美。银烛，晶莹洁白的蜡烛；金樽，形容酒杯华贵、考究；绮筵，华美的筵席。这一联遣词华丽，铺陈宴会隆重热闹场面，以烘托出友情的深厚。

筵席虽然丰盛，但它是为送行而设，因此不免又笼罩上一层离别气氛，使在座的人于欢声笑语之外渐渐产生惆怅与伤感之意。“离堂思琴瑟，别路绕山川”一联，承首联而引出离别的主题。这一联自谢朓《离夜》诗的“离堂华烛尽，别幌清琴哀”二句化出，但比谢诗显得出语更自然意境更深远，明确地抒写出此时此地惜别的情景。

第三联“明月隐高树，长河没晓天”，描写夜空的景色。这里并不是泛泛写景，而是借背景的扩展和时间的推移来进一步映衬别情。长河没晓天，指银河消失在曙色之中。这一联表面看像专写夜空，实则紧扣夜宴。月亮已隐没到高树之后，银河也消失在曙色之中了，人却没有散去，实写双方难舍难分，时间在不觉中逝去，通过夜宴之长，衬托别情之深，这种以景衬情的含蓄手法，比正面抒写离情更有感染力。

篇末以“悠悠洛阳道，此会在何年”的问句作结。

悠悠，遥远；洛阳道，通往洛阳的路。这两句说：此去洛阳的道路十分遥远，这一分手，不知何时才能见面？这个结尾，感情真挚，语言质朴。全诗因反复渲染离情而浸上了一层淡淡的愁绪。由于诗人此行是满怀信心地去求取功名，因而诗篇虽略有感伤色彩，但基调却高昂明快，并不给人以低徊悲抑之感。

此诗通篇畅达优美，除了开头一联因场面描写之需而适当选用华丽辞藻外，其余用语都不加藻饰，平淡自然。他所追求的乃是整首诗的深厚和雅。清人纪昀说得好：“此种诗当于神骨气脉之间得其雄厚之味，若逐句拆开，即不得其佳处。如但摹其声调，亦落空腔。”再有，此诗虽写眼前景，心中情，却有所继承和借鉴。有人指出，它“从小谢《离夜》一首脱化来”。《离夜》即谢朓《离夜同江丞王常侍作》,也是写一次夜宴。两相比较可知,陈诗在章法、用语等方面都明显受了谢诗影响。但陈子昂并没有简单地模拟前人,而是有所创新。谢诗较直露和简洁,陈诗则婉转而细腻,在结构上更善于回环曲折地精心布局,情和景的安排上,先以秾丽之笔铺写宴会之盛,次以婉曲之调传达离别之愁,再以宏大的时空背景烘托出宴会之久与友谊之长,最后以展望征途来结束全篇,层次分明。通篇情景合一,从优美的意象描写中自然地流露感情,胜于一般的离别之作。

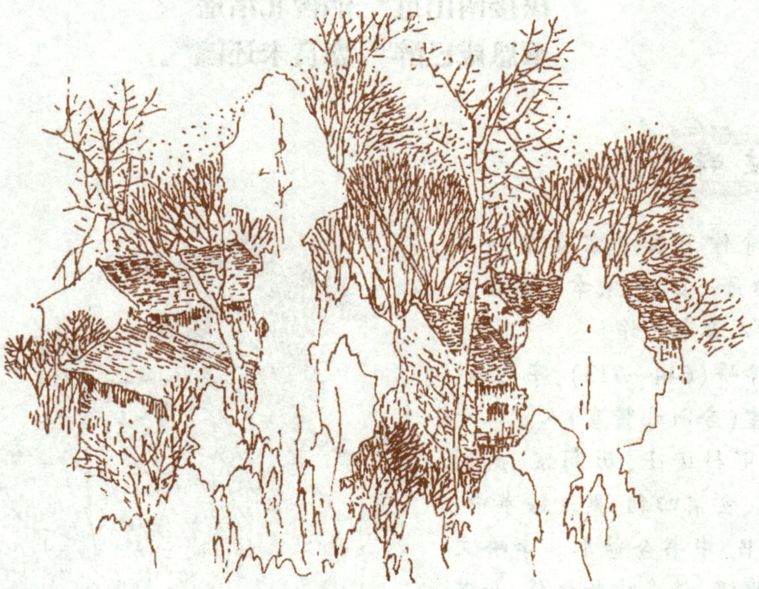

长宁公主东庄侍宴①

✻李　峤②

别业临青甸③，鸣銮降紫霄④。
长筵鹓鹭集⑤，仙管凤凰调⑥。
树接南山近⑦，烟含北渚遥⑧。
承恩咸已醉⑨，恋赏未还镳⑩。

注释

①诗作于唐中宗景龙四年(710)四月一日，中宗幸长宁公主庄园，诗人奉命而作。

②李峤(644—713)，字巨山，赵州赞皇(今河北赞皇)人。二十举制策甲科进士，历高宗、武则天、中宗、玄宗四朝，累迁给事中、吏部尚书、中书令等职。李峤文学造诣很深，诗多咏物之作，与苏味道合称苏李，又与苏味道、崔融、杜审言并称"文章四友"。晚年被尊为文章宿老。代表作《汾阴行》颇为时人推崇。有《李峤集》。

③青甸：青色的郊原。

④銮：皇帝车驾上用的铃。紫霄：本指天，此指皇宫。

⑤长筵：长排的宴席。鹓鹭：本为两种鸟名，因为飞行有序，所以用来比喻百官朝见皇帝时秩序井然。

⑥仙管：管乐的美称。凤凰调：形容音调优美，像凤凰鸣叫。

⑦南山：终南山。

⑧渚：水中陆地。

⑨承恩：蒙受恩典。咸：全、都。

⑩恋赏：流连玩赏。还镳(biāo)：返回。镳，马嚼子，这里代指马。

译文

长宁公主的东庄别墅在遍地青草的城郊，皇上的御驾好像从天而降来到这里。举行盛宴，百官有如鹓鹭齐集班行；箫管奏鸣，曲调优美动听。别墅树木高耸，要与终南山相接，显得很近；庄园烟霞缭绕，欲与渭水相映，显得很远。得到皇上的恩泽，群臣都已醉；皇上留恋东庄美景，要继续欣赏，还没有回宫。

点评

全诗用铺陈夸张的手法极力渲染了长宁公主别墅的豪奢胜景，以及皇帝驾临筵宴的盛况景象。诗歌写得华丽、生动，气势阔大，虽然内容仍不脱应制诗之窠臼，但整体气象上稍为胜出。

恩赐丽正殿书院赐宴应制得林字①

✻张　说

东壁②图书府，西园翰墨③林。
诵诗闻国政④，讲易见天心⑤。
位窃和羹⑥重，恩叨⑦醉酒深。
载歌春兴曲⑧，情竭为知音⑨。

注释

①唐玄宗开元十三年(725)建丽正殿书院，命张说为书院使，执掌儒臣讲读经史诸事。张说在宴席上，奉唐玄宗之命做诗，得"林"字韵。丽正殿书院：即丽正书院，唐玄宗开元十三年(725)建，是帝王读书的地方。制：古代称皇帝的命令为制。得林字：押林字韵。

②东壁：二十八星宿之一，由飞马座和仙女座组成，古人认为它是掌管天上文章图书的秘府，后世称皇家藏书秘府为东壁。《晋书·天文志上》："东壁二星，主文章，天下图书之秘府也。"

③西园：三国时魏国园林，曹丕、曹植与建安七子等文人多在此筵集赋诗，后世称为西园雅集。翰墨：笔墨，这里指文人雅士。

④诗：《诗经》。闻：从中听到。国政：国家政事，治国道理。

⑤易：《易经》。天心：天意。

⑥位窃：诗人自谦的说法，居官。和羹：调和羹汤，比喻宰相辅佐皇帝理政。

⑦恩叨：即叨恩，受到恩惠。

⑧载：乃，就。春兴曲：充满春意的曲子，指本诗。

⑨情竭：尽情。知音：知己，知遇，这里指唐玄宗。

译文

东边是藏书馆舍，正应天上东壁文章的星象；西边是学士雅集，巧合曹植当年名人相聚的典故。诵读《诗经》以晓治国之道，讲解《易经》以知天地之妙，我窃居宰相高位，身负着重任，因蒙受皇恩而开怀畅饮。宴会上载歌载舞，春意融融，引起了我作诗的雅兴，希望竭尽所能报答皇上的知遇之恩。

点评

这也是一首应制诗，按皇帝规定用林字韵。当时作者身为丞相，又逢皇帝赐宴，自然豪情满怀。诗中大量用典，抒写了自己一心辅君治国的情怀。

“东壁图书府，西园翰墨林。”丽正殿设了书院，成了文人学士聚会赋诗的地方。

“诵诗闻国政，讲易见天心。”诵读《诗经》，能了解国家大事；讲习《易经》，可知道天道变数的本源。

“位窃和羹重，恩叨醉酒深。”我身为宰相，负有辅佐君主治理国家的重任；承蒙皇帝赐宴，不觉喝得酩酊大醉。

“载歌春兴曲，情竭为知音。”心情激动，吟咏一支颂扬春和景明的乐曲；竭尽才智来依韵赋诗，以报答皇帝的知遇之恩。

送友人[1]

李 白

青山横北郭[2]，白水[3]绕东城。
此地一为别，孤蓬[4]万里征。
浮云游子意[5]，落日故人情[6]。
挥手自兹去[7]，萧萧班马鸣[8]。

注释

①诗作于唐玄宗天宝末年(约754)，李白在安徽宣城与游人赠别。一说作于唐玄宗开元二十六年(738)，李白漫游江淮。

②郭：外城；古人称城外为郭，郭外为郊，郊外为野。

③白水：清澈的河水。

④蓬：蓬草，又名飞蓬，枯后根断，遇风飞旋，多用来比喻漂泊在外的旅人。

⑤游子：旅居他乡的人。

⑥故人：老朋友，指诗人自己。

⑦兹：此。

⑧萧萧：马鸣声。班马：离群的马，此指离别的马。班，别。

译文

北城门外青山横亘,东城之外白水环绕。在此地一分别,你就要像孤蓬一样万里飘泊了。白云飘浮不定,如游子心意。太阳缓缓落山,像我依依不舍的感情。彼此挥手,从此别离,萧萧马鸣,不忍分别。

点评

这是一首充满诗情画意的送别诗,诗人与友人策马辞行,情意绵绵,动人肺腑。首联"青山横北郭,白水绕东城",点出告别的地点。诗人已经送友人来到了城外,然而两人仍然并肩缓辔,不愿分离。只见远处,青翠的山峦横亘在外城的北面,波光粼粼的流水绕城东潺潺而过。这两句,"青山"对"白水","北郭"对"东城",首联即写成工丽的对偶句,确是别开生面,而且"青""白"相间,色彩明丽。"横"字勾勒青山的静姿,"绕"字描画白水的动态。诗笔挥洒自如,描摹出一幅寥廓秀丽的图景。

中间两联切题,写离别的深情。颔联"此地一为别,孤蓬万里征"。此地一别,离人就要像蓬草那样随风飞转,到万里之外去了。此二句表达了对朋友漂泊生涯的深切关怀。落笔如行云流水,舒畅自然,不拘泥于对仗,别具一格。颈联"浮云游子意,落日故人情",却又写得十分工整,"浮云"对"落日","游子意"对"故人情"。

同时,诗人又巧妙地用"浮云"、"落日"作比,来表明心意。天空中一抹白云,随风飘浮,象征着友人行踪不定,任意东西;远处一轮红彤彤的夕阳徐徐而下,似乎不忍遽然离开大地,隐喻诗人对朋友依依惜别的心情。在这山明水秀、红日西照的背景下送别,特别令人留恋而感到难舍难分。这里既有景,又有情,情景交融,扣人心弦。尾联两句,情意更切。"挥手自兹去,萧萧班马鸣。"送君千里,终须一别。"挥手",是写了分离时的动作,那么内心的感觉如何呢?诗人没有直说,只写了"萧萧班马鸣"的动人场景。这一句出自《诗经·车攻》"萧萧马鸣",班马,离群的马。诗人和友人马上挥手告别,频频致意。那两匹马仿佛懂得主人心情,也不愿脱离同伴,临别时禁不住萧萧长鸣,似有无限深情。马犹如此,人何以堪!李白化用古典诗句,著一"班"字,便翻出新意,烘托出缱绻情谊,可谓鬼斧神工。

这首送别诗写得新颖别致,不落俗套。诗中青翠的山岭,清澈的流水,火红的落日,洁白的浮云,相互映衬,色彩璀璨。班马长鸣,形象新鲜活泼。自然美与人情美交织在一起,写得有声有色,气韵生动。诗的节奏明快,感情真挚热诚而又豁达乐观,毫无缠绵悱恻的哀伤情调。这正是评家深为赞赏的李白送别诗的特色。

送友人入蜀①

✻李　白

见说蚕丛路②，崎岖③不易行。
山从人面起，云傍马头生。
芳树笼秦栈④，春流绕蜀城。
升沉⑤应已定，不必问君平⑥。

注释

①这首诗大约作于天宝二年(743)，李白在长安送友人回四川时。这年春天，李白游坊州，不久归长安，适逢友人王炎入蜀，便作此诗及《剑阁赋》送之。入蜀：到蜀地(今四川省)去。

②见说：听说。蚕丛：古蜀国国王，借指蜀地。

③崎岖：形容道路高低不平。

④笼：笼罩。秦栈：秦时的栈道，这里是说栈道的古老。栈，在陡岩峭壁之上凿岩架木，上铺木板以通行。

⑤升沉：官途得失。

⑥君平：汉代严遵，字君平，隐居成都，以占卜为生。

译文

听说从这里去蜀国的道路，崎岖艰险自来就不易通行。山崖从人的脸旁突兀而起，云气依傍着马头上升翻腾。花树笼罩从秦入川的栈道，春江碧水绕流蜀地的都城。你的进退升沉都命中已定，用不着去询问善卜的君平。

点评

这是一首以描绘蜀道山川的奇美著称的抒情诗。天宝二年(743)李白在长安送友人入蜀时所作。

全诗从送别和入蜀这两方面落笔描述。首联写入蜀的道路,先从蜀道之难开始:"见说蚕丛路,崎岖不易行。"

临别之际,李白亲切地叮嘱友人:听说蜀道崎岖险阻,路上处处是层峦叠嶂,不易通行。语调平缓自然,恍若两个好友在娓娓而谈,感情显得诚挚而恳切。它和《蜀道难》以饱含强烈激情的感叹句"噫吁嚱,危乎高哉,蜀道之难难于上青天"开始,写法迥然不同,这里只是平静地叙述,而且还是"见说",显得很委婉,浑然无迹。首联入题,提出送别意。颔联就"崎岖不易行"的蜀道作进一步的具体描画:

"山从人面起,云傍马头生。"

蜀道在崇山峻岭上迂回盘绕,人在栈道上走,山崖峭壁宛如迎面而来,从人的脸侧重迭而起,云气依傍着马头而升起翻腾,像是腾云驾雾一般。"起""生"两个动词用得极好,生动地表现了栈道的狭窄、险峻、高危,想象诡异,境界奇美,写得气韵飞动。

蜀道一方面显得峥嵘险阻,另一方面也有优美动人的地方,瑰丽的风光就在秦栈上:

"芳树笼秦栈,春流绕蜀城。"

此联中的"笼"字是评家所称道的"诗眼",写得生动、传神,含意丰满,表现了多方面的内容。它包含的第一层意思是:山岩峭壁上突出的林木,枝叶婆娑,笼罩着栈道。这正是从远处观看到的景色。秦栈便是由秦(今陕西省)入蜀的栈道,在山岩间凿石架木建成,路面狭隘,道旁不会长满树木。"笼"字准确地描画了栈道林荫是由山上树木朝下覆盖而成的特色。第二层的意思是:与前面的"芳树"相呼应,形象地表达了春林长得繁盛芳茂的景象。最后,"笼秦栈"与对句的"绕蜀城",字凝语炼,恰好构成严密工整的对偶句。前者写山上蜀道景致,后者写山下春江环绕成都而奔流的美景。远景与近景上下配合,相互映衬,风光旖旎,有如一幅瑰玮的蜀道山水画。诗人以浓彩描绘蜀道胜景,这对入蜀的友人来说,无疑是一种抚慰与鼓舞。尾联忽又翻出题旨:

"升沉应已定,不必问君平。"

李白了解他的朋友是怀着追求功名富贵的目的入蜀,因而临别赠言,便意味深长地告诫:个人的官爵地位,进退升沉都早有定局,何必再去询问善卜的君平呢！西汉严遵，字君平，隐居不仕，曾在成都卖卜为生。李白借用君平的典故，婉转地启发他的朋友不要沉迷于功名利禄之中，可谓循循善诱，凝聚着深挚的情谊，而其中又不乏自身的身世感慨。尾联写得含蓄蕴藉，语短情长。

这首诗，风格清新俊逸，曾被前人推崇为“五律正宗”（《唐宋诗醇》卷一）。

诗的中间两联对仗非常精工严整，而且，颔联语意奇险，极言蜀道之难，颈联忽描写纤丽，又道风景可乐，笔力开阖顿挫，变化万千。最后，以议论作结，实现主旨，更富有韵味。清人赵翼曾指出李白所写的五律，“盖才气豪迈，全以神运，自不屑束缚于格律对偶，与雕绘者争长。然有对偶处，仍自工丽；且工丽中别有一种英爽之气，溢出行墨之外”（《瓯北诗话》卷一）。这一评语很精确，正好道出了这首五律在对偶上的艺术特点。

次北固山下[1]

✽王　湾[2]

客路[3]青山外，行舟绿水前。

潮平两岸阔[4]，风正[5]一帆悬。

海日生残夜[6]，江春入旧年[7]。

乡书何由达[8]？归雁[9]洛阳边。

注释

①诗题一作《江南意》。

②王湾（693—751），洛阳人，先天年间（712—713）进士及第。开元初，为荥阳主簿。马怀素请校正群籍，编纂《群书四部录》，召博学之士，分部撰次，王湾在选。后又与陆绍伯等同校丽正院书，终洛阳尉。博学工诗，诗虽流传不多，但享名甚大。次：到，停留。北固山：在今江苏省镇江市北，下临长江，与焦山、金山并称京口三山。

③客路：大路，旅途。

④潮平：江水高涨而又平静。两岸阔：一作“两岸失”。

⑤风正：风顺。

⑥海日：从海上升起的朝阳。残夜：夜尽时，天快亮的时候。

⑦入旧年：指春暖早到节令交替。

⑧乡书：家信。何由达：由谁传递。

⑨归雁：我国古代有鸿雁传书的说法，源于《汉书·苏武传》。

译文

旅客要走的道路呀，正从青青北固山向远方伸展。江上碧波荡漾，我正好乘船向前。

潮水上涨，与岸齐平，江面变得开阔无边。和风吹拂，风向不偏，一叶白帆好像悬挂在高远江天。红日从东海上诞生了，冲破残夜，驱尽大地的黑暗。大江弥漫着温煦的气息，春天提早进入了旧年。我多么思念亲爱的故乡，书信早已写好，如何寄回家园？掠过晴空的北归鸿雁啊，拜托你们，把信捎到洛阳那边。

点评

这首题为《次北固山下》的五律，最早见于唐人芮挺章编选的《国秀集》。唐人殷璠选入《河岳英灵集》时题为《江南意》，但有不少异文："南国多新意，东行伺早天。潮平两岸失，风正数帆悬。海日生残夜，江春入旧年。从来观气象，惟向此中偏。"本文系据长期传诵的《次北固山下》。

王湾是洛阳人，一生中，"尝往来吴楚间"。"北固山"，在今江苏镇江市以北，三面临江。上引《江南意》中首二句为"南国多新意，东行伺早天。"其"东行"，当是经镇江到江南一带去。诗人一路行来，当舟次北固山下的时候，潮平岸阔，残夜归雁，触发了心中的情思，吟成了这一千古名篇。

诗以对偶句发端，既工丽，又跳脱。"客路"，指作者要去的路；"青山"点题中"北固山"。作者乘舟，正朝着展现在眼前的"绿水"前进，驶向"青山"，驶向"青山"之外遥远的"客路"。这一联先写"客路"而后写"行舟"，其人在江南、神驰故里的漂泊羁旅之情，已流露于字里行间，与末联的"乡书""归雁"，遥相照应。

颔联的"潮平两岸阔"，"阔"，是表现"潮平"的结果。春潮涌涨，江水浩渺，放眼望去，江面似乎与岸平了，船上人的视野也因之开阔。这一句，写得恢弘阔大，下一句"风正一帆悬"，便愈见精彩。"悬"是端端直直地高挂着的样子。诗人不用"风顺"而用"风正"，是因为光"风顺"还不足以保证"一帆悬"。风虽顺，却很猛，那帆就鼓成弧形了。只有既是顺风，又是和风，帆才能够"悬"。那个"正"字，兼包"顺"与"和"的内容。这一句写小景已相当传神。但还不仅如此，如王夫之所指出，这句诗的妙处，还在于它"以小景传大景之神"（《姜斋诗话》

卷上)。可以设想,如果在曲曲折折的小河里行船,老要转弯子,这样的小景是难得出现的。如果在三峡行船,即使风顺而风和,却依然波翻浪涌,这样的小景也是难得出现的。诗句妙在通过"风正一帆悬"这一小景,把平野开阔、大江直流、波平浪静等等的大景也表现出来了。

读到第三联,就知道作者是于岁暮蜡残,连夜行舟的。潮平而无浪,风顺而不猛,近看可见江水碧绿,远望可见两岸空阔。这显然是一个晴明的、处处透露着春天气息的夜晚,孤舟扬帆,缓行江上,不觉已到残夜。这第三联,就是表现江上行舟,即将天亮时的情景。

这一联历来脍炙人口,殷璠说:"'海日生残夜,江春入旧年',诗人已来少有此句。张燕公(张说)手题政事堂,每示能文,令为楷式。"(《河岳英灵集》)明代胡应麟在《诗薮·内编》里说,"海日"一联"形容景物,妙绝千古"。当残夜还未消退之时,一轮红日已从海上升起;当旧年尚未逝去,江上已呈露春意。"日生残夜""春入旧年",都表示时序的交替,而且是那样匆匆不可待,这怎不叫身在"客路"的诗人顿生思乡之情呢?这两句炼字炼句也极见功夫。作者从炼意着眼,把"日"与"春"作为新生的美好事物的象征,提到主语的位置而加以强调,并且用"生"字和"入"字使之拟人化,赋予它们以人的意志和情思。妙在作者无意说理,却在描写景物、节令之中,蕴含着一种自然的理趣。海日生于残夜,将驱尽黑暗;江春,那江上景物所表现的"春意",闯入旧年,将赶走严冬。不仅写景逼真,叙事确切,而且表现出具有普遍意义的生活真理,给人以乐观、积极、向上的艺术鼓舞力量。

海日东升,春意萌动,诗人放舟于绿水之上,继续向青山之外的客路驶去。这时候,一群北归的大雁正掠过晴空。雁儿正要经过洛阳的啊!诗人想起了"雁足传书"的故事,还是托雁捎个信吧:雁儿啊,烦劳你们飞过洛阳的时候,替我问候一下家里人。这两句紧承三联而来,遥应首联,全篇笼罩着一层淡淡的乡思愁绪。

这首五律虽然以第三联驰誉当时,传诵后世,但并不是只有两个佳句而已;从整体看,也是相当和谐,相当优美的。

苏氏别业

✽祖　咏[1]

别业居幽处[2],到来生隐心[3]。
南山当户牖[4],澧水[5]映园林。
竹覆经冬雪,庭昏未夕阴。
寥寥[6]人境外,闲坐听春禽。

注释

①祖咏(699—746?),洛阳人。唐开元年间中进士第,屡遭迁谪,仕途落拓,遂无意于政治,归隐汝坟别业,以渔樵隐居生活终。祖咏与王维交情颇深,往来酬唱频繁。王维在济州赠诗云:"结交二十载,不得一日展。贫病子既深,契阔余不浅。"(《赠祖三咏》)其诗作以描写隐逸生活、山水风光为主,辞意清新、文字洗练,是盛唐山水田园诗派代表人之一,有《祖咏集》。

②幽处:幽静的地方。

③隐心:归隐山林的心思。

④南山:终南山。当:对着。户牖:门窗。

⑤澧水:又作"丰水",渭水的支流,发源于终南山。

⑥寥寥:空寂,人迹罕至。

译文

苏氏的别墅在非常清幽的地方,人们到此一看就会顿生隐居的心情。终南山正对着别墅的门窗,澧水围绕着庄园的园林,经冬未化之雪覆盖在竹梢,天还未到黄昏庭院已昏暗。别墅幽深寂静远离人境,可以悠然闲坐谛听春鸟的啼鸣。

点评

这首五言律诗,诗人描写他到深山中的苏氏别墅游览的情景。全篇语言洗练,造语新奇,格律严谨,意境清幽,是盛唐五言律的一首杰作。

开始两句点明别墅坐落在深山幽僻之处,并抒写自己一到别墅就产生了隐逸之情。叙事干净利落,开篇即点明主旨。以下,就从各个角度写景抒情,具体阐述这个“临幽欲隐”的主题。

中间四句写景极美妙。高峻辽阔的终南山,充当了这座别墅的门窗。住在这所别墅的人,推开门窗就能尽览奇秀的山色。而那一道从终南山流出来的丰水,它的粼粼碧波映照着别墅的园林。由此别墅主人自然又可以经常观赏青山、园林的秀丽倒影了。这两句描写别墅环境的幽美,依山傍水,境界开阔。巧妙之处是采用借景的手法,借窗户绘南山,借园林写丰水,在小景、近景中蕴藏着大景、远景,这就是王夫之在《姜斋诗话》中说的“以小景传大景之神”。“竹覆”、“庭昏”二句从远景转入近景,描写别墅园庭。诗人惊异地看到:遮掩着别墅的竹林,还覆盖着经久不化的白雪,尽管还没有到傍晚,庭院就已笼罩在浓重的昏暗之中。这两句诗,用字非常精炼。“经冬”,表明了这时已是春天;“未夕”,说明这是白昼;“覆”字表现积雪很厚。在春天里,还有那么厚的积雪覆盖着竹林;在大白天里,庭院居然如此幽暗。这景色多么新奇啊,可见别墅所处地势很高,而且周围一定有山崖和郁茂的林木遮挡了阳光,因此特别清冷和幽暗。前人评这四句诗“极力出奇”(见高步瀛《唐宋诗举要》卷四),这四句诗的确写出了新鲜的、不同寻常的深山幽景。“庭昏未夕阴”一句,是自晋宋诗人颜延年《赠王太常诗》中的“庭昏见野阴”一句化出,但二语所写景色侧重点不同。颜诗是从“庭昏”显出旷野之阴;祖诗只写“庭昏”,却以“未夕阴”来烘衬。

最后两句,“寥寥人境外”,写诗人的感受。置身在这清幽的深山别墅之中,他感到自己仿佛已脱离了尘世,整个身心融入空阔的太虚境中,一切烦恼、杂念全都消失了。于是,他静静地坐下来,悠闲地聆听深山中春鸟的啼鸣。全诗前七句都是写静景,没有声息。诗人在篇末表现自己闲坐听春禽,以声音传递出春的讯息。

殷璠《河岳英灵集》评祖咏诗“剪刻省净,用思尤苦。气虽不高,调颇凌俗。”从这首诗中可以见出一斑。

春宿左省①

✻杜　甫

花隐掖垣②暮，啾啾③栖鸟过。
星临万户动④，月傍九霄⑤多。
不寝听金钥⑥，因风想玉珂⑦。
明朝有封事⑧，数问夜如何⑨。

注释

①诗约作于唐肃宗乾元元年(758)，杜甫时任左拾遗。宿：值宿，值夜班。左省：左掖，古时称门下省为左掖，在皇宫东边，临近左掖门。

②掖垣：皇宫的旁垣，偏殿的短墙，也用来称中书、门下两省，这里指门下省。

③啾啾：鸟鸣声。

④星临：星光下照。动：灿然欲动。

⑤九霄：九天，天的最高处，这里指宫殿。

⑥金钥：本指门上的钥匙，这里指开宫门的钥匙声。

⑦玉珂：马饰物，马铃。

⑧封事：臣下上书奏事，一律封缄，防止泄密。

⑨数问：多次问。夜如何：夜色将尽了吗？

评文

左偏殿矮墙遮隐花丛，日已将暮，投宿的鸟儿，一群群鸣叫着飞过。星临宫中，千门万户似乎在闪烁，靠近天庭，所得的月光应该更多。夜不敢寝，听到宫门开启的钥匙的声响，晚风飒飒，想起上朝马铃的音波。明晨上朝，还有重要的大事要做，心里不安，多次地探问夜漏几何？

点评

至德二载(757)九月，唐军收复了被安史叛军所控制的京师长安；十月，肃宗自凤翔还京，杜甫于是从鄜州到京，仍任左拾遗。左拾遗掌供奉讽谏，大事廷诤，小事上封事。所谓“封事”，就是密封的奏疏。这首作于乾元元年(758)的五律，描写作者上封事前在门下省值夜时的心情，表现了他忠勤为国的思想。诗题中的“宿”，指值夜。“左省”，即左拾遗所属的门下省，和中书省同为掌机要的中央政府机构，因在殿庑之东，故称“左省”。

“花隐掖垣暮，啾啾栖鸟过。”起首两句描绘开始值夜时“左省”的景色。看来好似信手拈来，即景而写，实则章法谨严，很有讲究。首先它写了眼前景：在傍晚越来越暗下来的光线中，“左省”里开放的花朵隐约可见，天空中投林栖息的鸟儿飞鸣而过，描写自然真切，历历如绘。其次它还衬了诗中题：写花、写鸟是点“春”；“花隐”的状态和“栖鸟”的鸣声是傍晚时的景致，是作者值宿开始时的所见所闻，和“宿”相关联；“掖垣”本意是“左掖”(即“左省”)的矮墙，这里指门下省，交代值夜的所在地，扣“左省”。两句可谓字字点题，一丝不漏，很能见出作者的匠心。“星临万户动，月傍九霄多。”此联由暮至夜，写夜中之景。前句说在夜空群星的照耀下，宫殿中的千门万户也似乎在闪动；后句说宫殿高入云霄，靠近月亮，仿佛照到的月光也特别多。这两句是写得很精彩的警句，对仗工整妥帖，描绘生动传神，不仅把星月映照下宫殿巍峨清丽的夜景活画出来了，并且寓含着帝居高远的颂圣味道，虚实结合，形神兼备，语意含蓄双关。其中“动”字和“多”字用得极好，被前人称为“句眼”，此联因之境界全出。这两句既写景，又含情，在结构上是由写景到写情的过渡。

“不寝听金钥，因风想玉珂。”这联描写夜中值宿时的情况。金钥，即金锁；玉珂，即马铃。两句是说自己值夜时睡不着觉，仿佛听到了有人开宫门的锁钥声；风吹檐间铃铎，好像听到了百官骑马上朝的马铃响。这些都是想象之辞，深切地表现了诗人勤于国事，唯恐次晨耽误上朝的心情。在写法上不仅刻画心情很细致,而且构思新巧。此联本来是进一步贴诗题中的“宿”字,可是作者反用“不寝”两字,描写自己宿省时睡不着觉时的心理活动,另辟蹊径,独出机杼,显得词意深蕴,笔法空灵。“明朝有封事,数问夜如何?”最后两句交待“不寝”的原因,继续写诗人宿省时的心情:第二天早朝要上封事,心绪不宁,所以好几次讯问宵夜时辰几何?后句化用《诗经·小雅·庭燎》中的诗句:“夜如何其?夜未央。”用在这里非常贴切自然,而加了“数问”二字,则更加重了诗人寝卧不安的程度。全诗至此戛然而止,便觉有一种悠悠不尽的韵味。结尾二句由题后绕出,从宿省申发到次日早朝上封事,语句矫健有力,词意含蓄隽永,忠爱之情充溢于字里行间。

这首诗多少带有某些应制诗的色彩,写得平正妥帖,在杜甫五律中很有特色。全诗八句,前四句写宿省之景,后四句写宿省之情。自暮至夜,自夜至将晓,自将晓至明朝,叙述详明而富于变化,描写真切而生动传神,体现了杜甫律诗结构既严谨又灵动,诗意既明达又蕴藉的特点。

题玄武禅师屋壁[1]

✻杜 甫

何年顾虎头[2]，满壁画沧州[3]。
赤日石林气，青天[4]江海流。
锡飞常近鹤[5]，杯渡[6]不惊鸥。
似得庐山路，真随惠远[7]游。

注释

①玄武禅师：玄武庙中的僧人。禅师，是对和尚的尊称。玄武，山名，又名宜君山、三嵎山，在玄武县(今四川省中江县)东二里，一说是大雄山玄武庙。

②顾虎头：东晋著名画家顾恺之，子长康，小字虎头，晋陵无锡人(今江苏省无锡市)，人称"才绝、画绝、痴绝"。

③沧州：临水的地方。

④青天：蓝天。

⑤锡飞常近鹤：化用梁武帝时高僧宝至与白鹤道人斗法的典故。《高僧传》载，舒州潜山风光奇绝，梁高僧宝至与白鹤道人都想到那里住。梁武帝知道后，就让他们各带自己的法宝一比高低。于是白鹤道人先放鹤先飞，宝至随后将锡杖抛向空中。待白鹤飞到时，锡杖已经先立到山上了。最后梁武帝分别在鹤杖所停的地方建立了寺院和道观。锡，锡杖，僧人化缘时用来叩门的拄杖，顶头装着锡环。

⑥杯渡：以木杯渡海。释慧皎《高僧传》卷一〇："杯渡者，不知姓名，常乘木杯渡水，因而为号。初见在冀州，不修细行。神力卓越，世莫测其由来。……至孟津河，浮木杯于水，凭之渡河，无假风棹，轻疾如飞，俄而渡岸，达于京师。"后喻指高僧。

⑦真随：真愿意跟随。惠远：东晋高僧，曾在庐山修行，与陶渊明有交往。这里以惠远比玄武禅师，以陶渊明自比。

译文

顾恺之什么时候在禅师房的两壁上画满了图画，画中的一轮红日从海上升起，光芒映照在石泉林木间，气势十分雄壮。江海绿波横流，与蓝天连接在一起，浩浩荡荡。和尚的锡杖飞动，超过了道人的白鹤，高僧乘木杯渡海而来。他们好像找到了进入庐山的道路，真的要追随惠远修道远游。

点评

这首诗，是诗人在观赏了玄武禅师寺中的壁画后，一方面再现壁画的内容，一方面抒发观画后的感想。诗以发问开始，赞美满壁幽美的山水画，不知是顾恺之何年所绘，起得很不平常。第二联才以精炼的语言具体地再现出壁画。寥寥十字描绘了一幅青天赤日、江海奔流、石林山岚的雄浑图景，概括力表现力都很高。第三联因为要切合寺院中的壁画这一特点，所以连用《高僧传》中两个典故而毫不显得堆砌。最后表现了一种消极出世的思想。这是因为当时杜甫因兵乱避居梓州，寄人篱下，生活窘困，前途渺茫，所以产生归隐山林的思想。

终南山[1]

✻王　维

太乙近天都，连山到海隅[2]。
白云回望合，青霭入看无[3]。
分野中峰[4]变，阴晴众壑殊[5]。
欲投人处[6]宿，隔水问樵夫。

注释

①唐玄宗开元末、天宝初，王维在终南别业过着亦官亦隐的生活，这首诗大约写于这一时期。

②“太乙”以下两句：用夸张的手法写终南山的高大雄伟，绵延不绝。太乙，又名太一，终南山的别名，是秦岭主山峰之一，西起今甘肃省天水市，东至今河南陕县。天都，天帝所居之处，近天都说其高峻。海隅，海边。终南山并不到海边，这里是夸张的说法。

③“白云”以下两句：传神地描写出登山时观察到的奇特的云雾景观。回望，四面瞭望。青霭，青色云气。入，接近，进入。

④分野：古人将天上的星宿和地上的区域相对应，叫作分野，这里是说终南山很大，一峰之隔便区域不同。中锋：最

高处。

⑤壑：山谷。殊：不同。

⑥投：投奔。人处：有人居住的地方。

译文

巍巍的太乙山高接天都星，山连着山一直蜿蜒到海边。白云缭绕回望中合成一片，青霭迷茫进入山中都不见。中央主峰把终南山东西隔开，各山间山谷迥异阴晴多变。想在山中找个人家去投宿，隔水询问那樵夫可否方便。

点评

艺术创作，贵在以个别显示一般，以不全求全，刘勰所谓“以少总多”，古代画论家所谓“意余于象”，都是这个意思。作为诗人兼画家的王维，很懂得此中奥秘，因而能用只有四十个字的一首五言律诗，为偌大一座终南山传神写照。

首联“太乙近天都，连山接海隅”，先用夸张手法勾画了终南山的总轮廓。这个总轮廓，只能得之于遥眺，而不能得之于逼视。所以，这一联显然是写远景。“太乙”是终南山的别称。终南虽高，去天甚遥，说它“近天都”，当然是艺术夸张。但这是写远景，从平地遥望终南，其顶峰的确与天连接，因而说它“近天都”，正是以夸张写真实。“连山接海隅”也是这样。终南山西起甘肃天水，东止河南陕县，远远未到海隅。说它“接海隅”，固然不合事实，说它“与他山连接不断，直到海隅。”，又何尝符合事实？然而这是写远景，从长安遥望终南，西边望不到头，东边望不到尾。用“连山接海隅”写终南远景，虽夸张而愈见真实。

颔联写近景，“白云回望合”一句，“回望”既与下句“入看”对偶，则其意为“回头望”，王维写的是入终南山而“回望”，望的是刚走过的路。诗人身在终南山中，朝前看，白云弥漫，看不见路，也看不见其他景物，仿佛再走几步，就可以浮游于白云的海洋；然而继续前进，白云却继续分向两边，可望而不可即；回头看，分向两边的白云又合拢来，汇成茫茫云海。这种奇妙的境界，凡有游山经验的人都并不陌生，而除了王维，又有谁能够只用五个字就表现得如此真切呢？

“青霭入看无”一句，与上句“白云回望合”是“互文”，它们交错为用，相互补充。诗人走出茫茫云海，前面又是蒙蒙青霭，仿佛继续前进，就可以摸着那青霭了；然而走了进去，却不但摸不着，而且看不见；回过头去，那青霭又合拢来，蒙蒙漫漫，可望而不可即。

这一联诗，写烟云变灭，移步换形，极富含孕。即如终南山中千岩万壑，苍松古柏，怪石清泉，奇花异草，值得观赏的景物还多，一切都笼罩于茫茫“白云”、蒙蒙“青霭”之中，看不见，看不真切。唯其如此，才更令人神往，更急于进一步“入看”。另一方面，已经看见的美景仍然使人留恋，不能不“回望”，“回望”而“白云”、“青霭”俱“合”，则刚才呈现于眉睫之前的景物或笼以青纱，或裹以冰绡，由清晰而朦胧，由朦胧而隐没，更令人回味无穷。这一切，诗人都没有明说，但他却在已经勾画出来的“象”里为我们留下了驰骋的广阔天地。

第三联高度概括，尺幅万里。首联写出了终南山的高和从西到东的远，这是从山北遥望所见的景象。至于终南从北到南的阔，则是用“分野中峰变”一句来表现。游山而有“分野中峰变”的认识，则诗人立足“中峰”，纵目四望之状已依稀可见。终南山东西之绵远如彼，南北之辽阔如此，只有立足于“近天都”的“中峰”，才能收全景于眼底，而“阴晴众壑殊”，就是尽收眼底的全景。所谓“阴晴从壑殊”，当然不是指“东边日出西边雨”，而是以阳光的或浓或淡，或有或无来表现千岩万壑千形万态。

对于尾联，历来有不同的理解，不同的评价。有些人认为它与前三联不统一、不相称，从而持否定态度。王夫之辩解说：“‘欲投人处宿，隔水问樵夫’，则山之辽廓荒远可知，与上六句初无异致，且得宾主分明，非独头意识悬相描摹也。”（《姜斋诗话》卷二）沈德潜也说：“或谓末二句与通体不配。今玩其语意，见山远而人寡也，非寻常写景可比。”（《唐诗别裁》卷九）

这些意见都不错，然而“玩其语意”，似乎还可以领会到更多的东西。第一，“欲投人处宿”这个句子分明有个省略了的主语“我”，因而有此一句，便见得“我”在游山，句句有“我”，处处有“我”，以“我”观物，因景抒情。第二，“欲投人处宿”而要“隔水问樵夫”，则“我”还要留宿山中，明日再游，而山景之赏心悦目，诗人之避喧好静，也不难于言外得之。第三，诗人既到“中峰”，则“隔水问樵夫”的“水”实际上是深沟大涧，那么，他怎么会发现那个“樵夫”呢？“樵夫”必砍樵，就必然有树林，有音响。诗人循声辨向，从“隔水”的树林里欣然发现樵夫的情景，不难想见。既有“樵夫”，则知不太遥远的地方必然有“人处”，因而问何处可以投宿，“樵夫”口答手指、诗人侧首遥望的情景，也不难想见。

总起来看，这首诗的主要特点和优点是善于“以不全求全”，从而收到了“以少总多”“意余于象”的艺术效果。

寄左省杜拾遗[1]

岑参

联步趋丹陛[2]，分曹限紫薇[3]。
晓随天仗[4]入，暮惹御香归[5]。
白发悲花落，青云[6]羡鸟飞。
圣朝无阙事[7]，自觉谏书[8]稀。

注释

①诗作于唐肃宗至德二年至乾元元年(757—758)初，杜甫时任左拾遗，岑参任右补阙，二人都是谏官。左省：门下省，因在宫殿左侧而得名。杜拾遗：杜甫，任左拾遗之职。

②联步：同步，并行，这里是说自己与杜甫一起上朝。趋：碎步上朝，极为谨慎的样子。丹陛(bì)：宫中的红色台阶，借指朝廷。

③分曹：分班，各立左右。限：分隔。紫薇：紫薇省，即中书省，诗人时任右补阙，属中书省，杜甫任左拾遗，属门下省，一左一右，分班办公。

④天仗：皇帝的仪仗。

⑤惹：沾染，带着。御香：朝会时金殿上的炉香。

⑥青云：比喻高官显爵，以鸟飞青云上比喻杜甫很快就要得到显贵的官职。

⑦圣朝：圣明的朝代，说当世。阙事：缺点，过失。阙，同“缺”。

⑧谏书：规劝皇帝的上书。

译文

和你一起小跑着登上红色的台阶，隔着中书省，分属办公。早晨跟着天子的仪仗入朝，晚上带着御香回家。满头白发哀伤花儿落下，羡慕在青云中高飞的鸟儿。圣明的朝廷没有什么过失、缺点，自己劝谏的奏章也少了。

点评

诗题中的“杜拾遗”，即杜甫。岑参与杜甫在唐肃宗至德二年至乾元元年初(757—758)，同仕于朝。岑任右补阙，属中书省，居右署。杜任左拾遗，属门下省，居左署，故称“左省”。“拾遗”和“补阙”都是谏官。岑、杜二人，既是同僚，又是诗友，这是他们的唱和之作。

前四句是叙述与杜甫同朝为官的生活境况。诗人连续铺写“天仗”、“丹陛”、“御香”、“紫薇”，表面看，好像是在炫耀朝官的荣华显贵，但揭开“荣华显贵”的帷幕，却使我们看到另外的一面：朝官生活多么空虚、无聊、死板、老套。不是么？每天他们总是煞有介事、诚惶诚恐地“趋”(小跑)入朝廷，分列殿庑东西。但君臣们办了什么轰轰烈烈的大事？定了什么兴利除弊、定国安邦之策呢？没有。诗人特意告诉我们，清早，他们随威严的仪仗入朝，而到晚上，唯一的收获就是沾染一点“御香”之气而“归”罢了。“晓”“暮”两字说明这种庸俗无聊的生活，日复一日，天天如此。这对于立志为国建功的诗人来说，怎能不感到由衷的厌恶？

五、六两句，诗人直抒胸臆，向老朋友吐露内心的悲愤。“白发悲花落，青云羡鸟飞。”这两句中，“悲”字是中心，一个字概括了诗人对朝官生活的态度和感受。诗人为大好年华浪费于“晓随天仗入，暮惹御香归”的无聊生活而悲，也为那种“联步趋丹陛，分曹限紫薇”的木偶般的境遇而不胜愁闷。因此，低头见庭院落花而倍感神伤，抬头睹高空飞鸟而顿生羡慕。如果我们联系当时安史之乱后国家疮痍满目、百废待兴的时事背景，对照上面四句所描写的死气沉沉、无所作为的朝廷现状，就会更加清楚地感到“白发悲花落，青云羡鸟飞”两句，语愤情悲，抒发了诗人对时事和身世的无限感慨。

诗的结尾两句，是全诗的高潮。阙事，指缺点、过错。有人说这两句是吹捧朝廷，倘若真是这样，诗人又何须“悲花落”、“羡鸟飞”，甚至愁生白发呢？很显然，这“圣朝无阙事”，是诗人愤慨至极，故作反语，与下句合看，既是讽刺，也是揭露。

只有那昏庸的统治者，才会自诩圣明，自以为“无阙事”，拒绝纳谏。正因为如此，身任“补阙”的诗人见“阙”不能“补”，“自觉谏书稀”，一个“稀”字，反映出诗人对文过饰非、讳疾忌医的唐王朝失望的心情。这和当时同为谏官的杜甫感慨“衮职曾无一字补”(《题省中壁》)、“何用虚名绊此身”(《曲江二首》)，是语异而心同的。所以杜甫读了岑参诗后，心领神会，奉答曰：“故人得佳句，独赠白头翁。”(《奉答岑参补阙见赠》)他是看出岑诗中的“潜台词”的。

这首诗，采用的是曲折隐晦的笔法，寓贬于褒，绵里藏针，表面颂扬，骨子里感慨身世遭际和倾诉对朝政的不满。用婉曲的反语来抒发内心忧愤，使人有寻思不尽之妙。

登总持阁[1]

✻岑　参

高阁逼诸天[2]，登临近日边。
晴开万井树[3]，愁看五陵烟。
槛[4]外低秦岭，窗中小渭川。
早知清净理[5]，常愿奉金仙[6]。

注释

①总持阁：总持寺阁，故址在终南山上。总持，是佛教用语，意思是持善不失，持恶不生，无所缺漏。

②逼：迫近。诸天：佛教术语，指众神佛居住的地方。诸，也可解作之于、于。天，天空。

③井：指长安街道四方如井。

④槛：栏杆。

⑤清净理：佛教中所说的远离罪恶与烦恼的禅理。

⑥奉：侍奉。金仙：佛像。传说汉明帝梦见一仙人身长一丈六尺，紫金身，就问是何人。有人回答说是西方的佛。明帝就派蔡愔到西域（今印度）求佛，佛教就此传入中国。

译文

总持阁高峻直逼云天，登上楼阁好像靠近日边。晴天俯视，万井之树尽收眼底，烟雾笼罩五陵无限愁思。凭靠栏杆，看那秦岭低矮；站在窗边，看那渭水细小。早知佛教清净之理，希望经常侍奉佛像。

点评

这是一首登高抒怀诗。首联用夸张的手法突出寺阁的高耸入云。颔联写登高远望之景，一“愁”字牵出了诗人的无限情思。颈联运用反衬进一步烘托出寺阁之高，气势盛大，有“会当凌绝顶，一览众山小”的神韵。后两句即景抒情，写出诗人对参禅悟道的心领神会，既呼应了主题之“寺”，又不显突兀。

登兖州城楼[1]

✻杜　甫

东郡趋庭[2]日，南楼纵目初[3]。
浮云连海岱[4]，平野入青徐[5]。
孤嶂秦碑[6]在，荒城鲁殿[7]余。
从来多古意，临眺独踌躇[8]。

注释

①唐玄宗开元二十三年(735)，杜甫赴京兆贡举下第，二十五年(737)漫游齐赵，其间到兖州看望父亲，作此诗。兖州：古称东郡，唐代州名，在今山东兖州市西。

②趋庭：典出《论语·季氏》载："鲤(孔子儿子)趋而过庭。"意为随侍父母，这里指杜甫到兖州看望父亲杜闲。

③南楼：兖州南城楼。纵目：放眼远望。初：首次。

④海岱：黄海、泰山。岱，泰山的别名，泰山又称岱宗、岱山。

⑤平野：平旷的原野。青徐：青州(今山东益都)和徐州(今江苏徐州)。入：一直延伸。

⑥孤嶂：孤立的山峰，指泰山。秦碑：秦代的碑刻，据《史记》载，秦始皇二十八年(前219)东游泰山，于山上刻石颂德。

⑦鲁殿：鲁灵光殿，汉景帝刘启儿子鲁恭王刘余所建，旧址在今山东省曲阜市东二里。

⑧临眺：登高远望。踌躇：犹豫不决的样子。

译文

我在来到兖州看望我父亲的日子里,初次登上城楼放眼远眺。飘浮的白云连接着黄海和泰山,一马平川的原野直入青州和徐州。秦始皇的石碑像一座高高的山峰屹立在这里,鲁恭王修的灵光殿只剩下一片荒芜的城池。我从来就有怀古伤感之情,在城楼上远眺,独自徘徊,心中十分感慨。

点评

杜甫写这首诗时是二十五岁,这是他的早期作品。诗人登楼远眺,看到的是雄壮的黄海,巍峨的泰山,辽阔的平原,一切都气势磅礴。接下来的镜头由远及近,历历可见秦碑鲁殿,悠悠历史,触人心怀。全诗意境浑融,结构严谨,充分显示出杜甫的写诗才能。

送杜少府之任蜀川[1]

✽王　勃[2]

城阙辅三秦[3]，风烟望五津[4]。
与君离别意[5]，同是宦游人。
海内存知己，天涯若比邻[6]。
无为在歧路[7]，儿女共沾巾[8]。

注释

①诗题一作《杜少府之任蜀州》，这是王勃供职长安时写的一首送别诗。少府：县尉，地位仅次于县令，掌管一带治安。之任：赴任。蜀川：今四川省。

②王勃(650—676)，字子安，绛州龙门(今山西省河津市)人，初唐诗人。与杨炯、卢照邻、骆宾王以诗文齐名，并称王杨卢骆，亦称“初唐四杰”。王勃的祖父王通是隋末著名学者，号文中子。王勃才华早露，未成年即被司刑太常伯刘祥道赞为神童，对策高第，授朝散郎。咸亨三年(672)补虢州参军，因擅杀官奴当诛，遇赦除名。其父亦受累贬为交趾令。上元二年(675)或三年(676)，王勃南下探亲，渡海溺水，惊悸而死。王勃的诗今存八十多首，多为五言律诗和绝句。明代胡应麟认为王勃的五律“兴象婉然，气骨苍然，实首启盛(唐)、中(唐)妙境。五言绝亦抒写悲凉，洗削流调。究其才力，自是唐人开山祖”(《诗薮·内编》卷四)。有《王子安集》。

③城阙：本指皇宫门前的望楼，这里指唐代京都长安。阙，宫门前的望楼。

辅:拱卫,护着。三秦:指长安附近的关中一带,秦亡以后,项羽曾将秦国故地分为雍、塞、翟三个国家,故称三秦。

④风烟:风光烟色,美好的景色。五津:四川岷江从灌县到犍为县一段中的五个渡口,即白华津、万里津、涉头津、江南津、江首津。

⑤君:您,指杜少府。离别意:离别的意绪。

⑥"海内"以下两句:《论语·颜渊》中有"四海之内皆兄弟也"的话,表达了海内一家的思想,曹植《赠白马王彪》:"丈夫志四海,万里犹比邻。"融入了男儿志在四方的意思,不过曹植的诗句更多的是一种无奈,王勃"海内存知己,天涯若比邻"化用了曹植诗意,用在友人间分别的场合,强调了朋友间的亲情,所谓心近无远近,洗去了别离场合中习见的缠绵悲恻,显示出诗人的胸襟与气量。海内,四海之内,指天下。知己,知心朋友。天涯,天边,极远的地方。比邻,近邻。唐制四家为邻。

⑦无为:不要。歧路:岔路口。

⑧沾巾:让泪水沾湿手巾(或佩巾)。

译文

古代三秦之地,拱护长安城垣宫阙。透过弥漫的风烟似乎能望见巴蜀的五大渡口。我之所以有依依惜别的情意,因为你我都是远离故乡,出外做官之人。四海之内只要有了知己,不管远隔在天涯海角,都像在一起。不要在分手时徘徊忧伤,像多情的儿女一样,任泪水打湿衣裳。

点评

首联属"工对"中的"地名对",极壮阔,极精整。第一句写长安的城垣、宫阙被辽阔的三秦之地所"辅"(护持、拱卫),气势雄伟,点送别之地。第二句里的"五津"指岷江的五大渡口白华津、万里津、江首津、涉头津、江南津,泛指"蜀川",点杜少府即将宦游之地,而"风烟""望",又把相隔千里的秦、蜀两地连在一起。自长安遥望蜀川,视线为迷蒙的风烟所遮,微露伤别之意,已摄下文"离别""天涯"之魂。

因首联已对仗工稳,为了避免板滞,故颔联以散调承之,文情跌宕。"与君离别意"承首联写惜别之感,欲吐还吞。翻译一下,那就是:"跟你离别的意绪啊……"那意绪怎么样,没有说,立刻改口,来了个转折,用"同是宦游人"一句加以宽解。意思是:我和你同样远离故土,宦游他乡;这次离别,只不过是客中之别，又何必感伤！

颈联推开一步，奇峰突起。从构思方面看，很可能受了曹植《赠白马王彪》“丈夫志四海，万里犹比邻；恩爱苟不亏，在远分日亲”的启发。但高度概括，自铸伟词，便成千古名句。

尾联紧接颈联，以劝慰杜少府作结。“在歧路”，点出题面上的那个“送”字。歧路者，岔路也，古人送行，常至大路分岔处分手，所以往往把临别称为“临歧”。

作者在临别时劝慰杜少府说：只要彼此了解，心心相连，那么即使一在天涯，一在海角，远隔千山万水，而情感交流，不就是如比邻一样近吗？可不要在临别之时哭鼻子、抹眼泪，像一般小儿女那样。

南朝的著名文学家江淹在《别赋》里写了各种各样的离别，都不免使人“黯然销魂”。古代的许多送别诗，也大都表现了“黯然销魂”的情感。王勃的这一首，却一洗悲酸之态，意境开阔，音调爽朗，独标高格。

送崔融[1]

✲ 杜审言

君王行出将[2]，书记[3]远从征。
祖帐连河阙[4]，军麾动洛城[5]。
旌旗朝朔气[6]，笳吹夜边声[7]。
坐觉烟尘[8]扫，秋风古北平[9]。

注释

①诗作于武则天万岁登封元年(696)，当时契丹李尽忠在营州(今辽宁境内)反叛，朝廷派武三思率兵讨伐，崔融任节度使幕府执掌书记随军出征，临行前朝廷设宴饯行，诗人赋诗赠之。崔融：唐代诗人，字安成，齐周全节(今山东历城附近)人。武后长安间任著作佐郎，迁右史。后贬袁州刺史，不久召回，授国子司业。

②行：将要。出将：派将出征。

③书记：指崔融，时任节度使幕府执掌书记随军出征。

④祖帐：饯别时在野外临时搭建的帐篷。河阙：即伊阙，在今河南省洛阳市西南，因龙门山(西山)和香山(东山)隔伊水夹峙如阙门，故称。

⑤军麾：军中旗帜，借指军旅。洛城：洛阳城。

⑥朔气：北方的寒气。

⑦笳：胡笳，一种管乐器，类似笛子，军中用来发布号令。边声：边地的胡笳声。

⑧坐觉：顿觉。烟尘：战事。

⑨古北平：古代的北平郡，秦汉时叫右北平郡，西晋时称北平郡，唐初改称平州，治所在今河北省卢龙县东。

译文

君王命令将士出师讨伐，作为书记官，你也跟随远征。饯行的朝臣很多，自宫阙之外一直延续到河洛，军旗飘扬震动了整个洛阳城。出征边地，早上要迎着北方来的寒风，夜里能听到警卫的胡笳之声。不多久战争就会胜利结束，古老的北方边地秋风来得早来得猛，请你多加保重。

点评

崔为节度使掌书记官，将随梁王出征，作者赠之而作此诗。杜审言，初唐诗人，时居东都洛阳，在朝为官，感梁王出征平叛，维护国家安定，胜利在望也。故而，诗意浓郁，意境殊异。

整首诗由实而虚，以虚衬实，虚实相生，表达了诗人拥护正义的战争，渴望祖国安定繁荣。诗人的心声，乃初唐百姓的心声。在经历了隋末动乱的百姓，渴望祖国统一，渴望安定平静的生活。所以诗不仅仅是赠给崔融，也是赠给整个出征将士的。唯其如此，诗歌更见普遍意义。

扈从登封途中作①

✻ 宋之问②

帐殿郁崔嵬③，仙游实壮④哉。
晓云连幕卷，夜火杂⑤星回。
谷暗千旗出⑥，山鸣万乘来⑦。
扈从良可赋⑧，终乏掞天才⑨。

注释

①武则天天册万岁二年(696)祭祀河南嵩山，将年号改为万岁登封，将嵩山所在的阳城县改名为登封县，宋之问随驾前往，在登山途中作了这首诗来颂扬。扈从：皇帝出行时随从护驾。

②宋之问(656？—712)，一名少连，字延清，汾州西河(今山西汾阳)人。与沈佺期齐名，世称沈宋。上元二年(675)进士及第。初与杨炯分直内教，不久授洛州参军，累转尚方监丞，预修大型类书《三教珠英》。中宗增置修文馆学士，宋之问与薛稷、杜审言首膺其选，后任越州长史。睿宗即位，徙宋之问于钦州，寻赐死。宋之问精音律，在近体诗定型中起了重要作用。有《宋之问集》。

③帐殿：皇帝出巡时用帐幔搭建的临时宫殿。郁：文采华丽的样子。崔嵬（wéi）：高大的样子。

④仙游：皇帝出巡的谀称。壮：雄壮威武。

⑤杂：杂同，连同。

⑥谷暗千旗出：上千面旗帜遮暗了山谷，扈从的军队走了过来。

⑦山鸣万乘来：山间发出轰鸣声，皇帝的车驾由此经过。万乘，帝王。

⑧良可赋：实在值得赋诗。

⑨乏：缺少。掞天才：形容非常有文采。掞天，光芒照天。掞，光芒。

译文

锦帐围成的宫殿坐落在郁郁葱葱的高山上，有如神仙一样的出游，实在壮观。清晨的云彩和帐幕一起翻卷，晚上的灯火和天上的星星交杂回旋。幽暗的山谷里千杆旌旗拥出，山里雷鸣喧嚣，皇帝的车驾到来。我跟随皇上出游应该献词赋诗，可惜我缺乏颂扬皇上德仁的天才。

点评

这首诗歌颂的是帝王出巡游幸，祭祀登封之事。首联用抒情的手法夸赞了帝王帐殿的雄壮，气势非凡。颔联写景，把白天夜晚，天上人间的景致融会一体，浑然天成。颈联侧重于描写帝王仪仗出行的壮观景象，突出了帝王的九五之尊，高高在上。诗歌虽为取悦皇帝而作，但意境开阔，笔力刚劲，有可取之处。

题义公禅房①

✻ 孟浩然

义公习禅寂②,结宇依空林③。
户外一峰秀,阶前众壑深。
夕阳连雨足④,空翠⑤落庭阴。
看取莲花净⑥,方⑦知不染心。

注释

①诗题一作《题大禹义公房》。禅房:僧房。

②义公:唐代的一位高僧,与孟浩然有交往。习禅寂:习惯于佛教清寂的环境。

③结宇:构屋居住,造房。空林:空旷的山林。

④雨足:雨的踪迹。

⑤空翠:空明苍翠。

⑥莲花净:莲花出淤泥而不染,故多以莲花象征洁净。东晋高僧慧远在庐山创立了净土宗,谢灵运为他开凿了两个池塘种白莲花,所以称为白莲社,净土宗又称莲宗,它所宣扬的西方净土被称为莲邦。

⑦方:一作“应”。

译文

义公高僧安于禅房的寂静,将房子修在空寂的树林之中。门外是一座秀丽挺拔的山峰,台阶前有众多深深的沟壑。雨过天晴,夕阳斜照,树木的翠影映在禅院之中。义公诵读莲花经,心里纯净清静,这才知道他的一尘不染的虔诚之心。

点评

这是一首题赞诗,也是一首山水诗。义公是位高僧,禅房是他坐禅修行的屋宇。这首诗通过描写义公禅房的山水环境,衬托出义公的清德高风,情调古雅,潇洒物外,而表现自然明快,词句清淡秀丽,是孟诗艺术的代表作之一。

“禅寂”是佛家语,佛教徒坐禅入定,思维寂静,所谓“一心禅寂,摄诸乱恶”(《维摩诘经》)。义公为了“习禅寂”,在空寂的山里修筑禅房,“依空林”点出禅房的背景,以便自如地转向中间两联描写禅房前景。

禅房的前面是高雅深邃的山景。开门正望见一座挺拔秀美的山峰,台阶前便与一片深深的山谷相连。人到此地,瞻仰高峰,注目深壑,自有一种断绝尘想的意绪,神往物外的志趣。而当雨过天晴之际,夕阳徐下时分,天宇方沐,山峦清净,晚霞夕岚,相映绚烂。此刻,几缕未尽的雨丝拂来,一派空翠的水气飘落,禅房庭上,和润阴凉,人立其间,更见出风姿情采,方能体味义公的高超眼界和绝俗襟怀。

描写至此,禅房山水环境的美妙,义公眼界襟怀的清高,都已恰到好处。然而实际上,中间二联只是描写赞美山水,无一字赞人。因此,诗人再用一笔点破,说明写景是写人,赞景以赞人。不过诗人不是直白道破,而是巧用佛家语。“莲花”指通常所说的“青莲”,是佛家语,其梵语音译为“优钵罗”。青莲花清净香洁,不染纤尘,佛家用它比喻佛眼,所谓菩萨“目如广大青莲花”(《法华妙音品》)。这两句的含义是说,义公选取了这样美妙的山水环境来修筑禅房,可见他具有佛眼般清净的眼界,方知他怀有青莲花一样纤尘不染的胸襟。这就点破了写景的用意,结出了本诗的主题。作为一首题赞诗,诗人深情赞美了一位虔诚的和尚,也有以寄托诗人自己的隐逸情怀。作为一首山水诗,诗人以清词丽句,素描淡抹,写出了一帧诗意浓厚的山林晚晴图。空林一屋,远峰近壑,晚霞披洒,空翠迷蒙,自然幽雅,风光闲适,别有一种生意,引人入胜,至今仍不失为精品。

醉后赠张九旭①

✲高　适

世上漫相识②，此翁殊不然③。
兴④来书自圣，醉后语尤颠⑤。
白发老闲事⑥，青云⑦在目前。
床头一壶酒，能更几回眠。

注释

①诗作于唐玄宗开元二十四年(736)。开元二十三年(735)，诗人应征赴长安，落第。次年结交张旭、颜真卿等人，秋，营别业居淇上。张九旭：张旭，字伯高，江苏吴县(今属江苏苏州)人，唐代著名书法家，以草书著称，人称“草圣”，因排行第九，故称张九。与李白诗歌、斐旻剑舞为天下三绝。

②漫相识：随意交往。

③此翁：张旭。殊不然：特别与众不同。

④兴：兴致。

⑤颠：癫狂，张旭号称“张癫”。

⑥白发老闲事：直到晚年也不求闻达，唯闲居自乐为事。

⑦青云：青云直上，这里指张旭被唐玄宗召为博士一事。

译文

世上的人随便交朋友，而这位老人却不这样。兴致一来书法自然天成，醉酒之后语言尤其豪放癫狂。头发白了而恬然自乐，不问他事，眼睛里只有天上自由漂浮的白云。床头上放着一壶酒，人生能有几回醉呢！

点评

首联采用欲扬先抑的手法突出张旭的与众不同。

“世上漫相识，此翁殊不然。”大意是世上很多人即使天天见面，给人的印象也不深，而张旭这个人却不一样。“翁”，是对张旭的尊称，在这一抑一扬之中，张旭的形象如高峰突起，给人以强烈印象，令人肃然起敬。这一联好像漫不经心，随意道来，却起得十分有力。

如果说第一联只是诗人对张旭的总的印象，是虚写，那么，以下各联即转入了对张旭形象的具体刻画，是实写。字里行间，倾注着诗人对张旭无比钦敬的感情。

张旭有两个称号，一是“草圣”，二是“张癫”，为世所公认，实写时即先从这两个称号着笔：“兴来书自圣，醉后语尤颠。”张旭精楷书，尤善草书，逸势奇状，连绵回绕，自创新的风格，人称“草圣”。

杜甫《饮中八仙歌》中，就有“张旭三杯草圣传”的诗句。又《新唐书·文艺传》说：张旭“嗜酒，每大醉呼叫狂走乃下笔，或以头濡墨而书，既醒自视以为神，不可复得也，世呼‘张癫’。”这一联对句互见，是写张旭在酒醉兴来之时，书法就会达到超凡入圣的境界，言语也更加狂放不羁，一副天真情态。诗中表现了对张旭书法、性格由衷的赞美，同时暗示了艺术重在灵性的自然流露。

接着进一步赞美了张旭泊然于怀、不慕荣利的高贵品质：“白发老闲事，青云在目前。”“青云”这里指隐逸。这一联写得十分传神，我们仿佛看到一位白发垂垂、蔼然可亲的老者，不问世事，一身悠闲，轻松自得。正因为不乐仕进，具有隐者的风度和情怀，才能够性情旷放，因此也才能够时时保有天真之态，在书法艺术上取得不同流俗的极高的成就。这一联乍看似与颔联平列，而实则深入了一层，将诗意推进到了一个新的深度。

尾联承接上联，继续推进，描写张旭的醉眠生活。

“床头一壶酒，能更几回眠？”两句化用了《世说新语·言语》中的一个典故：“孔文举（即孔融）有二子，昼日父眠，小者床头盗酒饮之。”孔融是汉末文学家,建安七子之一,字文举,诗文皆善,为人恃才负气,狂放不羁。这里以孔文举比张旭,足见推重之意。但这一联写张旭生活情形,不是平直叙述,而是以问句出之,显得格外亲切。意思是:您老人家床头那壶酒,怕会被家中子孙偷喝吧,能伴您几次醉眠呢?意思已略带调侃,但又极有分寸,包含着丰富的意蕴。一方面,表现张旭平时经常醉眠,形象更为生动可感。另一方面,诗人在老前辈面前竟然开起玩笑来,这位老前辈的豁达可亲自然可以想见,而诗人自己的天真发问,也愈显得醉态淋漓。至此,宴席间的热烈气氛,宴饮者的融洽关系,皆如在目前。这是以醉写醉,以自己的旷放衬托张旭的旷放,使题目中的"醉后"二字,得到了充分的表现。张旭可敬可爱的形象,跃然纸上。

全诗在章法上虚实结合,虚写处内蕴丰富,而不显得空虚;实写处形象具体,但笔调轻灵,而无板滞胶着之感。这种巧妙的结合,使诗人的感情与诗中主人公的形象融为一体,产生出动人的艺术力量。另外,本诗语言清新明朗,与诗中欢快活泼的情绪相适宜,读来真切动人。

玉台观①

✻杜 甫

浩劫因王②造，平台访③古游。
彩云萧史④驻，文字鲁恭⑤留。
宫阙通群帝⑥，乾坤到十洲⑦。
人传有笙鹤⑧，时过北山头。

注释

①唐代宗广德元年(763)杜甫寓居梓州(今四川省三台)，因汉州刺史房琯卒于阆中，杜甫为其治丧，此间游玉台观，作此诗。玉台观：道观名，唐滕王李元婴所建，在阆中(今四川阆中市)北七里。

②浩劫：佛塔的大层级，这里指玉台观的台阶。王：滕王李元婴。

③访：寻访。

④萧史：《列仙传》载，萧史善吹箫，秦穆公便把喜欢箫的女儿弄玉嫁给了他，并为他们建造了凤台。数年以后，弄玉跨凤，萧史驾龙，双双升天。萧衍《游仙诗》："萧史暂徘徊，待我升龙辔。"沈佺期《凤箫曲》："昔时嬴女厌世纷，学吹凤箫乘彩云。含情转眛向萧史，千载红颜持赠君。"

⑤鲁恭：鲁恭王刘余，汉景帝子，在扩建宫殿时曾拆毁孔子旧宅，在墙壁间获得《古文尚书》等儒家经典，此处用鲁恭王所保留的儒家经典比喻玉台观上的题词。

⑥群帝：五方之帝，道教认为天有群帝，而大帝最尊。

⑦十洲：古代传说中仙人居住的十个岛屿，即《海内十洲记》所载的祖洲、瀛洲、玄洲、炎洲、长洲、元洲、流洲、生洲、凤麟洲、聚窟洲，此处泛指四海之地。

⑧笙鹤：《神仙传》载，周灵王之子子乔，好吹笙，作凤鸣，游伊洛间，道士浮丘公接他上了嵩山。三十多年后，他在缑氏山顶，挥手告别世人乘鹤而去。

译文

这首诗是杜甫到玉台观游玩所写下的，诗意是：玉台观是滕王建造的，观看玉台观就好像看到春秋时人所建的平台。壁画上画有仙人萧史站在彩云之中，石碑上记有滕王序文，有如鲁恭王在灵光殿留下的文字。玉台观雄伟高耸，直通五方天帝诸神；殿宇中的壁画画出了十洲仙界的仙灵。人们传说听到笙鸣鹤叫，大概是子乔乘鹤飞过北山头。

点评

诗歌运用多则典故和神话传说来描写玉台观的恢弘气势和壮丽景色。首联交代造观的缘由。颔联由玉台观引发联想，烘托了玉台观的历史底蕴。颈联则具体描绘了道观的高大巍峨以及壁画的雄浑壮观。尾联运用王子乔的传说发挥想象，影射了滕王的修仙悟道。

观李固请司马弟山水图①

✻杜　甫

方丈浑②连水，天台③总映云。
人间长见画，老去恨空闻④。
范蠡⑤舟偏小，王乔⑥鹤不群。
此生随万物⑦，何处出尘氛⑧？

注释

①诗作于唐代宗广德二年(764)，蜀人李固将表弟给他画的画挂在墙上，请杜甫题咏。李固：蜀人，其弟曾任司马，能作山水画。

②方丈：传说中的仙山，《史记·秦始皇本纪》："海中有三神山，名曰蓬莱、方丈、瀛洲，仙人居之。"这里指画中的仙境。浑：全。

③天台：山名，在今浙江省天台县西，《天台赋》："涉海则有方丈、蓬莱，登陆则有四明、天台。"

④恨：遗憾。空闻：只是听说而已。

⑤范蠡：春秋时越国大夫，辅佐勾践灭吴之后，携西施泛舟太湖，不知所向。

⑥王乔：王子乔。汉刘向《列仙传·王子乔》："王子乔者，周灵王太子晋也。好吹笙，作凤凰鸣。游伊洛之间，道士浮丘公接以上嵩高山。三十余年后，求之于山上，见桓良曰：'告我家：七月七日待我于缑氏山巅。'至时果乘白鹤驻山头，

望之不得到,举手谢世人,数日而去。”王乔鹤后来比喻洒脱不凡之人,或指鹤。

⑦随万物:随万物而浮沉,即随俗而生。

⑧尘氛:尘俗世间。

译文

神山方丈与茫茫海水浑然一体,连成一片,天台山总是掩映在悠悠浮云中。这样的奇山异景只在画中经常见到,如今年岁已老,还是只能空闻其美名,而不能亲自登临。范蠡的舟太小,王乔的鹤又只有一只,都不能载我同游。我这一生只能随着世上万物浮沉生灭,岂能超然物外,去游历图画中的神山仙境呢!

点评

这首诗意境开阔,文笔回荡,虚实相生,浮想联翩。首联描绘海上仙山,天台云烟,是对画中美景的再现,以下数句则是赏画生情。首先抒发了诗人无缘亲见真实奇景的遗憾,接着进一步感叹无法畅游神山仙府的惆怅,尾联表面上是写诗人看破红尘,实是无可奈何之举,使得全诗的情感达到高潮。诗歌诗中有画,画中有诗,情景交融,诗意无穷。

旅夜书怀①

✻杜　甫

细草②微风岸，危樯独夜舟③。
星垂平野阔，月涌大江流④。
名岂文章著？官因⑤老病休。
飘飘何所似？天地一沙鸥⑥。

注释

①唐代宗永泰元年(765)，严武去世，杜甫辞去幕僚职务，携家眷离开成都草堂，乘舟东下。这首诗便是写于从成都经嘉州(四川乐山)、渝州(今重庆)到忠州(四川忠县)的路上。

②细草：江岸小草。

③危樯：高耸的桅杆。独夜舟：夜泊孤舟。

④"星垂"以下两句：因为原野宽阔，所以星星显得好像从天空垂下一样。形象地描绘出原野的辽阔，长江奔腾不息，辽阔无边，所以月亮好似从江面上涌现。"垂"、"涌"字化静态为动态，既显现了景象的壮观，又有一种压迫感。这样的广阔天地中，诗人只是如同离群索居的沙鸥，更现出内心的凄苦。星垂，星光低垂。涌，腾跃，此指波光闪烁。大江，长江。

⑤因：应该，想必。

⑥"飘飘"以下两句:以设问的手法用沙鸥作比喻,描述自己孤苦凄凉的境遇。飘飘,漂泊。沙鸥,杜甫自况。

译文

微风吹拂着江岸的细草,那立着高高桅杆的小船在夜里孤独地停泊着。星星垂在天边,平野显得宽阔;月光随波涌动,大江滚滚东流。我难道是因为文章而著名吗?年老病多也应该休官了。自己到处漂泊像什么呢?就像天地间的一只孤零零的沙鸥。

点评

公元765年,杜甫带着家人离开成都草堂,乘舟东下,在岷江、长江漂泊。这首五言律诗大概是他舟经渝州、忠州一带时写的。

诗的前半描写"旅夜"的情景。第一、二句写近景:微风吹拂着江岸上的细草,竖着高高桅杆的小船在月夜孤独地停泊着。当时杜甫离开成都是迫于无奈。这一年的正月,他辞去节度使参谋职务,四月,在成都赖以存身的好友严武死去。处此凄孤无依之境,便决意离蜀东下。因此,这里不是空泛地写景,而是寓情于景,通过写景展示他的境况和情怀:像江岸细草一样渺小,像江中孤舟一般寂寞。第三、四句写远景:明星低垂,平野广阔;月随波涌,大江东流。这两句写景雄浑阔大,历来为人所称道。在这两个写景句中寄寓着诗人的什么感情呢?有人认为是"开襟旷远"(浦起龙《读杜心解》),有人认为是写出了"喜"的感情(见《唐诗论文集·杜甫五律例解》)。很明显,这首诗是写诗人暮年漂泊的凄苦景况的,而上面的两种解释只强调了诗的字面意思,这就很难令人信服。实际上,诗人写辽阔的平野、浩荡的大江、灿烂的星月,正是为了反衬出他孤苦伶仃的形象和颠连无告的凄怆心情。这种以乐景写哀情的手法,在古典作品中是经常使用的。如《诗经·小雅·采薇》"昔我往矣,杨柳依依",用春日的美好景物反衬出征士兵的悲苦心情,写得多么动人!

诗的后半是"书怀"。第五、六句说,有点名声,哪里是因为我的文章好呢?做官,倒应该因为年老多病而退休。这是反话,立意至为含蓄。诗人素有远大的政治抱负,但长期被压抑而不能施展,因此声名竟因文章而著,这实在不是他的心愿。杜甫此时确实是既老且病,但他的休官,却主要不是因为老和病,而是由于被排挤。这里表现出诗人心中的不平,同时揭示出政治上失意是他漂泊、孤寂的根本原因。关于这一联的含义,黄生说是"无所归咎,抚躬自怪之语"

(《杜诗说》),仇兆鳌说是“五属自谦,六乃自解”(《杜少陵集详注》),恐怕不很妥当。最后两句说,飘然一身像个什么呢?不过像广阔的天地间的一只沙鸥罢了,诗人即景自况以抒悲怀。水天空阔,沙鸥飘零;人似沙鸥,转徙江湖。这一联借景抒情,深刻地表现了诗人内心漂泊无依的感伤,真是一字一泪,感人至深。

王夫之《姜斋诗话》说:“情景虽有在心在物之分,而景生情,情生景,……互藏其宅。”情景互藏其宅,即寓情于景和寓景于情。前者写宜于表达诗人所要抒发情的景物,使情藏于景中;后者不是抽象地写情,而是在写情中藏有景物。杜甫的这首《旅夜书怀》诗,就是古典诗歌中情景相生、互藏其宅的一个范例。

登岳阳楼①

✻杜　甫

昔闻洞庭水②，今上岳阳楼③。
吴楚东南坼④，乾坤日夜浮⑤。
亲朋无一字⑥，老病有孤舟。
戎马关山北⑦，凭轩涕泗⑧流。

注释

①诗写于唐代宗大历三年(768)岁末，当时吐蕃侵扰陇右、关中一带，杜甫携家眷由公安(今湖北境内)南来，抵达岳阳，登临岳阳楼，赋诗咏怀。

②洞庭水：洞庭湖，在今湖南省东北部。

③岳阳楼：岳阳(今湖南省岳阳)城西门楼，高三层，为开元年间岳州刺史张说所建，前临洞庭湖，宋范致明《岳阳风土记》载："岳阳楼，城西门楼也。下瞰洞庭，景物宽阔。"

④吴楚：春秋时两个诸侯国名，其地域大致在我国东南部的湖南、湖北、江西、安徽、浙江、江苏等长江中下游一带地方。坼：分开，古楚地大致在洞庭湖的西北部，吴在湖的东南部，两地好似为湖水分开。

⑤乾坤日夜浮：通过乾坤在湖中悬浮写出洞庭湖的广阔与气势。乾坤，天地。《水经注·湘水》载："洞庭湖水广八百余里，日月出没其中。"这里说洞庭湖湖面宽广。

⑥字：书信。

⑦戎马：兵马，此指战事。当时吐蕃不断侵扰灵武等地，郭子仪领兵五万驻守奉天（今陕西乾县）。关山北：泛指北方边地。

⑧凭轩：倚着楼窗。涕泗：眼泪鼻涕。

译文

很早听过名扬海内的洞庭湖，今日有幸登上湖边的岳阳楼。大湖浩瀚像把吴楚东南隔开，日月星辰昼夜都漂浮在洞庭湖上。漂泊江湖亲朋故旧不寄一字，年老多病，只有孤零零的一只船伴随自己。北方边关战事又起，凭窗遥望胸怀家国涕泗交流。

点评

这首诗的意境是十分宽阔宏伟的。

诗的颔联"吴楚东南坼，乾坤日夜浮"，是说广阔无边的洞庭湖水，划分开吴国和楚国的疆界，日月星辰都像是整个的漂浮在湖水之中一般。只用了十个字，就把洞庭湖水势浩瀚无边无际的巨大形象特别逼真地描画出来了。

杜甫到了晚年，已经是"漂泊西南天地间"，没有一个定居之所，只好"以舟为家"了。所以下边接着写："亲朋无一字，老病有孤舟。"亲戚朋友们这时连音信都没有了，只有年老多病的诗人泛着一叶扁舟到处漂流！从这里就可以领会到开头的两句"昔闻洞庭水，今上岳阳楼"，本来含有一个什么样的意境了。

这两句诗，从表面上看来，意境像是很简单：诗人说他在若干年前就听得人家说洞庭湖的名胜，今天居然能够登上岳阳楼，亲眼看到这一片山色湖光的美景。因此清人仇兆鳌就认为："'昔闻''今上'，喜初登也。"（《杜诗详注》）但仅这样理解，就把杜诗原来的意境领会得太浅了。这里并不是写登临的喜悦，而是在这平平的叙述中，寄寓着漂泊天涯，怀才不遇，桑田沧海，壮气蒿莱……许许多多的感触，才写出这么两句：过去只是耳朵里听到有这么一片洞庭水，哪想到迟暮之年真个就上了这岳阳楼？本来是沉郁之感，不该是喜悦之情；若是喜悦之情，就和结句的"凭轩涕泗流"连不到一起了。我们知道，杜甫在当时的政治生活是坎坷的，不得意的，然而他从来没有放弃"致君尧舜上，再使风俗淳"的抱负。哪里想到一事无成，昔日的抱负，今朝都成了泡影！诗里的"今""昔"两个字有深深的含意。因此在这一首诗的结句才写出："戎马关山北，凭轩涕泗流"，眼望着万里关山，天下到处还动荡在兵荒马乱里，诗人倚定了阑干，北望长安，不禁涕泗滂沱，声泪俱下。

这首诗，以其意境的开阔宏丽为人称道，而这意境是从诗人的抱负中来，是从诗人的生活思想中来，也有时代背景的作用。清初黄生对这首诗有一段议论，大意说：这首诗的前四句写景，写得那么宽阔广大，五、六两句叙述自己的身世，又是写得这么凄凉落寞，诗的意境由广阔到狭窄，忽然来了一个极大的转变，这样，七、八两句就很难安排了。哪想到诗人忽然把笔力一转，写出"戎马关山北"五个字，这样的胸襟，和上面"吴楚东南坼，乾坤日夜浮"一联写自然界宏奇伟丽的气象，就能够很好地上下衬托起来，斤两相称。这样创造的天才，当然就压倒了后人，谁也不敢再写岳阳楼的诗了。

黄生这一段话是从作诗的方法去论杜诗的，把杜诗的意境说成是诗笔一纵一收的产物，说意境的结构是从创作手法的变换中来。这不是探本求源的说法。我们说，诗的意境是诗人的生活思想从各方面凝结而成的，至于创作方法和艺术加工，炼字炼句等等，只能更准确地把意境表达出来，并不能以这些形式上的条件为基础从而酝酿成诗词的意境。昔人探讨创作问题，偏偏不从生活实践这方面去考虑，当然就不免倒果为因了。

江南旅情

✽祖　咏

楚山不可极①，归路但萧条②。
海色③晴看雨，江声夜听潮④。
剑留南斗⑤近，书寄北风遥⑥。
为报空潭橘⑦，无媒寄洛桥⑧。

注释

①楚山：泛指江南的山。极：尽。

②归路：归途，返乡的路。但：只。萧条：冷落寂寞的样子。

③海色：海上日出的景色，又解作江边的景色。

④江声：江水奔流的声音。夜听潮：从江流奔腾声判断是否涨潮。

⑤南斗：星名，其分野正对吴地。《晋书·张华传》载，吴灭晋兴之际，有紫气直射斗、牛二星之间。晋尚书张华请教雷焕，被告知是宝剑之精上彻于天，在豫章丰城。张华就让雷焕当丰城县令，掘出龙泉、太阿两把剑，当晚斗牛间的紫气就消失了。

⑥书寄北风遥：要往北方寄封家信，却像是北风吹鸿雁，能南不能北。

⑦空潭橘：泛指南方的橘子。空潭，深潭，指昭潭，在湖南境内，湘江水最深的地方，古时有“昭潭无底橘洲浮”的说法。

⑧媒：捎信人。洛桥：洛水上的天津桥，在洛阳，这里指代诗人故乡洛阳。

译文

楚地的山脉绵延不断没有尽头，返回故乡的路是如此崎岖萧条。看到东海日出，彩霞缤纷，就知道要下雨了；听到大江波涛澎湃的声音，就知道夜潮来临。

我书剑飘零，羁留近于南斗之下，家乡遥远，家书难收，我家北风之下的大雁，吹到南方而不能北回。昭潭的美橘熟了，想寄一点回家，可惜无人把它带到洛阳。

点评

这是一首旅途怀乡之作。诗中处处流露出诗人与家人音信隔绝，两地茫茫的愁绪。诗歌开篇即营造了一种萧瑟凄凉的气氛：楚山绵延没有尽头，归家之路落寞漫长，诗人的乡愁尽在其中。颔联描写的是江南景色，却更有力地烘托了诗人对北方故乡的深深眷恋之情。紧接着，诗人又写故乡的遥不可见，留下无限愁情，至此，诗人的“旅情”达到了浓得化不开的境界，也深深感染了读者。

宿龙兴寺①

✽ 綦毋潜②

香刹③夜忘归，松清古殿扉。
灯明方丈④室，珠系比丘⑤衣。
白日⑥传心净，青莲喻法微⑦。
天花落不尽，处处鸟衔飞⑧。

注释

①龙兴寺：其所指说法不一，一说在今湖北省房县西北，一说在今湖南省零陵县西南。

②綦(qí)毋潜(692—749?)，字孝通，一作季通，荆南(今属湖北江陵)人。开元十四年(726)进士及第，官宜寿尉、左拾遗。开元十八年，入为集贤院待制，为著作郎。天宝十一载(752)任左拾遗，后迁为著作郎。安史之乱后，他再度归隐，游于江淮一带。其诗善写幽寂之景，诗风接近王维，充满禅理，为盛唐田园山水诗代表人物之一。前人对他的评价很高："盛唐时，江右诗人惟潜最著"、"清回拔俗处，故是摩诘一路人"。《全唐诗》收录其诗一卷，共二十六首。

③香刹：佛寺。

④方丈：寺院长老或住持说法处，《法苑珠林·感通圣迹》："以笏量基止，有十笏，故号方丈之室。"此处泛指禅房。

⑤珠：佛教徒所挂的念珠。比丘：和尚。

⑥白日：这里比喻长老传法时，心像白日那样明朗洁净。

⑦青莲:青色莲花,佛教以为莲花清净无染,常用来指称和佛教有关的事务,这里指佛经。微:精微。

⑧“天花”以下两句:典出《维摩经·观众生品》载,佛祖让天女散花来试探菩萨和声闻弟子的道行,花落之不尽,有鸟衔之而去。

译文

白天来游览龙兴寺,晚上却忘了回去,寺前的松树在清风拂动下,拍打着古殿门窗,发出瑟瑟声响。长老的禅房灯火通明,念珠系在长老的法衣上。长老传授佛的心法,像白昼的阳光那样明净;讲解佛法时的精妙比喻,像青莲那样洁白无邪。天女散花于诸佛之前,纷纷坠落而不着身,被仙鸟衔在嘴中飞去。

点评

诗歌开头即交代了写作此诗的缘由,诗人因为郊游到龙兴寺乐而忘返,因此有幸观察到寺中僧侣们晚间的功课活动,诗歌侧重描写了他们传授佛法、讲授心经的场面。结尾运用典故,展开联想,比较灵动、清新。

破山寺后禅院①

✽常　建②

清晨入古寺，初日③照高林。
曲径通幽处④，禅房花木深。
山光悦鸟性，潭影空人心。
万籁此俱寂⑤，惟闻钟磬⑥音。

注释

①诗题一作《题山寺后禅院》。破山寺：又名兴福寺，故址在今江苏省常熟市虞山北，始建于南朝齐，唐咸通九年(868)赐额破山兴福寺。

②常建，唐代诗人，长安(今陕西西安)人。开元十五年(727)与王昌龄同榜登科。曾官盱眙尉，后隐居鄂州武昌之西山。常建一生沉沦失意，耿介自守，不趋附权贵。诗多为五言，以描写田园风光、山林逸趣为主。意境恬淡清迥，语言洗练自然，风格质朴清新，为盛唐山水田园诗派的重要诗人，有“王、孟、储(储光羲)、常”之称。禅房：寺院中僧侣居住的地方。

③初日：刚刚升起的太阳。

④曲径：弯弯曲曲的小路。幽处：幽静的地方。

⑤万籁：自然界的各种声音。此俱寂：这里一切都很寂静。

⑥惟闻：只听到。钟磬：寺院里的两种乐器，诵经、斋供时用以敲击的信号，发动时用钟，终止时用磬。

译文

清晨，当我漫步走到这座古老的寺院，初升的太阳照耀着高耸的丛林。一条曲折的小路通向幽静的远方，那里是被花木浓荫覆盖着的禅房。山光明净，鸟儿欢悦地歌唱，深潭倒影，更使人觉得心境的空灵。万物一片静寂，只有钟磬的声音在空中回荡。

点评

这首诗题咏的是佛寺禅院，抒发的是作者忘却世俗、寄情山水的隐逸胸怀。诗人在清晨登破山，入兴福寺，旭日初升，光照山上树林。佛家称僧徒聚集的处所为“丛林”，所以“高林”兼有称颂禅院之意，在光照山林的景象中显露着礼赞佛宇之情。然后，诗人穿过寺中竹丛小路，走到幽深的后院，发现唱经礼佛的禅房就在后院花丛树林深处。这样幽静美妙的环境，使诗人惊叹、陶醉，忘情地欣赏起来。他举目望见寺后的青山焕发着日照的光彩，看见鸟儿自由自在地飞鸣欢唱；走到清清的水潭旁，只见天地和自己的身影在水中湛然空明，心中的尘世杂念顿时涤除。佛门即空门。佛家说，出家人禅定之后，“虽复饮食，而以禅悦为味”（《维摩经·方便品》），精神上极为纯净怡悦。此刻此景此情，诗人仿佛领悟到了空门禅悦的奥妙，摆脱尘世一切烦恼，像鸟儿那样自由自在，无忧无虑。似是大自然和人世间的所有其他声响都寂灭了，只有钟磬之音，这悠扬而洪亮的佛音引导人们进入纯净怡悦的境界。显然，诗人欣赏这禅院幽美绝世的居处，领略这空门忘情尘俗的意境，寄托自己遁世无闷的情怀。

题松汀驿[①]

张 祜[②]

山色远含[③]空，苍茫泽国东[④]。
海明先见日，江白迥[⑤]闻风。
鸟道[⑥]高原去，人烟[⑦]小径通。
那知旧遗逸[⑧]，不在五湖中。

注释

①松汀驿：驿站名，在太湖东部江苏吴江一带，具体位置不详。

②张祜(782—852)，字承吉，郡望清河东武城(今山东武城西北)，南阳人，中晚唐著名诗人。早年曾浪迹江湖，狂放不羁，累试不第。曾受节度使令狐楚赏识，上表推荐，遭到元稹反对未能任用。张祜尝客淮南，爱丹阳(今属江苏)曲阿地，筑室卜隐。作诗用心良苦，宫词辞曲艳发，五律沉静浑厚，有隐逸之气。杜牧称赞说："何处得似张公子，千首诗轻万户侯。"有《张祜诗集》《张承吉文集》。

③含：衔接。

④苍茫：旷远迷茫的样子。泽国：多水的地方。

⑤迥：远。

⑥鸟道：只有鸟可以飞越的地方，形容山路险峻狭窄。

⑦人烟：人迹，住户。

⑧那知:哪知,谁知道。旧遗逸:指诗人隐居江湖的旧友。遗逸,隐身遁迹的人。

译文

远远望去,山色与蓝天连接在一起,众多的湖沼河渠,白茫茫一片,使人如置身水乡中。东南近海,太阳升得也早,风声远来,江上白浪翻腾。鸟儿飞过险峻狭窄的山路,人烟村落里条条小路相通。进入村子后才知道以前的老朋友早已不在吴地居住了。

点评

这是一首写景叙事的诗。前六句是写景,描绘了吴地的风光景物:群山远空,湖泊交错,海上日出,江上急风,高原鸟道,村落人烟,呈现出一幅栩栩如生、色彩斑驳的怡人画面,充满了诗情画意。尾联由对美景的欣赏转至叙事,访友不遇,因而心生遗憾,略带忧思,平添了几分诗意,达到了诗情美景的高度统一。

圣果寺①

✽ 释处默②

路自中峰③上，盘回出薜萝④。
到江⑤吴地尽，隔岸越山多。
古木丛青霭，遥天浸白波。
下方城郭近⑥，钟磬杂笙歌⑦。

注释

①圣果寺：故址在浙江省杭州市城南凤凰山上。

②处默，越僧人，曾与释贯休有密切往来，后入庐山，与释修睦、栖隐游，为罗隐、郑谷诗友。

③中峰：主峰。

④盘回：盘旋萦绕的山路。薜(bì)萝：薜荔、女萝，两种藤萝植物。

⑤江：钱塘江，古时江北属吴，江南属越。

⑥下方：山下。城郭：位于凤凰山北的杭州城。

⑦钟磬：佛教所用乐器。笙歌：笙管歌舞。

译文

凤凰山之主峰通往圣果寺，山路曲折迂回，长满了薜荔和女萝。寺院南临钱塘江，快到吴地的尽头了，江的对面是群山连绵的越地。近看古木丛中，青翠的山气缭绕，遥望江边天际，白茫茫的水天相接。俯瞰山下，城郭山镇尽收眼底，寺院中鸣钟击磬的声音与西湖上的丝竹管弦声竟然混成一片了。

点评

诗歌首联写出圣果寺的地理特色，处高而隐蔽。颔联写诗人登临其上，俯瞰所得，勾绘出吴越两地绵山相邻，两江相对的伟岸气势，令人陶醉。颈联写景，远近交错，色彩纷呈，突出了圣果寺周围的美不胜收。最后两句由自然之景转入对世俗红尘的表达，“钟磬杂笙歌”流露出诗人的复杂心绪，各种滋味涌上心头。

野　望

✻王　绩[①]

东皋[②]薄暮望，徙倚欲何依[③]。
树树皆秋色，山山惟落晖[④]。
牧人驱犊[⑤]返，猎马带禽归。
相顾[⑥]无相识，长歌怀采薇[⑦]。

注释

①王绩(586—644)，王通之弟，字无功，自号东皋子、五斗先生。祖籍祁县，后迁绛州龙门(今山西河津)。隋大业元年(605)应孝廉举，中高第，授秘书正字，后为六合县丞。贞观初，太乐署史焦革善酿酒，王绩自求任太乐丞。他把焦革的制酒法总结为《酒经》一卷，又收集杜康、仪狄等善酿者的经验，写成《酒谱》一卷。好弹琴，又精于占卜算卦，兼长射覆。诗歌多写山水田园风光与隐士生活，平淡疏野，对唐诗的发展有一定影响。有《王无功文集》。

②东皋：绛州龙门的一个地方，诗人归隐后的常游之地。皋，水边地。

③徙倚：徘徊。欲何依：打算依靠什么，描绘诗人内心苦闷、彷徨不安的

神态。

④落晖：夕阳余晖。

⑤犊：小牛。

⑥相顾：相看。

⑦采薇：《诗经·召南·草虫》："陟彼南山，言采其薇。未见君子，我心伤悲。"《诗经·小雅·采薇》："采薇采薇，薇亦作止。曰归曰归，岁亦莫止。靡室靡家，猃狁之故。不遑启居，猃狁之故。"诗人联想到《诗经》中关于"采薇"的片断，借以抒发苦闷。一说此处引用伯夷、叔齐的典故，寄托避世隐居之意。薇，野菜名，多年生草本植物，嫩叶可食。

译文

傍晚时分站在东皋纵目远望，我徘徊不定，不知该归依何方。层层树林都染上秋天的色彩，重重山岭披覆着落日的余晖。牧人驱赶着牛群返还家园，猎人带着打猎到的猎物驰过我的身旁。大家相对无言，彼此互不相识，我长啸高歌，真想隐居在山冈！

点评

《野望》写的是山野秋景，在闲逸的情调中，带几分彷徨和苦闷，是王绩的代表作。

"东皋薄暮望，徙倚欲何依。"皋是水边地。东皋，指他家乡绛州龙门的一个地方。他归隐后常游北山、东皋，自号"东皋子"。"徙倚"是徘徊的意思。"欲何依"，化用曹操《短歌行》中"月明星稀，乌鹊南飞，绕树三匝，何枝可依"的意思，表现了百无聊赖的彷徨心情。

下面四句写薄暮中所见景物："树树皆秋色，山山惟落晖。牧人驱犊返，猎马带禽归。"举目四望，到处是一片秋色，在夕阳的余晖中越发显得萧瑟。在这静谧的背景之上，牧人与猎马的特写，带着牧歌式的田园气氛，使整个画面活动了起来。这四句诗宛如一幅山家秋晚图，光与色，远景与近景，静态与动态，搭配得恰到好处。

然而，王绩还不能像陶渊明那样从田园中找到慰藉，所以最后说："相顾无相识，长歌怀采薇。"说自己在现实中孤独无依，只好追怀古代的隐士，和伯夷、叔齐那样的人交朋友了。

读熟了唐诗的人，也许并不觉得这首诗有什么特别的好处。可是，如果沿着诗歌史的顺序，从南朝的宋、齐、梁、陈一路读下来，忽然读到这首《野望》，便会为它的朴素叫好。南朝诗风大多华靡艳丽，好像浑身裹着绸缎的珠光宝气的贵妇。从贵妇堆里走出来，忽然遇见一位荆钗布裙的村姑，她那不施脂粉的朴素美就会产生特别的魅力。王绩的《野望》便有这样一种朴素的好处。

这首诗的体裁是五言律诗。自从南朝齐永明年间，沈约等人将声律的知识运用到诗歌创作当中，律诗这种新的体裁就已酝酿着了。到初唐的沈佺期、宋之问手里律诗遂定型化，成为一种重要的诗歌体裁。而早于沈、宋六十余年的王绩，已经能写出《野望》这样成熟的律诗，说明他是一个勇于尝试新形式的人。这首诗首尾两联抒情言事，中间两联写景，经过情—景—情这一反复，诗的意思更深化了一层。这正符合律诗的一种基本章法。

送别崔著作东征①

✻ 陈子昂

金天方肃杀②,白露始专征③。
王师非乐战④,之子慎佳兵⑤。
海气侵南部⑥,边风扫北平⑦。
莫卖卢龙塞⑧,归邀麟阁名⑨。

注释

①这首诗作于武则天万岁通天元年(696)五月,契丹侵入营州,朝廷任命梁王武三思为榆关道安抚使东征,崔融任东征书记随军前行,陈子昂以此诗相劝诫。崔著作:崔融,字安成,武则天时期诗人,与李峤、苏味道、杜审言并称"文章四友"。

②金天:秋天,因秋季于五行属金故称。肃杀:严酷萧瑟的样子。古人以为秋季充满肃杀之气,正好用兵。

③白露:节气名,为立秋之后的第三个节气。专征:专门从事征伐。

④王师:帝王的军队。乐战:喜欢打仗。

⑤之子:这些从征的人,指崔融。佳兵:《老子》:"夫佳兵者,不祥之器。"佳,据前人考证为"隹"的误写,隹,古"唯"字,虚词。佳兵即用兵。

⑥海气:边地战尘。侵南部:往南侵犯窜扰。

⑦扫:扫荡,荡平。北平:郡名,治所在今河北卢龙县。

⑧卖:出卖。卢龙塞:古代军事要塞,在今河北省喜峰口附近。

⑨麟阁:麒麟阁,汉代所建,在未央宫中,上画功臣图像以表彰其功勋。

译文

深秋时节秋风萧瑟、草木枯落，白露这天任命大将出征。唐朝军队并不是好战，将军要谨慎地来用兵。敌人气焰嚣张的侵犯南部边陲，我军应该扫平北方边界。不能把守地让给敌人，回来后弄虚作假、邀功请赏。

点评

诗题又作《送著作佐郎崔融等从梁王东征》，作于万岁通天元年（696），这一年，由于唐朝将帅对边事处置失宜，契丹孙万荣、李尽忠发动叛乱，攻陷营州（《旧唐书·北狄传》）。唐王朝于同年七月以梁王武三思为榆关道安抚大使，赴边地以备契丹。契丹辖地在今河北、辽宁一带，在帝都长安之东，因此称东征。崔著作，指崔融，时任著作佐郎，以掌书记身份随武三思出征。

"金天方肃杀，白露始专征"，首联点明出征送别的时间。金天，指秋天，《礼记·月令》载："孟春之月，凉风至，白露降，天子乃命将帅，选士厉兵，简练俊杰，专任有功，以征不义。"诗人在序中也写道，"古者凉风至，白露下，天子命将帅，训甲兵"，大唐王朝这次东征平叛，选择在秋气肃杀的时候，正是为了"昭我王师，恭天讨"。这两句暗示唐军乃正义之师，讨伐不义，告捷指日可待。"肃杀""白露"勾画出送别时的气氛，使出征者那种庄重严肃的神情如在眼前。

"王师非乐战，之子慎佳兵"。统治者当垂恤生灵，"偃兵天下"（《序》），因此王师不喜战伐，以仁义为本。之子，指崔融；佳兵，本指精良的军队。《老子》："夫佳兵，本不祥物，或恶之，故有道者不处。"

这里用"慎佳兵"来劝友人要慎重兵事，少杀戮，两句表面歌颂王师，实则规谏崔融，显得委婉、含蓄。

五、六两句借表现河北战场的环境，来盛赞唐军的兵威。梁王大军兵多将良，军容整肃，这次东征定能击败叛军，大获全胜。北平，郡名，在河北，初唐时称平州。这里指孙、李叛军的巢穴。"海气""边风"都是带杀气的物象，"侵""扫"来表现东征的气势。

末二句进一步以古人的高风节义期许友人，呼应三、四两句。卢龙塞，古代是河北通往东北的交通要道。建安十二年（207），曹操北征乌丸，田畴献计，引曹军出卢龙塞，出敌不意，大败乌丸。曹操欲对其行封，畴说："岂可卖卢龙之塞，以易赏禄哉？"终不受封。（《魏志·田畴传》）。麟阁，即麒麟阁。汉武帝时曾画十一名功臣的形貌于其上，后来就以麒麟阁作为功成名就的象征。诗人用这两个典故是有针对性的。武后临朝称制时，轻启战争。垂拱三年，凿山开道，袭击生羌、吐蕃，不但造成士卒的痛苦，也给中原和少数民族人民带来了很大的灾难。眼下，孙、李利用契丹人民的怨恨，大举叛乱，烧杀掳掠，贻害河北人民。因此，陈子昂一方面力主平叛，在诗序中称赞崔融等出征时“酒中乐酣，拔剑起舞”、“气横辽碣，志扫獯戎”的豪气，后来自己也亲随武攸宜出征，参谋帷幕；另一方面，他又反对穷兵黩武，反对将领们为了贪功邀赏，迎得武后的欢心而扩大战事，希望他们能像田畴那样淡泊明志，以国家大义为重。这两句的担忧，希望友人能在这方面做出表率。表达了诗人出语坚决，正气凛然，读来撼动人心。

全诗质朴自然，写景议论不事雕琢，元方回评论说：“天下皆知其能为古诗，一扫南北绮靡，殊不知律诗极佳”。

携妓纳凉晚际遇雨

(一)①

✻杜 甫

落日放船②好,轻风生浪迟。
竹深留客处,荷净纳凉时。
公子调冰水③,佳人雪藕丝④。
片云头上黑,应是雨催诗。

注释

①诗题一作《陪诸贵公子丈八沟携妓纳凉晚际遇雨二首》,此诗为第一首。纳凉:乘凉。

②放船:泛舟。

③调冰水:调和冰块化成的饮料。

④雪藕丝:雪,擦拭。藕丝,彩色名。雪藕丝即美貌女子在涂脂抹彩梳妆打扮。一说雪藕丝是切藕成丝。

译文

太阳落山,正好是放船乘凉的时机。河上清风吹拂,水面泛起微波。水边竹林的深处,正是留客的时候;荷叶青青,正是歇凉的好地方。贵公子们用冰调制冷饮之水,歌妓们除掉嫩藕的白丝。此时,天上黑云泛起,要下解暑的雨了,这莫不是雨在催人作诗么?

（二）

杜　甫

雨来沾[①]席上，风急打船头。
越女[②]红裙湿，燕姬翠黛愁[③]。
缆侵[④]堤柳系，幔[⑤]卷浪花浮。
归路翻萧飒[⑥]，陂塘[⑦]五月秋。

注释

①沾：溅。

②越女：南方的佳人。

③燕姬：北方的美女，越女、燕姬这里指歌妓。翠黛：女子的眉毛，古代女子用螺黛画眉，故有此称。

④缆：拴船的缆绳。侵：迫近，靠近。

⑤幔：船上的布幔，用以遮阳。

⑥翻：反而。萧飒：萧条冷落。

⑦陂塘：池塘。

译文

雨水打湿了坐席，风急浪大拍击着船头。歌妓们的红裙子湿透了，愁容满面。大家赶快把缆绳系在柳树上，风雨吹打得船上的帐幔翻卷，浪花拍击着船头。回来的路上却有如秋风萧瑟，丈八沟的五月好像就是秋凉季节。

点评

这两首携妓纳凉诗不能看作普通的世俗行乐，而是诗人别有用心而作。第一首诗写雨前纳凉的情景，“公子调冰水，佳人雪藕丝”渲染出一派悠闲、安适的场面，是“乐极”之景。末尾两句承前启后，天上的乌云预示着风雨即将来临，为下一首诗埋下伏笔。第二首诗用“翠黛愁”“浪花浮”描绘出公子佳人遭遇风雨的狼狈不堪，是“生悲”之景。尾联的“归路翻萧飒”是总结性的语句，他们来的时候兴高采烈，去时却兴味索然，前后形成强烈对比，同时也暗含了诗人对风云政治朝夕变幻的深切感触和嘲讽之情。

宿云门寺阁①

孙　逖②

香阁东山③下，烟花象外④幽。
悬灯千嶂⑤夕，卷幔五湖⑥秋。
画壁余鸿雁，纱窗宿斗牛⑦。
更疑天路近，梦与白云游。

注释

①云门寺：故址在今浙江省绍兴市云门山上。

②孙逖(696？—761)，唐河南洛阳人。开元中官中书舍人、典制诰，官终太子少詹事。与颜真卿、李华为当时名士。

③香阁：云门寺阁，佛教称佛地有众香国，楼阁苑圃都香。东山：云门山。

④烟花：繁花盛开的景色，这里借指美好的景色。象外：物象之外，尘俗之外。

⑤千嶂：千山。

⑥五湖：本指太湖及其附近湖泊，此指镜湖。

⑦斗牛：二星宿，其分野相当于今浙江、江苏、安徽、江西一带，时作者在浙江，故有“宿斗牛”之说。

译文

云门寺坐落在东山之下，这里烟雾缭绕，山花盛开，是那样幽静和超凡脱俗。晚上阁上悬灯高照，好似映照着千山万壑；山风卷起幔帐，犹如五湖秋风到来。壁画还剩有几只大雁，睡在阁中的纱窗下，好像与星星为邻。更怀疑上天的路就在眼前，我梦中驾着白云在天上遨游。

点评

云门寺在今浙江绍兴境内的云门山（又名东山）上，晋安帝时建，梁代处士何胤、唐代名僧智永等都在寺里栖隐过。从杜甫诗“若耶溪，云门寺，吾独何为在泥滓？青鞋布袜从此始。”（《奉先刘少府新画山水障歌》）来看，此寺是当时一个有名的隐居之地。

一、二句以写意的笔法，勾勒出云门寺的一幅远景。首句点出云门寺的所在，次句写出寺的环境氛围。“香阁”二字，切合佛寺常年供香的特点。寺阁坐落在东山下，那儿地势高，云雾缭绕。时近傍晚，山花笼上了一层苍茫的暮色，似在烟霭之中。“象外”，是物象之外的意思。用“象外”去形容“幽”，是说其幽无比，超尘脱俗。一座幽静的佛寺便在邈远天际淡淡化出。两句于写景之中兼寓叙事：云门寺尚在远方，诗人此时还在投宿途中。

三、四句所写，是到达宿处后凭窗远眺的景象。这两句对偶工稳，内蕴深厚，堪称是篇中的警策。“悬灯”、“卷幔”正是入夜时初到宿处的情状：点燃宿处油灯，卷起久垂的帷帘，观赏起窗外的夜色。诗人借悬灯写出夜色中壁立的千嶂，借卷幔写出想象中所见浩淼的五湖（太湖的别名）。山与水对比，纵与横映衬，意境极为优美。其实，在茫茫夜色中，任你卷起窗帘或借助于所悬之灯，是看不到千嶂奇景和五湖秋色的，这纯属想象之辞。诗人不为夜幕和斗室所限，而能逸兴遄飞，放笔天地，写出如此壮美的诗句，显示了诗人宽阔的胸怀。而且，这两句诗并非泛泛的写景抒情之笔。诗人以“悬灯”“卷幔”表示投宿，又以“秋”与“夕”点出节令与时间，并以“千嶂”“五湖”的高远气象表明所宿处的云门山寺的势派。

五、六两句，紧承“悬灯”和“卷幔”，写卧床环顾时所见。看来，这时诗人已经睡下，但一时还未成眠，便游目室内与窗外：墙上，因为年深日久，壁画的大部分已经剥落，只见到尚剩下的大雁；天空，闪烁的群星像是镶嵌在窗户上那样临

近。画壁黯淡，足见佛寺之古老，正与诗人此时睡意昏昏的状态相接近；群星在窗口闪烁，像是引诱着诗人进入梦乡。两句分别写出云门寺“高”与“古”的特色。

最后两句写入梦后的情景。终于，诗人坠入了沉沉的梦乡：“更疑”句直承“纱窗”句，因有斗牛临窗的情景，才引出云门寺地势高峻，犹如与天相近的联想，因而在夜间竟做起驾着白云凌空遨游的梦来。“疑”字用疑似的口气将似有若无的境界说出，朦胧恍惚，真有梦境之感。

全诗八句，紧扣诗题，丝丝入扣，密合无间。诗人以时间为线索，依次叙述赴寺、入阁、睡下、入梦，写足“宿”字。又以空间为序，先从远处写全景，再从阁内写外景，最后写阁内所见。由远而近，由外而内，环环相衔，首尾圆合，写尽云门寺的“高”与“古”。艺术结构高超，处处都见匠心。

秋登宣城谢朓北楼①

※李　白

江城②如画里，山晚望晴空。
两水③夹明镜，双桥④落彩虹。
人烟寒橘柚，秋色老梧桐。
谁念北楼上，临风怀谢公⑤。

注释

①李白在长安郁郁不得志，不得已浪迹天涯。唐玄宗天宝十三载(754)秋季，他第二次来到宣城，在谢公楼写下了这首诗。宣城：唐宣州治所，在今安徽水阳江西岸。谢朓北楼：即谢朓楼、谢公楼，为南齐谢朓任宣城太守时所建，在陵阳山顶，御史中丞兼宣州刺史独孤霖将北楼改建，因其地势高且险，崖叠如嶂，故题名“叠嶂楼”。

②江城：指宣城。

③两水：指环绕宣城的宛溪、句溪。

④双桥：指宛溪上的凤凰、济川二桥，隋朝开皇年间建造。

⑤谢公：对谢朓的敬称。

译文

俯瞰宣城，像是画里的一样美好。句溪和宛溪夹城而流，在秋天里，溪水格外澄清，水面泛出晶莹的光，像明亮的镜子。凤凰桥和济川桥横跨两溪之上，在碧水夕阳的映照下就像天上落下的彩虹。一缕缕炊烟，让橘柚显得一片苍寒，秋色使梧桐树更显苍老。谁能想到在这个楼上，有人面对秋风而怀念以前的谢朓呢！

点评

谢朓北楼是南齐诗人谢朓任宣城太守时所建，又名谢公楼，唐时改名叠嶂楼，是宣城的登览胜地。宣城处于山环水抱之中，陵阳山冈峦盘屈，三峰挺秀；句溪和宛溪的溪水，萦回映带着整个城郊，真是"鸟去鸟来山色里，人歌人哭水声中"（杜牧《题宣州开元寺水阁阁下宛溪夹溪居人》）。这诗作于天宝十三载（754），这年中秋节后，李白从金陵再度来到宣城。

一个晴朗的秋天的傍晚，诗人独自登上了谢公楼。岚光山影，是如此的明净！凭高俯瞰，这"江城"简直是在画图中似的。开头两句，诗人把他登览时所见景色概括地写了出来，总摄全篇，一下子就把读者深深吸引住，一同进入诗的意境中去了。严羽《沧浪诗话》云："太白发句，谓之开门见山。"指的就是这种表现手法。

中间四句是具体的描写。这四句诗里所塑造的艺术形象，都是从上面的一个"望"字生发出来的。从结构的关系来说，上两句写"江城如画"，下两句写"山晚晴空"；四句是一个完整的统一体，而又是有层次的。"两水"指句溪和宛溪。宛溪源出峄山，在宣城的东北与句溪相会，绕城合流，所以说"夹"。因为是秋天，溪水更加澄清，它平静地流着，波面上泛出晶莹的光。用"明镜"来形容，是最恰当不过的。"双桥"指横跨溪水的上、下两桥。上桥叫作凤凰桥，在城的东南泰和门外；下桥叫作济川桥，在城东阳德门外，都是隋文帝开皇年间（581—600）的建筑。这两条长长的大桥架在溪上，倒影水中，从高楼上远远望去，缥青的溪水，鲜红的夕阳，在明灭照射之中，桥影幻映出无限奇异的璀璨色彩。这哪里是桥呢？简直是天上两道彩虹，而这"彩虹"的影子落入"明镜"之中去了。读了这两句，我们会自然而然地联想到诗人另一名作《望庐山瀑布》中的"飞流直下三千尺，疑是银河落九天"。两者同样是用比拟的手法来塑造形象，同样用一个"落"字把地下和天上联系起来，然而同中有异，异曲同工：一个是以银河比拟瀑布的飞流，一个是用彩虹写夕阳明灭的波光中双桥的倒影，一个着重在描绘其奔腾直下的气势，一个着重在显示其瑰丽变幻的色彩，两者所给予人们的美感也不一样，而诗人想象的丰富奇妙，笔致的活泼空灵，则同样使人惊叹。秋天的傍晚，原野是静寂的，山冈一带的丛林里冒出人家一缕缕的炊烟，橘柚的深碧，梧桐的微黄，呈现出一片苍寒景色，使人感到是秋光渐老的时候了。

我们不难想象，当时诗人的心情是完全沉浸在他的视野里，他的观察是深刻的，细致的，而他的描写又是毫不黏滞的。他站得高，望得远，抓住了一刹那间的感受，用极端凝练的形象语言，在随意点染中勾勒出一个深秋的轮廓，深深地透漏出季节和环境的气氛。他不仅写出秋景，而且写出了秋意。如果我们细心领会一下，就会发现他在高度概括之中，用笔是丝丝入扣的。

结尾两句，从表面看来很简单，只不过和开头二句一呼一应，点明登览的地点是在“北楼上”；这北楼是谢朓所建，从登临到怀古，似乎是照例的公式，因而李白就不免顺便说一句怀念古人的话罢了。这里值得注意是“谁念”两个字，“怀谢公”的“怀”，是李白自指，“谁念”的“念”，是指别人。两句的意思，是慨叹自己“临风怀谢公”的心情没有谁能够理解，这就不是一般的怀古了。

临洞庭①

✻ 孟浩然

八月湖水平②，涵虚混太清③。
气蒸云梦泽④，波撼岳阳城⑤。
欲济无舟楫⑥，端居耻圣明⑦。
坐观垂钓者，徒有羡鱼情⑧。

注释

①诗题一作《望洞庭湖赠张丞相》，又作《岳阳楼》。这是首干谒诗，作于唐玄宗开元四至五年(716—717)。当时，张说任岳州刺史，孟浩然作此诗投赠，希望得到引荐。一说作于唐玄宗开元二十一年(733)，孟浩然西游长安，写诗呈献给时任丞相的张九龄，以求得到引荐。

②平：湖水齐岸，风平浪静。

③涵虚：包含太空，形容湖面很广，简直可以包容整个天空。混：同。太清：天的代称。

④气蒸：水面上云气蒸腾。云梦泽：古时二湖泽名，在今湖北南部，湖南北部。云泽在长江北，梦泽在长江南，今多为陆地。

⑤波撼句：洞庭湖水波涛汹涌，似乎可以震撼岳阳城。

⑥济：渡。舟楫：船、桨。

⑦端居：安居，闲居，这里指隐居。耻：感到羞耻。圣明：皇帝圣哲明睿，任用贤明。

⑧羡鱼情：这里以垂钓者比喻隐居者，以羡鱼情比喻脱俗的愿望。羡鱼，《淮南子·说林训》："临河而羡鱼，不如退而结网。"

译文

八月的洞庭湖水涨得和岸一样齐了，远远望去，水天一色；湖面和天空连在一起，难以辨别。湖上的水汽氤氲蒸腾，弥漫了云梦大泽；湖中波涛汹涌，震撼了岳阳古城。我想乘船渡湖,却没有船可乘;终日闲居,无所事事,感到愧对圣明天子。坐看那些垂钓之人,我只能徒然地羡慕他们而已。

点评

这是一首干谒诗。唐玄宗开元二十一年(733),孟浩然西游长安,写了这首诗赠当时在相位的张九龄,目的是想得到张的赏识和录用,只是为了保持一点身份,才写得那样委婉,极力泯灭那干谒的痕迹。

秋水盛涨,八月的洞庭湖装得满满的,和岸上几乎平接。远远望去,水天一色,洞庭湖和天空接合成了完完整整的一块。开头两句,写得洞庭湖极开朗也极涵浑,汪洋浩阔,与天相接,润泽着千花万树,容纳了大大小小的河流。

三、四句实写湖。"气蒸"句写出湖的丰厚的蓄积,仿佛广大的沼泽地带,都受到湖的滋养哺育,才显得那样草木繁茂,郁郁苍苍。而"波撼"两字放在"岳阳城"上,衬托湖的澎湃动荡,也极为有力。人们眼中的这一座湖滨城,好像瑟缩不安地匍匐在它的脚下,变得异常渺小了。这两句被称为描写洞庭湖的名句,但两句仍有区别:

上句用宽广的平面衬托湖的浩渺,下句用窄小的立体来反映湖的声势。诗人笔下的洞庭湖不仅广大,而且还充满活力。

下面四句,转入抒情。"欲济无舟楫",是从眼前景物触发出来的,诗人面对浩浩的湖水,想到自己还是在野之身,要找出路却没有人接引,正如想渡过湖去却没有船只一样。"端居耻圣明",是说在这个"圣明"的太平盛世,自己不甘心闲居无事,要出来做一番事业。这两句是正式向张丞相表白心事,说明自己目前虽然是个隐士,可是并非本愿,出仕求官还是心焉向往的,不过还找不到门路而已。

于是下面再进一步,向张丞相发出呼吁。"垂钓者"暗指当朝执政的人物,其实是专就张丞相而言。这最后两句,意思是说:执政的张大人啊,您能出来主持国政,我是十分钦佩的,不过我是在野之身,不能追随左右,替你效力,只有徒然表示钦羡之情罢了。这几句话,诗人巧妙地运用了"临渊羡鱼,不如退而结网"(《淮南子·说林训》)的古语,另番新意,而且"垂钓"也正好同"湖水"照应,因此不大露出痕迹,但是他要求援引的心情是不难体会的。

作为干谒诗,最重要的是要写得得体,称颂对方要有分寸,不失身份。措辞要不卑不亢,不露寒乞相,才是第一等文字。这首诗委婉含蓄,不落俗套,艺术上自有特色。

过香积寺①

✽王 维

不知香积寺，数里入云峰②。
古木无人径，深山何处钟。
泉声咽危石③，日色冷青松④。
薄暮空潭⑤曲，安禅制毒龙⑥。

注释

①过：访问。香积寺：一名开利寺，故址在今陕西省西安市南。

②云峰：云雾缭绕的山峰。

③泉声咽危石：泉水在高耸的岩石间流淌，声音如同人在呜咽。咽，呜咽。危，高。

④日色冷青松：日光照耀下青松让人产生一种阴冷的感觉。写出山深林茂、人迹罕至的情形。

⑤空潭：明净清澈的水潭。

⑥安禅：禅定，僧人坐禅入定。毒龙：佛经中的凶猛动物，这里比喻非分的想法和欲望。《涅槃经》载，某寺潭中有一条毒龙，一位高僧禅定于潭上念咒语，毒龙浮出水面悔过自新。顾况《寄江南鹤林寺石冰上人》：“定力超香象，真言摄毒龙。”

译文

不知道香积寺在哪里,走了几里山路就走到了云雾缭绕的山峰。到处都是参天的古木,人迹罕至,从深山的某个地方传来了钟声。泉水在高耸的岩石间流淌,声音如同人在呜咽。日光照耀下青松让人产生一种阴冷的感觉。暮色映照着明净清澈的水潭,只要静坐入定,就可驱除邪念。

点评

诗题《过香积寺》的“过”,与孟浩然《过故人庄》的“过”相同,意谓“访问”、“探望”。

既是去访香积寺,却又从“不知”说起;“不知”而又要去访,见出诗人的洒脱不羁。因为“不知”,诗人便步入茫茫山林中去寻找,行不数里就进入白云缭绕的山峰之下。此句正面写人入云峰,实际映衬香积寺之深藏幽邃。还未到寺,已是如此云封雾罩,香积寺之幽远可想而知矣。

接着四句,是写诗人在深山密林中的目见和耳闻。先看三、四两句。古树参天的丛林中,杳无人迹,忽然又飘来一阵隐隐的钟声,在深山空谷中回响,使得本来就很寂静的山林又蒙上了一层迷惘、神秘的情调,显得越发安谧。“何处”二字,看似寻常,实则绝妙:由于山深林密,使人不觉钟声从何而来,只有“嗡嗡”的声音在四周缭绕,这与上句的“无人”相应,又暗承首句的“不知”。有小径而无人行,听钟鸣而不知何处,再衬以周遭参天的古树和层峦叠嶂的群山。这是多么荒僻而又幽静的境界!

五、六两句,仍然意在表现环境的幽冷,而手法和上二句不同。诗人以倒装句,突出了入耳的泉声和触目的日色。“咽”字在这里下得极为准确、生动:山中危石耸立,流泉自然不能轻快地流淌,只能在嶙峋的岩石间艰难地穿行,仿佛痛苦地发出幽咽之声。诗人用“冷”来形容“日色”,岂不谬哉?然而仔细玩味,这个“冷”字实在太妙了。夕阳西下,昏黄的余晖涂抹在一片幽深的松林上,这情状,岂能不“冷”?诗人涉荒穿幽,直到天快黑时才到香积寺,看到了寺前的水潭。“空潭”之“空”不能简单地理解为“什么也没有”。王维诗中常用“空”字,如“空山不见人”、“空山新雨后”、“夜静春山空”之类,都含有宁静的意思。暮色降临,面对空阔幽静的水潭,看着澄清透彻的潭水,再联系到寺内修行学佛的僧人,诗人不禁想起佛教的故事:在西方的一个水潭中,曾有一毒龙藏身,累累害人;佛门高僧以无边的佛法制服了毒龙,使其离潭他去,永不伤人。佛法可以制毒龙,亦可以克制世人心中的欲念啊。“安禅”为佛家术语,即安静地打坐,在这里指佛家思想。“毒龙”用以比喻世俗人的欲望。

王维晚年诗笔常带有一种恬淡宁静的气氛。这首诗,就是以他沉湎于佛学的恬静心境,描绘出山林古寺的幽邃环境,从而造成一种清高幽僻的意境。王国维谓“不知一切景语,皆情语也”。这首诗的前六句纯乎写景,然无一处不透露诗人的心情,可以说,王维是把“晚年惟好静”的情趣融化到所描写的景物中去了。因此最后“安禅制毒龙”,便是诗人心迹的自然流露。

诗采用由远到近、由景入情的写法,从“入云峰”到“空潭曲”逐步接近香积寺,最后则吐露“安禅制毒龙”的情思。这中间过渡毫无痕迹,浑然天成。诗人描绘幽静的山林景色,并不一味地从寂静无声上用力,反而着意写了隐隐的钟声和呜咽的泉声,这钟声和泉声非但没有冲淡整个环境的平静,反而增添了深山丛林的僻静之感。这就是通常所讲的“鸟鸣山更幽”的境界吧。

送郑侍御谪闽中①

✻高　适

谪去君无恨②，闽中我旧过③。
大都秋雁少④，只是夜猿多。
东路⑤云山合，南天瘴疠⑥和。
自当逢雨露⑦，行矣慎风波⑧。

注释

①诗作于天宝十一载(752)秋长安，上半年高适为封丘尉，秋辞职客游长安，与杜甫、岑参、储光曦等同游。秋冬之际，被哥舒翰表为左骁卫兵参军，遂赴幕府，任书记。侍御：古代达官的侍从。

②谪：贬谪，古代官员被降职或者外调。无：通"毋"，不要。

③闽中：今福建省一带。旧过：以前去过。

④大都：大概。秋雁少：因闽中在南岭南，大雁大都不过南岭，故称秋雁少。

⑤东路：向东行走。

⑥瘴疠：南方山林间的毒气和瘟疫病毒。

⑦自当：终当，终究会。雨露：比喻皇帝的恩泽。隋炀帝时宫女侯夫人《自感诗三首》第三首："不及间花草，翻承雨露多。"李隆基《赐崔日知往潞州》："藩镇讴谣满，行宫雨露深。"

⑧慎风波：比喻的手法，劝诫友人处事要谨慎。

“飞将军”。

⑨筑坛：筑坛拜将。汉高祖刘邦曾斋戒设坛场，拜韩信为大将军。《史记·淮阴侯列传》载：汉王欲拜韩信为将，“（萧）何曰：虽为将，信必不留。王曰：以为大将。何曰：幸甚。于是王欲召信拜之。何曰：王素慢无礼，今拜大将如呼小儿耳，此乃信所以去也。王必欲拜之，择良日，斋戒，设坛场，具礼，乃可耳。王许之。诸将皆喜，人人各自以为得大将。至拜大将，乃韩信也，一军皆惊。”

译文

凤林关的战争还没有平息，鱼海经常有战争，道路十分难走。烽火带着浓烟直冲向天上，深入敌方的孤军处境艰难，井水都干了。狂风吹过，似乎西天的星星都为之动摇，过了北庭一带，月色都让人感到寒冷。边城的老百姓都思念飞将军李广，不知朝廷何时才能高议筑坛拜将的事。

点评

《秦州杂诗》是一组诗，一共二十首，这是第十九首。首联写战乱不断，烽火连天，是“兵荒”。颔联紧接上联，写“饥荒”。颈联用恶劣的自然环境来说明战争带来的灾祸之大。尾联“思飞将”“议筑坛”，表现了诗人希望平息战乱，让人民安居乐业的愿望，诗人的忧国忧民之情使诗歌的立意得到提高，统摄全文。

禹 庙①

✻杜 甫

禹庙②空山里，秋风落日斜③。
荒庭垂橘柚④，古屋画龙蛇⑤。
云气生虚壁，江声走白沙。
早知乘四载⑥，疏凿控三巴⑦。

注释

①诗作于唐代宗永泰元年(765)秋，杜甫出蜀东下，途经忠州时，游览禹庙。

②禹庙：在忠州(治所在今四川省忠县)岷江边的山崖上，为纪念大禹所建。

③斜：斜照。

④橘柚：一作"桔柚"，桔为橘的俗写。《尚书·禹贡》载："厥包桔柚。"意思是说，把橘柚包好，以便进贡。大禹治水后，人民安居乐业，南方的百姓也将丰收的橘柚包好进贡。

⑤龙蛇：《孟子·滕文公》载，大禹治水时，"掘地而注之海，驱龙蛇而放之菹"。

⑥四载：《书传》载："水乘舟，路乘车，泥乘楯，山乘樏(léi)。"舟、车、楯、樏四种交通工具被称为四载。

⑦疏凿：凿开山崖，疏通水道。三巴：巴郡、巴东、巴西，这里泛指四川一带。

译文

禹王庙坐落在空旷的山林里，秋风萧瑟，落日斜照在庙顶。荒凉的庭院内橘柚挂在树上，屋里的墙壁上还残留着龙蛇的图画。云雾缭绕着庙外山崖的石壁，滔滔江水带走了白沙石。以前大禹乘坐着四种交通工具，开凿山石，疏通了三巴的洪水。

点评

杜甫写的禹庙，建在忠州（治所在今四川忠县）临江的山崖上。杜甫在代宗永泰元年（765）出蜀东下，途经忠州时，参谒了这座古庙。

“禹庙空山里，秋风落日斜。”开门见山，起笔便令人森然、肃然。山是“空”的，可见荒凉；加以秋风瑟瑟，气氛更觉萧森。但山空，那古庙就更显得巍然独峙；加以晚霞的涂染，格外鲜明庄严，令人肃然而生敬意。诗人正是怀着这种心情登山入庙的。

“荒庭垂橘柚，古屋画龙蛇。”庙内，庭院荒芜，房屋古旧，一“荒”二“古”，不免使人感到凄凉、冷落。但诗人却观察到另一番景象：庭中橘柚硕果垂枝，壁上古画神龙舞爪。橘柚和龙蛇，给荒庭古屋带来一片生气和动感。“垂橘柚”、“画龙蛇”，既是眼前实景，又暗含着歌颂大禹的典故。据《尚书·禹贡》载，禹治洪水后，九州人民得以安居生产，远居东南的“岛夷”之民也“厥包橘柚”——把丰收的橘柚包裹好进贡给禹。又传说，禹“驱龙蛇而放菹（泽中有水草处）”，使龙蛇也有所归宿，不再兴风作浪（见《孟子·滕文公》）。这两个典故正好配合着眼前景物，由景物显示出来。景与典，化为一体，使人不觉诗人是在用典。前人称赞这两句“用事入化”，是“老杜千古绝技”（《诗薮·内篇》卷四）。这样用典的好处是，对于看出它是用典的，固然更觉意味深浓，为古代英雄的业绩所鼓舞；即使看不出它是用典，也同样可以欣赏这古色古香、富有生气的古庙景物，从中领会诗人豪迈的感情。

五、六两句写庙外之景：“云气生虚壁，江声走白沙。”云雾团团，在长满青苔的古老的山崖峭壁间缓缓卷动；江涛澎湃，白浪淘沙，向三峡滚滚奔流。这里“虚”“走”二字特别传神，古谓：“云从龙”：从迷离的云雾，奔腾的江流，恍惚间，我们仿佛看到庙内壁画中的神龙，飞到峭壁间盘旋嬉游，口中嘘出团团云气；又仿佛看到有个巨人，牵着长江的鼻子，让它沿着沙道驯服地向东方迅奔。……在这里，神话和现实，庙内和庙外之景，大自然的磅礴气势和大禹治理山河的伟大气魄，迭合到一起了。这壮观的画面，令人感到无限的力与美。

诗人伫立崖头，观此一番情景，怎能不对英雄大禹发出衷心的赞美，故结句云：“早知乘四载，疏凿控三巴。”传说禹治水到处奔波，水乘舟，路乘车，泥乘楯，山乘樏，是为“四载”。三巴指巴郡、巴东、巴西（今四川忠县、云阳、阆中等地）。传说这一带原为泽国，大禹凿通三峡后始控为陆地。这两句诗很含蓄，意思是说：禹啊，禹啊，我早就耳闻你乘四载、凿三峡、疏长江、控三巴的英雄事迹，今天亲临现场，目睹遗迹，越发敬佩你的伟大了！

这首诗重点在于歌颂大禹不惧艰险、征服自然、为民造福的创业精神。唐王朝自安史之乱后，长期战乱，像洪水横流，给人民带来了无边的灾难，山“空”庭“荒”，正是当时整个社会面貌的真实写照。诗人用“春秋笔法”暗暗讽刺当时祸国殃民的昏庸统治者，而寄希望于新当政的代宗李豫，希望他能发扬大禹“乘四载”“控三巴”的艰苦创业精神，重振山河，把国家治理好。

在抒情诗中，情与景本应协调、统一；而这首诗，诗人歌颂英雄，感情基调昂扬、豪迈，但禹庙之景却十分荒凉：山空，风寒，庭荒，屋旧。这些景物与感情基调不协调。诗人为解决这个矛盾，巧妙地运用了抑扬相衬的手法：山虽空，但有禹庙之峥嵘；秋风虽萧瑟，但有落日之光彩；庭虽荒，但有橘柚垂枝；屋虽古旧，但有龙蛇在画壁间飞动……这样一抑一扬，既真实地再现了客观景物，又不使人产生冷落、低沉之感；加以后四句声洪气壮，调子愈来愈昂扬，令人愈读愈振奋。由此可见诗人的艺术匠心。

望秦川①

✽李　颀②

秦川朝望迥③，日出正东峰。
远近山河净④，逶迤城阙重⑤。
秋声万户竹，寒色五陵松。
客有归欤⑥叹，凄其⑦霜露浓。

注释

①诗作于唐玄宗开元二十九载(741)，李颀弃官后隐居颍阳东川，与王维、高适、王昌龄等人相过往，这首诗写于诗人罢职之后出长安过秦川时。

②李颀(690？—751?)，赵郡(今河北赵县)人，少年时曾寓居河南登封。唐开元年间中进士第，曾任新乡县尉，久未迁调，后归颍阳嵩山、少室山一带的东川别业，隐居以终。诗长于五言及七言歌行，以写边塞题材为主，风格慷慨悲凉。有《李颀集》。

③秦川：地名，泛指今陕西、甘肃秦岭以北地区。朝望：早晨东望。迥：远。

④净：明净。

⑤逶迤：连绵不断的样子。重：重叠。

⑥归欤：回去吧。孔子困陈，有“归欤”之叹。陶渊明《归去来兮辞》云：“归去来兮，田园将芜胡不归？”

⑦凄其：寒冷貌，《诗经·邶风·绿衣》有“凄其以风”。

译文

早晨从长安出发，回头望望遥远的秦川，太阳正从东峰上慢慢升起。日光照耀，远近的山河一片明净，京城里的宫阙连绵不断，重重叠叠。秋声吹动竹林飒飒作响，五陵松上泛着凛凛寒光。长安的游客发出了“回去”的叹息，面对浓重的霜露感到凄冷悲惨。

点评

这首诗视野开阔，情感真挚、深沉，写的是作者在长安失意归家的感慨。首联一个“望”字写出了作者离开长安，回望长安的复杂心情，无以言表。颔联和颈联是诗人回望时见到的景色：山河明净，城阙重叠，竹林秋声，墓陵寒松，一切都笼罩在凄冷的秋意之中，让人伤怀、感叹。此时，作者的情绪到了最低潮，愁思都涌上心头，典故的运用恰到好处地抒发了诗人的苦闷之情。

渡扬子江①

✽ 丁仙芝②

桂楫中流望③，空波两畔明。
林开扬子驿，山出润州④城。
海尽边阴⑤静，江寒朔吹⑥生。
更闻枫叶下，淅沥度⑦秋声。

注释

①作者一说是孟浩然。扬子江：长江下游，今江苏仪征、镇江、扬州一段的江水。

②丁仙芝，字元祯，润州曲阿（今江苏丹阳）人，生卒年不详。唐玄宗开元十三年（725）擢进士第，后授主簿、余杭县尉等职。丁仙芝颇负诗名，殷璠《河岳英灵集》谓其诗风："婉丽清新，迥出凡路。"其诗今存十四首。

③桂楫：桂木做成的船桨，这里指代船。楫，船桨。中流：江中。

④润州：唐代州名，故址在今镇江市。

⑤边阴：边地的云气。

⑥朔吹：北风。

⑦淅沥：拟声词，这里指落叶声。度：传送。

译文

船行到了江心，我放眼望去，两岸水波浩渺，开阔明朗。扬子驿被丛杂的林木遮着，润州也被群山环绕其间。江尽头的入海口幽暗宁静，北风吹过，寒气逼人。又听到枫叶落下的声音，淅淅沥沥的，引起人的无限秋思。

点评

这首诗写了作者横渡长江时的见闻和感受。首联写两岸的风光景色,明朗而空灵。中间两联描写了四处眺望所看见的景色。这四句诗对仗工整,远近相生,动静结合,声色掺杂,立体感极强。最后两句以秋声秋叶作结,点出诗人思念故乡的愁苦。虽然诗中并没有明写乡愁,但随着诗情的深入,这种乡愁自然而然就展现出来了,这也是诗人功力所至的表现。

幽州夜饮[1]

✲张　说

凉风吹夜雨，萧瑟动[2]寒林。
正有高堂宴[3]，能忘迟暮[4]心。
军中宜剑舞[5]，塞上重笳音[6]。
不作边城将[7]，谁知恩遇[8]深？

注释

①诗作于唐玄宗开元六年(718)，张说以右羽林将军检校幽州都督时。诗人自开元元年(712)罢相，贬相州，迁荆州长史、幽州都督，久不得还京，心中怨愤不已。幽州：唐代州名，境辖相当于今北京市，治所在今北京市大兴。

②动：摇动。

③高堂宴：高大的厅堂里摆设的宴席。

④迟暮：岁暮，衰老，晚岁或者事业无成。

⑤剑舞：舞剑。《史记·项羽本纪》："(项)庄请入为寿。寿毕，曰：'君王与沛公饮，军中无以为乐，请以剑舞。'项王曰：'诺。'项庄拔剑起舞。"

⑥重：注重。笳音：边地吹奏笳管的声音。

⑦边城将：作者自指，时张说任幽州都督。

⑧恩遇：皇帝的恩宠。

译文

阵阵的凉风吹着细细的夜雨，寒风吹动树木，沙沙作响。宴会正在高大宽敞的厅堂里举行，稍微让人忘记了渐渐老去的烦恼。军中设宴宜用舞剑助兴，边塞之地响彻着胡笳的演奏声。假如我不做边城的将领，我又怎么知道皇上对我的恩遇之深呢？

点评

据《新唐书·张说传》：开元初，张说为中书令，因与姚元崇不和，罢为相州刺史、河北道按察使，坐累徙岳州。后以右羽林将军检校幽州都督，都督府设在幽州范阳郡，即今河北蓟县。此诗就是他在幽州都督府所作。诗中描写了边城夜宴的情景，颇具凄婉悲壮之情，也委婉地流露出诗人对遣赴边地的不满。

全诗以“夜饮”二字为中心紧扣题目。开始两句描写“夜饮”环境，渲染气氛，“凉风吹夜雨，萧瑟动寒林”。正值秋深风凉之时，在幽州边城的夜晚，风雨交加，吹动树林，只听见一片凄凉动人的萧瑟之声。这一切，形象地描绘出了边地之夜的荒寒景象。第二句还暗用了宋玉《九辩》中的诗意：“悲哉秋之为气也，萧瑟兮草木摇落而变衰！”益发渲染了诗句中悲伤的色彩。在这样的环境中，诗人悲愁的心绪，已经见于言外。而这“夜饮”，显然就是为了要驱走这恶劣环境带来的悲苦，宴会还没有开始，从着力渲染、暗示中，已经给“夜饮”罩上了一层愁苦的阴影。

第二联紧接一、二句，进入“夜饮”，抒发诗人的感叹：“正有高堂宴，能忘迟暮心”。“正”字接转巧妙，紧承首联对环境的描写，同时也自然地转入到宴会。诗人说，正是在这风雨寒冷的夜晚，我们在高敞的厅堂中摆开了夜饮的筵席，但在这样的环境中，我又岂能忘却自己的衰老和内心的悲伤呢？“能忘”句以问句出之，将诗人内心的郁勃之气曲折地表露了出来。这种迟暮衰老之感，在边地竟是那样强烈，挥之不去，即使是面对这样的“夜饮”，也排遣不开啊！诗中化用了屈原《离骚》句意：“惟草木之零落兮，恐美人之迟暮。”将诗人心意表达得更加婉曲、深沉。第三联，随着宴会开始，并逐渐进入高潮的时候，诗人的情绪也随之兴奋起来，诗情也有了亮色：“军中宜剑舞，塞上重笳音。”在都督府的宴会之间，军士们舞起剑来，那矫健刚劲的舞姿，慷慨雄伟的气魄，令诗人为之振奋。《史记·项羽本纪》中项庄说：“军中无以为乐，请以剑舞。”舞剑是为了助兴，增加席间的欢乐气氛。一个“宜”字，传出诗人对剑舞的欣赏。但接着吹奏起胡笳时，那呜呜的声音，使席间短暂的欢乐顿然消失，而充溢着一片悲凉的情调，诗人的心情也随之沉重起来。塞上本来就多悲凉之意，与诗人的远戍之苦、迟暮之感，融合在一起，成为心灵上沉重的负担，诗情在稍稍有了亮色之后，又忽然暗淡起来。这一联在豪壮中寓悲凉，在跌宕起伏中展现出诗人难以平息的滚滚思潮，直至引出最后一联。

“不作边城将，谁知恩遇深？”这十个字铿锵有声，似乎将愁苦一扫而光，转而感激皇上派遣的深恩，以在边城作将为乐、为荣。实际上最后一联完全是由上面逼出来的愤激之语，他将对朝廷的满腹牢骚，隐藏在这看似感激而实含怨望的十字之中，像河水决堤似地喷涌而出，表现了思想上的强烈愤慨和深沉的痛苦。清人姚范评论说：“托意深婉。”（《唐宋诗举要》引）这一联的确托意遥深、措词婉曲，可谓“得骚人之绪”，寄寓着诗人悲愤的感慨，它与首联悲苦的边塞荒寒之景，恰成对照，相得益彰。全诗以景起，以情结，首尾照应，耐人回味。

诗歌在语言上遒健质朴，写景之语，并无华丽之辞，与边塞情调极为相称。遣词用字也十分精当，例如“吹”“动”“宜”“重”这些字，看似一任自然，实际经过认真锤炼，用得恰到好处，对写景、抒情起了很好的作用。